Die Frau, die nichts tut

Martina Kempff

Die Frau die nichts tut

Roman

Weitbrecht

Für Sigrid,
die von Anfang an dabei war,
und
für Christine,
die am Ende Recht hatte

1 HOLLAND

Ausgerechnet Finnland! Warum hatte die Freundin meiner Mutter keinen Indonesier geheiratet? Oder einen Griechen? Als ich von der Reling der *Finnhansa* über die endlos graue Fläche der Ostsee blickte, konnte ich mir Finnland mühelos als ein ständig von Schnee und Eis überzogenes Land vorstellen. Bei strahlendem Spätsommerwetter hatten wir Lübeck verlassen. Aber binnen weniger Stunden stand ich schon in dicker Winterjacke auf Deck und fuhr der kalten Jahreszeit entgegen.

Nein, ein Grieche hätte nichts genutzt, schließlich gab es in seinem Land nur wenig Wald. Wenig Wald, wenig Holz, also wenig Arbeit für meinen Vater. Wenn man sein Herumhobeln überhaupt als Arbeit bezeichnen konnte. Seine Mutter hatte für die künstlerischen Ambitionen ihres Sohnes nur ein Wort gekannt: erschütternd. Nicht etwa, dass seine Werke die Welt oder den Betrachter erschüttert hätten, nein, erschütternd war die Tatsache, dass Wilhelm Meander mit der Bildhauerei seinen Lebensunterhalt bestreiten wollte.

Vieles hatte Großmama Meander erschüttert. Zum Beispiel, dass mein Vater eine holländische Halbindonesierin geheiratet hatte. Am meisten aber hatte sie seine Weigerung erschüttert, die Tradition des Hauses Meander fortzusetzen und nach Gründung der Bundeswehr wieder Offizier zu werden. Wenn mein Vater entgegnete, er hätte sich in den Jahren bei der Wehrmacht geschämt, eine deutsche Uniform zu tragen, legte meine Großmutter zur Strafe eine ihrer Platten mit Marschmusik auf. Als Reaktion darauf stellte mein Vater in der angrenzenden Werkstatt die Kreissäge an. Ich genoss den Höllenlärm, weil ich dann aus voller Kehle schreien konnte. Das trug mir zwar Prügel von der Großmutter ein, aber dann kam der schönste Teil des Tages. Meine zierliche Mutter, die fast nie den Mund aufmachte, stürzte ins Zimmer und entriss mich der Großmutter. Sie drohte ihr, sie umzubringen, wenn sie noch einmal Hand an mich legte, und nahm mich mit in ihr Heiligtum. Während wir die steile Treppe zum Dachboden hinaufkletterten, hörten wir die Großmutter noch toben: »Die Halbwilde muss raus!« Dass sie damit meine Mutter meinte, begriff ich erst, als ich älter war und erfuhr, dass meine Mutter in einem weit entfernten Land geboren war. In einem Land, wo immer die Sonne schien, wo niemand laut wurde und alle Menschen fröhlich waren.

Im Heiligtum meiner Mutter saßen wir unter der Dachschräge im Schneidersitz auf Bambusmatten. Meine Mutter zündete ein Räucherstäbchen an, wickelte mich in bunte Stoffe und zog aus einem zerbeulten Koffer kleine Stofftütchen mit wohlriechenden Gewürzen. Manchmal hängte sie auch ein Laken über eine Leine, richtete einen Lichtstrahl darauf und kroch dahinter. Mit ihren Fingern und kleinen Gegenständen erzählte sie mir dann eine Schattenspielgeschichte. Sie hatte meinen Vater einmal gebeten, ihr richtige Wajang-Puppen zu machen, aber er meinte, ihm würden nur großformatige Werke liegen.

Um die mächtigen Baumstämme, aus denen er bizarre Formen gestaltete, in die Werkstatt zu wuchten, hatte er sogar ein riesiges Stück Außenmauer entfernt und ein Garagentor eingesetzt.

Immer, wenn wir allein waren, sprach meine Mutter niederländisch mit mir und ich begriff es als Auszeichnung, mich mit ihr in einer Sprache zu unterhalten, die meine Großmutter und mein Vater weder verstanden noch billigten. Sie hatten ihr sogar ausdrücklich verboten, mit mir in ihrer Muttersprache – oder in ihrem Fall Vatersprache – zu reden, und zwar mit der Begründung, dass dies meinem Deutsch abträglich sei. Ich könnte genauso gut gleich Plattdeutsch lernen. Dies war der einzige Punkt, in dem sich meine sonst immer fügsame Mutter den Autoritäten im Haus widersetzte. Sie sagte mir, sie wolle nicht den gleichen Fehler begehen wie ihre Mutter, deren Mann ihr ebenfalls verboten hätte, in ihrer eigenen Sprache mit ihrer Tochter zu sprechen. Heute bin ich meiner Mutter sehr dankbar, dass ich auf diese Weise fast akzentfrei Niederländisch sprechen gelernt habe.

Da mein Vater mit seinen Bildhauerarbeiten kein Geld verdiente, waren wir von Großmama abhängig. Sie erinnerte uns gern daran.

»Die erste Generation erwirbt es, die zweite vermehrt es, und du, die dritte, verschleuderst es!«, warf sie meinem Vater eines Abends beim Essen vor und wies auf das Fischfleisch, das noch zwischen den Gräten steckte, die mein Vater auf den Resteteller gelegt hatte. Er würde sich ja gern irgendwo als ungelernter Handwerker anstellen lassen, meinte mein Vater, aber diese Worte erschütterten Großmama so sehr, dass ihr mächtiger Leib zu beben begann.

»Nur über meine Leiche! Ich werde doch nicht zulassen, dass ein Sohn von mir niedere Arbeiten verrichtet. Noch dazu ein Offizier!« Sie beförderte das Grätenstück auf ihren Teller und harkte mit der Gabel die Fischfasern heraus. Erlernt habe er aber nur das Kriegshandwerk, entgegnete mein Vater, was ihm ein donnerndes »Eben!« und die Aufforderung einbrachte, sich augenblicklich bei der Bundeswehr zu melden. Dafür wäre er inzwischen viel zu alt, erwiderte mein Vater.

»Du Verschwender!«, rief Großmama, und um ihm deutlich zu machen, dass sie damit nicht nur sein vergeudetes Leben meinte, zeigte sie ihm triumphierend die Fischausbeute auf der Gabel, bevor sie diese zum Mund führte und den Bissen schluckte.

Dann geschah alles ganz schnell. Großmama lief rot an, hustete und würgte. Aus herausquellenden Augen starrte sie uns erschüttert an, klopfte sich mit dem Zeigefinger an die Kehle, machte noch ein paar entsetzliche Geräusche und starb. Alle drei blieben wir wie gelähmt am Tisch sitzen. Das Normale wäre wohl gewesen, dass wir irgendwas getan hätten. Aber meine Großmutter hatte, von Erziehungsprügeln abgesehen, nie auch nur den geringsten körperlichen Kontakt geduldet. Selbst in einer solch extremen Situation war es undenkbar, ihr wild auf den Rücken zu klopfen, ihr ein Glas Wasser an den Mund zu halten, ihr von hinten den Brustkorb zuzudrücken oder gar zu versuchen, sie auf den Kopf zu stellen.

»Und jetzt?«, fragte meine Mutter verzagt, nachdem Großmama mit einem letzten Donnern vom Stuhl fiel.

Ein Jahr nach Großmamas Tod musste mein Vater einsehen, dass er von dem ererbten Kapital seine Familie auf Dauer nicht würde ernähren können. Auch seine Versuche, sich als Handwerker zu etablieren, schlugen fehl.

»Wir müssen das Haus verkaufen«, verkündete er eines Abends.

»Und wo sollen wir dann wohnen?«, wollte meine Mutter wissen.

»Indonesien!«, platzte ich heraus.

Ich konnte mir gut vorstellen, den Rest meines Lebens in einem warmen Land auf Bambusmatten zu sitzen und nichts zu tun, als fröhlich zu sein. Damals war ich elf Jahre alt.

Meine Mutter schüttelte traurig den Kopf und erklärte mir, dass wir als Deutsche nicht ohne weiteres in so einem Land leben könnten.

»Hast du da denn keine Familie?«, fragte ich verwundert. »Deine Mutter war doch Indonesierin!«

Ich erfuhr, dass meine Großmutter mütterlicherseits nach ihrer Eheschließung gezwungen worden war, den Kontakt zu ihrer indonesischen Familie abzubrechen. Mein Großvater hatte schon genügend Probleme damit, als Vertreter der Kolonialmacht eine Eingeborene geheiratet zu haben.

»Warum kommen deine Eltern nie zu uns?«, fragte ich. »Sie leben doch in Holland. Warum fahren wir nie hin?«

Ich rechnete damit, dass meine Mutter mir auf diese Fragen ihr übliches *Das verstehst du nicht!* entgegnen würde. Diesmal antwortete sie aber gar nicht, sah nur meinen Vater an und bemerkte: »Vielleicht geht es jetzt. Es ist schließlich beinah ein Vierteljahrhundert her …«

»Sie haben nie auf deine Briefe geantwortet«, meinte mein Vater und fügte hinzu: »Vielleicht leben sie gar nicht mehr. Oder sie sind umgezogen.«

»Dann wären die Briefe zurückgekommen.«

»Was ist beinah ein Vierteljahrhundert her?«, fragte ich.

»Das verstehst du nicht.«

»Du würdest also gern wieder in Holland leben?«, fragte mein Vater.

»Versuchen könnten wir es.«

»Aber Iris müsste dann da zur Schule gehen.«

»Iris spricht Niederländisch.«

»Indonesien!«, drängelte ich. »Da scheint immer die Sonne!«

»Vielleicht ist das gar keine schlechte Idee«, überlegte meine Mutter. »Mama kann für uns ja den Kontakt zu ihrer Familie wiederherstellen. Heute ist es in Holland schließlich kein Makel mehr, indonesische Verwandte zu haben. Im Gegensatz zu …« Sie brach ab.

»… deutschen«, vervollständigte mein Vater ihre Überlegung grimmig.

»Außerdem braucht man in Indonesien nicht viel zum Leben«, setzte meine Mutter hinzu.

Das gab wohl den Ausschlag.

Innerhalb weniger Tage hatte mein Vater das Haus mitsamt Inhalt verkauft. Unsere persönlichen Sachen wurden eingelagert und mit drei Koffern stiegen wir in den Zug Richtung Amsterdam.

Es wurde eine sehr ungemütliche Reise. Mein Vater sprach kein Wort, sondern verkroch sich hinter der Zeitung. Meine Mutter starrte unablässig aus dem Fenster, trommelte mit den Fingern und gab mir auf meine vielen Fragen keine Antwort.

In Amsterdam quartierten wir uns in einem schäbigen Hotel am Bahnhof ein. Meine Mutter griff als Erstes zum Telefonbuch.

»Nicht anrufen«, sagte mein Vater. »Da können sie dich schneller abwimmeln. Am besten, du stehst vor ihrer Tür.«

»Und wenn sie mich einfach wegschicken?«

»Das musst du riskieren.«

Inzwischen war ich fest davon überzeugt, dass meine Mutter einst etwas Fürchterliches verbrochen haben musste. Zaghaft fragte ich sie, was sie denn getan habe.

»Deinen Vater geliebt«, sagte sie und zog aus ihrer Tasche ein altes Schwarzweißfoto mit zackigem Rand. Darauf war eine kahlköpfige junge Frau zu sehen.

»Das bin ich«, sagte meine Mutter und fasste sich an ihr langes schwarzes Haar, als wollte sie sichergehen, dass es wirklich nachgewachsen war. »Die Nachbarn haben mir nach dem Krieg den Kopf geschoren. Das wurde mit jeder *Moffengriet* gemacht, so nannte man Mädchen, die sich mit den Deutschen einließen. Meine Eltern haben sich für mich geschämt und mich rausgeworfen. Also bin ich nach Hamburg gegangen und habe deinen Vater gesucht. Du kannst dir vorstellen, wie erschüttert Großmama Meander war, als ich vor der Tür stand.«

Es war alles sehr kompliziert für mich. Meine Mutter war von ihren Eltern verstoßen worden, weil sie einen deutschen Besatzungsoffizier geliebt hatte, ihre Mutter hatte sich von der eigenen Familie trennen müssen, weil sie einen Niederländer geliebt hatte, ihr Vater hatte durch diese Ehe Probleme mit seiner Verwandtschaft gekriegt, und meinem Vater war ständig vorgehalten worden, dass er eine Halbwilde geheiratet hatte. Entgegen der landläufigen Behauptung brachte Liebe die Menschen also nicht zueinander, sondern entzweite sie. Ich beschloss mich niemals zu verlieben.

Wir ließen meinen Vater im Hotel zurück und machten uns auf den Weg. Nachdem wir eine Gracht überquert hatten, bog meine Mutter in eine schmale Seitenstraße ein, von der viele Gassen abgingen. Begeistert deutete ich auf einen riesigen Karren, der, durch ein Fahrrad angetrieben, auf zwei Rädern über das Kopfsteinpflaster rumpelte. Der mühsam strampelnde Fahrer konnte kaum über den mit Möbeln voll beladenen Wagen hinwegschauen. »Ein *Bakfiets*«, sagte meine Mutter und zog mich weiter.

»Du darfst deine Großeltern nicht duzen«, murmelte sie plötzlich.

»Aber wir sind doch verwandt!«, warf ich ein.

»Das hat damit nichts zu tun. In Holland siezt man alle älteren Menschen, das ist eine Frage des Respekts. Sie sollen nicht denken, dass ich dich schlecht erzogen habe.«

»Siezt du sie auch?«, wollte ich wissen.

»Natürlich.«

Wir eilten an schmalen aneinander gelehnten zwei- oder dreistöckigen Häusern mit winzigen Läden vorbei. Verglichen mit den breiten Straßen, den mächtigen Mietskasernen und herrschaftlichen Villen Hamburgs war ich in Puppenland gelandet.

»Amsterdam ist keine Großstadt«, stellte ich fest.

»Das ist der Jordaan. Der war immer schon ein Dorf«, bemerkte meine Mutter.

Sie blieb vor einem kleinen dreistöckigen Backsteinhaus stehen, das sich ein wenig zur Seite lehnte.

»Hier ist es«, sagte sie tonlos und deutete auf die polierte dunkle Holztür.

»Kluizenaar« las ich von einem Messingschild ab. Sie verbesserte meine Aussprache und schüttelte den Kopf, als es mir einfach nicht gelingen wollte den komplizierten »ui«-Laut nachzuahmen, der irgendwo zwischen »au« und »eu« ein nur holländischen Zungen mögliches Dasein fristet.

Zweimal bewegte sie ihren Finger auf die Klingel zu, beim dritten Mal half ich nach und legte meine Hand auf ihren Finger.

»Schnell weg«, flüsterte meine Mutter und versuchte

mich von der Tür fortzuziehen. Ich war nicht zu Klingelstreichen aufgelegt. Ich wollte nach Indonesien.

Langsam öffnete sich die Tür. Meine Mutter ließ mich los. Eine schmale, winzige Frau mit eisgrauem Knoten sah uns aus fast schwarzen Augen an. Sie holte bei meinem Anblick tief Luft und sagte dann etwas mir völlig Unverständliches: »Gott sei Dank, sie ist weiß!«

»Wer ist es, Surja?«, kam eine tiefe Stimme aus dem Hintergrund.

»Wilhelmina«, sagte meine neue Großmutter. »Und ihre Tochter.«

Hinter der zierlichen alten Dame tauchte ein Hüne mit schlohweißem Schopf und stahlblauen Augen auf. Unsicher wandte ich mich nach meiner Mutter um. Sie stand mitten auf der Straße und zitterte am ganzen Leib. Eine Hupe ertönte.

Ich ging zu meiner Mutter und zog sie auf den schmalen Bürgersteig zurück.

»Komm, Mama, sag Guten Tag!«, drängelte ich und schob sie zur Tür. Wahrscheinlich wäre es nie zu einer Umarmung gekommen, wenn meine Mutter nicht auf der Schwelle gestolpert und gegen ihre Mutter gefallen wäre, die wiederum gegen den Hünen kippte. Er fing beide auf und einen Augenblick lang blieben sie so stehen. Nachdem er sich vergewissert hatte, dass sie nicht umfallen würden, ließ mein Großvater die beiden aneinander geklammerten Frauen stehen. Beide hatten stumm zu weinen begonnen.

»Komm, mein Kind«, sagte er zu mir, nahm mich an der Hand und führte mich in ein winziges Hinterzimmer.

»Wie heißt du?«

»Iris Meander, Mijnheer«, erwiderte ich höflich. Er schmunzelte und sah sofort weniger Furcht erregend aus.

»Du kannst mich Opa nennen, Iris.«

»Opa«, sagte ich, »Opa.« Ich stellte mich vor das Fenster, blickte in den Garten und sang »Opa.«

»Iris«, entgegnete er und sang dann auch: »Iris.«

Ich wandte mich um und trat einen Schritt auf ihn zu.
»Opa!«
»Iris!«
Er kam einen Schritt näher
»Opa!«
Ich stand direkt vor ihm
»Iris!«
Er hob mich hoch, drückte mir einen lauten Kuss auf die Wange. Dann ließ er mich los und setzte sich in einen zerschlissenen Ledersessel. Es war Zeit für ein Gespräch. Ich nahm meinen ganzen Mut zusammen.
»Werden Sie Mama bestrafen, Opa?«
»Warum sollte ich das wohl tun?«
»Weil … weil sie nicht brav war?«, schlug ich vor.
»Wenn sie brav gewesen wäre, dann gäbe es dich nicht, meine kleine Iris, und wer würde mich dann Opa nennen? Soll ich sie dafür bestrafen, dass es dich gibt?«
»Dafür vielleicht nicht«, sagte meine Mutter, die jetzt neben ihrer Mutter ins Zimmer trat. »Aber ich habe Iris nicht allein gemacht.«
Augenblicklich verfinsterte sich das Gesicht meines Großvaters.
»Das ist ja das Schlimme«, grummelte er.
Sie umarmte ihren Vater nicht, reichte ihm nicht einmal die Hand.
»Ich bin nicht die Jungfrau Maria.«
»Wollt ihr euch nicht erst begrüßen?«, fragte meine neue Oma und schlug ihre winzigen Hände zusammen. »Lass dich ansehen, mein Kind! Was für eine schöne weiße Haut du hast!«
Noch nie hatte ich einem Erwachsenen gegenübergestanden, der genauso groß war wie ich. Im Vergleich zu Großmama Meander war mir meine Mutter schon immer wie eine Elfe vorgekommen, aber neben meiner Oma wirkte sie geradezu stattlich. Vor allem jetzt. Hoch aufgerichtet, mit den Händen in den Hüften, funkelte sie ihren Vater an. So

hatte sie auch ausgesehen, wenn sie mich Großmamas prügelnden Händen entrissen hatte.

»Ihr habt sicher Hunger«, sagte Oma verzweifelt, drückte mich kurz an sich und wandte sich an meine Mutter: »Komm mit in die Küche, Willi.«

»Wir haben keinen Hunger«, fauchte meine Mutter ihren Vater an.

»Willi?«, fragte ich. »Mama heißt doch Mina.«

»Nur in Deutschland«, sagte meine Mutter, »Großmama Meander wollte das so. Schließlich heißt dein Vater Wilhelm.«

»Wie der dumme Kaiser. Jedenfalls warst du vernünftig genug, ihn nicht mitzubringen«, sagte die tiefe Stimme.

»Den Kaiser?«, fragte ich.

»Richtig«, sagte mein Großvater. »Man braucht keinen Kaiser, wenn man ein Königshaus hat.«

»Das von einem Herrn namens Wilhelm begründet wurde und übrigens auch halb deutsch ist. Wie meine Tochter«, gab meine Mutter zurück.

»Darum haben sich die hohen Herrschaften im Krieg ja auch nach England abgesetzt und uns im Stich gelassen«, brummte mein Großvater.

»Eine Exilregierung war dem Land nützlicher als eine handlungsunfähige Königin in den Händen der Sieger.«

Noch nie hatte ich meine Mutter so oft jemandem widersprechen hören. »Sieger!«, trompete mein Großvater. »Wer hat denn den Krieg verloren!«

»Wir«, meldete ich mich, froh, endlich etwas verstanden zu haben.

Plötzlich war es ganz still im Raum.

Schließlich stieß mein Opa einen tiefen Seufzer aus.

»Gut, dass du mich daran erinnerst, kleine Iris, ich hatte es beinahe vergessen.«

Genauso hatte mein Vater mit seiner Mutter Gespräche über den Krieg beendet, wenn sie das Loblied ihres Mannes sang, der den Heldentod gefunden hatte. Mein Vater musste sie nur daran erinnern, dass wir verloren hatten. Ich war froh, dass diese Taktik auch bei meinem Opa funktionierte, denn ich wollte endlich das Gespräch auf Indonesien bringen.

Das war ein Fehler. Aber wie hätte ich damals auch wissen sollen, dass es in jenem warmen Land, wo angeblich niemand laut wurde und alle fröhlich waren, auch Krieg gegeben hatte? Dass zwei Brüder meiner Mutter in Indonesien ums Leben gekommen waren? Der ältere, der sich auf die holländische Seite geschlagen hatte, starb in einem japanischen Konzentrationslager. Der jüngere, der zu jugendlichen indonesischen Widerstandskämpfern gehört hatte, war 1945 bei der Schlacht um Surabaya von einer britischen Kugel getroffen worden.

»Lasst uns nicht von Indonesien sprechen«, flüsterte meine zierliche Oma. »Das bricht mir das Herz.«

Da sie so aussah, als ob alles bei ihr leicht brechen könnte, traute ich mich nicht, sie nach der Adresse ihrer Verwandten in Indonesien zu fragen.

Außerdem begriff ich, wie viel wichtiger es zunächst war, dass meine Mutter sich ihren Eltern wieder annäherte. Erstaunlich fand ich, dass keine Seite fragte, was die andere in den vergangenen zwanzig Jahren erlebt hatte, sondern dass über lauter fremde Menschen gesprochen wurde. Mich hätte viel mehr interessiert, warum meine Großeltern einen Teppich auf dem Esstisch liegen hatten und warum meine Oma jedes Mal wieder die Kekstrommel schloss, nachdem sie uns ein Stück Gebäck daraus angeboten hatte. *Bitterkoekjes* nannte sie die Kekse, aber sie schmeckten trotz ihres Namens süß und nach Mandeln.

»Wisst ihr, was aus Rosa geworden ist?«, fragte meine Mutter leise.

Sie hatte sich auf einer Holzbank niedergelassen, jenem Sitzmöbel, das am weitesten von meinem Großvater entfernt stand. Vater und Tochter hatten sich kein einziges Mal berührt.

»Rosa!«, rief meine Oma. »Stell dir vor, die hat sich letzte Woche bei uns gemeldet!«

»Sie hat also überlebt«, flüsterte meine Mutter.

»Du kannst sie gerne fragen, wie«, entgegnete Opa mit eisiger Stimme.

»Wilhelm hat sie nicht verraten! Ich habe ihm nie was gesagt.«

»Wir wissen, wer es war. Die Brouwers von nebenan«, erklärte meine Großmutter.

»Die vom Lebensmittelladen?«, fragte meine Mutter ungläubig. »Das waren doch so nette Menschen! Eure Freunde! Die haben uns immer Bonbons gegeben. Rosa auch.«

»Ja, und dann haben sie das Kind mit einem süßen Gruß Richtung Gaskammer geschickt, weil es ihnen opportun erschien, sich mit den Besatzern auf guten Fuß zu stellen. Geschäftsinteressen haben sie das später genannt«, bemerkte mein Großvater.

»Und was macht Rosa jetzt?«

»Gut geht es ihr«, lächelte Oma. »Sie hat nach dem Krieg einen finnischen Industriellen geheiratet. Ihre beiden Töchter sind schon fast erwachsen. Sie hat einen sechsjährigen Sohn und dachte, das wäre der letzte Nachzügler, aber jetzt hat sie schon wieder ein Kind gekriegt. Darum ist sie in Amsterdam.«

»Aber sie ist genauso alt wie ich!«, rief meine Mutter bestürzt.

»Wo steht geschrieben, dass man mit über vierzig kein Kind mehr kriegen kann?«, fragte ihre Mutter. »Sie wohnt zurzeit im Hotel Americain. Sie wird sich bestimmt sehr freuen, wenn du anrufst.«

Auf die Frage, wie lange wir in Amsterdam zu bleiben gedächten, antwortete meine Mutter, dies hänge von diversen komplizierten Umständen ab.

»Du könntest ja so lange mit Iris in deinem alten Mädchenzimmer schlafen«, schlug meine Oma vor.

»Und wo schläft dann Papa?«, wollte ich wissen.

»Der *Mof* ist auch hier?«, fragte mein Großvater.
Meine Mutter zuckte zusammen.
»Er ist mein Mann.«
»Dann ist dein Platz bei ihm.«
»Er ist auch der Vater eurer Enkelin.«
»Du glaubst doch nicht im Ernst, dass ich einem Nazi die Hand schüttle?«
»Er war nie ein Nazi.«
»Das sagen sie alle.«
»Er ist ein Künstler.«
»Das war Hitler auch.«
»Er hat die Nazis gehasst, er hat die Uniform gehasst ...«
»...aber er ist in ihr durch unsere Straßen marschiert. Er hätte sie ja ausziehen und sich der Widerstandsbewegung anschließen können, wenn er die Nazis so sehr gehasst hat. Aber er hat lieber Holland besetzt und Züge nach Auschwitz geschickt.«
»Wir haben den Krieg verloren«, erinnerte ich meinen Großvater, aber diesmal wirkte die Taktik nicht. Er ließ keinen Zweifel daran, dass er meinen Vater nicht sehen wollte. »Wenn ich dich neben ihm auf der Straße sehe, werde ich dich nicht kennen.«
»Dann wird sich in meinem Leben eben nichts ändern«, bemerkte meine Mutter kühl. »Und in eurem auch nichts.«
Mein Großvater stand auf, verließ ohne ein Abschiedswort das Zimmer und polterte die steile Holztreppe im Gang hinauf. Oma hatte wieder zu weinen begonnen und warf uns einen verzweifelten Blick zu.
»Du hast ihm so gefehlt, Willi.«
»Ach ja? Wo war er denn, als ich ihn gebraucht habe? Die Ehre der Familie war ihm wichtiger als ich. Er hat zugesehen, als mir das Haar geschoren wurde. Zugesehen und genickt! Komm, Iris, wir gehen.«
Im Gang fiel meiner Mutter ein, dass sie ihre Handschuhe im Wohnzimmer vergessen hatte.
»Ich hole sie«, bot ich mich an und rannte zurück. Mein

Blick fiel auf die Kekstrommel. Ich öffnete sie, stibitzte ein *Bitterkoekje* und steckte es mir schnell in die Rocktasche. Ob ich es meinem Vater mitbringen oder selber essen wollte, weiß ich nicht mehr. Aber hätte ich diesen Keks nicht genommen, wäre in meinem Leben wahrscheinlich vieles anders gelaufen.

Auf dem Weg zurück zum Hotel versuchte ich zu verstehen, was vorgefallen war.

»Opa ist ein schlechter Verlierer«, erklärte ich schließlich.

»Wie meinst du denn das?«, fragte meine Mutter.

»Wir haben den Krieg doch verloren. Aber er ist immer noch böse.«

»Opa hat den Krieg nicht verloren.«

»Aber wenn er gewonnen hat …«

»Er hat ihn auch nicht gewonnen. Er ist befreit worden.«

»War er denn gefangen?«

»Das ganze Land war von den Deutschen besetzt, Iris, darum mag dein Opa deinen Papa nicht. Und darum bleiben wir im Hotel.«

Mir dämmerte, dass Oma Meander bei ihren Kriegserzählungen einiges ausgelassen hatte.

Meinen Vater fanden wir in äußerst schlechter Laune vor. Er wollte Amsterdam so schnell wie möglich verlassen. Der Wirt im Lokal gegenüber habe ihm kein Bier ausgeschenkt, sondern erklärt, er solle es doch da trinken, wo es ihm sicherlich besser schmecke – in Deutschland. Ein Gast habe ihn angepöbelt und ihn aufgefordert, irgendein Fahrrad zurückzugeben. Daraufhin beschloss mein Vater an einen Ort zu gehen, wo nicht geredet wurde. Er wollte sich im Rijksmuseum einige Kunstwerke ansehen. Jeder, den er nach dem Weg fragte, schaute erst zum Himmel, wies dann in eine bestimmte Richtung und sagte auf Deutsch: »Immer geradeaus.« Erst im Hafengebiet sei ihm aufgegangen, dass er immer weiter nach Osten geschickt worden war.

»Irgendwann wäre ich wohl in Deutschland angekommen«, bemerkte er bitter und wollte dann wissen, ob wir eine indonesische Adresse mitgebracht hätten.

»Ich könnte mich in einem Land wohl fühlen, wo man über die Holländer schimpft!«

»Warum hast du deine Uniform damals nicht ausgezogen?«, fragte ich meinen Vater.

Er sah erst mich, dann meine Mutter an und sagte: »Ich war kein Held.«

»Das hat Großmama auch immer gesagt. Aber ihr Mann, dein Papa, das war ein Held.«

»Das würde ich deinen neuen Großeltern aber nicht verraten.«

Meine Mutter glättete ein Papierbällchen, das sie die ganze Zeit in der Hand gehalten hatte.

»Ich habe hier die Telefonnummer meiner alten Freundin Rosa«, sagte sie.

Mein Vater blickte überrascht auf.

»Das jüdische Mädchen, das ihr versteckt hattet?«

Meine Mutter nickte.

»Ich würde sie so gern wieder sehen, aber ich habe Angst. Vielleicht hasst sie mich jetzt.«

Es stellte sich heraus, dass Rosa Koivisto meine Mutter genauso gern wieder sehen wollte. Sie schlug uns vor, am Abend in ihr Hotel am Leidseplein zu kommen und dort gemeinsam zu essen. Sie hätte überhaupt nichts dagegen, meinen Vater kennen zu lernen.

»Nur wäre es ihr lieber, wenn du englisch mit ihr sprichst«, sagte meine Mutter zu meinem Vater. »Sie kann zwar Deutsch, spricht es aber nicht gern, weil es sie an die Männer mit den Stiefeln erinnert.«

Mein Vater schüttelte verwundert den Kopf. »Bei deiner Freundin hätte ich es ja verstanden, wenn sie mich als Deutschen rundweg ablehnt. Mein Gott, wer Auschwitz überlebt hat!«

»Du meinst, meine Eltern hätten ja, abgesehen von einigen Unannehmlichkeiten und Hunger, nicht wirklich unter den Deutschen gelitten?«, meinte meine Mutter spitz.

Ich stand vor dem Spiegel in unserem Hotelzimmer und versuchte zu ergründen, warum meine Oma gleich zweimal meine weiße Haut gelobt hatte. Jetzt im Spätsommer war sie leicht gebräunt, wenn auch nicht so schön braun wie die meiner Mutter, die nie in die Sonne ging. Ich strich mir das glatte dunkelbraune Haar aus der Stirn und sah mir in meine etwas länglichen Augen. Im Gegensatz zu den braunen meiner Mutter und den blauen meines Vaters hatten meine eine unbestimmte Farbe. Ein Klassenkamerad hatte sie einmal als »Maikäferscheiße« bezeichnet. Das hatte mich beinahe so verletzt wie Großmama Meanders ständiger Ausruf: »Wann kriegt das Kind endlich eine Nase?«

»Warum können wir nicht hier wohnen?«, fragte ich meinen Vater, als wir beim Hotel Americain ankamen. Mit seinen Türmchen und Erkern sah es sah aus wie ein Märchenschloss frisch von der Walt-Disney-Leinwand.

»Zu teuer«, murmelte mein Vater. »Zum Essen gehen wir lieber woanders hin.« Das war aber nicht möglich. Nach der Begrüßung erklärte Rosa Koivisto, sie müsse immer wieder ins Zimmer hinauf, um nach ihren Söhnen zu sehen.

»Stimmt, du hast ja ein Baby!«, sagte meine Mutter.

»Das Baby ist bei dem Kindermädchen gut aufgehoben«, bemerkte ihre Freundin. Sie zog die dichten Brauen über den dunklen Augen zusammen. »Ich mache mir mehr Sorgen um Nikki. Er ist etwas schwierig, vor allem seit Raimos Geburt.«

Als sie sich durch ihr blondes langes Haar fuhr, stieg mir ein angenehmer Aprikosen-Vanille-Geruch in die Nase. Später sollte ich feststellen, dass nicht nur dieser Duft dafür sorgte, dass Männer Rosa zum Anbeißen fanden. Sie war eine aufregend schöne Frau, schien sich dessen aber nicht bewusst zu sein. Ihr Mann wirkte neben ihr unscheinbar. Er sah aus wie ein blasser, alt gewordener Schuljunge, der aus seiner Kleidung und seinem Gesicht herausgewachsen zu sein schien, aber noch keinen Ersatz gefunden hatte.

»Wie alt ist Nikki, Mevrouw?«, fragte ich.

»Sechs, Iris. Und du darfst mich ruhig Tante Rosa und meinen Mann Onkel Jari nennen. Schließlich waren deine Mutter und ich fast Schwestern.« Solange sich meine Mutter mit Rosa auf Niederländisch unterhielt, konnte ich folgen, aber als wir uns zu Tisch setzten, wurde das Gespräch auf Englisch fortgesetzt. Jari Koivisto fragte mich auf Deutsch, was ich essen wollte.

»Ein Salat genügt. Sie ist es nicht gewohnt so spät zu essen«, log mein Vater, der für sich und meine Mutter eine Suppe bestellte. Ich sah ihn im Kopf rechnen, als für das Ehepaar Koivisto nach der Suppe noch ein Hauptgericht aufgetragen wurde.

»Wollt ihr wirklich nicht noch was essen?«, fragte Rosa. »Es schmeckt hier vorzüglich!« Wieder beteuerten meine Eltern, dass sie bereits gegessen hätten und satt wären. Dabei wusste ich, dass meine Mutter außer einem Frühstücksbrötchen und den rationierten Keksen der Oma den ganzen Tag lang nichts zu sich genommen hatte. Verstohlen fasste ich mir in die Rocktasche. Das *Bitterkoekje* war noch da.

»Darf ich mitkommen und das Baby sehen?«, fragte ich Rosa, als sie vor dem Dessert noch einmal aufstand.

»Aber gern«, lächelte sie mich an. Als wir auf den Fahrstuhl warteten, fragte sie mich plötzlich: »Würdest du gern in Finnland leben?«

Wenn man auf Indonesien eingestellt ist, kommt so eine Frage völlig unerwartet. Ich starrte sie sprachlos an. »Wir sprechen gerade darüber. Dass dein Papa bei meinem Mann arbeiten könnte. Er findet es eine gute Idee.«

»Ist es da nicht furchtbar kalt?«, fragte ich.

»Nur im Winter.« Damals wusste ich noch nicht, dass ein finnischer Winter sieben Monate dauern konnte. »Und es gibt eine deutsche Schule. Du musst also nicht gleich noch eine Sprache lernen.«

»Englisch«, sagte ich. »Ich will Englisch lernen.« Damit ich in Zukunft vor solchen Überraschungen gefeit war.

»Sprachen sind immer gut«, nickte Rosa, »Finnisch ist sehr schwer, aber in Helsinki wird auch viel Schwedisch gesprochen. Das wirst du bestimmt schnell lernen.«

Schon als wir aus dem Fahrstuhl stiegen, hörten wir das Geschrei. Rosa wurde blass. Sie rannte den langen Flur entlang und riss eine der letzten Türen auf. Ich folgte ihr auf den Fersen. Dies versprach spannender zu werden, als mit hungrigem Magen anderen Leuten beim Essen zuzusehen.

Uns begrüßte ein Chaos. Der Teppichboden war mit leeren Fläschchen, ausgequetschten Tuben und zerdrückten Tütchen übersät. Mitten in einer ekelhaften Masse, offenbar der vermischte Inhalt der Behälter, stand auf einer benutzten Windel ein kleiner Junge mit den blondesten Haaren, die ich je gesehen hatte. Er richtete eine Haarspraydose auf eine junge Frau, die ein Baby im Arm hielt, dessen Windelzipfel nach unten hingen. Alle drei schrien.

»Nikki!«, brüllte Rosa. Sie entriss dem Kindermädchen das Baby, legte es in ein kleines Bett und trat auf Nikki zu, dabei bemüht, nicht in die immer mehr auseinander fließende Masse zu treten. »Gib das her!«

Der kleine Junge dachte nicht daran. Er sprühte. Rosa schrie. Offensichtlich hatte ihr Sohn sie ins Auge getroffen. Das Klopfen an der Wand wurde lauter. Jetzt sah ich auch die Lippenstiftzeichnung neben dem Stich von Amsterdam. Die grobe, aber ziemlich realistische Skizze einer Kloschüssel, aus der ein kleiner runder Kopf ragte. Das Kindermädchen versuchte verzweifelt, sich Gehör zu verschaffen.

»Ich musste Raimo doch wickeln ... und da hat Nikki, da hat Nikki ...«

Ich stellte mich an den Rand der glitschigen Masse, fasste mir in die Rocktasche und hielt Nikki das *Bitterkoekje* hin.

»Willst du einen Keks?«, fragte ich gelassen. Ich hatte im Haus meiner Großmutter gelernt, dass man einem Sturm am erfolgreichsten mit Ruhe begegnete.

Der Junge ließ die Haarspraydose in das eklige Gemisch plumpsen, nahm den Keks und biss hinein.

Ich beugte mich vor, hob ihn hoch, setzte ihn auf einen Stuhl und zog ihm die besudelten Socken aus.

»Wie heißt du?«, fragte er kauend.

»Iris«, antwortete ich. »Was meinst du, sollen wir jetzt ins Badezimmer gehen und da noch mehr Sauerei machen?«

»Ja!«, rief er, schlang seine Ärmchen um meinen Hals und ließ sich von mir ins Badezimmer tragen.

Inzwischen hatte Rosa jemanden von der Hotelleitung an der Tür abgewimmelt und das Kindermädchen beauftragt, die Schweinerei auf Boden und Wänden so gut wie möglich zu entfernen.

»Wir machen jetzt Regen im Haus«, sagte ich, setzte Nikki in die Badewanne und steckte den Stöpsel hinein. Aus dem Flur holte ich einen Regenschirm, spannte ihn auf und drückte ihn Nikki in die Hand. »Was meinst du, wie schön das prasselt!« Ich stellte die Dusche an. Eine Überschwemmung im Badezimmer erschien mir als die kleinere Katastrophe. Aus dem Raum nebenan sammelte ich zwei leere Plastikflaschen auf, in denen sich Haarshampoo und Gesichtslotion befunden hatten, sowie eine ausgedrückte Rasierschaumtube. Ich warf alles zu Nikki in die Badewanne. »Die sind noch nicht ganz leer«, rief ich ihm zu, froh, eine Beschäftigung für ihn gefunden zu haben.

»Du hast ein gutes Händchen mit kleinen Kindern«, sagte Rosa, als sie ins Badezimmer kam, um sich ihr Auge auszuspülen.

»Ich wollte immer gern einen kleinen Bruder haben«, sagte ich.«

»Ja!«, rief Nikki, »ich bin der kleine Bruder! Nicht Raimo!« Eine kleine Hand zog an meinem Rock. Ich beugte mich vor.

»Ich hasse Raimo«, flüsterte er. »Er stinkt!« Ich hielt mir die Nase zu und nickte.

»Ich muss unten Bescheid sagen«, meinte Rosa plötzlich. »Aber ich kann jetzt doch nicht weg.«

»Geh nur, Tante Rosa«, sagte ich. »Ich bleibe hier und spiele mit Nikki. Und wenn ihr unten fertig seid, holt ihr mich einfach hier ab.«

Wenige Minuten später machten sich meine Eltern mit mir auf den Weg in unser Hotel.

»Wir müssen etwas essen«, sagte meine Mutter.

»Ich konnte ja nicht wissen, dass sie auf ihre Rechnung anschreiben lassen«, entschuldigte sich mein Vater. »Ich habe immerhin auch versucht zu bezahlen ...«

»Als Wiedergutmachung?«, fragte meine Mutter spitz.

»Es wird Zeit, dass wir Holland verlassen. Du bist hier so anders. Als ob du dich für mich schämst. Wir sollten Jaris Angebot annehmen. So eine Chance wird einem nicht zweimal geboten.«

»Aber Finnland ...« Meine Mutter blickte zweifelnd. »Da ist es kalt und dunkel.«

»Nur im Winter«, meldete ich mich.

»Ich bin nicht für den Winter gemacht«, flüsterte meine Mutter.

»Wo werden wir da wohnen?«, fragte ich.

»Im Winter in einer kleinen Einliegerwohnung bei Koivistos und im Sommer in ihrem Landhaus an einem See. Finnland hat viele Seen und große Wälder. Mehr als genug Holz. Ich kann mir eine Werkstatt auf Jaris Industriegelände einrichten.«

»Und dafür bezahlt er dich?«, fragte ich ungläubig.

»Natürlich nicht«, sagte meine Mutter. »Wir werden dafür bezahlt, dass wir bei den Koivistos im Haus und in der Fabrik mitarbeiten. Ich helfe Rosa im Haushalt und dein Vater kümmert sich um alle anfallenden Reparaturen und kriegt einen Job in der Fabrik.«

»Du wirst ein Dienstmädchen?«, fragte ich ungläubig und hoffte, dass mich meine Mutter verbessern würde.

»Arbeit ist keine Schande.«

»Wie schön, dass du dich mit dem kleinen Nikki so gut verstehst«, setzte mein Vater hinzu. Ich begriff, dass jetzt auch ich mein Scherflein zum Familieneinkommen beizutragen hatte. Mit zwölf Jahren war meine Kindheit zu Ende.

Wenige Tage später stand ich an der Reling der *Finnhansa* und trauerte dem verlorenen Traum von Indonesien nach. Ich hielt mein Gesicht in den eiskalten Wind, in der Hoffnung, er würde meine trüben Gedanken wegblasen. Wir sollten dankbar sein, dass uns eine Zukunft geboten würde, hatte mir mein Vater am Vorabend gesagt. Seine Worte hatten mich zutiefst erschreckt. Eine Zukunft war mir bis dahin als etwas Selbstverständliches erschienen, aber plötzlich nahm sie bedrohliche Züge an. Ich stellte sie mir als einen Moloch mit vielen Mündern vor, die mich zu verschlingen drohten, weil aus ihnen Worte kamen, die ich nicht verstand. Ich saß zwischen Nikki und meinem Vater am Kapitänstisch und hörte, wie sich Jari mit dem Kapitän auf Finnisch unterhielt. Mein Vater sprach englisch mit Rosa und meine Mutter schwieg in den beiden Sprachen, die mir vertraut waren.

Als das Hauptgericht aufgetragen wurde, glaubte ich zunächst, die Bedienung habe sich geirrt und zu früh das Dessert gebracht. Auf einer Platte befand sich ein runder Kuchen mit brauner Kruste. Eine finnische Spezialität, sagte Rosa zu meiner Mutter auf Niederländisch und hob die obere Kruste wie einen Deckel ab. Entsetzt schlug ich mir die Hand vor den Mund. Lauter kleine Fische lagen auf einer fettigen Masse. Sie sahen sehr lebendig aus.

»*Kalakukko*«, strahlte Rosa. »Fischkuchen, eine finnische Spezialität.«

»Wir … wir essen keinen Fisch«, stotterte meine Mutter.

»Großmama ist daran gestorben«, erläuterte ich.

Neben mir wurde es lebendig. Nikki hatte sich über den Tisch gelehnt und mit den Fingern einen Fisch aus der Masse gezogen.

»Nikki«, rief seine Mutter.

Das war die Gelegenheit, den ekligen Fischen zu entkommen. Ich stand auf und schob meinen Stuhl zurück.

»Komm, Nikki«, sagte ich und griff nach der anderen Hand des Jungen. »Wir werfen den Fisch zurück ins Meer.«

Wir rannten aus dem Speisesaal zur Reling. Ich hatte damit gerechnet, dass der Junge den Fisch in hohem Bogen über Bord werden würde. Stattdessen ließ er ihn ganz langsam fallen und blickte ihm nach.

»Das geht ganz einfach«, sagte er und fügte hinzu: »Jetzt ist er wirklich tot.«

»Toter als tot geht nicht«, klärte ich ihn auf.

»Aber er ist verschwunden. Richtig weg«, bemerkte Nikki befriedigt.

Später brachte ich ihn in der Kabine, die ich mit ihm teilte, zu Bett und ging zu meinen Eltern in den Salon. Aber da sich niemand mit mir beschäftigte und jeder wieder fremd sprach, langweilte ich mich. Ich beschloss, draußen noch ein bisschen herumzulaufen.

Als ich zur Kabine zurückkehrte, um meine Jacke zu holen, sah ich schon im Gang, dass etwas nicht stimmte. Die Tür war angelehnt und durch ein Handtuch vor dem Zuschlagen geschützt. Ich stürzte ins Zimmer. Nikkis Bett war leer.

Plötzlich hörte ich durch die offene Tür das leise Zuschnappen eines Schlosses. Ich sprang hinaus und sah Nikki. Er kam aus der angrenzenden Kabine seiner Eltern und hielt den kleinen Raimo im Arm. Als er mich sah, ließ er das Baby beinahe fallen.

Ich entriss es ihm.

»Was machst du da?«, fuhr ich ihn an.

»Raimo hat Hunger!«, jaulte er mit einer Kleinjungenstimme. »Ich auch. Ich will in die Küche …«

»Wo ist der Kabinenschlüssel deiner Eltern?«, fragte ich, während mir durch den Kopf ging, dass Nikki keinen Fisch gegessen, aber einen über Bord geworfen und das ganz einfach gefunden hatte.

Er deutete zur geschlossenen Kabinentür.

»Hab ich dringelassen. Gibst du uns jetzt was zu essen?«

Das Baby war inzwischen wach geworden und schrie.

»Raimo muss ins Bett. Und du auch. Ich gehe zu deinen Eltern. Sie müssen jemanden holen, der die Tür aufmacht.«

»Kannst du das nicht tun?«, fragte Nikki bettelnd.

Nichts ist geschehen, verdrängte ich einen entsetzlichen Verdacht, außer dass Nikki seinen Eltern den Kabinenschlüssel geklaut und das Baby aus dem Bettchen geholt hat. Ich war für Nikki verantwortlich, und es lag in meiner Macht, das Ganze ungeschehen zu machen. Dann würde sich niemand beunruhigen und wir könnten alles vergessen.

»Geh in die Kabine und bleib drin!«, fuhr ich Nikki an. »Ich kümmere mich um alles.«

Ich schloss unsere Kabinentür wieder ab und ging mit dem brüllenden Baby auf dem Arm auf die Suche nach einem Steward. Der glaubte mir ohne weiteres, dass ich mit dem Baby in der Nachbarkabine gewesen wäre, als die Tür zugeschnappt war.

»Nächstes Mal besser aufpassen«, sagte er auf Deutsch, als er mir die Tür aufschloss. Das Baby schrie weiter, als ich es in sein Bett legte. Ich stopfte ihm den Schnuller in den Mund und kehrte in den Salon zurück.

»Ist es so kalt draußen?«, fragte meine Mutter. »Du hast richtig rote Bäckchen!«

Ich ließ den Kabinenschlüssel der Koivistos unter den Tisch fallen.

Am nächsten Tag benahm sich Nikki so vorbildlich, dass Rosa immer wieder meinen guten Einfluss auf ihren Sohn lobte. Ich war froh, dass ich den Vorfall für mich behalten hatte und Nikki dankte mir mein Schweigen durch besondere Anhänglichkeit.

Er stand neben mir und hielt meine Hand, als am nächsten Vormittag unser Schiff durch die dem Hafen von Helsinki vorgelagerten Schären fuhr. An einer Stelle gestattete die schmale Fahrrinne einen nahen Blick auf eine Ruine.

»Das ist die ehemalige Seefestung Suomenlinna, oder Sveaborg auf Schwedisch«, erklärte uns Rosa und fragte mich etwas später: »Weißt du jetzt, warum man Helsinki ›die weiße Stadt im Norden‹ nennt?«

Ich nickte. Das Schiff steuerte auf die Schmalseite des lang gestreckten Südhafens zu. Von unserer Warte an der Reling konnten wir das bunte Treiben auf dem Marktplatz verfolgen. Rosa deutete auf die repräsentativen Fassaden dahinter und zählte auf: »Rathaus, Reichsgericht, schwedische Botschaft, Palast des Staatspräsidenten.« Diese Gebäude überragte im Hintergrund ein eindrucksvoller, schlichter Dom mit Säulen und grünen Kuppeln. Ich atmete auf. Der erste Eindruck von Helsinki war anheimelnd und der Hafen freundlicher als der in Hamburg. Vielleicht war Finnland gar nicht so übel.

Später sollte ich lernen, dass diese Skyline dem in Berlin geborenen Carl Ludwig Engel zu verdanken war, einem Schüler von Schinkel. Er hatte es in St. Petersburg zu großem Ansehen gebracht und Anfang des 19. Jahrhunderts vom Zaren den Auftrag erhalten, die neue Hauptstadt seines Großfürstentums Finnland mit klassizistischen Bauwerken auszustatten. Nur ein Bauwerk stach krass aus diesem mitteleuropäischen Panorama heraus.

»Was ist das?«, fragte ich Rosa und deutete auf das dunkelrote Mauerwerk eines beinahe bedrohlich aussehenden Gebäudes, das auf einem Felsen thronte. Auf dem Hauptturm glitzerte eine goldene Zwiebelspitze.

»Die orthodoxe Kathedrale«, erklärte Rosa. »Sie erinnert uns daran, dass Finnland einmal Bestandteil des russischen Kaiserreiches gewesen ist.«

»Finnland war auch besetzt?«, fragte ich.

»Ja, und nicht nur von den Russen, sondern viele Jahrhunderte lang von den Schweden. Beide Länder haben immer wieder um Finnland gekämpft.«

»Warum?«, wollte ich wissen.

»Das wirst du in deiner neuen Schule lernen«, wich Rosa aus. Ich dachte an das ganze internationale Kuddelmuddel, mit dem ich in den letzten Tagen konfrontiert worden war, an all die Länder, die andere überfallen, bekriegt und besetzt hatten. Ich dachte an den Hass in den Augen meines Großvaters, als er von meinem Vater gesprochen hatte.

Nein, es waren nicht Länder, die andere Länder überfielen, sondern Menschen. Menschen, die nicht zu Hause geblieben, sondern wie wir in die Fremde gezogen waren.

»Haben die Deutschen auch Finnland besetzt?«, fragte ich.

»Nein«, erwiderte Rosa.

»Dann hassen sie uns hier also nicht«, bemerkte ich befriedigt.

Rosa schenkte mir einen seltsamen Blick. Mein Vater mischte sich ein.

»Eins solltest du dir für die Zukunft merken, Iris. Menschen, die uns mögen, *weil* wir Deutsche sind, werden nicht unbedingt die Menschen sein, die wir mögen.« Während wir von Bord gingen, fragte ich mich, ob das nun bedeutete, dass ich die Menschen zu mögen hatte, die uns hassten. Mein Großvater hasste Deutsche, aber trotzdem mochte ich ihn. Vielleicht war alles weniger kompliziert, wenn man an einzelne Personen anstatt an ein ganzes Volk dachte.

2 HELSINKI

»Ich muss Sie darauf aufmerksam machen, dass wir leider auch Kommunisten in Iris' Klasse haben«, sagte der Direktor der Deutschen Schule zu meinem Vater. Wir waren etwas zu spät zu meinem Einschulungstermin erschienen, weil unterwegs eine Möwe einen weißen Klacks auf mein frisch gewaschenes Haar hatte fallen lassen.

»Ein gutes Omen, das bringt Glück«, behauptete mein Vater und zog mich in ein Lokal. Er bestellte einen Kaffee, während ich in der Toilette versuchte, den Möwendreck aus meinem Haar zu spülen. Obwohl mein Vater beteuerte, dass man nichts mehr sähe, wurde ich das Gefühl nicht los, dass ich mit Scheiße auf dem Kopf meine neue Schule betrat.

»Kommunisten?«, fragte jetzt mein Vater. »Na, so was! Haben Sie etwa auch Katholiken?«

»Ich sage das nur, weil Iris einer gewissen Propaganda ausgesetzt sein könnte. Das ist sie aus Westdeutschland ja nicht gewöhnt.«

»Finnland ist doch kein Ostblockstaat!«, erwiderte mein Vater.

»Finnland ist ein Land zwischen West und Ost«, erklärte der Direktor.

»... aber Ihrer Meinung nach etwas mehr zwischen Ost?«, fragte mein Vater.

»Finnland ist das Loch in der Hallstein-Doktrin«, sagte der Direktor.

»Was verstehen Sie darunter?«, erkundigte sich mein Vater.

»Dass normalerweise die Bundesrepublik keine diplomatischen Beziehungen zu einem Staat aufnimmt, der Kontakte zur Ostzone unterhält, hier aber diplomatische Vertreter von beiden deutschen Staaten akkreditiert sind.«

»Soweit ich weiß, haben wir auch einen Botschafter in Moskau«, meinte mein Vater.

»Das ist was anderes. Adenauer hat mit der UdSSR diplomatische Beziehungen aufnehmen müssen, damit Kriegsgefangene freigekauft werden konnten. Außerdem ist Russland eine der vier Siegermächte. In den anderen Ostblockstaaten hat die Bundesrepublik keine Botschafter.«

»In Finnland auch nicht, habe ich gehört.« Der Direktor nickte zum Fenster. »Weil es offiziell weder zur Zone noch zu uns diplomatische Beziehungen gibt. Aber da gegenüber ...« Er deutete aus dem Fenster, »... befindet sich das deutsche Generalkonsulat, eine Handelsvertretung im Rang einer Botschaft. Die ist übrigens auch für unsere Schule zuständig. Die Deutsche Schule steht allen offen. In Iris' Klasse ist zum Beispiel der Sohn eines ungarischen Diplomaten. Er ist auch erst zwölf, hat aber schon ganz deutliche politische Vorstellungen. Kommunistische«, setzte er hinzu.

»Wie beklagenswert«, bemerkte mein Vater. »Aber machen Sie sich um meine Tochter keine Sorgen. Sie steht fest auf dem Boden unserer freiheitlichen demokratischen Grundordnung.«

Als Zwölfjährige konnte ich mit dieser Standortbestimmung wenig anfangen, dafür umso mehr mit Bela, dem ungarischen Diplomatensohn. Er war der Einzige, mit dem ich mich ein wenig anfreundete. Wie ich war auch er ein Fremdkörper in einer Klasse, die hauptsächlich aus Finnen und Schwedischfinnen bestand. Eine Klassengemeinschaft, wie ich sie aus Hamburg kannte, gab es hier nicht. Die finnischsprachigen Finnen saßen zusammen und blieben in der Pause unter sich. Gleiches galt für die kleinere Gruppe der Schwedisch sprechenden Finnen. Ferner gab es in der Klasse noch einen Dänen, der kein Finnisch, aber Schwedisch sprach und bei den Schweden geduldet wurde, sowie einen Amerikaner, der immer für sich blieb und damit keine Probleme hatte. Das einzige andere deutsche Mädchen in der Klasse, Rita, hatte ihren Namen zum finnischen Riitta verändert. Sie war in Finnland geboren, fühlte finnisch und sich dadurch verpflichtet, mich zu ignorieren. In ihrer Gegenwart kam es mir immer so vor, als ob sich der Möwendreck als sichtbares Zeichen in meine Kopfhaut eingebrannt hätte. Riitta nahm auch am muttersprachlichen und am schwedischen Unterricht der Finnischfinnen teil, während Bela und ich zu diesen Zeiten Freistunden hatten. Wenn wir nicht herumalberten, nutzte ich die Freistunden, um an meinem Englisch zu arbeiten. Obwohl meine Klasse auch erst seit zwei Jahren Englischunterricht hatte, sprach selbst der Schlechteste besser Englisch als der Beste in meiner Hamburger Schulklasse.

»Für die meisten ist es nach Finnisch, Schwedisch und Deutsch die vierte Sprache, und die fällt einem immer am leichtesten«, tröstete mich Rosa.

»Dann ist es besser, wenn ich erst Schwedisch und dann Englisch lerne?«, fragte ich sie.

»Versuch es lieber mit Finnisch. Schwedisch wird nur hier an der Küste gesprochen. Wenn wir im Sommer auf unser Landhaus fahren, wirst du Finnisch brauchen.«

Wir wohnten bereits seit zwei Monaten in der Koivisto-Villa im nördlichen Stadtteil Munkkiniemi, direkt an der breiten Meeresbucht Lasjalahti. Der riesige Garten war von dem felsigen Ufer lediglich durch eine schmale Promenade getrennt. Vom Garten aus gelangte man in unsere Schlafzimmer im Tiefparterre neben der Sauna, die vor allem mein Vater mit Leidenschaft benutzte. Manchmal schämte ich mich, wenn er nur in eine Dampfwolke gehüllt mit Geheul aus der Tür stürzte und sich in den eiskalten Swimmingpool warf, den schon an manchem Oktobermorgen eine dünne Eisschicht bedeckte. Eine Treppe führte hinauf zu unserem Wohnzimmer, das sich neben der Küche befand. Von da aus ging ich über die Hintertreppe hinauf zu dem Flur im Obergeschoss, an dem Nikkis Zimmer lag.

Auch für ihn hatte jetzt die Schulzeit begonnen und seine Eltern hofften, dass er in der Schule die Disziplin erlernen würde, die ihm zu Hause abging. Aber er schien im Gegenteil nur ein erweitertes Feld für seine Streiche gefunden zu haben. Keine Woche verging, in der nicht Eltern oder Lehrer anriefen und sich über ihn beklagten. Einmal hieß es sogar, er terrorisiere die ganze Klasse. Schließlich wurde ein Kinderpsychologe eingeschaltet. Der wusste wenig Rat, da sich Nikki in seiner Gegenwart von der besten Seite zeigte und sehr einsichtsvoll erschien. Der kleine Junge erzählte mir stolz, wie er den Erwachsenen reingelegt hätte.

»Der Mann wollte in meinen Kopf gucken«, sagte er. »Aber er ist doof. Er denkt, ein Kopf ist aus Glas. Ich sage ihm, was er hören will. Zum Beispiel, dass ich Raimo liebe.« Er verzog das Gesicht. »Und dann muss ich immer malen. Das mache ich gern. Ich male dann immer etwas, das ich vor mir sehe. Seine Füße zum Beispiel, wenn die auf dem Schreibtisch liegen. Oder ich male ein Bild ab, das an der Wand hängt. ›Mal etwas, das du dir vorstellst‹, sagt er dann immer, und ich antworte, dass ich immer nur das male, was ich sehe.«

Sogar ich konnte erkennen, dass Nikki künstlerisches Talent hatte. Er malte sehr viel und wurde von seiner Umgebung auch dazu angeregt, weil er sich dann nämlich ruhig verhielt. Aber seine Bilder sahen nicht aus wie die von anderen Kindern. Er malte fotografisch, auch wenn die Perspektive nicht immer hinhaute, wie mein Vater sagte. Der war sehr beeindruckt, dass ein Sechsjähriger in der Lage war, eine Hand abzumalen, und prophezeite ihm eine große künstlerische Zukunft.

Wenn Rosa und Jari über ihr Sorgenkind klagten, pflegte mein Vater zu erwidern, man müsse mit Künstlern Nachsicht haben. Das galt natürlich auch für ihn.

Ich bin nie dahinter gekommen, welche Aufgaben er damals in Jaris Fabrik wahrzunehmen hatte. Er fuhr jeden Morgen dorthin und kehrte am Abend meistens mit Jari zurück. Seine Werkstatt auf dem Fabrikgelände habe ich nie besichtigt, aber beim Abendessen erzählte er uns ausführlich von seinen Problemen. Anfangs war er ziemlich verzweifelt, weil er nur Nadelholz zu sehen kriegte. »Das ist viel zu großnervig und splittert«, klagte er. »Man kann daraus Bretter machen, Möbel und Häuser, aber doch keine Kunst! Ich brauche hartes Holz.« Er war überaus glücklich, als er dahinter kam, dass es im Süden des Landes auch noch Laubbäume gab, Birken, Ahorn, Ulmen, Linden, Erlen und Pappeln zum Beispiel.

Ich kenne nur ein einziges seiner Werke aus jener Zeit. Er hatte es Rosa und Jari für ihren Garten geschenkt. Jari hatte einen Ahornbaum fällen müssen, der den Blumenbeeten zu viel Licht nahm, und meinem Vater das Holz überlassen.

»Die Ahornseele«, nannte Vater das fertige Kunstwerk. Es war über zwei Meter hoch und sollte nach seinen Worten die Essenz des Baums darstellen. Ich fand es eine gespenstische Arbeit. Sie erinnerte mich sehr an Fotos von entlaubten Baumstrünken nach dem Abwurf einer Atombombe. Vater hatte das Holzstück mit wetterfesten Materialien behandelt und es danach ans Kopfende des Swimmingpools gestellt. Um ganz sicherzugehen, dass die Seele des Baums der Witterung standhielt, wollte mein Vater die Plastik mit Teer überziehen. Ich war froh, dass Jari ihn davon abhielt.

»Der Baum ist in den Garten zurückgekehrt«, verkündete Vater, aber ich teilte seine Ansicht nicht. Mir lief jedes Mal ein Schauer über den Rücken, wenn mein Blick auf Vaters Kunstwerk fiel. Vor allem bei Sonne, wenn einer der stilisierten dicken Zweige, der in eine Art Klauenhand auslief, einen bedrohlichen Schatten auf den Boden des stillen Wassers im Swimmingpool warf. Dieser Schatten wirkte wie ein Vorbote des Unheils.

Meine Befürchtung, dass Mutter als Dienstmädchen ausgebeutet werden würde, erwies sich als unbegründet. Koivistos behandelten uns nicht wie Domestiken, sondern wie Hausgäste. Es gab eine Putzfrau, einen Gärtner, eine Waschfrau, einen Chauffeur sowie eine Köchin für offizielle Anlässe. Obwohl meine Mutter alle Pflichten einer Haushälterin übernommen hatte, wurde sie immer als Rosas im Haus wohnende Freundin vorgestellt und saß auch bei offiziellen Abendessen mit am Tisch. Mein Vater war dann zwar auch eingeladen, aber nach den ersten beiden Malen drückte er sich.

»Die Trinksitten sind mir zu kompliziert«, erklärte er mir. »Ich blicke da nicht durch und benehme mich dauernd daneben.«

Er erläuterte mir, dass es eisenstarre Regeln gäbe, wer wann zu wem »skål« sagen müsse oder es umgekehrt keinesfalls sagen dürfe. »Wenn Rosa ein Essen gibt, ist sie zum Beispiel verpflichtet, jedem anwesenden Herrn im Laufe des Essens einmal zuzuprosten«, fuhr er fort. »Bei einer großen Tafel wird sie durch das ständige Lauern auf den passenden Moment davon abgelenkt, sich mit ihrem direkten Nachbarn in ein Gespräch zu vertiefen. Sie muss eine Strichliste im Kopf führen und aufpassen, dass sie niemanden vergisst. Damen dürfen nicht trinken, wenn sie wollen, sondern erst zum Glas greifen, wenn ein Herr ihnen zutrinkt. Bei meinem ersten Essen wusste ich das nicht. Ich bin gar nicht auf die Idee gekommen, meiner Tischnachbarin zuzuprosten, und habe mich die ganze Zeit gewundert, warum sie ihr volles Weinglas nicht anrührt.« Heute glaube ich, dass Vater die finnischen Tafelsitten nur als Entschuldigung vorschob. In Wirklichkeit war er es leid, andauernd englisch sprechen zu müssen und dann auch noch mit der Nase darauf gestoßen zu werden, dass die Finnen das besser konnten. Er fand es sicher schon schlimm genug, dass Mutter jetzt ganz offen nur noch niederländisch mit mir sprach und er nichts dagegen unternehmen konnte, weil dies eine der beiden Umgangssprachen im Hause Koivisto war. Ich hatte inzwischen begonnen, Finnisch zu lernen, und fragte ihn, ob er nicht mitmachen wolle, aber er winkte mit dem Hinweis auf sein Alter und die besonderen Schwierigkeiten der finnischen Sprache ab. Rosa gab zu, dass die finnische Sprache gewöhnungsbedürftig sei. Das markige *minä rakastan sinua* – ich liebe dich – habe in ihren Ohren zuerst auch eher nach einer Kriegs- denn einer Liebeserklärung geklungen.

»So wie euer holländisches *ik hou van jou*«, brummte mein Vater und haute einer imaginäre Gestalt etwas um die Ohren.

»Und was ist mit eurem *Schmetterling?«*, fragte Rosa in perfektem Deutsch.

»Was ist damit?«, fragte mein Vater zurück, sichtlich erfreut, dass sich Rosa der Sprache bediente, die sie nie wieder hatte sprechen wollen.

»Schmet-ter-ling!«, trompetete Rosa. »Für ein zartes, zerbrechliches Geschöpf können auch nur die Deutschen einen derart martialischen Begriff erfinden.«

»Wir können ja wieder englisch sprechen«, schlug mein Vater schüchtern vor.

Er hatte inzwischen Kontakt zu Auslandsdeutschen aufgenommen, die sich jeden Sonnabend in einem Hotelrestaurant trafen.

»Was redet ihr da?«, fragte meine Mutter.

»Deutsch!«, fuhr er sie an.

»Ich meine, worüber.«

»Zum Beispiel über DDR-Flüchtlinge. Wir haben seit letzter Woche drei neue Landsleute.«

Ein Mitarbeiter der westdeutschen Handelsvertretung hatte berichtet, dass sich drei Boxer aus Cottbus abgesetzt hätten. Sie waren für einen Länderkampf nach Finnland gekommen und hatten sich mit einem letzten Sieg von ihrem alten Vaterland verabschiedet.

»Im Generalkonsulat wurden Sofortfotos gemacht, neue Pässe ausgestellt und dann wurden die Männer schnell in eine Maschine nach Stockholm gesetzt«, erzählte Vater. Sein Informant habe ihm empört mitgeteilt, dass alle drei Amateurboxer in der DDR die gleiche Adresse gehabt und als Schlosser zwar Gehalt bekommen, diesen Beruf aber nie ausgeübt hätten.

»Kein Wunder, dass sie gegen die Finnen gewonnen haben, wenn sie nichts anderes tun als Boxen! Amateursport!« Vater hatte auch erfahren, dass das DDR-Schiff »Völkerfreundschaft« den finnischen Hafen meistens mit ein paar Mann weniger an Bord verließ und dass zwei DDRler sogar einmal von der polnischen »Batory« gesprungen und ans finnische Ufer geschwommen waren.

»Hoffentlich im Sommer!«, sagte Mutter zitternd und fragte, ob solche Vorfälle nicht Probleme zwischen der DDR und Finnland schufen.

»Die finnische Polizei ist schlau«, berichtete mein Vater. »Sie sagt der DDR-Behörde zu, die Ausreißer sofort einzufangen. Aber ihr wisst ja, was sofort in Finnland bedeutet …«

Wir nickten alle ergeben. Rosa hatte einmal erklärt, dass ihr die finnische Langsamkeit am meisten zu schaffen mache. Auf Jaris Einwand, dass Südländer auch nicht gerade die Schnelligkeit erfunden hätten, erwiderte sie, dass man im Süden zwar langsam, aber auch fröhlich und zugänglich sei. Umständliche Langsamkeit gepaart mit Introvertiertheit sei für temperamentvolle Menschen schwer erträglich.

»Gott hat uns die Zeit gegeben, von Eile hat er nichts gesagt«, antwortete Jari.

»Die finnische Polizei«, sagte jetzt mein Vater, »tritt also erst in Aktion, wenn die Flüchtlinge über alle Berge sind.«

Wenn Mutter gefragt wurde, wie ihr Finnland gefalle, flog ein asiatisches Lächeln über ihr Gesicht, und sie erklärte leise, dass sie dieses Land sehr schön fände. Soviel ich weiß, hat sie im ersten Halbjahr das Haus nur verlassen, um in den Garten zu gehen. Manchmal sah ich sie stundenlang am Zaun stehen und auf die Bucht hinausschauen. Wenn ich mich neben sie stellte, sah ich, wie ihr Blick immer an jener schmalen Stelle fest hing, wo sich die Bucht zum Meer hin öffnete. Sonst deutete nichts darauf hin, dass sie von Flucht träumte.

Die Erwachsenen, der Psychologe eingeschlossen, hielten es für ein Wunder, dass ich mit dem ansonsten so schwierigen Nikki mühelos zurechtkam. Wenn sie mich nach meinem Geheimnis fragten, hob ich die Schultern. Ich konnte ihnen schlecht sagen, dass es darin bestand, nichts zu tun. Die Selbstverständlichkeit, mit der davon ausgegangen worden war, dass ich mich um Nikki kümmern sollte, hatte mich geärgert. Ich schwor mir, kein bisschen mehr zu tun als unbedingt nötig. Ich frühstückte mit ihm und nach der Schule saß ich in seinem Zimmer und las, während er malte, Schulaufgaben machte oder spielte. Ich kann mich nicht erinnern, jemals mit ihm gespielt zu haben. Ihm schien es zu genügen, dass ich mich im selben Zimmer mit ihm aufhielt. Dagegen hatte ich nichts einzuwenden, weil es ein viel schönerer Raum war als mein halbdunkles winziges Schlafzimmer im Tiefparterre.

Schon in Hamburg hatte ich gern gelesen, aber in Helsinki wurde ich zu einer besessenen Leseratte. Rosa und Jari hatten mir erlaubt in ihrer Bibliothek herumzustöbern und ich freute mich über die niederländischen und deutschen Bücher, die ich dort entdeckte. Ich konnte es kaum erwarten, bis mein Englisch, Finnisch und Schwedisch mir erlauben würden, die anderen Schätze zu heben.

»Wir haben beschlossen, Nikki auch auf die Deutsche Schule zu geben«, verkündete Rosa eines Abends. Ich erschrak. Jetzt würde der Junge nicht nur den gleichen Schulweg haben, sondern sich wahrscheinlich auch in den Pausen an mich hängen. Ein kleines Kind an meiner Seite würde mich noch mehr in die Außenseiterrolle drängen.

»Aber er kann kein Deutsch«, warf ich ein.

»Das wird er da lernen«, meinte Rosa unbekümmert, »der Psychologe ist auch der Meinung, dass es Nikki gut täte. Auf deiner Schule herrscht mehr Disziplin als auf seiner.«

Auch mehr als auf meiner Hamburger. Wer zum Beispiel am Montagvormittag die langweilige Morgenandacht zu schwänzen versuchte, wurde aufgeschrieben und bestraft.

Die Lehrer ließen nicht viel mit sich reden, und das lag wahrscheinlich daran, dass viele Schüler plötzlich ganz schlecht Deutsch sprachen, wenn sie etwas angestellt hatten. Manchmal flog während des Unterrichts ein finnisches Wort durch die Klasse und alles begann zu kichern. Die meisten Lehrer vermuteten unanständige Kommentare dahinter und handelten dementsprechend. Auch wenn es nur ein kräftiges »Kartoffeln mit Speck!« war, der erste Zwischenruf, den ich verstand. Der Rufer verteidigte sich, er habe den anderen nur mitgeteilt, was es heute in der Schulkantine gäbe.

»Das stimmt!«, rief ich aufgeregt dazwischen. Der Lehrer warf mir einen unendlich traurigen Blick zu.

Ich fand schnell einen Weg, auch dann nicht mit Nikki nach Hause zu müssen, wenn unsere Stundenpläne übereinstimmten. Bela, der ebenfalls gern las, erzählte mir von der größten Buchhandlung der Welt, in der man sich einfach hinsetzen und Bücher lesen konnte. Man brauchte sie nicht zu kaufen, sondern konnte sie kostenlos im Laden konsumieren. Die riesige Buchhandlung erstreckte sich über mehrere Häuserblöcke und verfügte über ein umfangreiches Sortiment an deutschen Büchern. Im Zeitalter der eingeschweißten Lektüre dürften Schwarzleser inzwischen auch aus diesem Paradies vertrieben worden sein.

Hier las ich mich durch den gesamten Karl May und fand es tröstlich, dass die Seite, auf der Winnetou stirbt, schon gewellt war, bevor meine Tränen sie benetzten. Als im November der finnische Winter mit Eiseskälte, Schneemassen und finsteren Tagen über uns hereinbrach, war ich mit Wörishöffers »Naturforscherschiff« in der Südsee, erlitt Schiffbruch mit »Sigismund Rüstig« und wurde in Gwen Bristows »Tiefen Süden« versetzt. Ich stand Ängste um den »Kurier des Zaren« aus, vor allem, als es danach aussah, dass er blind bleiben würde – das fürchterlichste Schicksal, das ich mir vorstellen konnte –, und ich verliebte mich zum ersten Mal, nämlich in den letzten Mohikaner.

Es war stockfinster, wenn ich nach Ladenschluss die Buchhandlung verließ, oft versucht, einen nicht ausgelesenen Band in meine Schulmappe rutschen zu lassen. Die Angst vor Entdeckung mit anschließendem Hausverbot hielt mich davon ab.

Aber ein anderer Gedanke ließ mich nicht los. Irgendwann einmal wollte ich mich in der Buchhandlung einsperren lassen, damit ich eine ganze Nacht ungestört lesen konnte. Dies erforderte aber eine gewisse Planung.

Der Schnee knirschte unter meinen Füßen, als ich zur Bushaltestelle ging. In Helsinki wurde der Schnee nicht geräumt – wohin auch mit den Massen! –, sondern festgetreten und mit Sand bestreut. Im Laufe eines strengen Winters konnte es dann schon vorkommen, dass man vom Gehweg aus mühelos in die Fenster der Obergeschosse blicken konnte. In unserem ersten Winter türmten sich die Schneewände zu beiden Seiten des Hauseingangs zwei Meter hoch. Mein Zimmerfenster ging auf eine weiße Wand hinaus.

Auf Anraten von Koivistos schluckten wir Unmengen an Vitaminpräparaten und setzten uns regelmäßig unter die Höhensonne. Mutter lehnte das künstliche Licht ab, weil sie es »unnatürlich« fand.

»Ewige Dunkelheit ist auch unnatürlich«, argumentierte Vater und strich ihr besorgt über die fahlen Wangen.

»In Finnland ist sie natürlich«, meinte Mutter.

»Aber du bist nicht für den Winter gemacht«, erinnerte ich sie und bedauerte zutiefst, dass sie ihr Heiligtum in Hamburg gelassen hatte. Wie gern hätte ich jetzt mit ihr auf Bambusmatten gesessen und fremde Gewürze gerochen! Aber ihr schien das Refugium nicht zu fehlen. »Mir fehlt gar nichts«, sagte sie. Ich erschrak. Vom Klang ihrer Stimme her hätte sie »gar nichts« durch »alles« ersetzen können. Zum ersten Mal bekam ich Angst um meine Mutter.

»Sie hat alles, was sie braucht«, erwiderte Vater, als ich ihn darauf ansprach. »Und niemand beschwert sich, wenn sie den ganzen Tag lang holländisch quasselt.« Als ob meine

Mutter in irgendeiner Sprache jemals mehr als das Nötigste gesprochen hätte!

Vater schien gar nicht aufzufallen, dass Mutter noch weniger redete als früher. Aber seine eigenen Projekte nahmen seine ganze Zeit in Anspruch. Da es im Winter zu kalt war, um in der Werkstatt Riesenplastiken anzufertigen, verbrachte er die Abende in einem Kellerraum, wo er an Modellen für seine größeren Objekte schnitzte. Er benutzte dabei neuerdings seinen *Puukko*, einen Finnendolch, den Jari ihm bei unserer Ankunft geschenkt hatte und der in Finnland als unverzichtbares Zeichen von Manneswürde gilt.

Heute frage ich mich, wie es mein in allen Dingen erfolgloser Vater geschafft hat, uns jahrelang von seiner Autorität zu überzeugen. Er war der Herr im Haus – oder zumindest in unserer Einliegerwohnung, und wir kamen nie auf die Idee, seine Maßgeblichkeit anzuzweifeln. Vielleicht steckte noch ein letzter Rest von Offizier in ihm, das Stückchen, das Großmama Meander aus ihm herauszukitzeln versucht hatte, das sich aber erst nach ihrem Tod ans Tageslicht wagte. Ich stellte mir oft vor, was Großmama davon gehalten hätte, dass mein Vater jetzt zum Experten für geplatzte Wasserrohre und verstopfte Klos geworden war und meine Mutter einem fremden Säugling die Windeln wechselte. Wie gut, dass Großmama Meander nichts mehr erschüttern konnte!

Der Winter hatte auch fröhliche Seiten. Zu Weihnachten schenkten Koivistos mir Langlaufski und während der Ferien nutzte ich die drei hellen Stunden des Tages, um über die verschneite Bucht zu gleiten. Mutter fragte mich, ob ich es nicht langweilig fände, auf immer gleicher weißer Fläche immer nur geradeaus zu fahren und irgendwann wieder umzukehren.

»Da ist doch nichts«, sagte sie.

Genau das fand ich faszinierend. Nichts als eine weiße Fläche, an deren Ende, dem gegenüberliegenden Ufer, ein kleiner Idiotenhügel zu einem winzigen Abenteuer einlud, von dem sonst niemand etwas wusste.

Ich entdeckte auf schmerzliche Weise, dass es nicht ratsam war, über die Bucht zu fahren, wenn die Temperatur unter minus fünfzehn Grad sank oder ein heftiger kalter Wind wehte. An einem klaren Februarmittag freute ich mich, wie schnell ich mit dem Wind im Rücken die zwei Kilometer bis zum anderen Ufer bewältigte. Doch dieser Wind erwies sich als trügerischer Freund. Auf der Rückfahrt bliesen mir Eisböen ins Gesicht, die meine Augen brennen ließen, meine Nase gefühllos machten und durch die dicke Winterkleidung schnitten. Ich kam nur mühsam voran, fürchtete, auszugleiten und keine Kraft mehr zum Aufstehen zu haben. Nirgends waren Eisfischer zu sehen, die Hilfe hätten holen können. Zum ersten Mal in meinem Leben überfiel mich Todesangst.

Als ich in der Dunkelheit das Gartentor erreichte, zitterten meine Hände so stark, dass ich es mit meinen dicken Handschuhen nicht öffnen konnte. Ich zog einen Handschuh aus, drückte die Klinke runter und stieß einen markerschütternden Schrei aus. Meine Haut klebte an dem Metall fest. Rosa kam mir mit lauwarmem Wasser zu Hilfe und danach wurde der Arzt gerufen, der meine Erfrierungen an den Zehen, Händen und an der Nase sowie meine blutenden Augen behandelte.

In diesem Winter lernte ich, dass mein Gefühl für Temperaturen bei ungefähr minus fünfzehn Grad einfror. Ob es fünfzehn, zwanzig, fünfundzwanzig oder gar dreißig Grad unter null waren, empfand ich nicht, sondern konnte es nur noch vom Thermometer ablesen.

Nach meinem Abenteuer stellte ich die Ski zur Seite und beobachtete lieber die Rennfahrer auf dem Eis. Mitten auf der Bucht war ein Circuit freigeschaufelt worden, auf dem an Wochenenden Autos durch die Kurven rasten.

Vater fragte Jari einmal, warum er keine Beschwerde darüber einreiche, dass Motorenlärm und Auspuffgase die

Sonntagsruhe in dieser vornehmen Gegend störten. Jari sah ihn fassungslos an.

»Wenn ich den Mut hätte, würde ich mitmachen!«, sagte er. »Kannst du dir nicht den *Kick* vorstellen, wenn man mit voller Geschwindigkeit aus der Kurve in den Schnee fliegt? Was denkst du, warum Finnland so großartige Rennfahrer hat? Auf dem Eis verdienen sie sich die ersten Sporen!«

Wie fast allen Finnen war auch Jari Sport heiliger als der Sonntag. Seine besondere Liebe galt der Leichtathletik. Er konnte sämtliche Weltrekorde auswendig aufsagen und behauptete, Staatspräsident Urho Kekkonen hätte sich nie so lange im Amt gehalten, wenn er sich nicht als einstmals erfolgreicher Sportler solcher Achtung bei der Bevölkerung erfreut hätte.

Erst Ende April begann der tiefgefrorene Boden langsam aufzutauen und die Straßen verwandelten sich in Schlammtrassen. Nikki flog für zwei Tage von der Schule, weil er auf dem Hof einem Mitschüler einen Eisklumpen an den Kopf geworfen hatte. Er war der festen Überzeugung, zu Unrecht bestraft worden zu sein. Dem Schüler sei der Eisklumpen einfach »auf den Kopf gefallen«, behauptete er.

»Es gibt keinen Frühling«, stellte meine Mutter eines Tages im Mai fest, als ich zu ihr an den Gartenzaun kam. Sie blickte über die Bucht zur Meeresöffnung hin. »Wie soll es dann jemals wieder Sommer werden?«

Ohne Frühling, wie wir wenige Tage später merkten. Wie von Zauberhand waren eines Morgens die letzten Spuren des Winters verschwunden. Allerdings entließ der hart gefrorene Boden noch kein neues Leben. Es dauerte einige Tage und dann fand eine regelrechte Blütenexplosion im Garten statt. Da war es bereits so warm, dass wir wieder im Swimmingpool schwimmen konnten. Kaum zu glauben, dass ich noch zwei Wochen zuvor Nikki von einer Eisscholle im Hafen gezogen hatte!

Normalerweise verbrachten Koivistos die drei Sommermonate in ihrem Landhaus am Saimaa-See und ursprünglich war vorgesehen gewesen, dass wir sie dahin begleiten sollten.

Aber Rosa hatte Angst, so lange von der Außenwelt abgeschnitten zu sein, da der kleine Raimo oft kränkelte. Die Familie beschloss, zusammen mit den Töchtern aus Amerika erst Ende Juli aufs Land zu fahren.

»Wir bleiben in Helsinki und passen aufs Haus auf«, informierte mich mein Vater eines frühen Abends. »Wir können hier wunderbar wie reiche Leute Urlaub machen. Haus und Garten haben wir für uns und du bist den kleinen Quälgeist Nikki eine Weile los.«

Wie auf Kommando hörten wir ihn schreien.

»In den Garten, schnell!«, rief mein Vater.

Am Swimmingpool stand Nikki und zitterte am ganzen Körper. In einer Hand hielt er das große Sieb, das an einem langen Stiel befestigt war und mit dem wir sonst Blätter und Käfer aus dem Becken fischten.

»Rette sie! Sie ertrinken!«, schrie er mir zu. Eine Ente hatte sich mit ihren sechs Jungen in den Swimmingpool verirrt und den Kleinen fehlte noch die Fetthaut, die sie des Schwimmens mächtig machen würde. Mein Vater entriss Nikki das Sieb und ich sprang ins Wasser. Wenig später scharten sich fünf nasse graue Bällchen am Beckenrand piepsend um die aufgeregt schnatternde Mutter. Für ihren sechsten Sprössling war jede Hilfe zu spät gekommen; er erlitt den nassen Tod. Nikki war untröstlich. Er blickte auf das reglose Tierchen in seiner Hand und wollte es nicht hergeben.

»Krank«, sagte er. »Muss ins Bett.«

»Nein, Nikki«, sagte ich sanft, während ich mir den nassen Rock auszog und ihn über den ausgestreckten Arm von Vaters Plastik hängte. »Das arme Tier ist tot. Wie müssen es begraben.«

Als ob er sein Brüderchen für den Ententod verantwortlich machte, warf er einen bösen Blick auf Raimo. Dieser hatte in seinem Laufställchen auf der Terrasse mit dem Schnuller im Mund schweigend die ganze Rettungsaktion beobachtet. Mit einem Ruck zog Vater meinen nassen Rock von der *Ahornseele*. Der Stoff verfing sich in der Klauenhand und riss.

»Ein bisschen mehr Respekt vor der Kunst, wenn ich bitten darf!«, fuhr er mich an. »Dies ist kein Kleiderständer!«

Nikki bestand darauf, das Entlein mit allem Pomp bei den Rhododendrenbüschen zu begraben. Wir mussten uns dafür extra fein anziehen und Jari hielt eine Ansprache, in der er den viel zu frühen Tod des jungen Geschöpfs beklagte.

Von da an stand im Hause Koivisto nie wieder Entenbraten auf dem Speiseplan.

Da es in den Sommermonaten nachts nie richtig dunkel wurde, brachte man schwarze Stoffrollos an den Fenstern an. Außer an meinem, denn mir war das Zwielicht lieber als totale Finsternis. Eines Nachts im Juni hörte ich gegen halb elf das leise Zuklappen unserer Tür zum Garten. Ich blickte aus dem Fenster und sah meine Mutter reglos vor einem Blumenbeet hocken. Nach einer halben Stunde hatte sie sich immer noch nicht gerührt. Ich schlüpfte in meine Pantoffeln und lief hinaus.

»Psst!« Sie legte den Zeigefinger an den Mund, als sie mich sah.

»Was hörst du denn?«, fragte ich flüsternd, als ich mich neben sie gehockt hatte.

»Ich sehe zu, wie die Blätter wachsen«, sagte sie. »Wenn du ganz still bist, kannst du ihnen dabei zuhören.«

Ich war sehr besorgt.

Am nächsten Morgen vertraute ich mich Rosa an. War meine Mutter etwa auf dem besten Weg, verrückt zu werden? Rosa lachte.

»Keine Spur«, sagte sie, »deine Mutter ist nur sehr sensibel. Sie hat Recht, die Pflanzen wachsen wirklich Tag *und*

Nacht, weil es mit der immer höher steigenden Sonne nicht mehr dunkel wird. Es gibt hier viele Leute, die behaupten, die Blätter wachsen zu sehen. Und in ein paar Tagen wird es um Mitternacht so hell sein, dass du ohne künstliches Licht das Kleingedruckte in der Zeitung lesen kannst.«

Damit brachte sie mich auf einen Gedanken. Aber noch heute mache ich mir Vorwürfe, dass ich ihn in die Tat umgesetzt habe. Wahrscheinlich wäre über das Haus Koivisto die Katastrophe nicht hereingebrochen, wenn ich mich nicht in jener bestimmten Nacht in der Buchhandlung hätte einschließen lassen. Ich hätte in meinem Zimmer ganz bestimmt etwas gehört und handeln können.

So aber kam ich zu spät.

Bela, mit dem ich mich während der Schulzeit öfter in der Buchhandlung traf, hatte mich davon überzeugt, dass es unsinnig sei, sich in der dunklen Jahreszeit dort einschließen zu lassen.

»Dann sind nur die Schaufenster erleuchtet und du kannst dich schlecht in die Auslage setzen und da lesen.«

»Taschenlampe?«, schlug ich vor.

»Das Licht könnte jemand sehen und Alarm schlagen. Außerdem ist es unbequem, mit Taschenlampe zu lesen.«

Mitte Juni überzeugte ich mich davon, dass es an einer Stelle der Buchhandlung hell genug war, um von außen ungesehen drinnen schmökern zu können. Ich steckte gerade mitten in der Jugendausgabe von »Jane Eyre«, und es zerriss mir das Herz, wenn ich las, was dem armen Mädchen angetan wurde. Unvorstellbar, bei strahlendem Sonnenschein in meinem neuen Schlauchboot über die Bucht zu gondeln, während sie in ihrem Internat Hunger litt und sich fast zu Tode fror! Ich log meinen Eltern vor, dass ich über Nacht bei meiner Schulfreundin Riitta bleiben würde, steckte belegte Brote in meine Mappe und freute mich darauf zu erleben, dass Jane Eyre in dieser Nacht doch noch ihr Glück finden würde.

Ich musste mich gar nicht groß verstecken, nur still hinter einer Bücherwand stehen bleiben, als der Aufruf zum Verlassen der Buchhandlung kam. Nachdem die Tür abgeschlossen wurde, wartete ich noch ein paar Minuten und dann machte ich es mir an der vorher ausgesuchten Stelle bequem.

Ich hatte mir vorgestellt, einfach wach bleiben zu können, aber irgendwann verschwamm das Gelesene vor meinen Augen, ich wurde blind wie der arme Herr Rochester und schlief ein. Zitternd vor Kälte wachte ich auf, als die Tür der Buchhandlung aufgeschlossen wurde und alle Lichter angingen. Rasch ergriff ich meine Sachen, wobei ich ein angebissenes Brot auf dem kleinen Bücherstapel, der mir als Tischchen gedient hatte, vergaß, und stellte mich wieder hinter die Bücherwand. Es war sehr still im Laden und ich hoffte, niemand würde mein Zähneklappern hören. Erst als einige Kunden den Laden betreten hatten, traute ich mich wieder hervor und schlich aus der Tür.

Als ich aus dem Bus stieg, wäre ich fast unter die Räder eines Rettungswagens gekommen. Mit Blaulicht und Sirene bog er in unsere Straße ein. Ich lief schneller. Es war halb zehn Uhr morgens und versprach ein sehr heißer Tag zu werden. Schon am Vortag hatten wir den Radionachrichten entnommen, dass es zurzeit nirgendwo heißer sei als in Helsinki und Ankara.

Der Rettungswagen hielt vor der Koivisto-Villa und zwei Sanitäter sprangen heraus. Mit klopfendem Herzen rannte ich durch die offene Haustür, die ich normalerweise nicht benutzte, und sah schon durch die Panoramafenster im Wohnzimmer, dass etwas Schreckliches geschehen sein musste.

Rosas Schreie müssen noch am anderen Ufer der Bucht zu hören gewesen sein. Mutters olivfarbene Haut war kreidebleich und dicke Tränen rollten ihr über die Wangen, als sie vergeblich versuchte, Rosa auf einen Gartenstuhl zu ziehen. Jari zitterte. Mit beiden Händen umklammerte er den langen Ast der Ahornseele, sodass seine Knöchel weiß hervortraten. Vater stand etwas abseits und hatte den Arm um Nikki gelegt. Ich stürzte auf die Terrasse und sah, wie sich die beiden Sanitäter über Raimo beugten und ihn zu beatmen versuchten. Der Einjährige war klatschnass. Mein Blick fiel auf das offene Laufställchen.

Ein Sanitäter hob den kleinen Jungen hoch, sagte etwas zu Jari und rannte mit dem Kind im Arm zum Wagen. Jari und Rosa liefen hinterher. Innerhalb von Sekunden hörten wir das Quietschen der Reifen im Sirenenton untergehen.

»Und jetzt?«, flüsterte meine Mutter. Da wusste ich, dass dem kleinen Raimo auch im Krankenhaus nicht mehr zu helfen war.

Nach all der Hektik herrschte Totenstille im Garten. Sogar die Vögel schwiegen und die Pflanzen hatten wahrscheinlich kurzfristig ihre Wachstumsgeräusche eingestellt. Ein lautes Klatschen schreckte uns auf. Die Klauenhand brach da ab, wo Jari sich daran festgehalten hatte, und fiel ins Wasser.

Später wurde das Unglück rekonstruiert. Rosa gab sich die ganze Schuld. Wie jeden Morgen hatte sie Raimo in das Laufställchen auf der überdeckten Terrasse gesetzt und dabei offensichtlich das Gittertürchen nicht fest zugemacht. Der Kleine war herausgekrabbelt und über den Terrassenrand in das Schwimmbecken gefallen. Nikki, der im Garten gespielt hatte, war hinzugeeilt und hatte vergeblich versucht, das kleine Kind mit dem Sieb aus dem Wasser zu fischen. Er hatte laut um Hilfe geschrieen, aber da Rosa unter der Dusche stand, meine Mutter in der Küche das Frühstücksgeschirr wegräumte und Jari mit meinem Vater in der Garage unter die Motorhaube des Sommerjeeps schaute, ging kostbare Zeit verloren.

Erst am Abend stellte ich fest, dass ich in der Buchhandlung aus Versehen »Jane Eyre« hatte mitgehen lassen. Aber jetzt konnte mich ihr Schicksal nicht mehr rühren.

In den nächsten Tagen kümmerte sich Mutter um Nikki, der ihr brav wie ein Lamm folgte und niemandem in dieser hochdramatischen Zeit zusätzliche Schwierigkeiten bereitete. Manchmal dachte ich, dass es besser wäre, wenn er, wie noch vor wenigen Tagen, wieder einen seiner Anfälle kriegen und sich brüllend und mit allen Gliedmaßen strampelnd auf den Boden werfen würde. Auf diese Weise würde Rosa daran erinnert werden, dass sie noch einen kleinen Sohn hatte, der sie brauchte. Sie war jetzt nämlich noch stiller als meine Mutter geworden. Ihre Bewegungen glichen der einer automatisierten Puppe und es sollten noch Monate vergehen, ehe sich wieder ein Lächeln in ihre Mundwinkel stahl.

Von Ferien im Landhaus war nicht mehr die Rede. Die beiden Koivisto-Töchter trafen aus Amerika ein, blieben einen Monat und reisten dann wieder ab. Erst hinterher fiel mir auf, dass ich ihre Stimmen nie gehört hatte. Im Hause Koivisto wurde nur noch geflüstert.

Als ich zwei Tage nach Raimos Beerdigung in die Buchhandlung zurückkehrte, um »Jane Eyre« unauffällig an ihren angestammten Platz zu stellen, rief mich eine der Angestellten zu sich. Obwohl ich inzwischen schon etwas Finnisch verstand, gab ich mich total sprachlos. Sie hielt mir ein völlig vertrocknetes, angebissenes Käsebrot vor die Augen. Ich hob die Schultern und rümpfte die Nase.

»Ich habe dich am Morgen herauskommen, aber nicht hineingehen sehen«, sagte sie, griff rasch nach meiner Mappe und zog »Jane Eyre« heraus.

»Aha! Gestohlen! Und gekauft hast du hier noch nie etwas.«

Es war so weit. Ich erhielt Hausverbot und verfluchte den Tag, an dem ich auf die Idee gekommen war, mich einschließen zu lassen. Das hatte nur Unglück gebracht.

Nikki überraschte meinen Vater mit einer Zeichnung von der Ahorn-Plastik. Der Junge hatte sich Vaters Bemerkungen über Perspektive zu Herzen genommen und die Klauenhand so vergrößert in den Vordergrund gerückt, dass sie noch grotesker und bedrohlicher aussah. Ich bin sicher, dass es nicht nur mir am liebsten gewesen wäre, wenn das inzwischen mutierte Objekt gänzlich aus dem Garten verschwunden wäre, aber Vater hatte den Sockel einzementiert. Nachdem ihm Nikki die Zeichnung überreicht hatte, begann Vater am Abend mit seinen Werkzeugen die Bruchstelle der Ahornseele zu bearbeiten. Am nächsten Morgen begrüßten uns drei lange Spinnenfinger am ausgestreckten Ast. Erstmals sprach Jari ein Machtwort.

»Das geht nicht, Wilhelm. Es ist zwar sehr schön, aber auch gefährlich. Da könnte sich doch jemand ein Auge ausstechen!« Vielleicht störte Jari auch die Symbolik, die Vater sicherlich entgangen war: dass jetzt nämlich nur noch drei Mitglieder der Familie Koivisto im Haus wohnten. Vater sägte also die drei Spinnenfinger ab und verbrachte zwei weitere Nächte mit der Neugestaltung. Tagsüber deckte er die Arbeitsstelle mit einem Tuch ab.

»Das fertige Werk soll eine Überraschung sein«, verkündete er.

Das war es dann auch.

Rosa stieß einen Schrei aus und griff sich ans Herz. Mutter sog nur leise den Atem ein und warf Vater einen vorwurfsvollen Blick zu. Ich begriff die Aufregung erst, als ich mich neben die beiden Frauen stellte und das Werk aus ihrer Perspektive betrachtete. Besser gesagt, nicht das Werk selber, sondern den Schatten, den es auf den Boden des Swimmingpools warf.

Nach Jaris Beschwerde über die spitze Variante hatte sich Vater einer runden Form zugewandt und dem Astende eine kugelähnliche Gestalt mit kleinen Einbuchtungen verliehen. Aber der Schatten im Swimmingpool zeigte beim Stand der Frühmorgensonne das Profil eines Kinderkopfes.

Vaters Werkzeuge kamen abermals zum Einsatz. Ich stellte mir vor, wie er auf diese Weise die grässliche Plastik langsam selber abtragen würde.

Im ersten Jahr unseres Zusammenlebens hatte Rosa nie über ihre Zeit im Konzentrationslager gesprochen und keiner von uns hatte sich getraut, sie danach zu fragen.

»Da ist eine Wand«, sagte Mutter, als ich wissen wollte, ob sich Rosa ihr anvertraut hätte. »Wenn ich etwas in diese Richtung sage, reagiert sie immer gleich. Sie sagt dann, was für ein Glück, dass meine Eltern und ich diesem Grauen entgangen seien. Sie hätte es sich nie verziehen, wenn wir ihretwegen ins Lager gekommen wären.«

»Aber ihr seid doch nicht jüdisch?«, fragte ich.

»Wer Juden im Haus hatte, wurde bestraft. Abtransportiert«, sagte Mutter. »Und wir hatten Rosa versteckt.«

»Warum hat man euch in Ruhe gelassen?«

Mutter zuckte die Achseln.

»Keine Ahnung.«

»Ich habe für euch gebürgt ...«, murmelte Vater.

Wir starrten ihn entgeistert an.

»...deinen Vater auf die Liste der Kollaborateure gesetzt und mit ihm zusammen einen Auftritt inszeniert. Er beschwerte sich bei der deutschen Besatzung darüber, dass sich eine Jüdin auf euren Dachboden hatte schleichen können und machte mich, den Wehrmachtsoffizier, dafür verantwortlich. Schließlich ging ich damals bei euch ein und aus. Aber bei meinem nationalsozialistischen Familienhintergrund war ich über jeden Verdacht erhaben und man ließ euch in Ruhe.«

»Warum hast du mir das nie erzählt?«, fragte Mutter.

»Dann hättest du erfahren, dass dein Vater in die niederländische Nazipartei eingetreten war. Hätte das nicht dein Weltbild von eurer tapferen Widerstandsfamilie gestört?«

»Aber dann weiß Opa doch, dass du ein guter Mensch bist!«, rief ich aufgeregt. »Warum mag er dich dann nicht?«

»Weil ich schuld daran bin, dass er sich damals selber nicht mochte. Er sagte mir immer, dass er dies nur für euch tue. Wäre er allein gewesen, hätte er nie einem Nazi die Hand gegeben.«

Mein Großvater hatte sich also selbst verleugnet, um die Tochter zu retten, die er wenig später aus dem Haus jagte, weil sie den Mann liebte, der ihnen allen das Leben gerettet hatte. Es blieb alles sehr kompliziert.

Rosas »Wand« stürzte einige Wochen nach Raimos Tod ein. Monatelang konnte sie über nichts anderes mehr reden als über die Jahre im Konzentrationslager. Sie könne den Rauch aus den Verbrennungsöfen noch immer riechen, sagte sie, und ich begriff, weshalb bei Koivistos im Garten nie gegrillt wurde.

»Das steht dir nicht«, hatte sie einmal erklärt, als mein Vater ein braunes Hemd angezogen hatte. Damals hatten wir uns über diese Bemerkung gewundert. Jetzt nicht mehr. Sie erzählte von einem kleinen kranken Jungen, den sie zu pflegen versucht hatte und der ihr von rüden Wächterinnen entrissen worden war. Und sie sprach von einem Gedenkstein in Holland, auf dem ihr Name zwischen den Namen von lauter Toten stand.

»Bei der Befreiung hat ein solches Chaos geherrscht, dass ich nicht registriert worden bin«, sagte sie. »Und weil ich gleich danach geheiratet und nie einen Anspruch auf Wiedergutmachungsgelder erhoben habe, tauchte mein Name nirgendwo mehr auf. Also ist man davon ausgegangen, dass ich Auschwitz nicht überlebt hätte.«

»Und woher wusstest du von dem Stein?«, fragte meine Mutter.

»Ich bin in den Niederlanden zum Übergangslager Westerbork gefahren, weil ich hoffte, damit Geister vertreiben zu können. Es ist jetzt eine Gedenkstätte und da habe ich auf dem Stein nach Namen gesucht, die ich kannte. Es ist verrückt …« Sie machte eine Pause. »Als ich meinen Namen dort sah, dachte ich im ersten Augenblick, dass ich vielleicht doch nicht überlebt hätte. Dass mein jetziges Leben nur ein Traum ist.«

Zu Weihnachten schenkte mir Rosa das Tagebuch der Anne Frank.

Raimos Tod läutete eine Zeit der Offenbarungen ein. Ich erfuhr erstmals, dass Mutter vor meiner Geburt zwei Fehlgeburten erlitten und ihr der Arzt dringend von einer weiteren Schwangerschaft abgeraten hatte. Als ich mich ankündigte, habe sie das so lange vor meinem Vater und meiner Großmutter geheim gehalten, bis nichts mehr unternommen werden konnte.

»Ich hätte dich das Leben kosten können!«, rief ich erschrocken.

»Du hast mir ganz im Gegenteil das Leben gerettet«, erwiderte sie. »Du hast mir die Wärme gegeben, die ich im kalten Hamburg zum Überleben brauchte.«

Ich fragte mich, ob die Wärme, die ich spendete, fürs noch kältere Finnland ausreichen würde.

Auch Jari hatte mit einer Offenbarung aufzuwarten. Vater erschrak ganz schön, als er erfuhr, dass unser Hausherr mit den Kommunisten liebäugelte.

»Aber du bist doch ein Kapitalist reinsten Wassers!«, rief er. »Fabrikbesitzer, Industrieller …«

»Bei Kommunismus musst du nicht immer an eure ostdeutsche Variante denken«, erklärte Jari. »Wir Finnen sind weniger ideologisch, sondern viel pragmatischer. Unsere Kommunisten sagen nicht Ja zur östlichen Volksdemokratie, sondern votieren ganz einfach für soziale Verbesserungen. Und sie sind genauso engagierte Patrioten wie alle anderen und haben genauso verbissen gegen die Russen gekämpft.«

»Also eigentlich Sozialdemokraten«, brummte Vater.

In den darauf folgenden Jahren erlebte unsere Hausgemeinschaft nichts Bemerkenswertes. Die Sommer gingen in die Winter über und die Winter in die Sommer. Ich sprach inzwischen recht gut Finnisch und Schwedisch, blieb aber trotzdem eine Außenseiterin in meiner Klasse. Wie wenig die anderen an mir interessiert waren, wurde mir besonders schmerzlich bewusst, als Belas Vater in ein anderes Land versetzt wurde und ich meinen einzigen Freund verlor. Versuche, auf die anderen zuzugehen, wurden abgeblockt. Um nicht darüber nachzugrübeln und unglücklich zu werden, machte ich aus der Not eine Tugend und zog mich immer mehr in meine Bücherwelt zurück. Wenn ich nicht erwünscht war, wollte ich auch nicht dazugehören.

Nikki machte zwar gelegentlich noch Schwierigkeiten, aber diese waren mit seinen früheren Eskapaden nicht zu vergleichen. Dass er ausgeglichener geworden war, schoben seine Eltern auf den günstigen Einfluss der Deutschen Schule, die ihn mehr forderte. Auch seine Kreativität entfaltete sich immer weiter. Ihm war es zu danken, dass aus der Ahornseele letztendlich doch noch ein ansehnliches Kunstwerk wurde. Er legte meinem Vater die Zeichnung eines indianischen Totempfahls vor und gemeinsam übertrugen sie das Werk auf die Plastik am Swimmingpool. Aus den abgesägten Zweigen bastelte mein Vater ein ziemlich gruseliges riesiges Mobile, das seinen Platz unter dem Terrassendach fand. Wenn der Wind die Holzteile aneinander schlagen ließ, hörte sich das an wie das Knochenklappern eines Skeletts.

Es wurde Zeit, an meine Zukunft zu denken. Ich hatte bereits beschlossen, die Schule nach der mittleren Reife zu verlassen, aber keine Ahnung, welchen Beruf ich ergreifen sollte.

»Irgendwas mit Büchern«, sagte ich, wenn ich gefragt wurde. Am liebsten hätte ich nichts getan. Aber damals wusste ich noch nicht, wie man damit Geld verdienen konnte. Das kam erst viel später.

Glücklich über das Ende einer unerfreulichen Ära verließ ich in jenem Mai zum letzten Mal das Gebäude der Deutschen Schule. Ein langer Sommer lag vor mir, und den wollte ich mir nicht mit Gedanken über meine Zukunft verderben. Ich wollte nur mit einem Buch in der Hand in meinem Schlauchboot liegen, das ich mit der Leine am Pfahl eines öffentlichen Holzstegs festband. Ich beobachtete, wie finnische Frauen auf dem Steg Teppiche mit Seewasser wuschen und genoss das sanfte Wiegen des Boots, wenn ich mich in eine andere Welt versetzen ließ.

»Warum ruderst du nie auf die andere Seite der Bucht?«, fragte mich Mutter eines Mittags im Juni, als ich mein Schlauchboot wieder in den Garten gezogen hatte.

»Da ist doch nichts«, erwiderte ich.

»Woher willst du das wissen? Im *Winter* ist da natürlich nichts, weil alles unter einer weißen Decke verborgen ist. Aber irgendwas wird da sein. Wer weiß, vielleicht sogar seltene Pflanzen und Kräuter.«

»Oder Elche«, meinte ich und dachte an den Tag vor drei Jahren, an dem sich ein Elch in unseren Garten verirrt hatte. Damals hatten alle Nachbarn gemeint, er müsse vom anderen Ufer herübergeschwommen sein.

»Oder Affen«, fügte Mutter hinzu. »Ich hätte Lust, das herauszufinden. Irgendetwas ist da.« Ich starrte sie sprachlos an.

»Auf die Straße gehst du nicht, aber auf das Meer wagst du dich?«, fragte ich. »Kannst du überhaupt rudern?«

»Ich habe an Regatten in den Amsterdamer Grachten teilgenommen«, erwiderte sie stolz. »Mal sehen, ob ich es noch kann.«

»Ich komme mit.«

»Nein, Iris, ich möchte so gern ganz allein sein.«

Sie nahm mir die Leine aus der Hand und zog das Schlauchboot über das felsige Ufer ins Wasser. Ich beobachtete vom Gartenzaun aus, wie sie ihre Sandalen ins Boot warf und den langen bunten Wickelrock raffte, als sie ins Wasser watete, um von da aus in das Boot zu klettern. Sie setzte sich in Positur, rückte ihren Strohhut zurecht und winkte mir zu. Mit langen gleichmäßigen Schlägen begann sie zu rudern. Sie konnte es noch.

Ich setzte mich mit Dostojewskis *Idiot* an den Swimmingpool und ließ die Beine ins Wasser hängen.

Nach zwei Stunden suchte ich mit dem Fernglas die

Bucht ab. Nirgends war ein kleines gelbes Schlauchboot zu sehen. Sie wird am anderen Ufer Blumen pflücken, sagte ich mir, aber ich war zu unruhig geworden, um weiter an Fürst Myschkins Abenteuern Gefallen zu finden.

Am späten Nachmittag schlug ich Alarm. Vater war in seiner Werkstatt auf dem Fabrikgelände unerreichbar und Koivistos befanden sich auf dem Weg zu ihrem Landhaus. Ich rief die Polizei an und äußerte meine Befürchtung, dass Mutter möglicherweise durch eine Strömung aufs offene Meer hinausgetrieben worden war. Ich begann zu zittern, als ich an den Blick dachte, mit dem sie immer vom Gartenzaun aus zur Meeresöffnung geschaut hatte.

Als ich mir jedes Wort unseres letzten Gesprächs ins Gedächtnis rief, fragte ich mich, ob sie mit ihren Bemerkungen nicht etwas anderes als das gegenüberliegende Ufer unserer Bucht gemeint haben könnte.

Die umfangreiche Suchaktion blieb erfolglos. Weder von meiner Mutter noch von dem Schlauchboot wurde je eine Spur gefunden. In meinen Träumen sehe ich Mutter heute noch. Sie rückt ihren Strohhut zurecht und rudert hinaus aufs Meer. Ihr Ziel ist ein Land, wo es seltene Pflanzen und Affen gibt, wo die Sonne immer scheint, niemand laut wird, und die Menschen auf Bambusmatten sitzen und fröhlich sind.

Ich hoffe, dass sie dort angekommen ist.

3 DER SAIMAA

Am liebsten tat ich nichts. Ich saß auf dem Holzsteg unter der Trauerweide, blickte über den Saimaa-See und freute mich, wenn ein springender Fisch Wellen verursachte. Ich staunte selber darüber, dass ich in diesen Mußestunden nicht das geringste Bedürfnis verspürte, nachzudenken. Nicht über die Abfahrt meiner Mutter – so formulierte ich für mich ihr Verschwinden im Schlauchboot –, nicht über meine Vergangenheit oder die Nahestehender und schon gar nicht über meine Zukunft. *Ich denke, also bin ich* galt für andere, ich empfand es als Gnade, nicht denken zu müssen, und gerade deshalb *war* ich.

Das Wasser ersetzte mir einen Gott. Es hatte mir genommen, nämlich meine Mutter, und es gab mir, nämlich Ruhe. Zum ersten Mal in meinem Leben fühlte ich mich an einem Ort wirklich zu Hause. Besser gesagt, dieser Ort sorgte dafür, dass ich bei mir selber zu Hause war.

»Kommt zu uns an den See«, hatte Rosa am Telefon eine Woche nach der Abfahrt meiner Mutter gesagt. »Die Natur wird euch helfen. Und wir brauchen euch hier.«

Vater wollte erst nicht. Er klammerte sich an die Hoffnung, dass Mutter von einem Schiff aufgefischt worden sein könnte.

»Vielleicht hat sie sich den Kopf gestoßen und weiß nicht mehr, wer sie ist. Oder es war ein osteuropäischer Frachter und sie ist hinter dem Eisernen Vorhang verschwunden. Sie kommt zurück.«

Ich behielt meine Gedanken für mich. Selbst wenn es so sein sollte, warum sollte sie zurückkommen? Vater lebte in seiner eigenen Traumwelt. Es war ihm gar nicht aufgefallen, dass sich Mutter uns seit Jahren immer mehr entzogen und sich zum Schluss eigentlich nur noch körperlich entfernt hatte.

»Es liegt in ihrem Wesen, ruhig zu sein. Sie hat sich immer gefügt«, war sein Kommentar gewesen, wenn ich ihm gegenüber Sorgen über meine Mutter geäußert hatte.

Aber er vergaß etwas. Ihrem Vater hatte sie sich damals nicht gefügt, als sie mit einem deutschen Besatzungsoffizier angebandelt hatte. Vielleicht war es mehr Verzweiflung als Liebe gewesen, als sie nach dem Rauswurf aus dem elterlichen Haus und der schlechten Behandlung durch ihre Landsleute zu meinem Vater nach Hamburg flüchtete. Statt des Glücks fand sie da meine Großmutter vor, und da blieb ihr nichts anderes übrig, als sich in ihr Schicksal zu fügen.

Aber dass sie einen eigenen Willen besaß und handeln konnte, hatte ich als Kind erlebt. Zum Beispiel, wenn meine Großmutter Hand an mich gelegt hatte. Oder als Mutter sich in Amsterdam mit ihrem Vater gestritten hatte. Seine Bedingung, ihren Mann nicht in die familiäre Wiedervereinigung einzubeziehen, hatte dazu geführt, dass die Verbindung zu meinen niederländischen Großeltern nach dem Wiedersehen abermals abbrach. Aber diesmal hatte meine Mutter die Kontaktsperre verhängt.

Diese Gedanken führten dazu, dass ich nicht um ihre Abfahrt, sondern um ihr Leben trauerte. Ein Leben, aus dem sie mit kräftigen gleichmäßigen Zügen weggerudert war.

Rosa versicherte meinem Vater, dass man uns auch in der finnischen Wildnis zu finden wüsste, wenn eine Nachricht käme.

Sie wusste, wie sie meinen Vater überreden konnte: »Wir haben einen dichten Laubwald auf unserer Insel, der gelichtet werden muss. Nimm deine Werkzeuge mit, Wilhelm. Und fahr vorsichtig.«

Also beluden wir am nächsten Morgen Rosas Stadtwagen, machten uns auf den Weg nach Osten und trafen am Nachmittag in der Stadt Imatra ein.

»Hier sind wir deiner Mutter näher«, murmelte Vater einmal und deutete aus dem Fenster. Ich sah das Straßenschild mit dem Elch. Einen Moment lang dachte ich, Vater hätte endlich eingesehen, dass sich Mutter freiwillig in andere Gefilde begeben hätte – so wie damals der Elch in unseren Garten, der vom gegenüberliegenden Ufer herübergeschwommen war. Aber dann entdeckte ich das andere Schild. Es wies darauf hin, dass kurz dahinter die Sowjetunion beginne. Sein ganzes restliches Leben lang blieb mein Vater davon überzeugt, dass die Russen meine Mutter gekidnappt hätten. Wahrscheinlich, weil ihm der Gedanke unerträglich war, seine fügsame Frau könnte die wichtigste Entscheidung ihres Lebens selbstständig getroffen haben.

Rosa wartete auf der schattigen Terrasse eines vornehmen Hotels. Auf dem Platz davor versuchte ein Betrunkener einem Straßenjongleur die Bälle zu entwenden und aus einer nahe gelegenen Grünanlage schallten Fetzen der letzten Beatles-Hits, vermischt mit Klängen aus Sibelius-Werken, zu uns herüber. Überall schlenderten Grüppchen von laut lachenden und sogar gestikulierenden Menschen herum. Letzteres verblüffte mich am meisten, da ich in meinen ersten Monaten in Finnland die Erfahrung gemacht hatte, dass die Finnen der Zeichensprache nicht mächtig waren. Und Erwachsene hatte ich nur nach ein paar Gläsern Wodka lachen sehen. Wir befanden uns keine dreihundert Kilometer von Helsinki entfernt, aber ich fühlte mich wie in ein fremdes Land im Süden versetzt.

Rosa drückte mich an sich.

»Du Arme«, sagte sie, »ich war genauso alt, als ich meine Mutter verloren habe.«

»Sie wird wiederkommen«, erklärte mein Vater. »Damals war sie auch zwei Monate unterwegs, bevor sie in Hamburg vor unserer Tür stand.«

Rosa blickte mich entgeistert an. Ich schüttelte den Kopf.

»Lass ihn. So wird er damit fertig«, flüsterte ich und fragte laut: »Was ist denn hier los? Der Nationalfeiertag ist doch im Dezember!«

»Johannisfest. Mittsommernacht«, erklärte sie, »und außerdem lebt hier ein anderer Menschenschlag. Karelier sind wie die niederländischen Limburger oder die deutschen Rheinländer.«

In den folgenden Monaten sollte ich erleben, dass die Menschen in Karelien wirklich viel aufgeschlossener und beweglicher waren als in Helsinki. Das mochte mit der unmittelbaren Nachbarschaft zur russischen Seele zu tun haben. Diese war mir ja aus Büchern inzwischen sehr vertraut geworden. Später erfuhr ich, dass sich die Bevölkerung zum großen Teil aus Flüchtlingen zusammensetzte, die aus den von der Sowjetunion vereinnahmten finnischen Ostgebieten stammten.

»Warum wird jetzt Mittsommernacht gefeiert?«, fragte mein Vater »Wir haben doch erst in ein paar Tagen den 21. Juni.«

»Der Finne ist praktisch«, lächelte Rosa. »Er will sich in Ruhe voll laufen lassen, und das kann man am besten am Wochenende. Also findet die Mittsommernachtsfeier immer an einem Freitag statt.« Ihr Gesicht umwölkte sich. »Ich verstehe gut, wenn ihr nicht dran teilnehmen wollt.«

Sie führte uns zu einem Motorboot, das sie im Hafen festgemacht hatte, und half uns das Gepäck umzuladen. Den Wagen stellte sie neben den Koivisto-Sommerjeep in eine Garage.

In rasantem Tempo jagten wir über die riesige Wasserfläche, vorbei an dicht bewaldeten Inselchen und einer Segelregatta. Nach einer halben Stunde deutete sie auf einen Birkenwald, der das Ufer einer größeren Insel säumte. Sie erklärte, den habe ihr Schwiegervater gepflanzt, um deutlich zu machen, wem die Insel gehöre. Koivisto hieße schließlich Birkenwald. Zwischen den weißen Baumstämmen sah ich ein zweistöckiges rotes Holzhaus mit weißen Fensterrahmen. Jari winkte uns von einem Bootssteg aus zu.

Rosa verlangsamte die Fahrt. »Ich bringe sie gleich zum *Mökki*!«, rief sie hinüber. »Wir kommen dann später.« Jari nickte und warf die Angel wieder aus.

»Wohnen wir nicht bei euch?«, fragte ich überrascht.

»Wart's ab«, lächelte sie.

»Euch gehört die ganze Insel?«, fragte mein Vater.

»Jaris Familie. Sein Bruder hat ein Haus auf der anderen Seite und dann gibt es hinter dem großen Wald noch eine Art Landzunge, die seiner Schwester Liisa gehört. Ihr Haus ist noch nicht ganz fertig.« Sie drückte mir ein Tau in die Hand. »Spring an Land und mach fest.« Wir umschifften eine Gardine aus hängenden Weidenzweigen und stießen dann sanft gegen einen kleinen Holzsteg, an dem ein Ruderboot dümpelte. Wellen schwappten über den winzigen Sandstrand und ein aufgeschreckter Schwan stapfte indigniert ins Wasser. Ich sprang raus, band das Boot an einem Pflock fest und wandte mich um. Der Steg führte direkt zu einem braunen Holzhaus, dessen Tür weit offen stand.

»Die Sauna«, erklärte Rosa. »Ihr könnt durch die Sauna ins *Mökki* – so heißen diese Hütten hier – aber ihr habt vorn auch noch einen richtigen Eingang.«

Noch nie hatte ich eine so große Sauna gesehen. Als wir unser Gepäck durch die noch heiße Sauna schleppten, registrierte ich, dass auf den drei Holzstufen mindestens zehn Menschen bequem schwitzen konnten. Dass sogar eine ganze Fußballelf mit Reservespielern mühelos hineinpasste, erlebte ich in einem der nächsten Jahre, als Jari die finnische Nationalmannschaft eingeladen hatte.

Wir mussten noch durch einen Duschraum, ehe wir uns im Flur jenes Hauses befanden, in dem ich die nächsten vier Jahre ununterbrochen wohnen würde. Aber das wusste ich damals noch nicht.

Das *Mökki* bestand aus zwei Schlafzimmern in Kabinenformat, einem etwas geräumigeren Wohnraum mit Blick auf den See und einer Küchenecke. Neben einem Schuppen vor dem Haus standen zwei Fahrräder.

»Damit seid ihr in zwei Minuten beim Haupthaus. Immer nur dem Trampelpfad folgen«, erklärte Rosa. »Wie groß ist die Insel?«, wollte ich wissen.

»Man braucht fast eine Stunde, um herumzurudern.«

»Ich gehe erst mal in die Sauna«, verkündete mein Vater. »Sie ist noch heiß, ich muss nur aufgießen.«

Rosa zog aus ihrer Handtasche ein kleines Päckchen aus Seidenpapier und reichte es mir.

»Das habe ich in Imatra machen lassen, während ich auf euch gewartet habe.«

Ein gerahmtes Schwarzweißfoto kam zum Vorschein. Zwei hübsche Mädchen in einem Ruderboot lachten den Fotografen aus dunklen Augen an. Die einen waren kugelrund, die anderen leicht mandelförmig.

»Das war vorher«, sagte Rosa verlegen, »vor allem anderen. Sie sieht darauf so glücklich aus, deshalb sollst du es haben. Es ist das einzige Foto von früher. Dein Großvater hat es mir gegeben, als ich zurückkam.«

Trotz der Mandelaugen hätte ich meine Mutter auf dem Foto nicht erkannt, aber gerade deshalb war es mir wertvoll. Ein solches Lachen hatte sie Vater und mir nie geschenkt. Vielleicht war ihr in früher Jugend so viel Glück und Fröhlichkeit zuteil geworden, dass es für ein ganzes Leben ausgereicht hatte. Das war ein tröstlicher Gedanke.

Während ich auspackte, hörte ich ein fremdes Geräusch aus der Sauna kommen. Es klang wie rhythmisches Klatschen. Wenig später sah ich Vater über den Holzsteg rennen und bevor er kopfüber ins Wasser sprang, bemerkte ich die dicken roten Striemen auf seinem Körper. Ich hatte gehört, dass sich einige Finnen mit Reisigbüscheln schlugen, um die wohltuende Wirkung der Sauna auf den Kreislauf zu erhöhen, aber ich konnte mich des Eindrucks nicht erwehren, dass mein Vater mit seiner Selbstkasteiung zu weit gegangen war.

Das Haupthaus der Koivistos schien geradewegs einem Buch von Gorki oder Tschechow entsprungen zu sein. So hatte ich mir immer die Residenzen der Sommergäste vorgestellt. Mir kam das Haus wie ein regelrechter Palast aus Holz vor. Am meisten beeindruckte mich die Bibliothek, ein Raum, der über zwei Stockwerke ging und dessen obere Bücherwände über eine Galerie zugänglich waren.

»Hier haben wir Zeit zum Lesen«, bemerkte Jari, »selbst in kleinen Sommerhäusern wirst du Bücherwände finden. Es gibt nachweislich kein Volk, das so viel liest wie die Finnen. Wusstest du, dass wir in Helsinki die beiden größten Buchhandlungen der Welt haben?« Eine kannte ich.

»Ich habe nur ein Problem«, fuhr Jari fort. »Hier stehen tausende von Büchern, ich werde verrückt, weil ich nicht mehr weiß, wo sich was befindet. Am liebsten würde ich jemanden anstellen, der alle ordnet und katalogisiert.«

Ich hielt den Atem an.

»Damit wäre man Monate beschäftigt«, sagte ich dann.

»Das ist nicht das Problem«, seufzte er. »Es geht darum, dass ich hier Bücher in fünf Sprachen habe. Wer kann schon Finnisch, Schwedisch, Niederländisch, Englisch und Deutsch?«

So kam ich zu meiner ersten Anstellung.

Meine Mutter hatte einmal erklärt, sie wäre nicht für den Winter gemacht; mein Vater war ganz entschieden nicht für den Saimaa gemacht. Schon am zweiten Tag war sein Körper mit Mückenstichen übersät. Er konnte nicht verstehen, weshalb mich die Tierchen in Ruhe ließen.

»Vielleicht ist es dein indonesisches Blut«, brummte er. Rosa gab ihm ein Fläschchen mit Öl.

»Zitronengeranien«, erklärte sie, »das hilft meistens.«

Nach zwei Wochen unterbreiteten uns Koivistos einen Vorschlag. Sie fragten, ob wir uns vorstellen könnten, auf der Insel wohnen zu bleiben, oder ob es vor allem mir nicht zu einsam werden würde. Mit tausenden von Büchern? Ich schüttelte vehement den Kopf, denn heimlich hatte ich von dieser Lösung bereits geträumt. Das enthob mich zumindest vorübergehend der Sorge, einen Beruf ergreifen zu müssen. Ich hatte nicht die geringste Lust, irgendetwas zu tun.

Koivistos älteste Tochter hatte ihr Architekturstudium in

den USA abgeschlossen und würde nun in ihr Heimatland zurückkehren, berichteten Rosa und Jari, um mit den besten Architekten der Welt in Konkurrenz zu treten. Sie würde wieder im Elternhaus wohnen und sich nebenbei auch ihrem elfjährigen Bruder Nikki widmen. Rosa brauchte zwar eine Haushälterin, sagte sie, aber sie wolle mir nicht zumuten, in die Fußstapfen meiner Mutter zu treten, da ich mir irgendwann bestimmt ein eigenes Leben aufbauen wolle. Im vergangenen Jahr seien irgendwelche Ausländer – »Finnen stehlen nicht, die haben einen zu großen Respekt vor dem Eigentum von anderen!«, warf Rosa ein – in die beiden Sommerhäuser eingebrochen und hätten einige Antiquitäten entwendet. Jari brauchte einen Aufpasser und jemanden, der im Winter die Häuser in Schuss hielt. Der Mann aus Imatra, der bisher einmal wöchentlich nach dem Rechten gesehen habe, sei inzwischen zu alt, um in strengen Wintern mit seinen Skiern oder dem Pferdeschlitten über die Bucht zu fahren. Und außerdem brauchte Jaris Schwester Liisa jemanden, der an ihrem Neubau arbeitete. Vater würde trotzdem genug Zeit für seine Bildhauerarbeit finden, versicherte Jari, er könne sich aus dem Wald so viel Holz holen, wie er benötigte. Der Schuppen neben unserem Haus sei beheizbar und hoch genug für die Arbeit an riesigen Plastiken.

Wir müssten nicht sofort eine Entscheidung fällen, sondern könnten in aller Ruhe darüber nachdenken. Jari schlug einen Probewinter vor.

»Ich habe selber oft davon geträumt, hier monatelang in aller Abgeschiedenheit zu leben«, sagte er. »Aber ich kann die Fabrik nicht allein lassen. Das ist der Nachteil am Wohlstand. Um ihn zu erhalten, kann man die Errungenschaften, um die einen andere beneiden, nicht ausreichend genießen.«

»Aber wenigstens weißt du, dass sich deine Töchter und Nikki um ihre Zukunft keine Sorgen zu machen brauchen«, erwiderte mein Vater, »das ist doch sehr befriedigend.«

Wir saßen auf der Terrasse vor dem Haupthaus. Es war kurz vor Mitternacht und im Zwielicht der nicht ganz untergegangenen Sonne stach das Weiß der Birkenstämme gespenstisch vom schwarzen See ab. Der Holunderbusch, den Jari am Mittag beschnitten hatte, nahm die Konturen von Großmama Meander an. Ich sah selbst den Arm mit dem drohend erhobenen Zeigefinger: Die erste Generation erwirbt das Vermögen, die zweite vermehrt es und die dritte verschleudert es. Nikki war die dritte Generation.

Für die vierte, der ich – zumindest väterlicherseits – angehörte, gab es keinen Grundsatz. Wir mussten wahrscheinlich ganz von vorn anfangen, und das war ein höchst ermüdender Gedanke.

Ich war siebzehn Jahre alt und gehörte der Generation an, von der neuerdings gesagt wurde, sie habe ihren Eltern die Erde nur geliehen. Im Klartext bedeutete das nichts anderes, als dass die Erde uns gehörte und wir für sie genauso verantwortlich waren wie Jari für den Besitz, der ihm so viel abforderte und den er doch nicht recht genießen konnte.

Ich wollte keine Verantwortung und wenn das hieß, auf Besitz verzichten zu müssen, schien mir das kein allzu großes Opfer. Vor allem dann nicht, wenn man den Besitz anderer genießen konnte und dafür auch noch bezahlt werden würde. Mir fiel ein Gespräch mit Rosas Tochter Stina ein, die mein mangelnder Ehrgeiz zu mehr Fragen angestachelt hatte, als ich mir selbst je gestellt hatte.

»Hast du nicht das Bedürfnis, etwas aus dir zu machen?«, hatte sie mich einmal in Helsinki gefragt, nachdem sie einen bedeutenden Preis für Nachwuchsarchitekten gewonnen hatte.«

»Wozu?«

»Um der Welt zu zeigen, wer du bist.«

»Ich kenne die Welt nicht und sie mich auch nicht. Was bringt es mir, wenn ich sie beeindrucke?«

»Geld, Geltung und vor allem Sicherheit.«

»Sicherheit wovor?«

»Dass du dir um die Zukunft keine Sorgen machen musst.«

»Die mache ich mir jetzt auch nicht.«

»Solltest du aber.« Jetzt war es an mir zu fragen: »Warum?«

»Weil unsere Generation demnächst ans Ruder kommt. Hast du nicht den Wunsch, die Welt zu verändern, die Gesellschaft zu verbessern, vielleicht etwas dazu beizutragen, Völker zu versöhnen und Frieden zu sichern?« Am liebsten hätte ich gelacht. Meinen Opa schien es wenig beeindruckt zu haben, dass Deutschland und die Niederlande inzwischen miteinander versöhnt waren. Mit meinem Vater würde er nie Frieden schließen. Wie vermessen, zu denken, dass ich zur Völkerversöhnung etwas beitragen könnte, wenn ich nicht einmal zwei Nahestehende zueinander bringen konnte!

»Gar nichts will ich tun«, hatte ich geantwortet. »Nur ungestört leben.«

»Ist dir klar, dass du das auf Kosten anderer tust?«

Die Handbewegung, in die sie das Haus, den Garten, den Swimmingpool, mein Schlauchboot und mich selber einschloss, ließ mich verstummen. Für Stina waren wir Freibeuter, die von ihrem Erbe naschten. Auf das sie ein Recht hatte, weil es ihr Großvater erworben und ihr Vater vermehrt hatte. Weil ich den ungünstigeren Platz in der Generationenfolge erwischt hatte, konnte sie auf mich herabschauen und mich maßregeln. Dazu gab ich ihr nie wieder Gelegenheit.

Vater sprang so abrupt auf, dass sein Gartenstuhl umflog.

»Da!«, schrie er. »Sie haben es auf mich abgesehen!« Mit einem zitternden Finger deutete er auf einen Mückenschwarm beeindruckenden Ausmaßes. Er schwebte summend genau über der Stelle, wo sich eben noch Vaters Kopf befunden hatte.

Rosa erhob sich, richtete den Stuhl wieder auf und half meinem Vater beim Hinsetzen.

»Nein, Wilhelm«, sagte sie, »Mücken, die in Kopfhöhe tanzen, stechen nicht. Das sind die anderen, die einsamen Weiblein, und die kommen meistens von unten.«

Ich war sehr neugierig, ob mir in den kommenden Monaten am Saimaasee ein Stachel wachsen würde.

»Ich will aber, dass du mit nach Helsinki kommst!«

Mit den Füßen stieß Nikki den Eimer um, den ich gerade gefüllt hatte, um die Fenster des Haupthauses zu putzen.

»Ich habe jetzt eine andere Aufgabe, Nikki.«

»Du bist keine Putzfrau wie deine Mutter.«

»Was bin ich dann?«

»Meine Freundin.«

»Und du glaubst, dass ich davon leben kann?«

»Ich will nicht, dass du Fenster putzt!«

»Was sollte ich deiner Meinung nach tun?«

»Gar nichts! Nur da sein! Warum musst du etwas tun?« Ich lachte. Hier war ein Vertreter der dritten Generation dabei, ihrem Ruf gerecht zu werden.

»Warum lachst du?«

»Weil du Recht hast. Ich habe keine Lust, Fenster zu putzen. Komm, wir gehen schwimmen.«

»Nur, wenn du mit nach Helsinki kommst.«

»Ich kann auch ohne deine Genehmigung schwimmen gehen.«

»Kannst du nicht.«

»Kann ich.«

»Dann kriege ich einen Anfall.«

»Bitte sehr.«

Unter halb geschlossenen Lidern sah er mich lauernd an. Dann sank er zu Boden und begann zu schreien. Sein Körper zuckte, die Beine strampelten und sein Brüllen war zweifellos bis nach Imatra zu hören.

»Das«, sagte ich, »kann ich auch.« Ich glitt neben ihm zu Boden, holte tief Luft und schrie so laut ich konnte. Als mein Hintern den Matsch des Fensterwaschwassers spürte, fiel mir das Schreien noch leichter. Und es machte immer mehr Spaß.

Eine Oktavveränderung in Nikkis Gebrüll ließ mich zu ihm hinsehen. Tränen strömten über sein Gesicht. Er schrie nicht mehr, er heulte. Ich rollte zu ihm hin und nahm ihn in die Arme. Fest umschlungen lagen wir in der seifigen Soße. Ich streichelte seinen Rücken, während sich sein abebbendes Weinen in einen Schluckauf verwandelte.

»Was ist denn hier los?!« Ein mächtiges rosafarbenes Doppelkinn zitterte über mir. Nikki öffnete die Augen.

»Tante Liisa«, stöhnte er. »Ich hatte einen Anfall.«

»Das sehe ich.« Inzwischen hatte unser Geheul auch Rosa und Jari herbeigelockt. Außer Atem blieben sie vor uns stehen.

»Das ist aber eine Überraschung«, keuchte Rosa und sah ihre Schwägerin nicht sonderlich beglückt an.

»Finde ich auch«, meinte Tante Liisa und musterte mich missbilligend aus einem schönen, aber viel zu runden Gesicht. Alles war rund an ihr. Ich ließ Nikki los und erhob mich etwas mühsam aus dem schmatzenden Schlamm.

»Wir wollten schwimmen gehen«, sagte ich.

»Aber der Eimer ist zu klein«, fügte Nikki hinzu.

Wie Ihr Kleid, hätte ich beinahe zu Tante Liisa gesagt, als mein Blick auf die mächtigen Säulen unter dem viel zu kurzen Cocktailkleid fiel. Nikkis Augen folgten meinem Blick.

»Du hast Matsch auf den Beinen, Tante Liisa«, erklärte er und schmierte eine Portion auf ihre runden Waden.

»Nikki, komm schwimmen!«, rief ich und rannte hinunter zum Bootssteg.

Er folgte meinem Beispiel und sprang voll bekleidet ins Wasser.

»Siehst du, dass ich deine Genehmigung nicht brauche?«, rief ich, nachdem er wieder aufgetaucht war.

»Aber ich will, dass du mit nach Helsinki kommst!«

In dieser Hinsicht hatte er nichts zu wollen. Ende August verließen Koivistos die Insel und für Vater und mich begann eine neue Ära.

Natürlich hätten wir jetzt Koivistos Rat folgen und ins Haupthaus ziehen sollen. Es würde im Winter sowieso geheizt werden müssen, damit keine Rohre platzten. »Euer *Mökki* ist nicht winterfest«, hatte uns Jari gewarnt. »Ihr müsstet den ganzen Tag den Kamin brennen lassen und in jedes Zimmer einen kleinen Gasofen stellen.«

Doch Vater war zur Übersiedlung nicht zu bewegen.

»Ich käme mir vor wie der arme Verwandte, wenn ich im Sommer wieder ausziehen müsste«, erklärte er. »Außerdem hätte ich es weiter zur Werkstatt und zur Sauna.« Eine absurde Ausrede, da er sowieso jeden Tag nicht nur in Jaris Haupthaus, sondern auch in dem von dessen Bruder nach dem Rechten zu sehen und außerdem den relativ weiten Weg zu Tante Liisas künftigem Anwesen zurückzulegen hatte. Das Haus auf der Insellandzunge war nach Stinas Entwurf gebaut worden und Tante Liisa hatte Vater explizite Anweisungen gegeben, wie er die Innenräume gestalten sollte. Schon nach meiner ersten Begegnung mit dieser formidablen Dame war mir klar gewesen, dass man ihr besser nicht in die Quere kam. Sie wusste genau, was sie wollte. Vater aber wusste es besser.

»Die Treppe«, sagte er zu mir, »muss auf der anderen Seite des Wohnzimmers angebracht werden.«

»Ich würde das erst mit ihr besprechen«, riet ich vorsichtig.

»Die Frau hat kein Vorstellungsvermögen. Ich könnte ihr am Telefon nie erklären, dass die fertige Treppe als Kunstwerk ein Blickfang sein wird. Wenn ich die Stufen da drüben hinter dem Kamin verstecke, wird niemand das Geländer sehen können. Und dafür habe ich mir etwas Besonderes ausgedacht.«

»Aber es gibt doch schon ein Loch in der Decke für den Aufgang …«

Vater sah mich mitleidig an.

»In Holz kann man neue Löcher sägen, mein Kind, und alte kann man dicht machen.«

Mindestens einmal wöchentlich fuhr ich zum Einkaufen nach Imatra. Inzwischen konnte ich gut mit dem Motorboot umgehen, kannte die Seezeichen, hatte die Vorfahrtsregeln auf dem Wasser gelernt und wusste den Schleppern der träge schaukelnden Langholzflöße mit ihren unzähligen geschälten Baumstämmen auszuweichen. Am schwersten fiel mir anfangs die Orientierung. Zwischen all den bewaldeten Inseln, Schären, bizarren Buchten, Flaschenhälsen, Verästelungen und Seitengewässern konnte man sich wie in einem Labyrinth verirren. Der Saimaa, ein Überbleibsel aus der Eiszeit, gilt als verlorener Sohn der Ostsee und seine Seenplatte bedeckt einen großen Teil Finnlands. In Jaris Bibliothek fand ich ein Buch, in dem der Saimaa als der viertgrößte See Europas bezeichnet wird. Trotzdem sah ich immer Land. Und das sah immer gleich aus, nämlich dicht bewaldet.

Jari hatte mir in Imatra ein Hotel genannt, das mit seinem Unternehmen ein besonderes Abkommen hatte und in dem wir kostenlos übernachten konnten. Anfangs machte ich davon nur Gebrauch, wenn meine Einkäufe mehr Zeit in Anspruch nahmen, ich auf irgendetwas warten musste oder mir einen Film ansehen wollte. Im Winter gab es einen anderen Grund, länger in Imatra zu bleiben. Heute glaube ich, dass ich in meinem ersten Inselwinter verrückt geworden wäre, wenn ich nicht die Möglichkeit gehabt hätte, zwischendurch die Luft der Zivilisation zu schnuppern.

Vor Wintereinbruch war ich einmal nach Helsinki zurückgekehrt, um unsere Habseligkeiten abzuholen und neue Winterkleidung und Schneeschuhe zu kaufen. Ich übernachtete im Gästezimmer der Koivistos, da eine Witwe mit ihrem Sohn in unsere Einliegerwohnung gezogen war. Ich erschrak darüber, wie sehr es mich bestürzte, dass mein vertrautes Terrain übergangslos das Zuhause fremder Menschen geworden war.

Es gab keinen Weg zurück. Jaris *Probewinter* hieß nichts anderes, als dass wir auf der Insel zu bleiben oder uns selber nach etwas anderem umzusehen hatten. Letzteres hieß, dass wir aus Finnland würden wegziehen müssen, da es ohne Jaris Schirmherrschaft für die Behörden keinen Grund gab, unsere Aufenthaltsgenehmigungen zu verlängern. Eine Rückkehr nach Deutschland hatte Vater kategorisch ausgeschlossen. Wenn meine Großeltern noch lebten, würden sie mich in Holland sicher aufnehmen, aber ich konnte Vater nicht allein lassen. Und ohne meine Mutter war an einen Umzug nach Indonesien nicht zu denken. Ich fand mich damit ab, dass ich nur noch in meinen Träumen auf Bambusmatten sitzen würde. Für den Rest meines Lebens würde ich heimatlos bleiben. Ich musste sehr viel älter werden, um zu begreifen, dass mir dies die Freiheit verschaffte, mich überall zu Hause fühlen oder mir selber eine Heimat aussuchen zu können.

Jari versprach, ein Schneemobil für uns anzuschaffen, das er im Winter zu uns bringen wollte. Er warnte mich davor, zu früh das Eis zu betreten.

»Sorgt dafür, dass ihr für die Übergangszeiten von Wasser zu Eis und von Eis zu Wasser genügend Vorräte für mindestens zwei Wochen auf der Insel habt«, sagte er. »Jedes Jahr sterben Menschen, die am frühen Morgen aufs feste Eis gehen und nicht daran denken, dass die Sonne später das Eis am Ufer dünner macht. Selbst erfahrene Eisfischer sind schon eingebrochen.«

Wenn Vater mich nach Imatra begleitete, dann nur, um die Rauchsauna aufzusuchen, deren Luft er als außerordentlich sanft, beinahe samtartig empfand. Hier gab es weder Ofen noch Schornstein und Vaters Beschreibung allein trieb mir schon die Tränen in die Augen. In der Rauchsauna wird Holz auf einer offenen Feuerstelle entzündet und hüllt die Schwitzenden zuerst in dicken Rauch und später in heiße Aschenflocken ein. Der ganze Raum ist von einer Rußschicht überzogen, sodass sich Vater als Sitzgelegenheit immer sein eigenes Brett mitnahm. Manchmal dachte ich, dass es eigentlich vor seinen Kopf gehörte, da er sich freiwillig einer solchen Tortur aussetzte. Nach einem Rauchsaunabesuch in Imatra ging er in unserem *Mökki* noch einmal in die Sauna, um den Ruß richtig loszuwerden. Da er immer noch nicht mehr als zehn Worte Finnisch beherrschte, überließ er mir in der Stadt die Gänge zur Post und das Einkaufen. Auf der Bank hatte Jari für uns ein Konto eingerichtet, von dem wir so viel abheben sollten, wie wir für unseren Lebensunterhalt benötigten. Das Konto, auf das unsere Gehälter überwiesen wurden, brauchten wir nicht anzurühren.

Jari finanzierte sogar Vaters Aquavit, den ich aus dem Alko-Laden holte, der Hochprozentiges teuer und rationiert anbot. Obwohl der Staat zum Schutz der trinkfreudigen Bürger das Alkohol-Monopol innehatte, habe ich nie so viel Besoffene wie in Finnland gesehen. In Helsinki gehörte es zur polizeilichen Routine, in den Wintermonaten die Straßen zu patrouillieren, um Alkoholleichen vor dem sonst sicheren Erfrierungstod zu retten. Jari erzählte, dass selbst hochrangige Politiker schon schlafend am Straßenrand aufgegabelt worden wären.

Ich gabelte auf ähnliche Weise kurz vor Weihnachten Eero auf.

Eero Häänänen hielt sich für die Reinkarnation von Charlie Parker. Dass sich die Seele des schwarzen Jazzgenies den stämmigen Körper eines finnischen Grundschullehrers ausgesucht hatte, fand er nur logisch. Es war für ihn auch kein Widerspruch, dass er Trompete spielte und nicht Saxophon wie Parker. Aber da Miles Davis und Dizzy Gillespie damals noch lebten, konnte er deren Reinkarnation schlecht für sich in Anspruch nehmen.

»Charlie Parker war tief im Herzen Finne«, versicherte er, als wir uns besser kannten, und spielte mir auf seiner Trompete zum Beweis den Elch-Titel »Moose the Mooche« vor. Als ich auf einer seiner Plattenhüllen den unaussprechlichen Titel »Klactoveesedstene« entdeckte, war ich beinahe überzeugt.

Aber als ich Eero zum ersten Mal begegnete, erzeugte er andere Töne. Er lag im Anhänger meines Schneemobils, das ich am verlassenen Hafen von Imatra geparkt hatte, und schnarchte. Ich war ziemlich ungehalten, da ich noch vor Einbruch der Dunkelheit zurück auf der Insel sein wollte und es mir nicht gelang, den jungen Mann zum Verlassen meines Anhängers zu bewegen. Ein paar Mal öffnete er die Augen, murmelte versonnen etwas von »Birdland« und knurrte gereizt, als ich versuchte ihn rauszuschubsen.

Ich fluchte. Niemand war in der Nähe, der mir helfen konnte, und wenn ich in die Stadt zur Polizei ging, würde ich den Wettlauf mit der Zeit verlieren. Mein Schneemobil war zwar mit einem Scheinwerfer ausgestattet, aber damit konnte ich nicht die ganze Umgebung ausleuchten und ich traute meinem Orientierungssinn nicht. Ich hatte bereits eine Nacht in Imatra verbracht und Vater würde sich Sorgen machen. Mir blieb nichts anderes übrig, als den unerwünschten Ballast mitzunehmen. Wenn ihn der frische Fahrtwind nicht munter machte, würde mir mein Vater helfen, den Mann und seinen Instrumentenkoffer auszuladen und zur Ausnüchterung in unsere Sauna zu transportieren.

So geschah es dann auch.

Ein langer tiefer Ton wie von einem Nebelhorn riss mich am nächsten Morgen aus dem Schlaf. Über das Nachthemd zog ich den Wintermantel, schlüpfte in meine Fellstiefel, griff zur Taschenlampe und schlich hinaus in die Dunkelheit. Ich stapfte durch den frisch gefallenen Schnee ums Haus und folgte den Fußspuren, die von der Sauna zum Ufer führten. Der lange tiefe Ton hatte inzwischen Geschwister gekriegt und sich in eine muntere Melodie verwandelt. Die Töne kamen von der schwarzen Figur, die mitten auf der weißen Fläche stand und zu deren Füßen eine Petroleumlampe flackerte.

Ich kniff mich, um die surrealistische Traumerscheinung zum Verschwinden zu bringen. Aber die Töne wurden nur noch lauter. Plötzlich setzte der Musiker sein Instrument ab. Dessen Klänge aber hallten nach und wanderten durch die Winterwelt, bis ihr Schall irgendwann im Labyrinth der tausend Inseln verloren ging. Die Figur winkte mir mit dem Instrument zu und verkündete:

»Night in Tunisia!«

»Wo sonst?«, rief ich meiner Fracht vom Vortag zu. »Möchtest du Kaffee?«

Eine völlig überflüssige Frage in Finnland, wo jeder zu jeder Tages- und Nachtzeit Kaffee möchte, wenn es keinen Schnaps gibt. Aber der Mann überraschte mich.

»Hast du einen Musikwunsch?«, fragte er.

Ich stapfte auf ihn zu.

»Yesterday«, sagte ich. »Der beste Hit der Beatles.«

»Beatles!« Noch nie hatte ich jemanden so viel Verachtung in ein Wort legen hören. »Aber gut. Weil du's bist.«

Mit wunderschönen klaren Tönen brachte er mir das gewünschte Ständchen. Erst später erfuhr ich, dass er einen Eid abgelegt hatte, nie und nimmer einen Beatles-Song zu spielen. Aber an jenem Wintermorgen auf dem Eis brach er ihn mit so viel Zärtlichkeit und Klarheit, dass mir vor Rührung die Tränen in die Augen traten. Bis zu jenem unwirklichen Morgen auf dem Eis waren Trompetentöne für mich unauslöschlich mit Großmama Meanders Marschmusikplatten verknüpft gewesen. Erstmals wurde ich bei diesem Klang nicht an Fanfaren erinnert, die zur Schlacht oder zur Kreissäge riefen.

Danach verstaute der Virtuose die Trompete wieder im Kasten, reichte mir eine eiskalte Hand, die er gleich wieder in einem Handschuh verbarg, und verbeugte sich.

»Eero Häänänen.«

»Iris Meander. Wie viel ›ä‹s?«

»Nur drei. Eins hat mein Großvater im Winterkrieg gegen die Russen verloren.«

Er war nicht auf den Mund gefallen, obwohl er inzwischen nüchtern war. Das hatte ich in Finnland noch nicht oft erlebt. Aber in Karelien lebte eben ein anderer Menschenschlag.

»Wo kommst du her, Iris Meander?«

»Das«, seufzte ich, »ist eine lange Geschichte.«

Aber der Winter war auch lang und bot uns genügend Zeit zum Geschichtenerzählen. Und nicht nur dafür.

Eero Häänänen glich keinem der literarischen Helden, in die ich mich im Laufe der vergangenen Jahre verliebt hatte. Trotz seiner erst vierundzwanzig Jahre begann sein mausfarbenes Haar schütter zu werden. In seinem untersetzten Körper, der kaum größer war als meiner und einen ganzen Kopf kleiner als der meines Vaters, hausten Bärenkräfte, wie ich später entdeckte. Seine Wangenknochen traten im Gegensatz zu der kurzen flachen Nase stark aus dem fast runden Gesicht hervor und sein Hinterkopf bildete eine gerade Linie mit dem Nacken. Seinen winzigen, schräg stehenden grauen Augen entging nichts. Als ich ihm einmal in einer zärtlichen Stunde zuflüsterte, an ihm wäre deutlich zu erkennen, dass die Finnen eigentlich aus Asien stammten, wurde er wütend.

»Wir sind keine Mongolen!«, fuhr er mich an. »Das ist üble Nachrede.«

Ich erschrak vor seiner Heftigkeit, hatte ich diese Bemerkung doch ganz anders gemeint, nämlich als Ausdruck einer gewissen Verbundenheit mit ihm. Schließlich steckte auch in mir ein Stück Asien. Aber was mich ein bisschen stolz machte, betrachtete er als Beleidigung.

Ich hätte es wissen müssen. Aus Büchern hatte ich erfahren, dass der Finne an der Ungewissheit seiner Herkunft leidet. Es fehlt der Stammbaum: Das Wissen um die Wiege dieses Volkes ist noch heute in das Dunkel grauer asiatischer Vorzeit gehüllt. Ausländische Wissenschaftler vermuten seinen Ursitz im Ural und Altai, aber der Finne selber sieht sich als »Waisenkind der Weltgeschichte« und beklagt zudem, dass sein Volk erst 1917 zur staatlichen Selbstständigkeit fand. Nach Rosas Ansicht resultierten daraus Komplexe, die der Finne auf seine Weise kompensiere, unter anderem nämlich durch *sisu*, einen unübersetzbaren Begriff, in dem verbissene Sturheit, stete Beharrlichkeit, Mut, Tapferkeit, Ausdauer und mehr vereinigt sind. *Sisu* illustrierte mir Eero mit einer Anekdote.

»Im finnisch-sowjetischen Krieg beobachten zwei finnische Soldaten in einem Erdloch das Nahen einer russischen Kompanie. Sagt der eine Finne zum anderen: ›Du bleibst hier und hältst die Stellung, während ich die Ivans umzingele.‹ Das ist sisu.«

Eero hatte meinen schönen literarischen Helden etwas Entscheidendes voraus: Er war aus Fleisch und Blut und hatte Arme, die mich festhalten konnten. Etwas, wonach ich mich mit meinen inzwischen achtzehn Jahren zu sehnen begonnen hatte.

Argwöhnisch verfolgte Vater die Entwicklung unserer Beziehung. Vermutlich befürchtete er, dass ich die erstbeste Gelegenheit nutzen würde, um mit dem erstbesten Mann von der Insel zu flüchten.

Dabei hatten wir nichts überstürzt. Nach dem Ständchen auf dem Eis hatten wir zusammen gefrühstückt und uns dabei angenehm unterhalten. Auf Englisch, damit Vater uns folgen konnte. Eero bedankte sich dafür, dass ich ihm das Leben gerettet hätte, und entschuldigte sich für das Ungemach, das er uns bereitet hatte. Er stehe tief in unserer Schuld und würde gern versuchen sie abzutragen. Er könne zum Beispiel einen Tag lang Feuerholz für uns hacken.

»Musst du nicht arbeiten?«, fragte ich.

So erfuhr ich, dass er Lehrer war und die Weihnachtsferien am Vortag begonnen hatten.

»Normalerweise lasse ich mich nicht so voll laufen, aber ich war gestern sehr deprimiert, als klar war, dass es die Wetterverhältnisse nicht zulassen würden, meine Eltern im Norden zu besuchen. Der Gedanke, Weihnachten allein zu verbringen, machte mich traurig, und ausgerechnet dann schenkte mir meine Wirtin eine Flasche Wodka …« Er hob die Schultern, um anzuzeigen, die Kombination solcher Umstände habe ihn unvermeidlich dazu aufgefordert, mit der vollen Flasche die Leere in sich zu füllen.

Nachdem er in zwei Stunden mehr Holz gehackt hatte als Vater in zwei Tagen, zeigte ich ihm unser Reich. Er schlug die Hände zusammen, als wir die Bibliothek des Haupthauses betraten. Alle Regale waren leer und fast mannshohe Büchertürme schwankten bedrohlich auf dem Holzboden. Zwischen zwei literarischen Bergen hatte ich eine schmale Schlucht geschaffen, die zu dem Tisch in der Mitte führte, an dem ich arbeitete.

»Mein Job ist es, die Bücher zu sortieren und zu katalogisieren«, erklärte ich. »Aber ich wusste nicht, wo ich anfangen sollte. Alles war durcheinander, Henry Miller stand neben der Psychopathologie des Alltagslebens …«

»Gehört er da nicht hin?«

»… und zwischen den Kunstbüchern fand ich Agatha Christie, Nietzsche war über alle Regale verteilt, Tolstoj lehnte sich an Jules Verne und die Geschichte der niederländischen Schifffahrt hatte sich in eine Reihe von Büchern über Traumdeutung verirrt …«

»Und jetzt bringst du Ordnung in das Chaos, indem du es vergrößerst?«

»Wie sollte ich sonst vorgehen?« Vorsichtig hob er ein aufgeschlagenes Buch von einem der wackligen Bücherstapel.

»Der kleine Prinz! Und natürlich liest du dich während der Arbeit fest. Du wirst nie fertig werden.« Genau das hatte ich auch schon befürchtet. Ich sah mich bereits kurz vor dem Beginn der Sommerferien alle Bücher wieder wahllos in die Regale stopfen. Auch wenn die Finnen die Eile nicht erfunden hatten, Jari würde schwer enttäuscht sein, dass ich meinen gut bezahlten Auftrag nicht in zehn Monaten erledigt hatte.

»Ich kann dir helfen«, bot Eero an. »Wenn wir zu zweit arbeiten, wirst du zwischendurch nicht zum Lesen kommen.« Er schüttelte sich. »Wie kannst du überhaupt in dieser Kälte hier sitzen!« Ich erklärte ihm, dass ich in meinen Arbeitsstunden nicht nur ein großes Kaminfeuer in Gang hielt, sondern auch einen kleinen Gasofen neben mir aufstellte.

»Wir fangen nach Weihnachten an«, beschloss er. »Erst wird gefeiert.« Eigentlich hatten Vater und ich vorgehabt, Weihnachten zu ignorieren. Ohne darüber zu reden, war uns beiden klar, dass ohne Mutter ein Familienfest nicht in Frage käme. Aber Eero machte uns einen Strich durch die Rechnung.

Dabei hatte ich kaum erwartet, ihn wieder zu sehen, nachdem ich ihn am nächsten Morgen in Imatra abgesetzt hatte. Aber Treue und Zuverlässigkeit sind auch Grundmerkmale des Finnen. Genauso wie Einfallsreichtum und Tüftelgeist.

»Das ideale Unternehmen«, hatte Jari einmal erklärt, »hat schwedisches Kapital, dänische Verkäufer, aber finnische Hersteller. Idee und Ideal kommen immer aus Finnland.«

Eeros Idee war es, mit uns auf ideale Weise Weihnachten zu feiern. Er hatte uns nichts davon gesagt und Telefon gab es auf der Insel nicht. Ich war also höchst verblüfft, als am Nachmittag des Heiligen Abends Trompetengeschmetter durch die stille Landschaft hallte. Ich rannte zum Ufer. Ein Fuchs jagte in rasendem Tempo aus unserem Birkenwald aufs verschneite Eis zur nächsten Insel. In der Ferne erkannte ich eine dunkle unförmige Figur. Sie kam nur langsam voran und hielt jetzt wieder inne, um ein kleines Solo zu spielen.

Als Eero auf seinen Skiern näher glitt, kam es mir so vor, als ob auf seinem Rücken ein riesenhafter Buckel gewachsen sei. Erst bei näherem Hinsehen verwandelte sich die Ausbuchtung in den größten Rucksack, den ich je erblickt hatte.

»Hol den Schlitten!«, rief er mir zu, als er in Rufweite kam. »Die letzten Meter fressen mich auf!«

Er schnallte den Rucksack ab, ließ ihn in den Schnee fallen und setzte die Trompete wieder an die Lippen.

»If I were a Bell«, rief er. »Miles Davis. Ideal für Weihnachten.«

Die muntere Melodie vertrieb düstere Gedanken an ein gelbes Schlauchboot, das in meiner Vorstellung immer noch im Meer herumtrieb und dessen Insassin nur mit einer dünnen Bluse, einem Wickelrock und einem Strohhut bekleidet war.

Ich tat, wie er mir aufgetragen hatte, und versuchte dann den Rucksack auf den Schlitten zu hieven. Aber das Monstrum bewegte sich keinen Zentimeter.

Ich war fassungslos und sah mir den kleinen kräftigen Mann genauer an.

»Wie konntest du das tragen? Was steckt da überhaupt drin?«

Unser Festessen, wie sich herausstellte.

Ein ganzer Truthahn, luftgetrockneter Rentierschinken, *Saunalenkki* – stark gewürzte Fleischwurst, die auf dem Saunaofen gebraten wird –, verschiedene Heringsspezialitäten in kleinen Töpfchen, *Nokkosleipä* – Feuerbrot aus grobem Roggenmehl –, Lachs, Pasteten, Pilze, Wintergemüse und alle Ingredienzien für den *Jouluglög*, das finnische Weihnachtsgetränk, das Eero später in unserer Kochecke zubereitete und neben dem der deutsche Glühwein wie ein fades Wässerchen schmeckt. Aber der wird auch nicht mit Johannisbeersaft, Mandeln, Rosinen, Kardamom und Wodka angereichert. Meinem Vater überreichte Eero eine Flasche Aquavit.

»Ich betrachte mich als eingeladen«, grinste er, als wir in der Hütte alle Kostbarkeiten ausgepackt hatten.

Er blieb, bis Anfang Januar die Schule wieder begann. Ich hatte ihm eines der Schlafzimmer im Haupthaus angeboten, aber er zog es vor, seinen Schlafsack in unser Wohnzimmer zu legen oder in die Sauna, wenn sie warm war. Da er sich während seines Aufenthalts in den paar hellen Stunden um die beiden großen Häuser kümmerte, blieb Vater genug Zeit für Holzkreationen im Schuppen. An Arbeit in Liisas Neubau war während der Kälteperiode nicht zu denken.

Sobald es dunkel wurde, kam Eero zu mir in die Bibliothek. Er sortierte, ich notierte. An seinem letzten Tag kam es zu einer kleinen Auseinandersetzung, weil er der Meinung war, die Bücher nach Sprachen einordnen zu müssen, ich mich aber für Sachgebiete entschieden hatte. Als würden sie beißen, hatte er alle niederländischen Bände in die entfernteste Ecke der Bibliothek gelegt.

»Die gehören auch dazu!«, schalt ich ihn.

Er griff nach einem der Bände und las mit übertriebenem Akzent den Titel vor.

»Was ist das denn für eine unmögliche Sprache!«

»Das muss mir gerade ein Finne sagen«, erwiderte ich. Seine Worte gaben mir einen Stich, weil mir einfiel, dass ich bereits seit Monaten mit niemandem in meiner Muttersprache hatte reden können. Niemand nannte mich mehr *Schat* – Schatz – und bis ich die vertrauten Klänge wieder von Rosa oder Nikki hörte, würde noch ein halbes Jahr vergehen.

Ich brach in Tränen aus.

Eero sagte kein Wort, sondern nahm mich einfach in die Arme. Weil es so gut tat, mich endlich an einem Menschen zu wärmen, strömten meine Tränen umso heftiger.

Ich hatte mir schon oft vorgestellt, wie mein erstes Liebeserlebnis aussehen würde. Nie aber wäre ich darauf gekommen, dass ich dieses Großereignis tränenüberströmt auf dem staubigen Holzboden einer finnischen Landhausbibliothek in den Armen eines stämmigen Kareliers erleben und dabei zum Schluss unter einem Berg niederländischer Literatur begraben sein würde.

»Entschuldigung«, flüsterte Eero, »das war mein Fuß.«

Erstaunt sah ich ihn an, bis mir dämmerte, dass er die Umsturzursache des Bücherturms gemeint hatte.

»Dein Fuß also«, erwiderte ich. »Davon ist in Aufklärungsbüchern nie die Rede.«

Bestürzt stellte er fest, dass er mich entjungfert hatte. Ich nickte. Die Erde hatte nicht gebebt, aber es war sehr nett gewesen. Und schön warm. Genug Gründe, um nach den Weihnachtsferien mehrere Tage hintereinander in Imatra zu übernachten. Allerdings nicht in Eeros Kammer, da seine Wirtin eine Allergie gegen Damenbesuch hatte. In Jaris Hotelzimmer kam ich dahinter, dass sich ein langer, kalter finnischer Winter am besten zu zweit im Bett ertragen lässt.

4 INSELSOMMER

Das große Knacken begann erst Ende April, aber das Gefecht zwischen Wasser und Eis riss mich schon Anfang des Monats immer wieder aus dem Schlaf. Unter der längst nicht mehr glatten Oberfläche brodelte es – wie »tief drinnen im Finnen«, was mir Eero einst verraten hatte, als ich mich in Imatra wieder einmal über die Lethargie seiner Landsleute beklagt hatte. Mein Schneemobil, dessen Schatten von Tag zu Tag kürzer wurde, lenkte ich jetzt außerordentlich vorsichtig über die Eisfläche. Nicht nur wegen der langsam entstehenden Wasserlöcher und Risse, sondern auch wegen der Eisbarrikaden – bizarr geformte Stücke Eis, die der Wind kreuz und quer über den Saimaa schob und an manchen Stellen so hoch aufschichtete, dass sie kleinen Bergen glichen. Von der immer höher kletternden Sonne beschienen, leuchtete das Eis hellgrün. Manchmal hielt ich an, weil ich die Augen schließen musste, wenn der Wind den Pulverschnee über das Eis jagte und die kleinen Partikelchen auf meinen Wangen prickelten. Ich hielt mein Gesicht in die Sonne und stellte mir vor, einen Sandsturm in der Sahara zu erleben.

Um mich herum mochte zwar Tauwetter eingesetzt haben, in mir selber aber spürte ich eine Art Eiszeit herannahen. Und zwar gegenüber Eero.

An einem Sonnabendmittag hatte ich gerade die obersten Reihen auf der Büchergalerie gefüllt, als vom Eis her ein klarer Trompetenton kam. Normalerweise ließ ich dann alles stehen und liegen und rannte mit ausgebreiteten Armen zum Ufer. Diesmal nicht. Oh nein, dachte ich, warum muss er heute kommen, ich habe gar keine Lust, mich das ganze Wochenende über mit finnischen Präpositionen abzuplagen. Ich erschrak vor mir selber, warf mir Herzlosigkeit vor und zog mir seufzend den Mantel an.

»Bist du krank?«, fragte Eero besorgt, als ich mit lustlosen Schritten auf ihn zuging. Selbst der Anblick seines gut gefüllten Rucksacks konnte meine Laune nicht heben.

Wie sage ich es ihm, dachte ich nur, wie sage ich ihm, dass er mich *stört?* Schließlich war es nicht seine Schuld, dass ich die Lust an ihm verloren hatte. Meine auch nicht – es war einfach so.

Wie sich herausstellte, musste ich gar nichts sagen. Eero war gekommen, um sich zu verabschieden. Er druckste lange herum, bis er mir gestand, dass er den Schuldienst quittiert habe. Er wollte sich auf das größte Abenteuer des Jahrhunderts einlassen, am liebsten natürlich zusammen mit mir, aber er fürchtete, ich sei noch nicht so weit. Ich würde mich noch zu sehr mit meinem Ego und mit Rückschau beschäftigen. Außerdem würde ich auch nicht wirklich daran glauben, dass er die Reinkarnation von Charlie Parker sei.

»Aber du bist eine Suchende«, erklärte er, »und ich bin überzeugt, dass wir uns da wieder sehen werden, wo ich jetzt hingehe.«

»Und wo ist das?«

»Poona!«

»Wo?«

»Indien. Poona. Bhagwan. *Das* ist das größte Abenteuer dieses Jahrhunderts. Auch für dich. Dein Inselleben hier ist nur die Vorstufe. Nicht das Sein bestimmt das Bewusstsein, sondern umgekehrt.«

In der Bibliothek zog er mich nicht wie sonst gleich auf unser Liebeslager in der Ecke, sondern hielt mir einen ausführlichen Vortrag. Er war wie verwandelt, atemlos, gestenreich und wie von einem inneren Feuer erleuchtet. Seine winzigen Augen strahlten wie die eines Kindes zu Weihnachten.

»Hast du was getrunken?«, unterbrach ich ihn plötzlich und dachte, dass es nur logisch wäre, wenn unsere Beziehung so enden würde, wie sie begonnen hatte. Gleich würde er sich die mitgebrachte Wodkaflasche an den Mund setzen und trinken, bis er umfiel. Dann würde ich ihn in den Anhänger meines Schneemobils hieven, nach Imatra zurückbringen und da ausladen, wo ich ihn vor beinahe vier Monaten aufgegabelt hatte.

»Nein«, antwortete er.

Mir fiel ein, dass Charlie Parker den Drogentod gestorben war.

»Oder etwas anderes genommen?«, fragte ich.

»Nein!«, rief er. »Das ist ja das Phantastische. Ich brauche nichts mehr. Nicht mal Alkohol!«

Woher denn diese plötzliche Erkenntnis – Erleuchtung, verbesserte ich mich – gekommen wäre. Von seiner Exfreundin Einar, gestand er. Sie habe ihn vergangene Woche in Imatra besucht und ihm von ihrem neuen Leben vorgeschwärmt.

»In Poona?«, fragte ich.

»In Poona.«

»Hast du mit ihr geschlafen?«

»Du hast keinen Grund, eifersüchtig zu sein«, erklärte er.

»Wir haben einander keine Treue geschworen«, erwiderte ich und wunderte mich, als ich mich selbst sagen hörte: »Trotzdem hätte es mich gestört, wenn ihr miteinander geschlafen hättet.«

»Aber das haben wir ja!«, rief er.

»Du hast doch gerade gesagt, dass ich keinen Grund …«

»Und das habe ich auch gemeint. In Poona wird alles geteilt, Besitzdenken ist aufgehoben und die Liebe gehört allen.«

Das war das erste Mal, dass er das Wort Liebe aussprach. Jetzt, wo ich es weder als Bedrohung noch als Hoffnung auffassen konnte. Die Liebe war ungefährlich geworden.

»Jeder mit jedem?«, fragte ich zweifelnd.

»Natürlich muss man sich mögen.«

»Natürlich.«

»Kommst du mit nach Indien?«

»…ones…«, flüsterte ich.

»Was?«

»Nichts.«

Wie sollte ich ihm auch sagen, dass mir zwei Silben an seinem Zielort fehlten? Dass ich keinen Moment gezögert hätte, wenn es Ind*ones*ien gewesen wäre.

Um ein paar Informationen aus einer äußerst fremden Außenwelt reicher und um einen Liebhaber ärmer, verbrachte ich die Monate bis zum Juni damit, die letzten Bände in die Bibliothek einzuordnen. Kurz vor Koivistos Ankunft im Juni war ich fertig, jedes Buch, einschließlich der billigen englischen Liebesromane, hatte seinen Platz und war im Ordner notiert.

Zwischen Vater und mir gab es keine Probleme, weil wir einander aus dem Weg gingen. Manchmal sah ich ihn tagelang nicht. Ich kochte zwar für ihn, ließ das Essen aber auf dem Herd stehen, wo er es sich selber aufwärmen konnte, wenn er Hunger kriegte. Und das war meistens mitten in der Nacht, wenn ich schon längst schlief. Licht und Geräusche, die aus dem Schuppen drangen, ließen mich wissen, dass er noch lebte.

Er war zu einem richtigen Einsiedler geworden und hatte sich einen langen grauen Bart stehen lassen, der ihn älter und fremder machte. An großformatigen Werken arbeite er nicht, sagte er mir, dafür sei es selbst im beheizbaren Schuppen zu kalt. Aber er habe, genau wie ich in der Bibliothek, in seinem Schuppen einen kleinen Gasofen neben sich stehen und schnitze an einem Wunderwerk für Liisas Geländer.

»Ich könnte mir vorstellen, dass Kunstkenner von nah und fern anreisen werden, um es zu besichtigen«, verriet er mir. »Dir würde ich es sehr gern jetzt schon zeigen.« Seine Augen blickten beinahe bettelnd, aber ich dachte an die Ahornseele und sagte, dass ich mich lieber überraschen lassen wollte.

Bei seinem letzten Besuch im März hatte Jari angekündigt, Anfang Mai das große Motorboot zurückzubringen. Er hatte es im November nach Imatra überführt, wo es in einem Bootshaus den Winter verbrachte und gewartet wurde. Für Notfälle hatten wir das Ruderboot, an das wir einen Außenbordmotor hängen konnten. Aber niedrige Wassertemperaturen und milde Luft sorgten in den ersten Maitagen dafür, dass eine dicke Nebeldecke über dem Saimaa hing. Obwohl unsere Vorräte aufgebraucht waren, traute ich mich mit dem kleinen Ruderboot nicht weiter als fünfzig Meter aufs Wasser. Einmal fuhr mir ein gewaltiger Schreck durch die Glieder, als ein riesiger Schiffsbug wie aus dem Nichts unmittelbar vor mir auftauchte. Erst als ich einen einsamen Ruderer darin sah, erkannte ich, dass der Nebel wie ein Vergrößerungsglas gewirkt und meine Sinne getäuscht hatte. Das Bötchen war nicht viel größer als meines.

Eine Woche lang lebten wir von Fisch, den ich vom Boot aus fing. Eero hatte mich gelehrt, ihn zu entschuppen und auszunehmen. Für mich war es beinahe eine feierliche Handlung, die Gräten mit den dranhängenden Fischfasern hinterher in den See zurückzuwerfen. In Gedanken an Großmama Meander freute ich mich jedes Mal, dass wir wieder eine Fischmahlzeit überlebt hatten. Zwieback, getrocknete Pilze, eingemachte Beeren und Marmeladenkonserven, die ich in den Küchenregalen des Haupthauses fand, sowie die Brotfladen, die ich aus dem Mehlvorrat backte, vervollständigten unseren Speiseplan. Jetzt war ich froh, das Mehl nicht weggeworfen zu haben, als ich die Würmer darin entdeckt hatte. »Die bestehen auch nur aus Mehl – und etwas Eiweiß, sie sind also gut für uns«, hatte mich mein Vater überzeugt. Verdaute Würmer befanden sich schließlich auch in den Tieren, die wir verzehrten.

Immer wieder schrak ich zusammen, wenn Schüsse ums Haus hallten. Vater hatte Jaris Jagdschrank aufgebrochen und ein Gewehr daraus entnommen. Er schoss auf alles, was sich bewegte und seiner Meinung nach dadurch essbar war. Aber weil es sich bewegte, traf er nichts, und ich stellte mir manchmal vor, wie sich die Kaninchen in ihrem Bau einen Spaß daraus machten, Vater zur Verzweiflung zu bringen.

»Es liegt an meiner Kleidung«, klagte er mir gegenüber eines Abends. »Der rote Anorak warnt die Tiere schon von weitem. Ich muss mich camouflieren!«

Unsere Lebensmittelnot hatte zwar mit Jaris Eintreffen ihr Ende gefunden, aber Vater war inzwischen von der Idee besessen, einen Tarnanzug zu besitzen. Er begleitete mich das nächste Mal nach Imatra und erstand in einem Laden diverse Uniformstücke. Der Verkäufer wollte ihm noch ein paar Medaillen andrehen, aber Vater glaubte nicht, dass sich die Kaninchen davon beeindrucken lassen würden.

Von da an trug er auf der Insel nur noch sein Tarnzeug. Es war ein Glück, dass Rosa mit den Menschen von Imatra kaum Kontakt hielt. Sonst wäre ihr der neue Name der Birkenwald-Insel nicht entgangen: die Insel des deutschen Soldaten. Als ich diese Bezeichnung zum ersten Mal hörte, blickte ich zum Himmel und erwartete eine bebende Wolke zu sehen sowie ein kraftvolles »Offizier!« zu hören. Aber wenn Großmama Meander noch irgendwo etwas erschüttern konnte, dann wahrscheinlich nicht im Himmel.

Nach den Monaten der Abgeschiedenheit freute ich mich auf Gesellschaft in den Sommermonaten. Als dann aber der gesamte Koivisto-Clan mit seinen Besuchern im Juni die Insel in Besitz und ihr somit die Stille nahm, sehnte ich mich sehr schnell wieder nach der Einsamkeit der vergangenen Monate zurück. Erstaunt registrierte ich, dass ich es in so kurzer Zeit verlernt haben musste, täglich mit anderen Menschen umzugehen. Weil zu viel durcheinander gesprochen wurde, verlor ich den Gesprächsfaden und kam mir wie auf den Mund gefallen vor. Ich schrak zusammen, wenn plötzlich jemand vor mir stand, den ich eigentlich hätte kommen hören müssen. Überall herrschte Hektik und alles war zu laut und ging mir zu schnell. Erstmals keimte in mir Verständnis für das finnische Naturell und seinen Ursprung auf. Bauer sein im menschenarmen Finnland hieß immer schon, aus der Not der Einsamkeit die Fähigkeit zum Alleinsein zu machen.

Quasi als Entschuldigung für mein ungelenkes Benehmen vertraute ich Jari an, dass ich ein unsoziales Wesen geworden sei.

»Da siehst du, dass die Landschaft den Menschen stärker prägen kann als seine Wurzeln«, lächelte er und erzählte mir die klassischste aller finnischen Anekdoten.

Ein Finne macht sich auf, um irgendwo in den Weiten seines Vaterlandes sein Haus zu bauen. Er findet ein schönes Grundstück an einem Fluss und ist zufrieden. Eines Tages treibt auf dem Fluss ein frischer Holzspan vorbei. Entsetzt über die Tatsache, dass er einen Nachbarn hat, macht sich der Finne mit seiner Axt auf den Weg. Er reist zwei Tage und zwei Nächte, erschlägt den Nachbarn und kehrt glücklich heim. Endlich ist er wieder allein.

»Er wird zwar hoffentlich niemanden erschlagen, aber dein Vater ist schon ein richtiger Finne geworden«, meinte Jari.

»Eher ein finnischer Bär«, erwiderte ich. »Er kann besser brummen als sprechen.«

Denn er brummte über vieles. Über die Aktionen der deutschen Terroristen, von denen er in den Zeitschriften las, die uns Koivistos mitgebracht hatten. Über die Tatsache, dass Koivistos bei dem Begriff »Laubwald« auf ihrer Insel stark übertrieben hatten und dass der deutsche Sender, den er auf seinem kleinen Radio eingestellt hatte, zu viel Popmusik spielte. Am meisten aber brummte er darüber, dass er vom Auswärtigen Amt immer noch keine Antwort auf seine zahlreichen Schreiben erhalten hatte. Das war nicht weiter verwunderlich, da ich seine Episteln in den Wintermonaten in Imatra nicht in den Briefkasten, sondern in den Müll geworfen hatte. Vater hatte sich nämlich in die fixe Idee verrannt, dass es Aufgabe des westdeutschen Staates sei, Mutter irgendwo im Osten aufzustöbern und zum Beispiel gegen einen DDR-Spion auszutauschen.

»Wozu gibt es schließlich die Ostverträge!«, brummte er.

Nikki war im vergangenen Jahr so in die Länge geschossen, dass wir uns jetzt auf gleicher Höhe in die Augen sehen konnten.

Ich war gerührt von seiner ungebrochenen Anhänglichkeit.

»*Meine* Iris«, stellte mich der Zwölfjährige allen Gästen stolz vor und folgte mir wie ein Schatten über die Insel. Nicht immer ein ruhiger Schatten, obwohl Rosa erfreut bemerkte, dass er in meiner Gegenwart wieder viel umgänglicher sei.

»Ist es immer noch so schlimm mit ihm?«, wollte ich wissen.

»In Phasen«, antwortete sie. »Manchmal denke ich, dass es in seinem Kopf eine Art Kurzschluss gibt. Er hat den Sohn unserer Haushälterin im letzten Herbst einen ganzen Tag lang an den Totempfahl gebunden und gedroht, er werde ihm zu Füßen ein Feuer entfachen.« Das Feuer habe er dann am Strand entzündet und die Flammen mit dem Boot des Nachbarn und Stinas architektonischen Entwürfen gefüttert.

»Pläne, die ihren Durchbruch bedeuten sollten«, empörte sich Rosa. »Monatelang hatte sie daran gearbeitet und sie wollte sie am nächsten Tag einreichen! Sie war so wütend, dass sie uns aufgefordert hat, Nikki in ein Heim für schwer erziehbare Kinder zu geben. Daraufhin hat er ihrem Freund erzählt, dass regelmäßig andere Männer in ihrem Zimmer übernachten würden. Als der Freund Stina zur Rede stellen wollte, fand er tatsächlich einen fremden Mann in ihrem Bett. Es war ein Betrunkener, den Nikki auf einer Bank am Ufer gefunden und ins Haus gelockt hatte. Und denkst du, dass er irgendetwas bereut hätte? Im Gegenteil! Er scheint sogar stolz auf seine Taten zu sein – er hat all diese Szenen mit Buntstiften auf Papier festgehalten!«

Außerdem sei ihr Sohn wegen regelmäßigen Störens von der Morgenandacht in der Deutschen Schule ausgeschlossen worden, ein Vergehen, für das ich ihn heimlich bewunderte.

Inzwischen sei Nikki bei einem anderen Psychologen in Behandlung, berichtete Rosa, aber auch dieser sei der Ursache seines abweichenden Betragens noch nicht auf die Spur gekommen.

»Er kriegt doch genug Liebe!«, rief Rosa verzweifelt. »Wir sind nicht übermäßig streng, aber wir lassen ihm auch nicht alles durchgehen. Ich verbringe mehr Zeit mit ihm als mit meinem Mann und wir sorgen für genügend Anregungen. Aber er schafft es, aus jedem Plus ein Minus zu machen.«

»Das wird sich auswachsen«, erwiderte ich hilflos.

Nikki war auch der Erste, der Vaters Kunstwerk in Liisas Haus besichtigte. Er war einfach hineingegangen und hatte das Laken vom Geländer gezogen.

»Wie sieht es denn aus?«, fragte ich ihn leicht beunruhigt.

Sein Gesicht war sehr ernst.

»Es ist toll, Iris, wirklich, etwas ganz Besonderes. Ich kann es nicht beschreiben, man muss es gesehen haben.«

An einem Mittag legte ein größeres Boot bei Koivistos an. Ihm entstiegen sieben halb nackte Mitglieder einer finnischen Eishockeymannschaft und Tante Liisa. Diesmal trug sie nicht nur einen viel zu kurzen Rock, sondern auch ein sehr zufriedenes Lächeln um ihren knallroten Herzchenmund. Während sie einem der jungen Männer mit der einen Hand liebevoll das Hinterteil tätschelte, reichte sie einem zweiten wie eine Königin die andere, damit er ihr aus dem Boot helfe. Sie quietschte kurz, als eine hohe Hacke im Holzsteg stecken blieb, und schlüpfte aus dem Schuh.

»Wie soll ich jetzt ins Haus kommen?«, gurrte sie. Auf den Schultern des kräftigsten Eishockeyspielers natürlich. Ihre stämmigen Waden, die Nikki im Vorsommer mit Matsch beschmiert hatte, plätteten Brusthaare. Kräftige Eishockeyspielerhände drückten Dellen in Liisas Oberschenkel. Ihr Rock war ganz hochgerutscht und der Nacken des Eishockeyspielers musste in Kontakt mit ihrem Höschen gekommen sein. Wenn sie überhaupt eines trug.

Gerüchte über Liisas Männer verschlingendes Verhalten waren mir zwar zu Ohren gekommen, aber ich hatte sie nicht glauben können und gedacht, dass die arme voluminöse Gestalt wahrscheinlich froh sein könnte, wenn es einen einzigen Mann in ihrem Leben gäbe. Und jetzt gab es gleich eine ganze Eishockeymannschaft!

Die Spieler saßen ihr im wahrsten Sinne des Wortes zu Füßen, als sie sich auf der Terrasse in einen Liegestuhl fallen ließ.

»Paavo, der Sack!«, sagte sie in vorwurfsvollem Ton zu einem ihrer Begleiter. Der sprang auf, rannte zum Boot und kehrte mit einem riesigen schwarzen Sack zurück.

»Krebse«, erklärte Liisa und fragte mit hochgezogenen Augenbrauenstrichen: »Ihr habt doch nicht etwa schon angefangen?«

»Aber nein. Nie vor dem 21. Juni«, versicherte Jari. Und Vater brummte: »Geht das schon wieder los!«

Im vergangenen Jahr hatte er wegen der ständigen Krebsessen drei Kreuze geschlagen, als Koivistos wieder abgefahren waren. Ich vermute allerdings, dass ihm weniger das fast tägliche Scherenknacken zu schaffen gemacht hatte, als vielmehr dessen Begleitumstände.

»Ein Krebs, ein Schnaps, eine Liedstrophe«, hieß es nämlich und Vater hatte das »Krebse-müssen-schwimmen« beim ersten Mal etwas zu wörtlich genommen und war schon vor der zehnten Strophe von der Bank gefallen. Unglücklicherweise landete sein Kopf auf einem der Igel, für die Rosa am Hauseingang kleine Tellerchen mit Milch hingestellt hatte. Im Gegensatz zu meinem Vater würde der Igel nie wieder trinken können, hatte Nikki das Ereignis kommentiert.

Liisa teilte uns als Nächstes mit, dass sie die Mannschaft in ihrem Haus unterbringen würde – alle hätten Schlafsäcke mitgebracht – und fragte meinen Vater, ob das Obergeschoss endlich zugänglich sei.

Er nickte.

»Allerdings nicht da, wo der Aufgang ursprünglich geplant war«, sagte er, »da gab es technische Probleme.«

»Was für technische Probleme?«, wollte Liisa wissen. Stina sei schließlich eine begnadete und preisgekrönte Architektin. Bedauerlicherweise habe sie vorgezogen, den Sommer mit ihrem Freund in Italien zu verbringen. Neben mir rülpste Nikki laut. Ich schlug ihm sacht auf den Mund.

»Ich kann auch noch was anderes«, flüsterte er mir zu und machte ein angestrengtes Gesicht.

»Heb dir das für eine bessere Gelegenheit auf«, flüsterte ich zurück.

Ob wir uns nicht alle zu Liisas Haus begeben und die Fortschritte in Augenschein nehmen wollten, fragte mein Vater. Ohne abzuschließen oder auch nur eine Tür oder ein Fenster dichtzumachen, kletterten wir in Liisas großes geliehenes Motorboot und fuhren um die halbe Insel herum.

Befriedigt stellte Liisa fest, dass an ihrem roten Holzhaus alle Fenster verglast und mit weißen Rahmen versehen waren. Wir folgten im Gänsemarsch, als die stolze Hausbesitzerin vom Holzsteg aus die Prozession zur Terrasse anführte. Rosa, der kleinste Eishockeyspieler und ich waren die Letzten. Weil ich insgeheim damit gerechnet hatte, schrak ich im Gegensatz zu dem jungen Mann vor mir nicht zusammen, als ein gellender Schrei vom Haus kam. Auch Rosa hatte nicht gezuckt. Sie drehte sich nur zu mir um. Über den Kopf des Eishockeyspielers hinweg sah ich ein klitzekleines, beinahe triumphierendes Lächeln in ihren Mundwinkeln. Ich hatte schon zuvor geahnt, dass sie und ihre Schwägerin sich nicht sonderlich grün waren, weil sich Liisa in alles einmischte. Aber ich hätte Rosa nie so einen abgebrühten Racheakt zugetraut: Erst jetzt fiel mir ein, dass sie es ja gewesen war, die meinen Vater als Innenausstatter empfohlen hatte.

Nikki hatte Recht gehabt. Es war wirklich etwas Besonderes. Und ganz toll, wenn auch nicht unbedingt für ein Privathaus geeignet. Schon gar nicht, wenn Kerzen darin lange unruhige Schatten warfen. Dann wäre die Illusion nämlich perfekt gewesen und man hätte fürchten können, die Gestalten kämen wirklich die Treppe herunter.

Vater hatte sich selbst übertroffen, das musste ich neidlos anerkennen, aber auch ich hätte geschrien, wenn ich beim Öffnen der Haustür als Erstes diese Treppe gesehen hätte.

Vater hatte die Stufen breit angelegt, damit er den Pfosten und sechs Geländerstäbe versetzt anbringen konnte und keiner den anderen verstellte. Nur waren es keine normalen Geländerstäbe, sondern Figuren, die die Treppe hinunterzuschreiten und dabei den abgerundeten Handlauf entweder auf dem Kopf, auf ausgestreckten Armen oder auf dem Rücken mitzunehmen schienen. Am groteskesten war die Pfostengestalt. Vater hatte ihr den Mund geöffnet und zwei Hände an den Kopf gelegt, mit denen diese Figur das Geländer stützte. Ohne die beiden vorstehenden Holzzähne wäre diese Geste eine schamlose Kopie von Munchs *Schrei* gewesen. Auch die Figur dahinter ließ mich an ein Foto aus Vaters Sammlung denken, nämlich an den männlichen Akt *Adam* von Kirchner. Schon das Foto hatte mich an Beschreibungen von Außerirdischen erinnert, aber Vaters Umsetzung machte diesen Körper wirklich zu einem Wesen aus einer anderen Welt. Jede Figur war sorgfältig geschnitzt.

»Schneewittchen und die sieben Zwerge«, flüsterte mir Rosa zu und nickte zu ihrer Schwägerin hin. Unter dem ebenholzgefärbten Haar war das Gesicht bis auf die apfelroten Rougebäckchen schneeweiß geworden.

»Ich will kein Geländer!«, schrie Liisa meinen Vater an.

»Dies ist kein normales Geländer«, gab er würdevoll zurück. Ich bewunderte seine Gelassenheit. Monatelang hatte er beinahe ununterbrochen an diesem Werk geschnitzt. Allerdings war er es gewohnt, verkannt zu werden.

»Denk an die praktische Seite«, mischte sich Rosa ein. »Kinder müssen sich festhalten, wenn sie eine Treppe besteigen.«

»Ich will keine Kinder!«, fuhr Rosa ihre Schwägerin an. »Das muss alles weg. Sofort! Wo ist die Axt?«

Sie stand auf der ersten Stufe. Jetzt merkte sie, dass sie eine Hand unwillkürlich auf den Aufgangspfosten gelegt hatte. Mit einem Aufschrei, als hätte sie sich verbrannt, zog sie die Hand weg.

Ich hatte genug gesehen und gehört. Ohne etwas zu sagen wandte ich mich um und lief über einen Trampelpfad zurück zu unserem *Mökki*.

Ich war sehr verblüfft, als Vater ein paar Stunden später fröhlich pfeifend zur Sauna marschierte. Ihm folgten die sieben Eishockeyspieler.

»Ich dachte, du wärst am Boden zerstört!«, rief ich.

»Warum?«, fragte Vater. »Wo ich doch endlich Kunstkennern begegnet bin!«

Ich erfuhr, dass jeder der Eishockeyspieler eine Geländerfigur gekauft hatte.

»Zur Erinnerung an eine Nacht bei Liisa«, bemerkte Rosa boshaft, als wir später Krebsscheren knackten. Die Männer saßen in bunten Saunahemden aus Frottee um den Tisch und Vater vergaß vor lauter Glück über den Verkauf seiner Kunstwerke, welche Folgen die Kombination Ein-Krebs-ein-Schnaps-eine-Liedstrophe haben könnte. Diesmal gefährdete er aber keinen Igel, sondern brach nur plötzlich in Tränen aus.

»Hat hier irgendjemand eine Ahnung, wie schwer es einem Künstler fällt, sich von seinem Werk zu trennen!?«, schluchzte er verzweifelt. Mit klagender Stimme, als kündigte er den Weltuntergang an, erklärte er: »Ich habe etwas verkauft!«

Es sollte nie wieder vorkommen.

Von einer Probezeit auf der Insel war nicht mehr die Rede. Es wurde als selbstverständlich vorausgesetzt, dass wir blieben. Mir war es nur recht, denn ich hatte begonnen, mich vor der Welt da draußen zu fürchten. Jedes Mal, wenn ich aus Imatra in unser übersichtliches Reich zurückkehrte, war ich erleichtert und dankbar, dass es mir wieder geglückt war, nicht unter ein Auto zu kommen.

Die Welt der Bücher erschien mir wirklicher als die real existierende. Als ich merkte, dass mir die Geschichten des ausklingenden 18. und beginnenden 19. Jahrhunderts am meisten lagen, vermutete ich, zur falschen Zeit geboren worden zu sein. Eero mochte sich für die Reinkarnation von Charlie Parker halten, ich fühlte mich eher wie eine wiedergeborene Anne Brontë. Nicht Charlotte, die war mir zu klug, erfahren und produktiv. Doch je länger ich auf der Insel lebte, desto häufiger kam es mir vor, sogar im falschen Jahrtausend gelandet zu sein. Im größten Buchladen der Welt hatte ich mich damals in das Leben der *Höhlenkinder* versetzen lassen und es mir traumhaft vorgestellt, in einer Zeit zu leben, die das Wort Zivilisation noch nicht kannte. Ganz auf sich selber gestellt und nur mit dem Überleben beschäftigt zu sein, erschien mir natürlicher, als sämtliche Überlebensmittel aus zweiter Hand zu beziehen. Die Zeit, als wir zwischen Eis und Wasser auf der Insel gefangen waren, verklärte sich in meiner Erinnerung und ich freute mich schon auf die nächste winterliche Herausforderung.

Für Tante Liisa, die nach der Abfahrt der Eishockeyspieler drei männliche Darsteller eines erfolgreichen Musicals eingeladen und an einem schönen Augustabend mit ihnen zwischen den Birkenbäumen eine Kurzfassung von *My Fair Lady* – mit sich selbst als Eliza natürlich – aufgeführt hatte, galt ich als nicht zurechnungsfähig.

»Es ist doch nicht normal, dass sich ein junges Mädchen nicht danach sehnt, tanzen zu gehen«, sagte sie und sah stirnrunzelnd zu, wie Rosa und ich frisch gepflückte Blaubeeren sortierten.

Rosa schob ihr die Schüssel zu, aber Liisa wehrte ab.

»Ich will keine blauen Finger. Außerdem habe ich mir die Nägel gerade lackiert.«

»Und das ist normal – hier auf der Insel?«, fragte Rosa sanft.

»Für mich schon«, erwiderte Liisa, »ich werde mich doch nicht verleugnen, nur weil ich vorübergehend den Ort gewechselt habe.«

»Vielleicht würde ich mich verleugnen, wenn ich den Ort wechselte«, sagte ich und zitierte ein paar Sätze, auf die ich eine Woche zuvor in Goethes *Wilhelm Meister* gestoßen war und die mir eine Rechtfertigung für mein eigenes Leben lieferten: *»Ängstlich ist es, immer zu besuchen, aber viel ängstlicher gefunden zu haben und verlassen zu müssen. Wonach soll ich in der Welt nun weiter fragen? Wonach soll ich mich weiter umsehen? Welche Gegend, welche Stadt verwahrt einen Schatz, der diesem gleich ist? Und ich soll reisen, um nur immer das Geringere zu finden? Ist dann das Leben bloß wie eine Rennbahn, wo man sogleich schnell wieder umkehren muss, wenn man das äußerste Ende erreicht hat?«*

»Gegen Rennbahnen«, sagte Liisa, »ist nichts einzuwenden. Was für eine Stimmung an den Boxen! Hocherotisch, sage ich euch. Ich kenne da einen viel versprechenden finnischen Rennfahrer, Keke Rosberg heißt er, irgendwann wird er sicher Weltmeister, vielleicht sollte ich ihn auch mal hierher einladen ...«

»... und er kehrt immer wieder um, wenn er das äußerste Ende der Rennbahn erreicht hat?«, erkundigte sich Rosa.

»Wie sollte er anders gewinnen?«, fragte Liisa zurück.

Gewinnen. Darum ging es in der Außenwelt. Nichts für mich. Ich wollte nichts zu verlieren haben.

In jenem Sommer wurde beschlossen, Nikki auf ein niederländisches Internat zu geben. Rosa hatte sich die Entscheidung nicht leicht gemacht und vertraute mir an, dass sie diese Lösung als eine Niederlage empfände.

»Wir haben alles andere probiert«, sagte sie, »jetzt bleibt nur zu hoffen, dass ihn das Internat bändigt. Manchmal …«, – ihre Stimme sank zu einem Flüstern herab, »… manchmal habe ich Angst vor meinem Kind.«

»Eben, er ist ein Kind«, erinnerte ich sie. Kein Fleisch gewordenes Monster aus Vaters Produktion. »Es wird sich auswachsen.«

Auch für die kommenden Wintermonate hatten Koivistos eine spezielle Arbeit für mich. Rosa gab mir Nähunterricht auf der Maschine, die sie mitgebracht hatte, und schlug mir vor, die zerschlissenen Gardinen im Haus zu ersetzen. Als Liisa davon Wind kriegte, fuhr sie nach Mikkeli und kehrte mit einer Riesenladung Stoff zurück. Ich würde in der kalten Jahreszeit genug zu tun haben.

Vater hatte inzwischen begonnen, die Motive von Liisas einstigen Geländerfiguren aus Baumstämmen herauszuschnitzen.

Der *Schrei* mit Zähnen sah als meterhohe Plastik noch alarmierender aus. Jari fragte Vater einmal, ob er seine Werke nicht in einer Galerie ausstellen wollte, aber Vater schüttelte den Kopf.

»Diese Insel ist meine Galerie«, sagte er. »Sie hat den Grundstoff geliefert und ihr gehören die Figuren. Irgendwann werden Menschen von nah und fern kommen, um mein Werk zu betrachten.« Sehr viele Jahre später sollten sich diese Worte als prophetisch erweisen, wenn auch etwas anders, als Vater es sich vorgestellt hatte.

Der zweite Winter unterschied sich nicht sehr vom ersten, nur, dass wir diesmal dafür gesorgt hatten, Lebensmittel für Monate zu horten. Der entscheidende Unterschied lag für mich darin, dass ich niemanden hatte, der mich in kalten Nächten wärmte, und zum ersten Mal sehnte ich mich richtig nach Eero zurück. Ich dachte so intensiv an ihn, dass ich eines Mittags schon an eine Halluzination glaubte, als ein

Trompetenton übers Eis hallte. Ich rannte ans Ufer und sah eine Gestalt in orangefarbenen Hosen und einer rosa Jacke näher gleiten.

Er umarmte mich, als hätten wir uns gestern zum letzten Mal gesehen, und sprach während seines dreitägigen Aufenthalts über nichts anderes als über Poona, Bhagwan, dessen witzige und tief schürfende Reden, über die sexuelle Freiheit in Poona, wo er endlich zu sich selbst gefunden hätte, und über die Mysterienschule, die das Ganze war. Er sprach über Meditation und Quellen der Weisheit im Allgemeinen sowie über kosmische Pläne, die trügerischen Segnungen des Fortschritts und individuelle Egoabstürze im Besonderen.

In diesem Finnen brodelte es jetzt nicht nur »da drinnen«, alles sprudelte aus ihm heraus. Ich versuchte mir eine Landschaft vorzustellen, die so etwas bei einem Finnen zuwege brachte, und dachte dabei sofort wieder an Bambusmatten. Meine Fragen, ob auf Indiens Straßen wirklich gemästete Kühe an verhungernden Menschen vorbeizögen, konnte er mir nicht beantworten. Offensichtlich nur mit seinem Karma und dem Abstreifen des dranhängenden Egos beschäftigt, hatte er von Indien und den Indern nichts gesehen. Das interessierte ihn auch nicht, denn es brachte ihn nicht auf eine höhere Bewusstseinsstufe. Er kannte nur den Ashram und zweifelte nicht daran, dass diese Schule auch mir einen gewissen Grad der Erleuchtung bescheren würde. Er schwärmte mir vor, wie nutzbringend ich mit meinen Sprachkenntnissen für die Gemeinschaft wäre.

Ich wollte aber nicht nutzbringend sein, ich wollte nichts tun, als auf meiner Insel leben. »Außerdem steht mir Orange nicht«, lehnte ich seine Einladung ab. »Und es würde mich stören, dauernd eine Kette mit dem Foto eines verschlagen lächelnden Bartträgers umhängen zu haben.«

Der Name Charlie Parker fiel während seines Aufenthalts kein einziges Mal und seiner Trompete entlockte Eero ganz andere Klänge als früher.

»New Age«, sagte er, »die Welt geht auf ein neues Zeitalter zu.«

Ich war froh, als er nach drei Tagen wieder abreiste und mich meinem Karma überließ.

Mein dritter Inselsommer brachte eine Begegnung, die zwei Jahre später mein Leben gänzlich ändern sollte. Menno Kinderman, der Sohn des Direktors von Nikkis Internat, kam auf Einladung von Koivistos im Juli auf die Insel. Er war einundzwanzig, also zwei Jahre älter als ich, studierte Psychologie und hatte ein herzerwärmendes Lachen. In jenem Sommer spielte sich noch nichts zwischen uns ab, auch wenn mich jedes Mal ein Stromschlag durchzuckte, wenn wir uns zufällig berührten. Später sagte er mir, dass auch er an mir interessiert gewesen sei, aber keine Signale von mir aufgefangen habe.

Das lag einzig und allein daran, dass mir die Verkehrszeichen des Flirtens fremd waren. Meine Beziehung zu Eero hatte sich einfach ergeben und in diesem Zusammenhang hatte ich das Wort Liebe nicht einmal gedacht. Warm, gemütlich und angenehm waren die Adjektive, die ich für unser Zusammensein benutzt hatte. Die sexuelle Komponente hatte mich nicht in den siebten Himmel transportiert. Andere Männer kannte ich nicht. Ich hielt mich nicht für hübsch oder interessant genug, um auf beliebige Passanten in den Straßen von Imatra Eindruck zu machen, und Koivistos Gäste gehörten meistens einer für mich reizlosen Altersgruppe an.

Wenn es nicht literarisch verarbeitet wurde, fand ich das Thema Liebe insgeheim leicht lächerlich. Ein diffuses Gefühl mit fürchterlichen Folgen, wenn ich an das Schicksal meiner Angehörigen dachte. Und so entsetzlich vergänglich, wenn ich die Galerie von Liisas Liebhabern Revue passieren ließ. Als Zwölfjährige hatte ich der Liebe abgeschworen, als Neunzehnjährige reizte sie mich immer noch nicht. Bis mir Menno begegnete.

Er war sehr interessiert an meinem Leben und schob mich nicht, wie so viele andere Besucher, in die Ecke der skurrilen Außenseiterin. Er versuchte nicht, mich davon zu überzeugen etwas Sinnvolles mit meinem Leben anzufangen, und fällte kein Urteil. Er schien es als selbstverständlich anzunehmen, dass ich mich für diese Lebensform entschieden und mich in ihr gut eingerichtet hätte. Aber gerade deswegen schämte ich mich ein bisschen vor ihm, denn ich hatte mir dieses Leben nicht ausgesucht. Es war mir angeboten worden und ich fand, dass ich eigentlich nichts Belangreiches zu erzählen hatte. Ich nahm jeden Tag, wie er kam und versuchte ihn so gut wie möglich über die Runden zu bringen, ohne viele Wellen zu schlagen. Das wirkliche Leben da draußen kannte ich nur aus Büchern. Deren Inhalt war allerdings nicht dazu angetan, mich von einer Änderung meines Lebensstils zu überzeugen.

»Vielleicht hast du ja gefunden, wonach andere ein Leben lang vergeblich suchen«, sagte Menno, »du scheinst in dir selber zu ruhen. Und Nikki spürt das. Ich glaube, dass er dich deshalb so mag.«

»Ich mag ihn auch«, erwiderte ich etwas hilflos, da ich an Komplimente nicht gewöhnt war.

»Genau«, sagte Menno ernst. »Du erwartest nichts von ihm.«

»So hoch ist die Erwartungshaltung seiner Eltern auch nicht. Sie erwarten nur, dass er sich etwas anpasst«, verteidigte ich Rosa und Jari.

»Das ist von einem Menschen mit Nikkis Gaben und Temperament schon viel zu viel erwartet«, erwiderte Menno ernst.

Auch wenn ich mich gut mit ihnen unterhielt, war ich immer froh, wenn die Gäste irgendwann wieder abreisten. Nicht so bei Menno. Mein Glück wäre perfekt, dachte ich, wenn er sich entschließen könnte auf der Insel zu bleiben. Wir würden heiraten und Kinder kriegen, die wir im Einklang mit der Natur um uns herum erziehen und selber unterrichten würden. Wenn sie flügge wären, würden sie die Insel verlassen und uns bei Besuchen von der fremden Welt jenseits des Wassers berichten. Wir würden einander ansehen und ohne Worte wissen, dass wir gefunden hätten und nicht verlassen müssten. Daran dachte ich, als er mir zum Abschied die Hand reichte und erklärte, er würde gern im nächsten Sommer wiederkommen.

Nie verging ein Jahr langsamer. Ich begann ein Tagebuch zu führen, um nicht mehr das Gefühl zu haben, dass die Tage unterschiedslos zu Wochen, die Wochen zu Monaten wurden, und ich hinterher nicht mehr sagen konnte, wo welches Jahr geblieben war. Aber wenn ich heute darin lese, erschrecke ich vor der Eintönigkeit der Eintragungen. Fünfmal einen »Fuchs gesehen«, achtmal: »in Imatra gewesen« und unzählige Male »Schnee geräumt« und »Gasflasche ausgewechselt«. Dann »Vaters Haar geschnitten«, »Vorhänge gebügelt«, »Nähmaschine kaputtgegangen« … Da war es schon eine mittlere Sensation, als ich den kleinen Vogel fand, der den Zug nach Süden verpasst hatte und durch die offene Tür in die Sauna geflogen war. Ich nannte ihn »Harry« und bot ihm zum Überwintern den Schuppen an. Vater störte es nicht, dass Harry seine Geschäfte vorzugsweise auf fertigen Plastiken verrichtete. Dies sei seit jeher das Los weit bedeutenderer Kunstwerke gewesen, beruhigte er mich, und was Statuen aus der Antike widerfuhr, würde auch dem *Schrei mit Zähnen* nicht schaden.

Ich lobte seine Toleranz und widerstand der Versuchung, den schwarzweißen Klacks auf einem der vorstehenden Holzzähne wegzuwischen. In meinen Augen verwandelte der winzige Farbtupfer die Plastik in eine noch gruseligere Horrorfigur.

Warum schrieb ich nichts über meine Gedanken? Hatte ich keine? Oder hielt ich sie nicht für notierenswert? Vielleicht hatte ich auch nur Angst davor, dass irgendjemand das Tagebuch lesen und daraus Rückschlüsse auf meinen Geisteszustand ziehen könnte. Rosa und Jari hatten mir das Tagebuch geschenkt und mich immer wieder aufgefordert, doch selber etwas zu schreiben.

»Jemand, der so viel liest, der kann auch schreiben«, war Rosas Meinung. Für mich war das ein Zeichen, dass sie nicht viel las. Lesen, so empfand ich, entmutigte eher und machte das Schreiben überflüssig, denn erstens schien alles schon geschrieben worden zu sein und zweitens in viel schöneren Worten, als ich sie mir selber jemals zutrauen würde. Dann schon lieber nähen.

Der Sommer kam. Menno nicht. Er mache mit Nikki und einer Gruppe anderer schwieriger Kinder einen Segeltörn in Griechenland, erzählte Rosa. Ausführlich schilderte sie mir, welch positive Auswirkungen ein solches Unternehmen auf das soziale Bewusstsein der Kinder haben würde. Und auf ihren seelischen Zustand. Für den meinen war diese Nachricht verheerend. Ein ganzes Jahr lang hatte ich mich umsonst auf die Begegnung vorbereitet. Ich wurde zum ersten Mal, seitdem wir auf der Insel lebten, krank.

»Gott sei Dank, dass es jetzt passiert, wo wir alle da sind und helfen können«, meinte Rosa. Ich konnte ihr schlecht sagen, dass es im Winter nicht hätte passieren können, weil ich da nicht mit Mennos Ankunft gerechnet hätte. Dass Vater und ich in all den Jahren sogar von der leichtesten Erkältung verschont geblieben waren, führte er in seinem Fall auf Abhärtung zurück. Im Winter sprang er nach der Sauna sogar in ein Eisloch. Ich selber ging weder in die Sauna noch unter die Winterschwimmer. Ich hatte es bisher so gesehen, dass ich es mir nicht leisten konnte, krank zu werden. Aber jetzt leistete ich mir diesen Luxus. Wenn ich meinen Körper schon nicht an dem eines anderen fühlen konnte, würde ich ihn fiebern lassen. Ich fiebere, also bin ich.

Eines Mittags wachte ich auf und war plötzlich wieder gesund. Genauso schnell wie das Fieber aufgetreten war, hatte es sich auch wieder verzogen. Ich hörte seltsame Geräusche aus der Sauna kommen und beschloss nachzusehen. Woher sollte ich denn wissen, dass Jari in jenem Sommer die finnische Fußballelf auf die Insel eingeladen hatte?

»Tür zu!«, klang es mir mehrstimmig entgegen und eilig kam ich der Aufforderung nach. Aber das Bild der nackten krebsroten Körper, die an einem mächtigen Frauenleib klebten, blieb noch lange auf meiner Netzhaut haften.

Harry war auch im Sommer nicht zu bewegen, den Schuppen – von ein paar kurzen Ausflügen abgesehen – zu verlassen.

»Andere Leute haben Katzen und Hunde«, sagte Vater gelassen, »wir haben eben einen Vogel.«

Wir hatten ihn auch noch im darauf folgenden Winter. Harry lehnte es ab, sich dem Schwarm der nach Süden fliegenden Vögel anzuschließen. Dabei gab ich mir wirklich Mühe, ihm die Reise schmackhaft zu machen. Im Herbst lockte ich ihn aus dem Schuppen und während er auf meinem Kopf saß und an meinen Haaren zupfte, pustete ich kleine Körnchen durch ein Schilfrohr nach oben, um ihm die Richtung anzuzeigen, die seine Artgenossen in warme Gefilde führen würde. Aber Harry blieb unbeeindruckt. Ich bin doch nicht bescheuert, schien er mir zu sagen, wieso soll ich mich auf eine gefährliche Reise begeben und unterwegs all die Energie lassen, die mir hier mühelos zugeführt wird! Ich habe einen warmen, sicheren Unterschlupf, in dem ich mein Futter verwerten und damit auch noch künstlerisch tätig sein kann! Harry gehörte zu uns.

Als Jari im Frühjahr das Motorboot wieder zur Insel brachte und danach in unserem *Mökki* am Kamin seinen Wodka trank, hielt er es für dringend geboten, ein ernstes Wort mit mir zu reden. Anlass war die Tätigkeit, mit der ich mich in jenem Winter beschäftigt hatte.

»Es wird Zeit, dass du dir über deine *wirkliche* Zukunft Gedanken machst«, sagte er und blickte fassungslos auf meine Handarbeit. Ich hatte das Häkeln entdeckt und begonnen, aus dünner Baumwolle einen Bettüberwurf zu fabrizieren. »Penelope wusste, worauf sie wartete«, fuhr er fort, »aber du schlägst damit nur die Zeit tot.«

»Gefällt dir das Muster nicht?«, fragte Vater. »Dann kann sie das sicher noch ändern. Der Bettüberwurf ist schließlich ein Geschenk für euch.«

»Wir können unmöglich ein Geschenk annehmen, das Iris Jahre ihres jungen Lebens kosten würde«, erklärte Jari, wobei er *Jahre, jungen,* und *Lebens* so betonte, als ob dahinter ein Ausrufezeichen stehen müsste. »Iris muss etwas Sinnvolles tun!«

Erwartungsvoll sah er mich an.

Vater rettete mich. Er richtete sich vor Jari auf, machte eine allumfassende Handbewegung und verkündete: »Iris sorgt dafür, dass hier alles wie am Schnürchen läuft. Sie hält eure Insel am Leben.« Dann ging er einen Satz zu weit, als er sagte: »Und mich auch.«

Mir lief eine Gänsehaut über den Rücken. Bisher hatte ich Vater und mich als je eine Einheit gesehen, die unabhängig von der anderen in friedlicher Koexistenz auf der Insel zu leben wünschte. Weggehen zu können, aber sich freiwillig dagegen zu entscheiden, war die Voraussetzung. Plötzlich war mir die Kehle wie zugeschnürt. Vater würde mich nie weggehen lassen.

Aber noch war das ja kein Problem.

Eine Ewigkeit schien zu verstreichen, bis der Juli und mit ihm endlich auch Menno wiederkam. Die ersten beiden Tage waren ein Albtraum. In Mennos Gegenwart schien mein Gehirn geleert und mein Koordinationsvermögen ausgeschaltet zu sein. Ich brachte keinen zusammenhängenden Satz hervor, ließ Teller und Gläser fallen, stolperte über meine eigenen Füße und versuchte, diese Missgeschicke durch verlegenes Gekicher und endloses Geplapper zu überspielen. Ich konnte es ihm nicht einmal verdenken, dass er sogar Liisas Gesellschaft der meinen vorzog.

Gott sei Dank gab es Nikki. Er war mir inzwischen über den Kopf gewachsen und sprach mit tiefer Stimme, war aber ansonsten unverändert. In seiner Gegenwart fühlte ich mich wieder als normaler Mensch. Ich fragte ihn, ob er auf dem Segeltörn im vergangenen Sommer etwas gelernt hätte. Er nickte begeistert und erzählte. Hinterher war ich mir allerdings nicht so sicher, ob das von den Erwachsenen angestrebte Ziel dieser Reise erreicht worden war.

Nikki fand das Zusammensein mit den anderen sieben Jungen »echt toll«. Einer hatte ihn gelehrt, aus Streichholzköpfen, die in einen hohlen Schlüssel gesteckt wurden, eine Art Bombe zu basteln, ein anderer hatte ihm verraten, wie man jemanden erschlagen könne, ohne Spuren zu hinterlassen und ein Dritter habe ihm faszinierende Taschenspielertricks beigebracht.

»Schau her!«, sagte Nikki grinsend und hielt mir meinen Büstenhalter hin.

»Den habe ich dir bei der Begrüßung ausgezogen, und du hast nichts gemerkt!« Erschrocken fasste ich mir an die Brust.

»Darf ich ihn behalten?«, fragte er.

»Wo denkst du hin!« Ich rief mir ins Gedächtnis, dass ich es mit einem Fünfzehnjährigen zu tun hatte, mit dem zurzeit die Hormone durchgingen, und bemerkte ruhig: »Ich brauche ihn.«

»Brauchst du nicht!«, erwiderte er und blickte unverhohlen auf meine Brüste.

»Was willst du denn damit anfangen?«, fragte ich.

»Ihn malen«, grinste er. »Gefüllt.«

»Nikki, tu mir das nicht an«, sagte ich fast verzweifelt, »du bist für mich der einzige Mensch, mit dem ich zurzeit normal umgehen kann …«

Er wartete den Schluss des Satzes nicht ab, sondern reichte mir stumm den Büstenhalter und sagte leise: »Du für mich auch.«

Seit Jaris Besuch im Frühjahr war es zwischen Vater und mir häufiger zu Verstimmungen gekommen. Ich hatte ein paar

Versuchsballons steigen lassen, ihn zum Beispiel gefragt, wie sein Leben ohne mich auf der Insel aussehen könnte oder ob er gerne Großvater werden würde. Die unschuldige Frage, für welchen Beruf er mich denn für geeignet halte, entfachte einen Sturm.

»Deine Mutter hatte auch keinen Beruf! Frauen haben keinen Beruf, sondern eine Berufung!«

»Was ist dann meine?«

Er setzte mehrmals zu einer Antwort an, schien die Implikationen aber gefährlich zu finden und wand sich schließlich mit der Bemerkung heraus, dass ich einem negativen feministischen Einfluss unterworfen sei.

»Wessen Einfluss denn?«, fragte ich zurück »Rosas? Liisas?« Er machte eine wegwerfende Handbewegung, stampfte aus der Hütte und schlug die Schuppentür so laut zu, dass ich in unserem Wohnzimmer zusammenzuckte. Wahrscheinlich hätte er nichts dagegen einzuwenden gehabt, wenn ich Liisas Männer verschlingendem Vorbild gefolgt wäre – solange es auf der Insel geschah.

In diesem Jahr zeigte sich der finnische Sommer von jener Seite, die jeder Tourist fürchtet, der eine Reise in den Norden bucht. Der Regen weichte den Trampelpfad zum Haupthaus auf und der See lud nur nach dem Saunabesuch zum Baden ein. Mit Mühe konnte ich an einem verhangenen Tag das Feuer in Gang kriegen, das wir einmal wöchentlich mit unserem Hausmüll fütterten.

»Hast du das bei den Pfadfindern gelernt?«, erklang eine Stimme hinter mir.

Ich trat eine Konservendose platt und warf sie in den Müllsack für Nichtbrennbares, den wir ein paar Tage später nach Imatra bringen würden. Warum musste Menno ausgerechnet jetzt auftauchen, wo ich im Abfall wühlte und einen verschmierten Overall und Gummihandschuhe trug? Erst in diesem Sommer hatte ich begonnen, mir über mein Aussehen Gedanken zu machen, war sogar in Imatra beim Friseur gewesen und hatte mir ein paar modische Klamotten geleistet. Ich trug dafür Sorge, ordentlich auszusehen, wenn ich zum Haupthaus in Mennos Nähe kam. Meine Metamorphose hatte mir zwar Komplimente von Rosa eingetragen, aber die Selbstsicherheit, die ich erhofft hatte, blieb auf der Strecke. Ich trug hübsche Röcke, wusste mich in ihnen aber nicht zu bewegen. Ich befolgte Rosas Schminktipps, musste mich aber dauernd im Spiegel vergewissern, dass Regen oder eine unbedachte Handbewegung nichts verschmiert hatten. Ich war überzeugt, mit meinen Ungeschicklichkeiten schon alles verdorben zu haben, und deswegen war es mir eigentlich doch fast egal, dass mich Menno im Räuberzivil sah.

»Wahrscheinlich könnte ich den Pfadfindern noch einiges beibringen«, erklärte ich und begann zu fluchen, als ein neuer Regenschauer einsetzte.

»Davon bin ich überzeugt«, versicherte er, spannte einen großen schwarzen Schirm auf und hielt ihn über mich. Ich lachte.

»Ein Schirm auf der Insel!«

»Gehört wohl kaum zum Überlebenspaket?«, fragte er. »Aber da ich ihn nun mal habe, können wir ihn auch benutzen. Wo ist eigentlich dein Lieblingsplatz?« Ich führte ihn zu unserem Holzsteg an der Trauerweide.

»Bei schönem Wetter kann ich hier stundenlang sitzen«, erklärte ich und staunte darüber, wie unbefangen ich plötzlich mit ihm reden konnte.

»Und dich am Nichtstun freuen«, nickte er. Eine verwandte Seele! Meine Kehle wurde trocken. Menno drückte mir den Schirm in die Hand, rannte zur Sauna und kehrte mit jenem Holzbrett zurück, das Vater in die Rauchsauna mitzunehmen pflegte.

»Auch schlechtes Wetter hat seinen Reiz«, erklärte er, legte das Holzbrett auf den Steg und forderte mich zum Hinsetzen auf. Dicht neben ihm unter dem schwarzen Schirm sitzend, blickte ich auf die Kreise auf dem Wasser, die sich aus den Regentropfen herausbildeten und sich bis ins Unendliche auszudehnen und zu überschneiden schienen. Wir sprachen nicht viel, sondern ließen die Stille auf uns wirken, während der Regen aufs Schirmdach prasselte.

»Könntest du den Schirm hier lassen?«, fragte ich ihn plötzlich.

»Ich bleibe doch noch drei Wochen«, sagte er und sah mich eindringlich an. »So gefällst du mir übrigens viel besser.«

Ein Arm legte sich um meine Schultern und ein Mund näherte sich meinem. Endlich, dachte ich nur, endlich. Erst, als wir einander wieder losließen, merkten wir, dass der Schirm in den See gefallen war und langsam davontrieb. Auf dem Griff thronte Harry.

5 DER MANN IM FINSTERN

Menno war für mich der letzte Mohikaner, d'Artagnan, Mr Rochester und Aljoscha Karamasoff. Er war Heathcliff, der Prinz von Theben, Wilhelm Meister und Rhett Butler – auch wenn er optisch eher Ashley Wilkes ähnelte – aber vor allem war er aus Fleisch und Blut. Erstmals entsprangen meine tiefen Gefühle nicht dem Inhalt zwischen zwei Buchdeckeln, sondern meiner eigenen Brust. Mit einundzwanzig Jahren hatte ich die Liebe entdeckt und ich wollte sie behalten.

Nach dem Kuss auf dem Holzsteg hatte ich Menno in mein Zimmer mitgenommen. Er hatte mir den schmutzigen Overall abgestreift, mich auf mein schmales Bett gelegt und mir bewiesen, dass der zweite Mann im Leben einer Frau mehr Eindruck als der berühmte erste machen kann. Mein Schrei ging im Kreischen der Säge von nebenan unter.

Vater war mit seiner letzten Geländerfigur beschäftigt, einer Plastik, die ihm mehr Mühe bereitete als die vorangegangenen. »Es ist eine besondere Herausforderung, einer Figur mit geschlossenen Augen einen unverwechselbaren Ausdruck zu verleihen«, sagte er.

Wahrscheinlich hatte ihn Max Beckmanns Bronze *Der Mann im Dunkeln* deshalb inspiriert, weil er bei diesem Modell den Handlauf des Geländers ideal auf den suchend ausgestreckten Oberarmen hatte ruhen lassen können. Die linke Hand, die in der rechten Ellenbogenbeuge den nach oben gerichteten rechten Arm stützte, sorgte für zusätzlichen Halt. In Liisas Haus war dies eine der weniger erschreckenden Figuren gewesen, da sie nicht die Treppe herunter zu kommen, sondern die Stufe entlangzugehen schien. Der Körper war zur Seite gewandt, der Kopf mit den geschlossenen Augen aber nach vorn gerichtet. Um nicht des Plagiats beschuldigt werden zu können, taufte Vater das Werk *Der Mann im Finstern.*

Ein Selbstbildnis war es nicht, denn mit Argusaugen verfolgte Vater die Entwicklung meiner Liebesgeschichte. Anfangs hielt er sich mit Bemerkungen noch zurück. Hoffend, dass es bei einem harmlosen Sommerflirt bleiben würde, fand er es wohl geraten, der Beziehung nicht auch noch durch Worte Gewicht zu geben. Bei Eero hatte diese Haltung schließlich auch funktioniert.

Stattdessen sprach er von Harry. Er verstehe nicht, weshalb der Vogel auf einmal nicht mehr in den Schuppen komme. Ich sagte ihm nicht, dass ich Harry auf dem Griff eines Regenschirms hatte davontreiben sehen, und machte mir meine eigenen Gedanken über einen Vogel, der den Wasserweg vorgezogen hatte, um sich woanders hinbringen zu lassen. Erinnerungen an ein gelbes Schlauchboot versuchte ich zu verdrängen, aber ich konnte mir nur mühsam vorstellen, dass ein Wesen, das auf ungewöhnliche Weise über das Wasser flüchtete, zurückkommen würde. Menno vertraute ich an, dass Harry, der sich in freier Wildbahn nicht auskannte, bestimmt aufgefressen worden sei.

»Wovon? Von einem großen Fisch?«, fragte er. »Vögel fressen Fische, nicht andersherum. Er hat bestimmt eine neue Insel gefunden. Vielleicht hat er sich hier gelangweilt. Oder kein geeignetes Weibchen gefunden. Für einen Neuanfang gibt es viele Gründe.«

Mir genügte einer.

Jetzt störte es mich, dass Menno nie fragte, ob ich nicht einmal woanders wohnen oder etwas anderes tun wollte. Warum hielt er es für selbstverständlich, dass es mir auf der Insel nicht zu eng wurde? Er sollte mich nicht dafür bewundern, dass ich hier lebte, sondern mir den Anstoß geben, mehr aus mir zu machen. Warum bat er mich nicht ganz einfach, mit ihm zu kommen? Seine letzten Worte ermutigten mich zu einem Vorstoß: »Einen Neuanfang könnte ich mir auch vorstellen ...«

Er zog mich an sich. »Dich kann ich mir nirgends anders vorstellen als auf dieser Insel, Iris. Dies ist dein Reich. Hier bist du die Königin.«

Und anderswo eine Bettlerin, dachte ich betroffen. Warum auch sollte er mich mitnehmen? Ich würde ihm nur ein Klotz am Bein sein. Auf der Insel hatte ich zumindest eine Aufgabe. In der mir fremden Außenwelt würde ich gezwungen sein, etwas zu tun, um für meinen Lebensunterhalt zu sorgen. Ich konnte nicht erwarten, dass mich ein Psychologiestudent ernährte, der selbst noch von seinen Eltern abhängig war.

Die Lösung fiel mir eines Nachts ein. Menno kam doch aus Holland und in Amsterdam wohnten meine Großeltern. Ich würde ihn bitten, mich mitzunehmen, damit ich sie besuchen könnte, und alles andere würde sich dann von selber entwickeln.

Um weder ihm noch meinem Vater Zeit zu geben, Gegenargumente zu ersinnen, beschloss ich, erst kurz vor Mennos Abreise das Thema zur Sprache zu bringen. Heimlich begann ich meine Flucht – als solche betrachtete ich inzwischen diese Aktion – vorzubereiten. Ich räumte die wenigen Gegenstände, die mir unentbehrlich waren, darunter auch das alte Foto von Mutter und Rosa, in ein bestimmtes Fach, das ich dann schnell in einen Koffer würde entleeren können. Ich gewöhnte mir an, den Weltempfänger mindestens einmal täglich einzuschalten, um die Nachrichten zu hören und über das mitreden zu können, was auf der Welt vor sich ging. Ich erfuhr, dass der Terrorist Till Meyer gewaltsam aus der Berliner Haftanstalt befreit worden war und deshalb der Berliner Justizsenator zurücktreten musste. Der baden-württembergische Ministerpräsident Filbinger war wegen seiner Nazivergangenheit als Marinerichter ins Gerede gekommen und würde wahrscheinlich auch zurücktreten müssen. *Es ist schon beinahe ein Vierteljahrhundert her*, erinnerte ich mich an die Worte, die meine Mutter zehn Jahre zuvor in Hamburg geäußert hatte. Ich begriff, dass in jener fürchterlichen Ära Wunden geschlagen worden waren, die keine Zeit würde heilen können. Mein Großvater würde meinem Vater nie die Hand reichen. Das war mir egal, solange er mich akzeptierte. Ich hatte meinem Vater gegenüber kein Loyalitätsbekenntnis abgelegt. Ich war nicht die verlängerte Seele meiner Mutter, die dem verkannten Künstler zu dienen als ihre Lebensaufgabe betrachtet hatte. Ich wollte ein eigenes Leben.

Natürlich überfiel mich regelmäßig die Angst, es *da draußen* nicht schaffen zu können. Dann rief ich mir ins Gedächtnis, wie beeindruckt die Sommergäste immer davon waren, dass ich unter relativ primitiven Verhältnissen so viele Jahre auf dieser Insel bewältigt hatte.

»Wenn die Menschheit durch einen Atomkrieg oder eine Naturkatastrophe wieder in die Steinzeit zurückkatapultiert werden würde«, sagte auch Menno, »dann würdest du überleben. Ich würde mich dann an jemanden wie dich hängen.«

Darauf wollte ich nicht warten. Außerdem wusste ich, dass diese Bemerkung unsinnig war. Ohne die Segnungen der modernen Technik – Motorboot, Schneemobil, Gasflaschen, fließend Wasser, Benzin und Generator – hätten wir auf der Insel einen schweren Stand gehabt. Es gab eine Menge Städter, die mehr von der Natur verstanden als ich. Ich wusste ja nicht einmal, was für einer Vogelart Harry angehörte und ob sie womöglich essbar war. Selbst ansonsten intelligente Menschen, die von unserem »autarken« Lebensstil schwärmten, ließen sich von der schlichten Tatsache blenden, dass wir keinen Autoabgasen ausgesetzt waren. Aber wir waren nicht die Höhlenkinder, sondern Städter, die es in ein komfortabel eingerichtetes Naturgebiet verschlagen hatte, weil sie ihr Überleben in der Zivilisation für fraglich hielten und sich nirgendwo anders mehr hintrauten. Doch künftig wollte ich es anderen überlassen, aus der Not eine Tugend zu machen, aus Unfähigkeit eine Philosophie. Ich wollte weg.

Seitdem mir dies bewusst war, sah ich unser Leben auf der Insel mit ganz anderen Augen. Schöne Sonnenuntergänge versöhnten mich nicht mit der Tatsache, dass ich unsere Wäsche mit der Hand waschen musste. Das Auswechseln der Gasflaschen nervte mich. Hatte ich früher das leise Brummen des Generators als beruhigend empfunden, machte es mich jetzt verrückt, dass man es fast überall auf der Insel hören konnte. Der Anblick eines schwimmenden Elchs ließ mich nicht mehr in Ehrfurcht erstarren und selbst mein Lieblingsplatz unter der Trauerweide auf dem Holzsteg hatte seinen Reiz verloren. Bestimmt gab es eine interessante Alternative zum Dasitzen, Glotzen und Nichtstun.

Viel häufiger als früher verbrachte ich die Abende auf der Terrasse des Haupthauses. Ich sprach wenig, hörte aber sehr konzentriert zu und sog wie ein Schwamm alle Informationen über das Leben der anderen in mich auf.

Vater hingegen wurde immer eigenbrötlerischer und sprach nur mit Verachtung von den »verwöhnten Energieschmarotzern«, die ihre Zeit verschwendeten. Je weniger es ihm gelang, den gewünschten Ausdruck beim *Mann im Finstern* aus dem Holz zu schnitzen, desto grantiger wurde er.

»Das Tastende haben Sie sehr gut hingekriegt«, versuchte ihm Menno eines Tages zu schmeicheln, als er in den Schuppen kam. Vater thronte auf der Leiter über uns und schnitzte an der rechten Hand.

»Vielleicht geht es besser, wenn Sie das Figur hinlegen«, schlug Menno vor.

»*Die* Figur«, donnerte Vater, als wolle er damit gleichzeitig sagen, dass ein Rat von jemandem, der die deutsche Sprache nicht perfekt beherrschte, nichts taugen könne. »Und so geht es am besten, junger Mann.«

»Hast du eigentlich die Adresse meiner Großeltern in Amsterdam?«, fragte ich so beiläufig wie möglich.

Vater starrte mich an, kam dann die Leiter herunter und fuhr ein paar Mal mit dem *Puukko* durch die Luft, als fechte er mit einem Geist.

»Warum interessiert dich das?«, fragte er.

»Ich könnte ihnen ja mal schreiben«, meinte ich und fragte gleich weiter: »Wissen sie überhaupt, was mit Mutter passiert ist?«

»Das wissen wir ja nicht einmal selber«, brummte Vater und setzte hinzu: »Irgendwann werden wir es erfahren. Spätestens, wenn die Mauer fällt und sie ihre Bewegungsfreiheit zurückhat.« Welche Bewegungsfreiheit, dachte ich, schließlich hat sie in ihrem ganzen Leben nur von einer Gebrauch gemacht, nämlich der ultimen.

In der Stille, die Vaters Worten folgte, hörten wir plötzlich ein ganz zartes Geräusch. Wir blickten hoch und sahen einen schwarzweißen Klacks, der langsam ein geschlossenes Augenlid vom *Mann im Finstern* hinunterlief.

»Harry!«, rief ich begeistert.

»Das ist nicht Harry!«, erklärte Vater. »Der hat nie auf eine unfertige Figur gekackt!« Er hatte Recht. Harry war grau gewesen, aber bei diesem Vogel gab es ein paar bunte Flecken auf dem Federkleid. Vater griff zu einem Besen, mit dem er den fremden Eindringling verjagen wollte, blieb aber plötzlich vor mir stehen und starrte mich an.

»Da bist du ja«, sagte er in einem ungekannt zärtlichen Ton. Im ersten Moment dachte ich, er sei verrückt geworden und sähe in mir plötzlich meine Mutter. Dann hörte ich es piepen und spürte es kribbeln. Harry saß auf meinem Kopf. Vater ließ den Besen fallen und streckte einen Zeigefinger aus. Aber Harry verschmähte den Landeplatz und flog unter die Decke. Menno lachte.

»Euer Harry ist eine Harriet«, erklärte er. »Und die hat ein Männchen gefunden.«

Vater griff wieder zum Besen.

»Das ist entschieden ein Vogel zu viel«, erklärte er. Ich packte ihn am Arm.

»Lass ihn doch«, bat ich. »Vielleicht war Harry einsam.«

»Er hatte mich«, knurrte mein Vater. »Der fremde Vogel muss raus.«

Die Halbwilde muss raus, dachte ich betroffen und

staunte darüber, in wie vielen verschiedenen Facetten sich Geschichte wiederholt.

»Sie werden Junge kriegen und hier alles voll scheißen«, erklärte Vater und stieg mit dem Besen auf die Leiter.

»Harry wird sie schon dazu erziehen, nur vollendete Kunstwerke zu beklecksen«, versicherte ich, aber Vater hörte nicht zu. Er sprach zu Harry: »Du darfst hier bleiben. Den anderen, den wollen wir nicht!«

Aber beide Vögel flogen zur offenen Tür hinaus.

Einen Moment lang überlegte ich, von der Symbolik Gebrauch zu machen und Vater mitzuteilen, dass auch ich mit einem Männchen davonfliegen wollte. Mennos Gegenwart hielt mich davon ab. Er wusste noch nichts von seinem Glück.

Unterstützung kam von einer völlig unerwarteten Seite.

Die Wolken hatten sich verzogen, und Menno und Nikki begleiteten mich auf die andere Seite der Insel, wo ich im Haus von Jaris Bruder nach dem Rechten sehen wollte. Pertti Koivisto machte von seiner Sommervilla nur wenig Gebrauch, da er sein anderes Landhaus in der Nähe von Helsinki vorzog. Ich hatte Jaris Bruder in vier Jahren nur dreimal gesehen. Jedes Mal war er nur kurz geblieben, um die Menschen einzuweisen, denen er das Haus für den Sommer vermietete. Er wohnte dann bei Jari und Rosa, aber mir war sehr schnell klar geworden, dass sich die Brüder nicht viel zu sagen hatten.

»Onkel Pertti ist sauer, weil Papa die Fabrik hat«, war mir einmal von Nikki mitgeteilt worden. »Und später erbe ich sie.«

»Was wirst du dann damit tun?«, hatte ich den damals zwölfjährigen Knirps gefragt.

»Sie an Onkel Pertti oder seinen Sohn Mika verkaufen«, hatte er geantwortet. »Und dann mein Leben genießen.«

Die dritte Generation …

Aber in jenem Sommer hatten die potenziellen Mieter kurzfristig abgesagt und es lag an mir, dafür zu sorgen, dass die Handtücher in den Schränken nicht verschimmelten. Auch diese Aufgabe würde Vater übernehmen müssen.

Obwohl Nikki längst alt genug war, um zu wissen, was zwischen mir und Menno vorging, tat er so, als wären wir nur drei »tolle Kumpels«, die zusammen die Sommerferien verbrachten. Rosa war uns dankbar, dass wir so viel mit ihm unternahmen. Er hatte sich den ganzen Sommer über nur einen Streich geleistet, und das wurde als gewaltiger Fortschritt verbucht.

Liisa sah das wahrscheinlich nicht so, als sie den Frosch in ihrem Bett fand.

»Und er wollte und wollte sich einfach nicht in einen hübschen jungen Prinzen verwandeln«, begrüßte Nikki sie gleich am nächsten Morgen, als sie mit hochrotem Kopf an unserem Frühstückstisch auf der überdachten Terrasse erschien. »Hast du ihn auch ordnungsgemäß gegen die Wand geworfen, Tante Liisa?«

Ein schmaler junger Mann bog um die Ecke des Haupthauses und blickte verlegen auf unsere eben noch so friedliche Frühstücksgesellschaft.

Nikki sprang auf.

»Es hat gewirkt, es hat gewirkt«, sang er, zog den jungen Mann an der Hand zum Tisch, musterte das leicht pockennarbige Gesicht und schüttelte den Kopf.

»Tut mir Leid, Tante Liisa, das war wohl nichts. Nächstes Mal suche ich einen besseren Tümpel.«

Mit einer Schnelligkeit, die ich ihr nicht zugetraut hätte und die mich in diesem Zusammenhang an einen Fliegen fressenden Frosch erinnerte, versetzte Liisa Nikki eine Ohrfeige. Man konnte förmlich hören, wie jeder am Tisch den Atem anhielt.

»Sieht man die Hand?«, fragte Nikki nur und fasste sich an die Wange. Alle atmeten wieder aus. Ich wechselte einen schnellen Blick mit Menno.

»Nikki, entschuldige dich bei deiner Tante!«, forderte Rosa ihren Sohn auf. Der hob die Schultern.

»Ich wüsste nicht wofür. Sie hat mich geschlagen.«

»Eine Ohrfeige«, erklärte Liisa mit leicht vorwurfsvollem Unterton, »ist manchmal ein probates Erziehungsmittel.«

»In unserem Haus lehnen wir körperliche Gewalt ab«, gab Rosa zurück. Eine leichte Röte überzog ihr schönes Gesicht.

»Man sieht an Nikki, wohin das führt«, zischte Liisa und dann brach der Streit zwischen den beiden Schwägerinnen richtig aus. Menno zog den grinsenden Nikki von seinem Stuhl und forderte ihn zu einem Wettrennen heraus. Liisa blickte ihnen nach und verglich wahrscheinlich Mennos Athletenkörper mit dem schmalen Handtuch, das jetzt neben ihr saß und noch keinen Ton geäußert hatte.

»Der so genannte gute Einfluss dieses jungen Herrn«, sagte sie würdevoll, »wird maßlos überschätzt.« Ihr Blick streifte erst mich und blieb dann an meinem heftig nickenden Vater hängen.

»Wilhelm«, sagte sie gnädig, »würdest du uns die Sauna heizen?«

»Wilhelm ist nicht dein Diener!«, fauchte Rosa.

Mein Vater stand auf. »Kein Problem, das tue ich doch gern«, erklärte er und bedachte Liisa mit dem ersten freundlichen Blick, seitdem sie gefordert hatte, ihre Treppe wie ursprünglich geplant hinter dem Kamin zu bauen.

Die ganze Sache hatte nur ein winziges Nachspiel. Nikki malte sich mit Lippenstift eine rote Hand auf die Wange und lief damit einen Tag lang herum.

»Ich bin froh, dass du mir nie einen Frosch ins Bett gelegt hast«, sagte ich jetzt zu ihm, als wir zu Perttis Sommerhaus liefen.

»Du hast es nicht verdient«, erklärte er, »aber Tante Liisa mit ihren ekligen Sexgeschichten …« Er schüttelte sich und ich mied Mennos Blick.

»Und was hat Iris verdient?«, erkundigte sich Menno.

Nikki strahlte.

»Mich!«, erklärte er. »Mich dauernd um sich zu haben!«
»Du würdest mich wahnsinnig machen«, wehrte ich ab.
»Würde ich nicht«, sagte er mit der Kleinjungenstimme, die er eigentlich schon vor Jahren abgelegt hatte. »Wirklich, Menno, wieso kann Iris nicht mit uns mitkommen? Sie könnte doch Frau van den Berg helfen.«
»Unsere Hausmutter im Internat«, erklärte mir Menno.
»Warum sollte Iris die göttliche Ruhe dieser Insel gegen das Chaos mit euch eintauschen wollen?«
»Vielleicht, weil sie genug von der Ruhe hat«, warf ich jetzt ein. Ich hätte Nikki umarmen können.
»Siehst du!«, triumphierte er.
»Nein, Nikki, das ist schon technisch nicht möglich. Iris hat keine entsprechende Ausbildung, sie ist Deutsche, sie hat hier ihre Verpflichtungen und ...«, er blickte auf das vor uns flatternde Vogelpaar, »... und Harry braucht sie«, schloss er.
»Harriet«, sagte Nikki.
»Harriet.«
Einigkeit über den Vogelnamen beendete die Diskussion. Vorläufig, dachte ich, irgendwann demnächst komme ich darauf zurück. Nikki hatte mich auf eine Idee gebracht. Was für eine Ausbildung braucht man schon, um Rotznasen zu wischen, über unartige Halbwüchsige Hausarrest zu verhängen und heimwehkranke Kinder in den Arm zu nehmen?
Aber es gab mir zu denken, dass Menno nicht einmal in Erwägung gezogen hatte, mich mitzunehmen. Er wollte mich nicht, schloss ich daraus. Oder nur auf der Insel. Gut, dann würde er mich in seiner letzten Woche auf der Insel auch nicht mehr haben können. Das würde ihm zu denken geben und dann konnten wir meine Flucht gemeinsam planen.
Die nächsten Tage verbrachte ich beinahe ununterbrochen mit Nikki. Menno versuchte mehrmals, mich zur Seite zu ziehen und signalisierte verzweifelt, dass er mich spre-

chen wollte, aber ich zeigte mich einfach zu schwer von Begriff.

Natürlich nutzte ich das Zusammensein mit Nikki, um mehr über Menno zu erfahren. Ich fragte ihn, welche Aufgaben Menno denn in seinem Internat erfülle.

»Keine«, erwiderte Nikki. »Er ist der Sohn vom Chef, das ist alles.«

»Und wie habt ihr euch dann angefreundet?«

Auf ähnliche Weise wie Nikki und ich, erfuhr ich. Nur stand am Anfang dieser Beziehung kein Keks, sondern ein Fahrrad. Es gehörte Menno, der damit täglich von der Internatswohnung seiner Eltern in einem Amsterdamer Außenbezirk zur Universität radelte. Eines Tages war das Rad verschwunden. Unter den Internatszöglingen wurde eine Untersuchung eingeleitet, die aber ergebnislos blieb. Menno nahm den Bus.

»Du kannst dir nicht vorstellen, wie erschrocken ich war, als ich das Rad über den *Dam* schob und mir Menno plötzlich entgegenkam«, berichtete Nikki. »Ich hatte es immer drei Straßen vom Internat entfernt abgestellt und aufgepasst, dass mich keiner sah.«

»Aber warum hast du es überhaupt gestohlen?«, wollte ich wissen. »Deine Eltern hätten dir doch ein Rad gekauft!«

Er zuckte die Achseln. »Ich wollte sie um nichts bitten. Außerdem war es so spannender.«

»Vor allem, als dir Menno entgegenkam.«

»Weißt du, was er da gesagt hat?« Nikki strahlte mich an. »Wie schön, sagte er, dass du mein Rad gefunden und mir zurückgebracht hast! Wenn du willst, nehme ich dich mit nach Hause. Spring hinten drauf!«

Weil er keinem Menschen etwas verriet, wusste Nikki, dass er Menno vertrauen konnte.

»Er ist mein einziger richtiger Freund«, erklärte Nikki, »so wie du meine einzige richtige Freundin bist. Ihr beide versucht nicht dauernd an mir rumzuerziehen.« Gerade weil ihn alle anderen Erwachsenen zu motivieren versuchten, komme er auf jene Ideen, die ihm den Ruf eingebracht hätten, »schwer erziehbar« zu sein.

Ich begriff, dass Nikki gewissermaßen Mennos Projekt geworden war. Eine Art Praktikum für den angehenden Psychologen.

Eine Woche lang ging ich Menno also aus dem Weg.

Jedes Mal, wenn ich schwach zu werden drohte, rief ich mir das wichtigere Ziel ins Gedächtnis. Meine Zeit auf der Insel war um. Notfalls würde auch ich in einem Boot aus dem Leben meines Vaters rudern. Erstmals fragte ich mich, ob meine Mutter damals vielleicht auch ein anderes heimliches Ziel gehabt haben könnte. Sie hatte nie das Haus an der Bucht verlassen, aber vielleicht hatte sie bei den Koivistos jemanden kennen gelernt, der sich am anderen Ufer mit ihr verabredet hatte? Mit dem sie ein neues und glücklicheres Leben anfangen wollte? Das würde erklären, weshalb das Schlauchboot nie gefunden worden war. Aber dann hätte mir Mutter bestimmt irgendein Lebenszeichen geschickt, ein kleines Tütchen mit wohlriechenden Kräutern oder ein Stück Bambusmatte, da war ich mir sicher. Nein, beschloss ich, ich würde nicht bei Nacht und Nebel verschwinden, ich wollte einen richtigen Abgang. Über Geld würde ich mir zunächst nicht den Kopf zerbrechen müssen, schließlich war mir in den vier Jahren auf der Insel monatlich ein kleines Gehalt auf ein Konto überwiesen worden. Ich hatte es kaum angerührt und würde mich damit über Wasser halten können, bis ich einen Job fand.

Von Nikki wusste ich, dass Menno keine feste Freundin in Amsterdam hatte, aber trotzdem machte ich mir nicht zu viele Illusionen. Vielleicht gehörte Menno zu den bindungsunfähigen Männern und hatte sich mit mir nur eingelassen, weil er wusste, dass dieser Beziehung zeitliche und räumliche Grenzen gesetzt waren. Ich liebte ihn und wollte nichts mehr, als für alle Zeiten mit ihm zusammenzubleiben, aber ich konnte nicht davon ausgehen, dass er sich das auch wünschte. Ich hatte zu viele Bücher gelesen, um nicht zu wissen, dass Liebesangelegenheiten immer anders verlaufen, als es sich die Protagonisten vorstellen. Nicht Mennos wegen wollte ich die Insel verlassen, redete ich mir ein, sondern meinetwegen. Um mehr aus mir zu machen, Stina. Menno war der Auslöser, nicht der Grund.

Es war Zeit, Vater zu informieren.

Er stand in seinem Tarnanzug wieder auf der Leiter und fluchte. *Der Mann im Finstern* war fast fertig, aber der Ausdruck stimmte immer noch nicht.

»Es liegt an den Händen«, erklärte Vater. »Bei einem Nichtsehenden muss der Gesichtsausdruck mit den Händen korrespondieren.« Die ausgestreckte Hand weckte in mir Erinnerungen an die Spinnenfinger der einstigen Ahornseele. »Wie hat Beckmann das gelöst?«, fragte ich.

»Anders«, brummte mein Vater. »Seine Figur ist zur Ruhe gekommen, hat die Wand offenbar schon gefunden, an der sie sich entlangbewegt, meine sucht noch.«

»Ich suche auch nicht mehr«, sagte ich leise. »Ich habe auch gefunden.«

Ich hätte wissen müssen, dass Vater sich von Andeutungen, die mein Leben betrafen, nicht beirren lassen würde. »Natürlich hast du gefunden«, würgte er meinen Eröffnungssatz ab.

»Möchtest du nicht wissen, was?«, fragte ich.

»Du hast dein Glück in einer einfachen, aber sinnvollen Existenz gefunden«, stellte er fest.

»Das sehe ich anders.«

»Du lässt dir zu viele Flausen in den Kopf setzen. Besser, du hältst dich von den verwöhnten Energieschmarotzern fern. Was wissen die schon vom wirklichen Leben?«

»Ich weiß, dass das wirkliche Leben irgendwo da draußen stattfindet. Ohne mich. Aber das wird sich jetzt ändern.«

Ich hielt den Atem an, rechnete damit, dass Vater von seiner Leiter steigen und mir eine Standpauke halten würde. Aber ich würde keinen Zentimeter weichen. Ich war einundzwanzig Jahre alt und wild entschlossen, mein eigenes Leben zu leben.

Er stieg nicht von der Leiter. Er sah mich nicht mal an. Er schlug mit dem *Puukko* ins Holz und sagte gar nichts.

»Kurzum, Vater, ich habe meine Sachen gepackt und werde nächste Woche die Insel verlassen.«

»Das verbiete ich dir.«

»Du hast mir nichts zu verbieten. Ich bin erwachsen.«

»Aber überhaupt nicht vorbereitet auf das Leben da draußen«, schrie er. »Du wirst untergehen! Du wirst Drogen nehmen! Du wirst in falsche Gesellschaft geraten und Terroristin werden! Du brauchst meinen Schutz!« Ich begann zu lachen.

»So wie Mutter deinen Schutz gebraucht hat? Nein, danke, Vater, ihr Leben magst du zerstört haben, auf meins wirst du keinen Einfluss mehr haben. Nächste Woche bin ich weg.«

Er blieb auf der Leiter stehen.

»Dass du es wagst …«, flüsterte er, »so über deine Mutter zu reden! Wo ich ihr *und* ihrer Familie das Leben gerettet habe …« Er begann wieder an der Figur herumzuschnitzen. Ich wandte mich zum Gehen.

»Iris«, rief er mich zurück und sagte dann sachlich: »Denk doch einmal nach, dann wirst du selbst darauf kommen, dass du die Insel jetzt noch nicht verlassen kannst. Später einmal …«

»Und warum jetzt noch nicht?«, fragte ich.

Er sah mich immer noch nicht an.

»Du hast kein Abitur, keine Ausbildung, keine Erfahrung, keinen Führerschein, keine besonderen Fähigkeiten, keinen Mann, kein Zuhause da draußen, keine Verwandten, keine Freunde, keine Wurzeln, kein soziales Sicherheitsnetz und keine Ahnung davon, wie schwer es ist, im Dschungel der Zivilisation zu überleben.«

Bei jedem »kein« schlug er mit dem *Puukko* in den Arm der Figur. Der Ellenbogen wurde immer spitzer.

»Aber ich habe einen Pass«, sagte ich, »und Geld. Das reicht für den Anfang.«

Sein Vortrag hatte mich nicht beeindruckt. Auch andere Leute mussten sich zurechtfinden. Ich fing damit eben ein bisschen später an. Und ganz ohne Fähigkeiten war ich schließlich nicht. Ich würde in einer Buchhandlung oder Bibliothek arbeiten können.

Jetzt stieg Vater von der Leiter. Er ließ den *Puukko* fallen, packte mich an den Schultern, schüttelte mich und versetzte mir eine Ohrfeige.

»Du bleibst hier, und damit basta!«, brüllte er.

»Nein!«, schrie ich

Er schlug wieder zu. Härter.

Ich starrte ihn entgeistert an. Erstmals erinnerten mich seine Augen an die von Großmama Meander. Alle töchterlichen Gefühle, die ich ihm jemals entgegengebracht haben mochte, waren mit diesem Schlag erloschen. Vor mir stand ein Fremder, der mich gefangen hielt und den ich hasste. Ich riss mich los, griff nach dem *Puukko* und hob drohend die Hand mit dem Dolch.

»Wenn du mich noch einmal anrührst, bring ich dich um!«, schrie ich, warf den *Puukko* zur Leiter hin und rannte aus dem Schuppen.

Tränenblind lief ich zum Holzsteg, machte die Leine los und stieg in das Motorboot. Nur weg, dachte ich, nach Imatra, wieder zur Besinnung kommen. Ich kehre nur noch zurück, um meine Sachen abzuholen.

»Was ist los?«

Plötzlich stand Nikki vor mir.

»Nichts. Lass mich in Ruhe. Ich muss nach Imatra«, schnauzte ich ihn an, startete den Motor und verschwand.

Die Nachmittagsvorstellung hatte gerade begonnen, als ich den Kinosaal in Imatra betrat. Aber der neuste Bergmann-Film ließ mich unberührt. Ich hatte mehr als nur einen Einblick in die Abgründe geworfen, die sich in einem mir nahe stehenden Menschen aufgetan hatten. Ich war zu aufgewühlt, um zur Bank zu gehen und den mir zustehenden Teil unseres Kontos aufzulösen. Morgen, dachte ich, mit oder ohne Menno, morgen reise ich ab.

Schon von weitem sah ich, dass etwas nicht stimmte. Liisas Motorboot schaukelte neben meinem und der junge Froschkönig lief aufgeregt auf dem Pier auf und ab. Die Aknenarben leuchteten rot in seinem kreidebleichen Gesicht, als er mich sah.

Ich packte ihn am Arm.

»Was ist passiert?«

Er schüttelte nur den Kopf.

»Du armes Mädchen!« Auf hohen Hacken kam Liisa herbeigewackelt. Zwei Polizisten folgten ihr. Sie nahm mich in die Arme und hüllte mich in eine Parfümwolke ein. Ich nieste.

»Was ist los?«, fragte ich wieder und da schien ihr zu dämmern, dass ich ahnungslos war. Was nicht ganz stimmt, wenn ich rückblickend darüber nachdenke. Ich erinnere mich nämlich genau, wie oft ich verdrängt habe, dass ich beim Anblick von Liisas Boot und Lover gleich die richtige Schlussfolgerung gezogen hatte. Woher diese Ahnung kam, weiß ich nicht, wohl aber noch, dass ich in jenem Moment einen leisen Triumph verspürt und gleichzeitig gehofft hatte, dass ich mich irrte. Solange die Vorstellung keine Realität war, konnte ich mir auch einbilden, über eine Härte zu verfügen, die mich in der Welt da draußen unangreifbar machen würde. Der Froschkönig reichte mir stumm einen Flachmann.

Ich schüttelte den Kopf und sah Liisa an.

»Der Ellenbogen«, flüsterte sie, »der Ellenbogen hat ihn im Genick getroffen. Er hat nicht gelitten. Wilhelm ist tot, Iris.«

So erfuhr ich, dass ich keinen Vater mehr hatte. Nur Bruchstücke von Liisas Worten drangen zu mir durch. Ich begriff, dass mein Vater von der Leiter gefallen war und den

Mann im Finstern mitgerissen hatte. Getötet hatte ihn aber nicht der Sturz, sondern die Figur.

»Ich wusste, weshalb ich diese Monstren nicht in meinem Haus haben wollte«, ratterte Liisa weiter, »auch nicht in klein. Es bringt Unglück, solche Kreaturen zu schaffen, das ist wie Frankenstein …«

»Liisa, halt die Klappe!«

Es war das erste Mal, dass ich den Froschkönig sprechen hörte und ich weiß noch, dass ich seine Stimme betörend fand. Eine seltsame Wahrnehmung unter diesen Umständen.

Ich konnte kein Wort hervorbringen, keinen klaren Gedanken fassen, setzte mich wie in Trance neben die Polizisten in unser Motorboot und ließ mich zurück zur Insel bringen.

Vater lag noch im Schuppen, allerdings nicht mehr so, wie er gefallen war. Nikki hatte ihn gefunden und versucht, ihn aufzurichten.

»Ich wusste doch nicht, dass er tot war. Ich dachte, er ist nur umgefallen. Und dann habe ich seine Augen gesehen …«, stammelte Nikki und deutete nach oben, wo Harrys Partner auf einem Balken unter der Decke herumhopste. Ich erschauerte und mied den Blick auf das Gesicht meines Vaters. Menno hatte den Arm um den Jungen gelegt, der am ganzen Körper zitterte.

Ich starrte auf den frisch angespitzten Ellenbogen der Figur.

»Ich habe ihn umgebracht«, sagte ich und staunte darüber, wie fest und klar meine Stimme klang.

»Unsinn«, sagte Jari, »du warst in Imatra.«

»Was hat sie gesagt?«, meldete sich einer der Polizisten zu Wort. Da erst fiel mir auf, dass ich deutsch gesprochen hatte.

»Dass sie es nicht glauben kann«, übersetzte Jari.

Ich konnte es wirklich nicht glauben. Der *Mann im Finstern* hatte mir meine Freiheit gegeben, aber um welchen

Preis! Den Rest meines Lebens würde ich mir Vorwürfe machen müssen, mich immer wieder fragen, warum ich meinen Vater herausgefordert hatte, warum ich nicht einfach verschwunden war wie meine kluge Mutter. Ich würde meinen Vater in meinen Träumen um Verzeihung anflehen und mich sogar dabei schuldig fühlen, weil ich mich immer noch im Recht glaubte. Aber nicht die Lebenden, sondern die Toten haben Recht. Ich blickte erschüttert auf die Hülle meines Vaters, aber ich konnte nicht trauern.

In jener Nacht blieb Menno bei mir. Schweigend hörte er sich meine Selbstvorwürfe an, die nach einiger Zeit Wutausbrüchen wichen und schließlich mit einem Tränenstrom in einer Art von Trauer zerflossen. Wir schliefen miteinander vor dem Kamin und als ich mich von Menno löste, erwartete ich beinahe, die Ketten rasseln zu hören, die von mir abfielen. Ich war frei.

Am nächsten Abend saßen wir alle im Haupthaus zusammen. Ein Beerdigungsunternehmer hatte die sterblichen Überreste meines Vaters nach Imatra überführt und sich dabei über den zahmen Wildvogel gewundert, der auf dem Sarg herumhüpfte und offensichtlich keine Scheu vor Menschen hatte. Der Vogel trauerte wahrscheinlich auch, denn Nikki hatte Harrys Partner mit einer Schleuder erschossen. Niemand traute sich, dem Jungen deswegen Vorwürfe zu machen.

»Er hat schließlich gesehen, was der Vogel mit Herrn Meanders Augen gemacht hat«, hörte ich Menno zu Koivistos sagen. »Diesen Schock muss er irgendwie verarbeiten und er hat sich für eine Art alttestamentarischer Rache entschieden.«

Die polizeiliche Ermittlung war abgeschlossen und als Todesursache wurde ein tragischer Unfall konstatiert. Eine Überführung nach Hamburg hatte ich abgelehnt. Vater hätte bestimmt nicht neben seiner Mutter liegen wollen.

»Warum Imatra?«, hatte Jari gefragt.

»Weil der Eiserne Vorhang so nah ist«, hatte ich geantwortet und die seltsamen Blicke ignoriert.

Der Regen klopfte gegen die Scheiben und im Blitzgewitter leuchteten die Birken gespenstisch weiß. Liisa hatte beschlossen, ihren Aufenthalt abzubrechen und früher als geplant nach Helsinki zurückzukehren. Der Froschkönig war bereits am Morgen abgereist.

»Er ging mir auf die Nerven«, verkündete sie.

»Aber er hat eine wunderschöne Stimme«, warf ich ein.

»Er hat eine Stimme?«, fragten Jari und Nikki gleichzeitig.

»Natürlich«, schnaubte Liisa. »Aber er muss sie schonen. Er ist schließlich ein recht bekannter Radiomoderator. Willst du mit mir mitkommen, Iris?«

»Ich will nach Amsterdam«, verkündete ich, ohne Menno anzusehen.

»Aber du weißt ja nicht einmal, ob deine Großeltern noch leben«, warf Rosa ein. Auch sie schien sich nicht vorstellen zu können, dass ich auf eigenen Füßen stehen könnte.

»Wir müssten anrufen«, sagte ich und wunderte mich im selben Augenblick, dass ich nicht eher auf den Gedanken gekommen war.

»Wenn sie noch leben, sind sie alt und könnten wahrscheinlich deine Hilfe brauchen«, nickte Jari. Neue Ketten, dachte ich. Kann sich denn niemand vorstellen, dass ich ein Leben nur für mich führen möchte?

»So alt nun auch wieder nicht«, wiegelte Rosa ab. »Dein Großvater ist so alt wie das Jahrhundert, also noch keine achtzig, und deine Großmutter ist einige Jahre jünger. Wir fahren morgen nach Imatra und rufen an.«

»Dann könnte ich mit euch zurückreisen«, wandte ich mich an Menno und Nikki. Menno schüttelte den Kopf.

»Ich habe noch Semesterferien«, sagte er. »Ich fahre nach Berlin.«

In den kommenden Tagen versuchten Koivistos, Kontakt zu meinen Großeltern in Amsterdam aufzunehmen. Am Telefon meldete sich niemand. Ein Amsterdamer Freund von Menno klingelte an ihrer Wohnungstür, aber keiner öffnete. Nachbarn berichteten, dass es meiner Oma gesundheitlich nicht besonders gut gegangen sei und meine Großeltern zur Erholung nach Indonesien gefahren seien. Indonesien! Meine Kindheitsträume lebten wieder auf. Es war nicht ausfindig zu machen, auf welcher Insel sich meine Großeltern aufhielten. Aber jetzt hatte ich ihre Telefonnummer und würde mich nach ihrer Rückkehr bei ihnen melden können.

Koivistos boten mir an, mit ihnen nach Helsinki zurückzukehren und mir eine Ausbildung zu finanzieren. Sie widersprachen nicht und ich vermute, dass sie ein wenig erleichtert waren, als ich erklärte, ich sei schließlich alt genug, um auf eigenen Beinen zu stehen. Nach Jahren auf einer winzigen finnischen Insel wollte ich die Welt sehen.

»Und wo willst du damit anfangen?«, erkundigte sich Menno am Abend nach der Beerdigung meines Vaters.

»Warum nicht mit Berlin?«, rutschte es mir heraus. »Da wohnt ein alter Freund von mir.«

Bela studierte im Osten der Stadt, wie ich seiner letzten Karte entnommen hatte. Wir schrieben uns nur zu Weihnachten, was Vater einst zu der Bemerkung veranlasst hatte, was denn das wohl für ein Kommunist sei, der Grüße zum Christfest versende.

»Du könntest mit mir fahren«, bot sich Menno an, ohne sich weiter nach diesem Freund zu erkundigen.

»Ich werde dir auch ganz bestimmt nicht zur Last fallen«, erklärte ich eifrig.

Menno schüttelte den Kopf. »Auf die Idee wäre ich gar nicht gekommen«, sagte er.

Viel zu packen gab es nicht, aber ich hatte keine Ahnung, was ich mit Vaters Hinterlassenschaft im Schuppen anfangen sollte.

»Zersägen und den Kamin damit heizen«, war Liisas Idee. Rosa fand das pietätlos. Jari schlug vor, Fotos von den Figuren anzufertigen und sie diversen Galerien anzubieten.

»Kein Mensch wird Geld für den Transport ausgeben«, sagte Liisa. Das war zwar herzlos, aber realistisch. Nikkis Vorschlag, die Gliedmaßen der Figuren abzuhacken und arm- und beinlosen Behinderten zu schenken, wurde ebenso wenig kommentiert wie seine nächste Idee, damit antike Torsi zu vervollständigen.

Auf eine Venus von Milo mit Spinnenfingern wartete niemand.

»Dann werdet ihr mich auch nicht nach meiner besten Idee fragen?«, erkundigte sich Nikki enttäuscht.

»Nein!« riefen wir im Chor. Nikki zuckte mit den Achseln und verließ den Raum.

Das Problem war immer noch nicht gelöst, als ich viel später am Abend mit Menno über den Trampelpfad zu meinem *Mökki* wanderte. Der Himmel war wolkenverhangen, aber der Regen hatte vorübergehend ausgesetzt. Ich schrak zusammen, als im Zucken eines Blitzes eine Gestalt mit erhobenen Armen vor mir auftauchte.

»Da ist jemand!«, rief ich entsetzt und klammerte mich an Menno. Auch er war stehen geblieben.

»Was wollen Sie?«, fragte er auf Englisch. Seine Stimme zitterte leicht.

»Euch überraschen!«

Hinter der Gestalt trat Nikki hervor.

»Von meiner Idee wolltet ihr ja nichts hören«, sagte er, »also muss ich sie euch zeigen.«

Jetzt erst sahen wir, dass uns eine von Vaters Holzkreaturen erschreckt hatte. Sie war Barlachs *Ekstatiker* nachempfunden, allerdings erheblich schlanker und von Vater mit der Bezeichnung *Der Fanatiker* versehen.

»Wie hast du die denn hierher gekriegt?«, fragte Menno.

»Auf dem flachen Karren aus dem Schuppen. War aber

trotzdem ganz schön schwer. Was haltet ihr von meiner Idee?«

»Ahnungslose Menschen zu erschrecken?«, fragte Menno.

»Das vielleicht auch, aber ich dachte mehr daran, dass wir das Holz dem Wald zurückgeben sollten«, erklärte Nikki. Ob er sich noch daran erinnerte, dass Vater einst eine Ahornseele an Koivistos Swimmingpool hatte spuken lassen?

»Alle Figuren im Wald aufstellen?«, fragte ich.

»Sie werden verwittern, brüchig werden und Moos wird darüber wachsen ...«, warf Menno ein.

»Genau!«, rief Nikki begeistert. »Kannst du dir vorstellen, wie toll so eine Gruppe in zwanzig Jahren aussehen wird?«

Er stellte sich vor die Figur und deutete auf den aufgesperrten Mund. »Platz für ein winziges Vogelnest.« Er kraulte den Bart. »Vielleicht zerbricht mal ein Ei, dann läuft das Dotter hier runter.« Er klopfte auf den vorgestreckten Fuß. »Hier werden sich echte Champignons niederlassen, und hier«, –er wies auf jene Stelle, wo der lange Rock offen klaffte, »können Eichhörnchen vor dem Regen Schutz suchen. Seht ihr schon die Ameisen, die ihn unter den Armen kitzeln, die Gräser, die ihm aus den Nasenhöhlen wachsen, die Termiten, die ihn aushöhlen und die Würmer, die über seinen Rücken kriechen und in den aufgebrochenen Spalten ihre Eier ablegen?«

Nikki betrachtete mich lauernd, aber ich ließ mir nicht anmerken, dass mich seine Worte trafen. Warum bloß hatte ich meinen Vater nicht einäschern lassen?

»Wäre das etwa im Sinne deines Vaters gewesen?«, fragte Menno entrüstet.

»Ja«, hörte ich mich sagen. »Absolut.«

Nikki hatte die ideale Stelle bereits ausgesucht, eine von Vater selbst geschlagene Lichtung. Wäre es hell genug gewesen, hätten wir wahrscheinlich sogar noch jede Figur dem Baumstumpf zuordnen können, dem sie entsprungen war.

Wir arbeiteten die ganze Nacht und als der Morgen graute, hatten *Der Schrei, Der Fanatiker, Adam, Der Mann im Finstern* und Vaters andere Kreationen alle ihren Platz gefunden. Wir hatten sie so aufgestellt, dass sie miteinander zu kommunizieren schienen, und das Ergebnis war höchst eindrucksvoll. Vom nassen Boden stiegen Nebel auf und hüllten die Füße der Figuren ein. Sie schienen über dem Waldboden zu schweben und strahlten eine Ruhe aus, die ihnen in geschlossenen Räumen gefehlt hatte. Nichts wirkte mehr bedrohlich oder beklemmend. Nikki hatte Recht gehabt. Diese Figuren gehörten dem Wald. Sogar der Ausdruck beim *Mann im Finstern* stimmte jetzt. Seine rechte Hand stützte sich am Stamm einer Kiefer ab. Endlich hatte auch er gefunden. Es versetzte mir einen Stich, dass Vater nicht mehr sehen konnte, wie wirkungsvoll wir sein Werk in den Bilderrahmen der Natur eingegliedert hatten.

»Es ist wie ein Schrein«, flüsterte Nikki, »aber irgendwas fehlt noch.«

»Steine«, sagte Menno, »große Steine. Ich weiß nicht warum, aber das Holz ruft nach Steinen.«

»Einen Kreis mit großen Steinen, in dem man Feuer machen kann«, stimmte Nikki zu. »Wir sollten Steine sammeln.«

»Jeder, der auf die Insel kommt, muss hier einen Stein hinterlegen«, schlug ich vor.

Nikki schüttelte den Kopf. »Gefällt mir nicht. Ich fände es viel schöner, wenn dieser Platz unser Geheimnis bleibt. Wir sollten schwören, ihn niemandem zu verraten.«

Menno hob die Schultern. »Er ist in diesem Alter«, seufzte er, »da wird andauernd geheimnist, geschworen und Blutsbrüderschaft getrunken.«

»Blut!« Nikki strahlte und zückte den *Puukko*, den ich ihn zum Gedenken an Vater geschenkt hatte.

»Lass das, Nikki!«, rief ich, aber aus der Spitze seines Zeigefingers quoll bereits Blut. Er trat zum *Mann im Finstern* und schmierte ein rotes Kreuz auf den spitzen Ellenbogen.

»Jetzt ihr«, forderte er uns auf.

»Nein«, sagte ich, »das ist mir zu makaber, aber ich schwöre, dass ich niemandem diesen Ort verraten werde. Das geht auch ohne Blut.«

Als ich zwei Tage später Abschied von der Birkenwald-Insel nahm, kehrte ich noch einmal zur Stätte unserer nächtlichen Aktivität zurück. Ich hatte den Stein mitgenommen, mit dem Vater immer seine Papiere beschwert hatte, wenn er im Freien Zeichnungen angefertigt hatte. Nikki war nicht untätig gewesen und hatte um die gesamte Figurengruppe einen Kreis aus Feldsteinen gelegt. Dies wirkte wie eine Absperrung und hielt sogar mich davon ab, den Figuren näher zu treten. Vater mochte in Imatra beerdigt sein, hier aber war sein Pantheon. In diese Werke war seine Lebenskraft geflossen, diese Gestalten waren meine Geschwister. Ich legte meinen Stein dazu.

6 BERLIN

Berlin war ein Schock. Hell, schnell, schrill und grell. Ich kam schon außer Atem, wenn ich den anderen nur zusah. Solche Eile und Geschäftigkeit hatte ich auf meiner Birkenwald-Insel nur bei den Ameisen beobachtet. Aber da war jede mit ihrer Last auf kürzestem Weg emsig zu ihrem Ziel geeilt. Hier lief jedermann durcheinander und schien mit tausenderlei zugleich beschäftigt zu sein. Der Lärm um mich herum machte es mir unmöglich, einem Gespräch konzentriert zu folgen. Die Luft schien zu dick zum Atmen, das Pflaster zu hart zum Gehen und die Nacht zu kurz zum Schlafen zu sein.

»Schon Heimweh nach deiner Insel?«, fragte mich Menno, als wir Ende August in der geteilten Stadt eintrafen und in der kleinen Pension nahe dem Kurfürstendamm unsere Koffer auspackten.

»Auch Berlin ist eine Insel«, gab ich trotzig zurück. Nein, Heimweh hatte ich nicht, nur Angst. Vielleicht hatte mein Vater Recht gehabt. Vielleicht war ich nicht dafür gemacht, um im Dschungel der Zivilisation zu überleben. Mir fehlte auch die Ausrüstung, um mit der Liebe in den ausklingenden siebziger Jahren zurechtzukommen. Mein Wissen war nicht nur hauptsächlich theoretischer Natur, wie sich herausstellte, sondern noch dazu überholt. Aus der Literatur des neunzehnten und beginnenden zwanzigsten Jahrhunderts hatte ich meine Überzeugung abgeleitet, dass sich weder die Menschen noch die Liebe wesentlich geändert haben könnten. Das war ein Irrtum.

Menno war ein zärtlicher und rücksichtsvoller Liebhaber, aber Romantik war für ihn keine Lebenseinstellung, sondern eine gelegentliche Phase. Er ging auf mich ein und zeigte auch Verständnis für meine besondere Lage, verstand sie aber als nur mich selbst betreffend. Ich war höchstens eine Begleiterin, nicht aber das Ziel seiner Reise.

»Du bist wie von einer Zeitmaschine in unsere Welt gebeamt worden«, sagte er.

Gebeamt?

Ich sprach fünf Sprachen fließend, aber ich hatte noch nie *Raumschiff Enterprise* gesehen. Ich hatte überhaupt noch nie ferngesehen. Mein Deutsch wurde belächelt, weil ich Worte verwendete, die schon lange *out* waren, und Satzkonstruktionen baute, die anderen zu umständlich erschienen.

»Bei deinem Holländisch ist es sogar noch auffälliger«, bemerkte Menno, »du sprichst wie jemand, der vor hundert Jahren kolonialisiert worden ist. Sehr korrekt. Du verwendest grammatikalische Fälle, die der Umgangssprache längst abhanden gekommen sind. Mein Vater wäre entzückt.«

»Und du?«, fragte ich.

»Ich finde es süß«, sagte er und küsste mich. »Ich finde dich rundum süß.«

Wie konnte ich ihm vermitteln, dass ich nicht nur der Zuckerguss auf seinem Leben sein, sondern es mit ihm teilen wollte? Aber die einzige Zukunft, die Menno zu interessieren schien, betraf seine künftige Arbeit. Stundenlang konnte er darüber reden, wie er schwer erziehbare Kinder sozialisieren wollte, wobei er natürlich nie von »schwer erziehbaren« sprach, sondern von »unverstandenen«, »anders begabten« oder von »besonderen Kindern«.

»Nikki zum Beispiel ist künstlerisch außerordentlich begabt und er wehrt sich jetzt schon innerlich dagegen, dass ihm seine Eltern seinen Weg vorzeichnen. Er wird eines Tages die Fabrik übernehmen müssen.«

»Er wird sie verkaufen«, warf ich ein, »und dann wird er genug Geld haben, um den lieben langen Tag zu malen.«

»So einfach ist das nicht«, meinte Menno und katapultierte mich mit diesem Satz ein Jahrzehnt zurück. »In ihm hat sich ein Groll aufgebaut …«

Schon im Mutterleib?, hätte ich beinahe gefragt. Was für ein Groll konnte sich in einem Sechsjährigen aufgebaut haben, der ein Hotelzimmer verwüstet und Erwachsene mit einer Spraydose bedroht hatte?

Doch es stürzten zu viele Eindrücke auf mich ein, als dass ich mich lange mit Gedanken über Nikki hätte abgeben können. Außer dem U-Bahn-Plan der Stadt kam mir alles entsetzlich unübersichtlich vor. Menno schien keine Probleme zu haben, sich zurechtzufinden. Ich versuchte es mir nicht anmerken zu lassen, dass ich in Panik geriet, wenn wir einander auch nur für ein paar Minuten aus den Augen verloren. Ich stand Ängste aus, dass er einfach aus meinem Leben herausspazieren und mich allein zurücklassen würde. In dieser Zeit dachte ich oft daran, wie sich meine Mutter gefühlt haben musste, als sie im wahrsten Sinne des Wortes mutterseelenallein durch das verwüstete Nachkriegsdeutschland gezogen war, um meinen Vater zu suchen. Würde auch ich Menno nach Amsterdam hinterherreisen, wenn er einfach verschwand? Selbst wenn er es zuließe, dass ich mich an ihn hängte, wie würde meine Zukunft dann aussehen? Würde ich mich, wie meine Mutter, in ein Schicksal fügen, auf das ich selbst keinen Einfluss hätte? Aber wer war ich und wo gehörte ich hin? Schon in den ersten Tagen in Berlin sagte ich mir, dass ich immer noch auf die Insel zurückkehren könnte. Aber das wäre einem Eingeständnis gleichgekommen, es *da draußen* nicht geschafft zu haben. Wenn ich aus Angst die Insel nicht verlassen konnte, würde sie zu meinem Gefängnis werden.

Plötzlich verspürte ich tiefes Mitgefühl mit meinem Vater. Aber er hatte sich mit seiner Bildhauerarbeit zumindest vorgaukeln können, eine eigene Welt zu schaffen. Auch wenn sie von hölzernen Horrorgestalten bevölkert war. Ich hingegen hatte keine künstlerische Ausrede für den Rückzug aus der Zivilisation.

Am dritten Abend hatten wir uns mit einem Freund von Menno verabredet, der an der Freien Universität studierte. Wir trafen uns in einem Hähnchengrill nahe der Mauer in

Kreuzberg und zogen anschließend mit diesem Freund und zwei weiteren Bekannten durch mehrere Lokale. Der ständige Szenenwechsel war für mich eine Tortur. Ich kam mir unbeholfen und ausgeschlossen vor und reagierte mit Zeitverzögerung, wenn ich angesprochen wurde. Manchmal lag es an den Fragen.

»Wie hat eure Beziehungskiste denn angefangen?«, erkundigte sich ein Mädchen, und ein anderes wollte uns für eine Demo rekrutieren und bot uns an, für die letzten Tage in ihre WG in einem besetzten Haus zu ziehen. Ob ich gern kiffte, sie hätte gutes Gras aus Thailand. Während ich noch darüber rätselte, warum sich jemand aus Thailand Gras beschaffte, verkündete sie, dass sie von Trips nichts halte. Ich widersprach. Es wäre doch interessant, die Welt zu sehen. Da blickte sie mich an, als ob ich nicht von dieser Welt sei, und wandte sich einem anderen Gesprächspartner zu.

Am meisten aber erschreckte mich, wie fremd mir Menno zu werden begann. Warum konnte er sich so viel besser verständigen, obwohl er viel schlechter Deutsch sprach als ich? Und wieso unterhielt er sich mit wildfremden Menschen über ganz private Dinge?

»Du musst lockerer werden«, forderte er mich auf, aber wie machte man das? Rosa hatte Jahre gebraucht, ehe sie mir die Geschichte ihres Lebens erzählt hatte; in der Berliner Kneipe genügten schon fünf Minuten, um alles über einen Menschen zu erfahren, der mich nicht interessierte.

»Erzähl mal von deinem Charlie Parker mit der Trompete auf dem Eis!«, versuchte Menno mich ins Gespräch einzubeziehen. Ich starrte ihn erschrocken an. Wurde jetzt von mir erwartet, dass ich eine heitere Geschichte über den Verlust meiner Jungfräulichkeit zum Besten gab? Oder dass ich mich über Eero lustig machte? Ich dachte daran, wie er mich in diesem langen finnischen Winter gewärmt und wie großzügig er Vater und mich mit seinen Gaben verwöhnt hatte. Eero bewohnte einen winzigen Flecken in meinem Herzen und mit dem wollte ich nicht hausieren gehen.

»Charlie Parker spielte Saxophon«, sagte ich daher nur.

In jener Nacht kam es zum ersten Streit zwischen Menno und mir. Warum ich mir denn keine Mühe gäbe, auch nur ein bisschen freundlich oder wenigstens interessiert zu erscheinen? Ich würde jeden vor den Kopf stoßen.

»Das stimmt nicht. Ich tue gar nichts«, sagte ich. »Ich höre zu, aber ich verstehe nichts.«

Nicht einmal, wenn über Bücher gesprochen wurde. Jaris Bibliothek hatte große Lücken aufgewiesen. Wer war Erich Fromm? Wer Marcuse? Sarah Kirsch? Reiner Kunze? Wolf Wondratschek? Und warum regte sich jeder über die Ausbürgerung eines gewissen Wolf Biermann auf, wenn andere unter Lebensgefahr aus der DDR flüchteten? Wieso war diese Bemerkung revanchistisch? Was hieß das überhaupt? Ich hätte nichts gegen Kommunisten, einer meiner besten Freunde sei einer. Das Gelächter, das diesen Worten gefolgt war, hatte mich endgültig verstummen lassen. Ich beschloss so schnell wie möglich mit Bela Kontakt aufzunehmen. Vielleicht würde er mir helfen, mich in dieser Welt zurechtzufinden, in der ich mir genauso fehl am Platz vorkam wie damals in der Deutschen Schule.

Ich fragte mich, warum es Menno, der immerhin Psychologie studierte, so schwer fiel, sich in meine Lage zu versetzen.

»Du kannst ja auch nichts verstehen, wenn du dich nicht etwas mehr öffnest«, sagte er jetzt zu mir. »Du musst selbst Initiative ergreifen.« Da begriff ich, dass auch Menno ein Problem hatte, nämlich mich. Ich begann ihm lästig zu werden. Auf seine Frage, wie ich mir meine Zukunft vorstellte, hatte ich bisher erwidert, dass meine Großeltern wohl nicht ewig in Indonesien bleiben würden, sonst hätten sie ihr Haus verkauft.

»Was nützt mir Initiative, wenn meine Großeltern nicht ans Telefon gehen?«, sagte ich und da explodierte er. Ob ich mich denn immer von anderen abhängig machen wollte? Sähe ich denn nicht ein, dass diese beiden alten Leute meine

Vergangenheit seien und nicht meine Zukunft? Ob ich denn gar keinen Stolz hätte? Keinen Ehrgeiz? Keine Pläne? Keine Träume? Ich sah wieder meinen Vater auf der Leiter vor mir. Wie er mit jedem »Kein« den Ellenbogen des *Mann im Finstern* todbringend zugespitzt hatte. Menno stampfte bei jedem »Kein« mit dem Fuß auf und plötzlich hatte ich Angst, dass sich die Erde unter ihm öffnen würde.

»Indonesien«, sagte ich leise. »Ich würde gern in Indonesien leben.«

»Und was tun?«

Auf Bambusmatten sitzen und fröhlich sein …

Ich schwieg. Was tut schon jemand, der nichts kann?

»Und was wirst du tun, wenn ich in ein paar Tagen nach Amsterdam zurückkehre?«, fragte er weiter.

»Hier bleiben«, sagte ich zu meiner eigenen Überraschung und spürte, wie mir auf einmal das Blut schneller durch die Adern zu strömen schien. Ja, ich würde in Berlin bleiben und versuchen zu überleben. Fetzen eines Liedtextes fielen mir ein. *If you can make it there, you can make it anywhere …*

Außerdem war ich nicht mittellos. Mit dem Geld, das sich auf dem Konto in Imatra angesammelt hatte, würde ich mich eine Weile über Wasser halten können. Ich brauchte ein Dach über dem Kopf und eine Beschäftigung. Beides fand ich schon am nächsten Abend.

Nachdem in der Nacht zuvor ausgesprochen worden war, dass sich unsere Wege trennen würden, hatte ich eigentlich keine Lust, mit Menno auf eine Party zu gehen. Am liebsten wäre ich in der Pension geblieben und hätte mich in den Schlaf geweint. Oder wieder ein Fieber heraufbeschworen wie im vergangenen Sommer, als ich vergeblich auf Menno gewartet hatte. Er würde mich doch nicht allein zurücklassen, wenn ich krank war … Ich liebte ihn immer noch und wollte ihn nicht verlieren. Aber verlieren kann man nur, was man hat. Menno gehörte mir nicht. Er hatte nie von Liebe gesprochen, sondern nur davon, dass er mich gern habe und süß fände. Aber wer will schon immer Kuchen essen?

Ich musste wirklich lernen, alles lockerer zu sehen, vor allem im Umgang mit dem anderen Geschlecht. Die Woche in Berlin hatte mich bereits gelehrt, dass ich in einer Zeit lebte, in der Liisas Einstellung normaler war als der Traum von der großen Liebe. Vielleicht gab es sie nur in Büchern, vielleicht flog sie einem nicht zu, sondern musste erst verdient werden. Vielleicht bildete ich mir auch nur ein, dass Menno das Ziel meiner Sehnsüchte war.

Vom Winde verweht wäre ein langweiliges Buch geworden, wenn Scarlett Ashley Wilkes gekriegt hätte. Und dem sah er schließlich ähnlich.

Also bereitete ich mich nicht auf eine Krankheit, sondern auf die Party vor. Abgesehen von Koivistos Sommerfesten auf der Insel war dies die erste Party meines Lebens. Kritisch betrachtete ich mich im Spiegel und flehte Liisa telepathisch um Hilfe an. Wie kann ich die Insel abstreifen? Wie muss ich aussehen, damit ich dazugehöre? Erst ging ich zum Friseur und ließ mir eine modische Kurzhaarfrisur verpassen. Dann kaufte ich ein neues Kleid und passende Schuhe. Ein fremder Mensch blickte mich im Schuhgeschäft aus dem Spiegel an.

»Entschuldigung«, sagte ich zu der Verkäuferin, »wie geht man in diesen Schuhen?«

»Kommen Sie von drüben?«, fragte sie mich fast etwas mitleidig.

»Könnte sein«, erwiderte ich unsicher.

»Auf den Zehenspitzen«, informierte sie mich dann. »In den ersten Tagen werden Sie etwas Muskelkater in den Waden haben, aber das gibt sich, wenn die Muskeln kürzer geworden sind.«

Wieder etwas gelernt. Schuhe können einen chirurgischen Eingriff ersetzen. Wo ich Lippenstift kaufen könnte? Die Verkäuferin schickte mich ins KaDeWe.

Schon in der Drogerie in Imatra war ich verwirrt gewesen, als ich unter mehreren Lippenstiften einen hatte aussuchen müssen, der Menno gefallen könnte. Das KaDeWe aber erschlug mich. Kosmetikstände so weit das Auge reichte, und tausende von Lippenstiften. Das Atmen in der parfümgeschwängerten Luft fiel mir noch schwerer als auf der Straße. Ich blieb wie angewurzelt stehen und brach plötzlich in Tränen aus.

»Kann ich Ihnen helfen?«

»Ich will doch nur einen Lippenstift!«, brach es aus mir heraus. Die alte Dame, die mich angesprochen hatte, legte einen Arm um meine Schulter.

»Aber Kindchen, das ist doch kein Grund zum Weinen!«

»Es gibt hier … so viel … Auswahl … «

»Sie kommen sicher von drüben«, meinte sie. »Dann ist das hier sowieso alles viel zu teuer für Sie. Nebenan an der Ecke ist Woolworth, da wird es Ihnen bestimmt besser gehen.«

Bei Woolworth sprach ich gleich eine Verkäuferin an.

»Ich komme von drüben und suche einen Lippenstift!«

Als ich in die Pension zurückkehrte, fand ich eine Nachricht von Menno vor. Er habe sich noch mit jemandem verabredet und ich sollte allein zur Party gehen. Wir würden uns dann dort treffen. Menno kannte mich. Er wusste, dass ich nirgendwo allein hinging, und rechnete folglich nicht mit meinem Erscheinen. Aber zur äußeren Metamorphose gehörte auch die innere. Da ich die fremde Frau im Spiegel nicht kannte, konnte ich sie unbesorgt auf eine Party schicken. Vielleicht hatte Vater mit seinem Tarnanzug nicht nur die Kaninchen, sondern auch sich selbst ein wenig reinlegen wollen. Klamotten als eine andere Haut, in die man schlüpft.

Da ich die fünfhundert Meter zur angegebenen Adresse mit meinen Schuhen nicht hätte laufen können, bestellte ich ein Taxi. Der Fahrer war sehr ungehalten.

»Frolleinchen, Sie haben doch kein appes Bein!«

»Ich komme von drüben«, erklärte ich, aber das schien ihn nur noch mehr zu reizen.

»Und dann gleich unsere Kohle so verplempern«, brummte er.

Ein paar Minuten später stöckelte ich vorsichtig auf den Hauseingang zu. Meine Wadenmuskeln waren immer noch viel zu lang. Ich blickte auf den Zettel in meiner Hand und begriff, dass ich durch eine Art Einfahrt zum *Gartenhaus* gehen müsste.

Wie nett, dachte ich, ein Garten. Mir begann das Grün zu fehlen.

Es war stockfinster. Über was ich stolperte, weiß ich nicht mehr. Vielleicht war ich auch einfach nur umgeknickt. Jedenfalls lag ich auf dem Boden, als plötzlich ein Licht anging.

»Haben Sie sich verletzt?« Ein ganz in Schwarz gekleideter dunkelhaariger Mann reichte mir eine Hand. Ich zog mich hoch und spürte im selben Augenblick einen Schmerz durch meinen Knöchel schießen.

»Zu wem wollen Sie denn?«, fragte der Mann.

»Ins Gartenhaus. Zu ...« Ich öffnete die andere Hand, in der ich immer noch den zusammengeknüllten Zettel hielt. »... Mäder.«

»Wie kann man in solchen Schuhen überhaupt laufen!«, sagte er vorwurfsvoll.

»Das ist ja das Problem«, erwiderte ich kleinlaut.

»Und jetzt vier Stockwerke, ohne Fahrstuhl!«

»Gartenhaus«, erinnerte ich ihn.

Er lachte.

»Sie sind wohl nicht von hier!«

Unsicher, ob jetzt *von drüben* angebracht war, schüttelte ich nur den Kopf.

»Na, dann kommen Sie mal!«

Er hakte mich unter und führte mich durch die Einfahrt in einen Hinterhof. Von einem Garten keine Spur. Neben einer Mülltonnengruppe blieb der Mann stehen.

»Da ist Ihr Gartenhaus«, sagte er und deutete auf die hell erleuchteten Fenster im vierten Stock eines ansonsten dunklen Gebäudes. Das Dröhnen von Bässen ließ die Tonnen leicht scheppern. »Nur der Musik folgen.«

»Sind Sie auch eingeladen?«, fragte ich ihn.

»Ich bin immer eingeladen, wenn Peter eine Party gibt«, sagte er. »Aber erst muss ich noch arbeiten. Mein Büro ist im ersten Stock.«

Er stieß eine Tür auf und begann eine Holztreppe mit einem abgetretenen Läufer hinaufzuklettern. Ich humpelte hinterher und spürte, wie mein Knöchel immer dicker wurde. Auf dem ersten Treppenabsatz blieb der Mann stehen.

»Schaffen Sie es?«

»Ich weiß nicht.« Es war weniger der Knöchel, der mich zaghaft werden ließ, sondern der Gedanke, allein vor der Tür von Menschen zu stehen, die ich nicht kannte. Vielleicht würden sie mich gar nicht reinlassen? Vielleicht war Menno noch nicht da? Wie sollte ich mich vorstellen? Wie benehmen? Die andere Haut wurde immer dünner. Warum nicht einfach warten, bis auch mein Retter in der Not die Party aufsuchte?

»Vielleicht sollten wir Eis drauflegen«, meinte er, während er eine Tür aufschloss.

»Ihr Schicksal«, las ich von einem silberfarbenen Schild ab und fuhr mit einem Finger die stilisierte Zeichnung einer Frau nach, die einen Faden zwischen den Fingern zu halten schien. »*Ihr Schicksal*? Was ist denn das für ein Büro?« Der Mann in Schwarz bedachte mich mit einem leicht verlegenen Blick.

»Ihr Schicksal ist mein Schicksal«, sagte er und bedachte mich mit einem melancholischen Blick. »Jedenfalls beruflich. In diesem Büro werden Schicksalsfäden gesponnen. Kommen Sie rein.«

Das ließ ich mir nicht zweimal sagen. Wer hat schon die Chance, eine Schicksalswerkstatt von innen zu sehen! Aber ich war enttäuscht. Es sah genauso aus, wie ich mir ein ganz normales Büro vorgestellt hatte. Nur unordentlicher. Überquellende Papierkörbe, volle Aschenbecher, Zeitschriften und zerknüllte Papiere auf dem Fußboden und auf einem der vier Schreibtische ein vertrocknetes, angebissenes Käsebrot, das mich plötzlich an die größte Buchhandlung der Welt erinnerte.

»Entschuldigung, aber unsere Putzfrau hat uns verlassen«, sagte der Mann in Schwarz und wechselte unvermittelt ins Du über.

»Ich bin Leo. Und wie heißt du?«

»Iris«, erwiderte ich verdattert.

»Gut, Iris, dann wollen wir mal schauen, ob Bine das ganze Eis in ihren Whisky geschaufelt hat. Ohne Whisky kann sie nämlich keine Schicksalsfäden spinnen.«

Ich schrak zusammen, als er mir plötzlich ein Heft zuwarf.

»Das ist *Ihr Schicksal*«, sagte er, »die Zeitschrift für die moderne Frau. Originelle, dramatische, traurige, spannende, witzige und vor allem herzzerreißende Lebensbeichten.«

Unter dem gleichen Logo wie an der Tür sah ich eine Reihe von Überschriften. Ich las sie laut vor: »Schwanger und allein«, »Der Albtraummann«, »Männer muss man ausnutzen«, »Krieg dem Krebs!«

Ich ließ das Heft sinken.

Inzwischen hatte Leo zwei Eisstückchen in ein Papiertaschentuch gewickelt.

»Leg das mal auf deinen Knöchel.«

»Muss es nicht ›krieg *den* Krebs‹ heißen?«, fragte ich.

Er lachte. »Das wollen wir doch nicht hoffen! Das Gegenteil ist gemeint. Kurzfassung für eine Kriegserklärung an den Krebs. Wir müssen es kurz und prägnant halten. Obwohl die beste Überschrift aller Zeiten etwas länger ist.«

Ich sah ihn fragend an.

»*Schäferhund leckt Hildegard Knef Krebs weg.*«

»Was?!«

»Ist nicht passiert. Obwohl der Krebs bei ihr weg ist. Wäre auch zu schön, das Lieblingstier der Deutschen, das Lieblingsidol, Krankheit und Wunderheilung, ein Hauch von Ekel, kurzum, eine Traummischung. Mit dieser Überschrift hätte BILD noch mehr Exemplare verkauft, als damals mit GOTT HAT MITGEBOHRT. Du weißt doch noch, das Grubenunglück …«

»Ich weiß gar nichts«, flüsterte ich.

»Dann bist du gut dran«, gab er mit einem schiefen Lächeln zurück. Mir gefiel der abgebrochene Schneidezahn, den er dabei entblößte.

»Ich weiß, dass ich hier absoluten Schrott fabriziere, aber irgendwie muss ich ja meine Frau und mich ernähren.«

Jetzt erst sah ich den Ehering.

»Und du, Iris, erzähl mal, was machst du so, womit finanzierst du deine mörderischen Schuhe, und woher kennst du Peter?«

»Peter?«

»Die Fete«, erinnerte er mich.

Ich stupste das angebissene Käsebrot an und sah zu, wie es kreiselte.

»Du musst doch noch arbeiten«, sagte ich. »Meine Erklärung dauert zu lang.«

»Eine herzzerreißende Geschichte?«

»Finde ich schon.«

»Schieß los.«

Vor diesem Mann hatte ich im Staub gelegen und er hatte mir die Hand gereicht. Ich erzählte ihm alles.

»Passt meine Geschichte in dein Heft?«, fragte ich schüchtern, als ich geendet hatte.

»Nein«, sagte er. »Nicht, wie sie wirklich passiert ist. Aber aus den diversen Elementen könnte man sicher fünf, sechs Storys machen. Urlaubsatmosphäre, Elternprobleme und Einsamkeit verkaufen sich immer gut.«

»Und das hier drin ist alles erfunden?«, fragte ich ihn und wedelte mit dem Heft.

»Erstunken und erlogen«, nickte er, »von Bine, Marga, mir und einigen freien Mitarbeitern.«

»Aber die Fotos …«

»… haben wir von Agenturen. Was macht der Knöchel?«

Ich stellte den Fuß auf und verzog das Gesicht.

»Vielleicht solltest du ihn hochlegen.« Er deutete auf eine Tür am Ende des Raums. »Da drüben ist das Schlafzimmer. Wenn du willst, kannst du dich eine Weile hinlegen.«

»Ein Schlafzimmer im Büro?«

Ich erfuhr, dass dort die Putzfrau gewohnt hatte, die alle vier Stockwerke des Gartenhauses sauber gehalten hatte. Für *Ihr Schicksal* hatte sie im Tausch gegen das Zimmer umsonst gearbeitet, von dem Architekten im Erdgeschoss, der Detektei im zweiten Stock und Peter Mäder, dem Maler, im dritten war sie bezahlt worden. Aber vor einer Woche war sie sang- und klanglos verschwunden.

»Du willst Putzfrau werden?«, fragte Menno ungläubig, als ich ihm auf der Party Leo vorstellte. Das Mädchen neben ihm kicherte leise und ich konnte es ihr nicht verdenken. Zwischen all die Jeans, Overalls, Turnschuhe und ungekämmten Schöpfe passte mein neues Aussehen wie Liisas Cocktailkleid auf die Sommerinsel. Es war mir wieder einmal gelungen, überhaupt nicht dazuzugehören. Den anderen schien es sogar peinlich zu sein, beim Gespräch mit mir ertappt zu werden. Als wäre ich Repräsentantin einer Welt, der sie feindlich gesonnen waren.

»Als Putzfrau brauche ich kein Abitur, kein Diplom und keinen Führerschein«, erwiderte ich, »und ich kriege ein Zimmer mit einem Fernseher und jede Menge zu lesen. Was will man mehr?«

»Du offensichtlich nichts«, erwiderte Menno. »Wolltest du nicht eine Ausbildung machen?«

War dies der gleiche Menno, der mich auf der Birkenwald-Insel bewundert hatte, weil ich »so in mir selbst zu ruhen schien«? Der mir mit Respekt begegnet war, weil ich »in der Wildnis so gut überleben« konnte? Dort hatte er kein abfälliges Wort darüber verloren, dass Aufräumen eine meiner vorrangigsten Aufgaben gewesen war. Mit der Kulisse hatte sich auch der Mensch verändert. Unsere Beziehungskiste hatte den Transport nicht überstanden.

Trotzdem wurde es ein wehmütiger Abschied. Menno half mir noch, meine paar Habseligkeiten im ersten Stock des Gartenhauses unterzubringen und kaufte mir zum Einzug eine Zimmerpflanze und ein Poster mit einem Bild von lächelnden Asiaten auf einer Bambusmatte mit Reisfeldern im Hintergrund. Ich hängte es nicht auf, sondern schubste die Rolle unters Bett.

»Viel Glück, meine kleine Inselkönigin«, sagte er, nachdem er mir den Fernseher programmiert hatte, »lass dich von der Großstadt nicht unterkriegen.«

Ich sah ihm aus dem Fenster nach, als er an den Mülltonnen vorbei über den Hof ging und in der Einfahrt verschwand. Er hatte mich zum Abschied nicht geküsst. Ich war froh, dass er keine Anstalten gemacht hatte, mit mir zu schlafen. Es hätte zu sehr geschmerzt, zu wissen, dass es das letzte Mal wäre.

Zum ersten Mal in meinem Leben war ich wirklich allein. Frei, verbesserte ich mich und hoffte, mit diesem Wort die Panik zu bannen, die plötzlich in mir aufstieg. *Freedom's just another word for nothing left to lose*, fiel mir ein Songtext ein.

Es war Sonntagmittag und die Redaktion nebenan unbesetzt. Ich inspizierte mein neues Reich. Es gab eine Küchenecke und ein Bad. Beides wurde von den *Schicksal*-Mitarbeitern mitbenutzt, aber an zwei Fächern im Kühlschrank klebte ein Zettel mit meinem Namen.

Ich nahm mir ein paar Hefte von den Schreibtischen und zog mich in mein Zimmer zurück.

Wie still Berlin am Sonntag war! Eine andere Stille als jene, die auf der Insel so beruhigend gewirkt hatte. Lauernd.

Als ob sie jeden Augenblick durch einen fürchterlichen Knall gebrochen werden könnte. Als ob die Stadt alle Kräfte sammelte, um wieder über den Menschen herzufallen und seine Ohren zu betäuben. Ich schlug ein *Schicksal*-Heft auf und überflog die Überschriften.

»Gesund durch die Liebe«, »Dackelaugen brachten das Glück«, »Hilfe, ich werde erpresst!«, »Gib mir meinen Mann zurück« und »Unser Sohn ist nicht zu bändigen.«

Nikki, dachte ich und begann zu lesen. Er fabriziere absoluten Schrott, hatte Leo gesagt, aber ich fand den Einstieg in die Geschichte durchaus glaubwürdig. Eltern, die bei der Erziehung nichts falsch gemacht zu haben glaubten, verstanden nicht, weshalb sie ein kleines Monster herangezüchtet hatten, das Tiere quälte und Erwachsene in den Wahnsinn treiben konnte. *Es wird sich auswachsen!*, wollte ich der geplagten Ich-Erzählerin zurufen. *Dein Problem ist, dass du zu viel tust.* Menno war auch der Meinung gewesen, dass man Nikkis Streiche weitgehend ignorieren sollte, und diese Taktik hatte geholfen. »Das Kind leidet unter Erfolgszwang«, hatte er mir einmal gesagt, »es muss sich immer wieder was einfallen lassen, um im Mittelpunkt zu stehen. Es möchte ja selber aus diesem Teufelskreis ausbrechen, aber die Erwachsenen lassen es nicht zu.«

Das Amsterdamer Internat hatte Nikki sichtlich gut getan. Abgesehen vom Frosch im Bett der Tante hatte er im vergangenen Sommer kaum für unerfreuliche Zwischenfälle gesorgt. Aber während sich Nikkis Wandlung über mehrere Jahre hingezogen hatte, brachte in dieser Story ein einziges dramatisches Ereignis den Jungen auf den rechten Weg. Ich warf das Heft zu Boden.

Nein, dachte ich, nicht glaubwürdig, dass sich ein Mensch auf Knopfdruck verändert. Absoluter Schrott. Morgen würde ich mich erkundigen, wer diese Geschichte verbrochen hatte.

Aber dass sich ein Mensch wie auf Knopfdruck wirklich verändern kann, sollte ich am eigenen Leib erleben. Wenn damals nicht ein Fernseher in meinem Zimmer gestanden und ich nicht auf den Knopf gedrückt hätte, wäre ich heute ein anderer Mensch.

Natürlich hatte ich auch auf der Insel gewusst, dass es Fernsehen gab. Es hatte mich nicht interessiert, weil ich es nicht kannte. Ich ging zwar gern ins Kino, hatte mir aber nicht vorstellen können, was Menschen dazu veranlasste, stundenlang auf ein flimmerndes Viereck zu starren. Zwar hatte ich unter der Trauerweide auf dem Bootssteg auch stundenlang aufs Wasser gestarrt, dies aber als bewusstes Nichtstun genossen. Fernsehen hielt ich für eine halbe Sache, man tat nicht nichts, sondern konsumierte das Leben aus zweiter Hand.

Und dies mit dem größten Vergnügen, wie ich zu meiner Verblüffung entdeckte. Zunächst schaltete ich zwischen den drei Sendern, die es damals gab, hin und her, blieb dann bei einem Western hängen und vergaß für einige Zeit, dass meine große Liebe gescheitert war und Menno sich mit jeder Minute weiter von mir entfernte.

Da ich in Finnland zur Verwunderung vieler nicht dem Alkohol verfallen war, hielt ich mich nicht für suchtanfällig. Höchstens für lesesüchtig, aber das galt als eine positive Abhängigkeit, die den Horizont erweiterte. Wobei ich zugeben muss, dass ich mich nicht nur mit Literatur unterhalten, sondern Gedrucktes wahllos verschlungen hatte. Nicht nur alle billigen Liebes- und Kriminalromane in Jaris Bibliothek und die Frauenzeitschriften, die Gäste hatten herumliegen lassen, sondern sogar Etiketten von Reinigungsmitteln, wenn ich auf dem Klo saß. Buchstaben waren zum Lesen da. Was Literatur und demnach gut war, entnahm ich Büchern und Gesprächen. Ich konnte nicht werten. Manches als kitschig verschriene Buch hatte mich zu Tränen gerührt und manch hohe Literatur gelangweilt. Ich war sehr verblüfft gewesen, dass *Jane Eyre* als Klassiker galt. Ich hatte das Buch als Halbwüchsige mit Begeisterung gelesen – obwohl die Erinnerung daran vom Tod des kleinen Raimo überschattet war –, aber inhaltlich keinen wesentlichen Unterschied zu den anderen Gouvernantenromanen gesehen, die Liisa für ein paar Mark am Kiosk erstanden und mir dann überlassen hatte.

Genauso wahllos wie mit meiner Lektüre ging ich nach jenem ersten Knopfdruck mit dem Fernsehen um. Wobei ich nur eins bedauerte, dass nämlich nicht den ganzen Tag gesendet wurde.

Da ich auf der Insel eine bestimmte Form des Organisierens gelernt hatte, nahm meine neue Arbeit nicht zu viel Zeit in Anspruch. Organisieren bedeutete, das Wichtige vom Unwichtigen zu unterscheiden. Der Auftraggeber bestimmte, was ihm wichtig war. In meinem Gartenhaus hatte ich Glück. Nur der Architekt legte Wert auf geputzte Fenster und gewienerte Fußböden. Die Detektive räumten ordentlich aufgetürmten Papierstapeln und sauberen Kaffeetassen Priorität ein. Wenn ich dann noch ein bisschen Staub wischte, waren sie zufrieden. Ich begann morgens um sieben im Architektenbüro und war nach anderthalb Stunden fertig. In der Detektei hielt ich mich höchstens eine halbe Stunde auf. Bei Peter Mäder musste ich nur zweimal wöchentlich putzen, aber auch er verlangte kein Putzwunder. »Hauptsache, ich bleibe nicht an den Küchenschränken kleben«, hatte er mir gesagt. »Es muss hier nicht aussehen wie bei Frau Saubermann. Schließlich bin ich ein Künstler und da darf es schon etwas kreative Unordnung geben.« Mir war das nur recht. Dann brauchte ich kein schlechtes Gewissen zu haben, wenn die Wohnung nach meiner Putzstunde kaum anders aussah als davor. Die Aschenbecher und Papierkörbe in der Redaktion leerte ich, wenn alle nach Hause gegangen waren. Da hatten die Fernsehprogramme zwar schon angefangen, waren aber noch mit Werbung durchsetzt. Ich ließ die Tür zu meinem Zimmer offen und stellte den Apparat so laut, dass ich die Jingles mitsingen und nach Ende des Werbeblocks sofort wieder vor die Glotze zurückkehren konnte. Wenn es das Medium damals schon erlaubt hätte, wäre ich mit ihm aufgestanden und eingeschlafen. So aber zwang mich das Testbild nachts zum Abschalten.

Außer den *Schicksal*-Heften las ich nichts mehr.

Inzwischen hatte ich die beiden anderen Mitglieder der Redaktion kennen gelernt. Bine, eine mollige Blondine mit unverwüstlichem Humor und einer Himmelfahrtsnase, hatte sich meinen Kommentar zu dem unbändigen Kind angehört und zugegeben, dass sie aus Platzmangel schnell zu einem Ende hatte kommen müssen.

»Wir hatten in der Ausgabe zu viele Storys, die deprimierend enden. Ich wollte den Lesern was Positives vorsetzen«, erklärte sie, während sie ihre Fingernägel mit einer schwarzen Lackschicht überzog. Sie war zehn Jahre älter als ich und hatte schon eine richtige Karriere als Reporterin bei einer Berliner Tageszeitung hinter sich.

»Da habe ich zwar besser verdient, aber ich ertrug es einfach nicht mehr, dass mir von Leuten, die ich nicht respektieren konnte, Vorschriften gemacht wurden«, erklärte sie.

»Aber war die Arbeit bei der Zeitung nicht interessanter?«, fragte ich.

»Verlogener«, antwortete sie, »viel verlogener.«

Wie konnte Berichterstattung über wirkliche Ereignisse verlogener sein als pure Erfindung, die dem Leser als Wahrheit vorgesetzt wurde?

»Unser Heft wird gekauft, weil sich die Leute ablenken und unterhalten lassen möchten. Sie können sich selber aussuchen, ob sie die Geschichten für echt halten wollen oder nicht. Da es die Menschen in den Storys nicht gibt, verletzen wir ihre Intimsphäre nicht und verbreiten keine Halbwahrheiten über sie. Wir geben nicht vor zu informieren. Zeitungen hingegen schreiben nicht nur über Tatsachen, sie schaffen sie auch selbst. Und das ganz zynisch. Es wird nicht nur in der Sauren-Gurken-Zeit darüber diskutiert, welchen Trend man denn jetzt ins Leben rufen solle.«

Und wenn der Trend anschlage, erklärte sie, lüge man sich auch noch selbst in die Tasche und erkläre sich zum Ersten, der ihn wahrgenommen habe. Zeitungsarbeit verschaffe ein gestörtes Verhältnis zur Realität.

»Aber das Gefährliche daran ist, dass man die Welt dabei wirklich bewegt. Wir hier bewegen nur für die Dauer der Lektüre das Gemüt des Lesers, und das weiß er.«

Während Bine meine erste Freundin wurde, fand ich zu Marga keinen richtigen Draht. Sie hatte Germanistik studiert, war eine Koryphäe in Sachen Ausdruck und Rechtschreibung und sah ihre Arbeit bei *Ihr Schicksal* als Warteschleife an. Ich war für sie die Putzfrau, die sich wahrscheinlich aus lauter Dummheit an ihrem Joghurt im Kühlschrank vergriffen hatte. Ich hatte den Becher ausgelöffelt, weil er in meinem Fach stand. Margas ganzer Stolz war ihre hennagefärbte Lockenpracht, die sie mit einer einzigen eingeübten Bewegung von einer Seite zur anderen werfen konnte. Ihr Hobby war die Suche nach dem Mann fürs Leben, was bedeutete, dass es sehr viele Männer in ihrem Leben gab. »Man muss sie eben aussieben«, bemerkte sie und fügte mit leisem Bedauern hinzu, dass sie leider sehr hohe Ansprüche stelle. Länger als zwei Monate blieb niemand in ihrem Sieb hängen.

»Bei der Lehrerschwemme wird es ewig dauern, ehe sie eine Referendarstelle findet«, meinte Bine, »obwohl sie wirklich die geborene Belehrerin ist.«

Um ihr die Möglichkeit zu geben, sich in Besserwisserei auszutoben, hatte Leo ihr die Seite mit Leserzuschriften anvertraut. Hier klagten junge Mädchen über Pickel, Schulstress, lüsterne Lehrer und Liebeskummer, Hausfrauen über Orgasmusprobleme, Langeweile und fremdgehende Männer, Sekretärinnen über handgreiflich werdende oder leider nicht handgreiflich werdende Chefs. Unter dem fiktiven Namen *Dipl.-Psychologin Marion Breuer* gab Marga Rat in allen Lebenslagen.

»Die Zuschriften sind getürkt, aber Marga hat davon keine Ahnung«, sagte Leo, als er eines Abends mit Bine und mir und einer Flasche Whisky in meinem Zimmer saß.

»Sie denkt, sie leistet echte Lebenshilfe«, kicherte Bine.

Aber ich hätte die Briefe doch gesehen, warf ich ein.

»Freunde, Mütter, alte Tanten, Cousinen …«, zählte Leo auf, »und manchmal schreibe ich mit verstellter Schrift selbst einen Brief.« Erst war ich stolz, dass mich die beiden eingeweiht hatten, aber dann kam der Haken. Leo räusperte sich: »Und jetzt solltest du dir mal was einfallen lassen, Iris, meine freiwilligen Mitarbeiter brauchen eine Atempause.«

Ich erfand die Geschichte eines von aller Welt verlassenen Mädchens, das sich mit Selbstmordabsichten trug.

Diesen Brief las Marga am nächsten Tag vor, als ich die vermüllten Schränke der Redaktion aufräumte. Ich war recht stolz auf meine Formulierungen. Rosa hatte mich einmal gefragt, ob ich nicht selbst etwas schreiben wollte, aber ich hatte mir nicht zugetraut, in Konkurrenz zu echten Schriftstellern zu treten. Das Schreiben des Briefs hatte mir Spaß gemacht. Man muss ja nicht so hoch ansetzen, dachte ich. Wenn ich mit getürkten Briefen anfange, schaffe ich es vielleicht irgendwann, eine ganze Geschichte für *Ihr Schicksal* zu schreiben.

»Ganz schlimm«, sagte sie nachdenklich. »Das Mädchen hat wirklich furchtbare Probleme. Dabei ist die Lösung so einfach! Und jetzt stellt euch mal vor, sie bringt sich um, bevor sie meine Antwort liest!«

»Das wäre furchtbar«, bestätigte Bine. Ich wagte es nicht, sie anzusehen.

»Ich muss dahin. Das ist eine Berliner Adresse, gar nicht weit von hier«, erklärte Marga. »Ich kann sie ganz bestimmt positiv beeinflussen …«

»Marga, du bist nur im Heft Psychologin«, erinnerte sie Leo. »Vielleicht richtest du mit deinem Besuch noch mehr Schaden an …«

»Ganz bestimmt!«, rief Bine. Marga warf ihre Lockenflammen in den Nacken und Bine einen bösen Blick zu.

»Was weißt du schon von Psychologie!«

Sie wandte sich an Leo. »Wir erscheinen doch erst in zwei Wochen! Vielleicht ist es dann schon zu spät! Ich muss sofort hingehen …«

Sie tat mir Leid. Und ich bewunderte ihr Engagement. Kein Ereignis im Leben eines mir fremden Menschen hätte mich von meinem Fernseher weggelockt. Ich schwor mir, nie wieder eine Berliner Adresse zu nehmen.

»Heißt das Mädchen Therese Keiner?«, fragte ich unschuldig.

»Hast du meine Post gelesen?«, fuhr sie mich an.

»Nein, aber sie hat heute Morgen angerufen und gesagt, dass sie ihren Brief zurückziehen will. Sie stand unter irgendeinem Drogeneinfluss oder so und hat gesagt, dass alles wieder in Ordnung sei.«

Ich konnte Leo ausatmen hören.

»Warum hast du das nicht gleich gesagt?«, wollte Marga wissen.

»Ich wusste doch nicht, um welchen Brief es ging«, sagte ich und bedauerte im selben Augenblick, dass mein erstes Werk nun doch nicht gedruckt werden würde.

»Wir sollten ihn trotzdem nehmen«, sagte Marga nach kurzer Überlegung. »Auch wenn es dieser Therese inzwischen besser geht, vielleicht fällt sie morgen wieder in ein Loch, oder jemand anders ist in der gleichen Situation …«

»Genau«, sagte Leo. »Tu deine Arbeit.«

Als Marga gegangen war, warnte er mich vor Übertreibungen und überreichte mir mein erstes Honorar. Fünfundzwanzig Mark.

»Halte dich an die kleinen Geschichten des Lebens«, riet er mir. »Mach nicht gleich ein Riesendrama draus. Und denk dran, ein paar Schreibfehler einzubauen. Die wenigsten Leute beherrschen die deutsche Rechtschreibung.«

Der Radius, in dem ich mich in Berlin bewegte, war nicht viel größer als der auf der Insel. Wenn ich keine Lebensmittel einkaufen musste, verließ ich das Haus nur selten. Berlin würde ich kennen lernen, sobald ich mein Leben wirklich im Griff hatte, sagte ich mir. Erst müsste ich mich an meine Umgebung und die Menschen gewöhnen, mit denen ich zu tun hatte. Ich hatte auch eine gewisse Scheu davor, mich mit Bela zu treffen. Auf meine Karte mit der Adressenänderung hatte er zurückgeschrieben und vorgeschlagen, dass wir uns in Ostberlin treffen sollten.

»Mit deinem westdeutschen Pass kannst du jederzeit nach drüben fahren«, hatte mir Bine auseinander gesetzt. »Du kriegst dein Visum an der Grenze. Ich als Berlinerin mit meinem behelfsmäßigen Personalausweis müsste erst eins beantragen.«

Ein Visum für ein paar Schritte in derselben Stadt, dachte ich. Was, wenn man mich mit jemandem verwechselte und einfach drüben festhielt? Niemand würde mich wirklich vermissen. Leo würde wahrscheinlich denken, dass ich wie meine Vorgängerin einfach verschwunden wäre. Nein, allein traute ich mich nicht in den Osten der Stadt.

Mein Kontakt zu den Menschen im Architekturbüro beschränkte sich auf einen Umschlag mit meinem Lohn auf einem der Schreibtische. Anders war es mit den beiden Detektiven, die manchmal schon arbeiteten, wenn ich in ihr Büro kam. Manfred Patzke, ein ergrauter Fünfzigjähriger, bot mir dann Kaffee an und hatte immer Zeit für ein Schwätzchen. Er war ein ehemaliger Polizeibeamter und spionierte mit seinem Kompagnon, einem ständig abgehetzt wirkenden abgebrochenen Jurastudenten, vor allem untreuen Ehepartnern nach. Es gab noch einen dritten Mann im Zimmer, und der hatte mir beim ersten Mal einen gehörigen Schreck eingejagt, da ich ihn zunächst für das lebensechte Werk einer mit meinem Vater verwandten Künstlerseele gehalten hatte. Ich hätte ihn beinahe abgestaubt. Mit Hut und Mantel saß er reglos in einer Zimmerecke, hatte eine vergilbte Zeitungsseite auf den Knien und starrte aus einem zerfurchten holzschnittartigen Gesicht mit halb offenem Mund ins Nichts. Er wurde mir nicht vorgestellt und von den beiden

Detektiven wie eine Zimmerpflanze aus Plastik ignoriert. Die Zeitungsseite stammte aus einem Lokalblatt und war fünfundzwanzig Jahre alt. Nach ein paar Wochen traute ich mich, Herrn Patzke nach dem seltsamen Mann zu fragen.

»Sitzt er schon ein Vierteljahrhundert hier?«

»Viel länger. Das ist mein Vater. Er hat die Detektei gegründet und würde sterben, wenn er nicht jeden Tag zur Arbeit ginge.«

Plötzlich bewegte sich der Kiefer des alten Mannes und stieß ein paar krächzende Laute aus.

»... bald so weit?«, wiederholte ich.

»Er meint, ich wäre bald so weit, den Laden zu übernehmen«, lächelte Manfred Patzke. »Aber erst muss er noch einen Fall lösen. Darum braucht er die Zeitung. Da steht nämlich ein wichtiger Hinweis drin.«

Plötzlich rührte sich der Mann und richtete einen knochigen Zeigefinger auf mich.

»Er meint, Sie wären eine wichtige Zeugin.«

»Vor einem Vierteljahrhundert war ich noch nicht geboren.«

»Das ist unerheblich.«

Bei Peter Mäder musste ich nur in den Privaträumen oberflächlich Ordnung schaffen. In seinem Studio durfte ich nichts anrühren. Das war mir nur recht, denn ich hätte nicht gewusst, wie ich die vielen Lagen von Farbflecken hätte entfernen und mir einen Weg durch die Papp-Papierberge hätte bahnen sollen. Peter malte nicht mit dem Pinsel, sondern mit einer Spritzpistole, die er auf Schablonen richtete. Er lebe allein, seitdem er sich seiner Frau *geografisch* entfremdet hätte, sagte er zu mir.

»Erst haben wir hier zusammengewohnt, dann bot mir der Senat ein Künstleratelier in der Gropiusstadt an«, erklärte er. »Im obersten Stock eines Hochhauses mit viel Licht. Mit Blick auf die Mauer und auf die Felder im Osten. Eine wunderschöne Wohnung.«

»Und warum bist du dann noch hier?«, wollte ich wissen.

»Ich bin wieder hier. Weil die andere Wohnung so schön war. Meine Frau hat mir nicht erlaubt, dort mit der Spritzpistole zu arbeiten. Eine zu große Schweinerei. Also habe ich mich dort aufs Zeichnen verlegt.«

Er kramte zwischen Papieren herum und reichte mir einen Zeitungsausschnitt. Es sei für die künstlerische Weiterentwicklung von Peter Mäder nur logisch gewesen, hieß es darin, dass er sich nach Jahren der großflächigen Expression jetzt auf Details besinne. Der Schreiber war mehr angetan von Peters Zeichnungen als von seinen farbigen Werken.

»Die Zeichnungen haben sich auch besser verkauft«, erklärte er. »Vom Erlös konnte ich es mir leisten, diese Wohnung wieder anzumieten. Meine Frau ist in der Gropiusstadt geblieben. Sie kann sich von der schönen Wohnung einfach nicht trennen. Anfangs haben wir einander noch manchmal besucht, aber das ist irgendwie eingeschlafen.«

»Warum zeichnest du denn nicht mehr?«, fragte ich.

Unwillig schüttelte er den langen blonden Schopf.

»Weil es mich langweilt.«

»Aber wenn du nun mal Erfolg damit hast ...«

»Geh putzen, Iris, von Künstlern verstehst du nichts.«

Nein, dachte ich, mich hat zwar einer in die Wiege gelegt, aber verstanden habe ich ihn nie.

Ob schon Moos über die Figuren gewachsen war? Mir fehlte in Berlin die Natur. Ich vermisste sogar die Abhängigkeit vom Wetter. Auf der Birkenwald-Insel hatte ich mich über Regen geärgert, weil er mich beim Nichtstun auf dem Holzsteg behindert und gezwungen hatte, durch den Matsch zum Haupthaus zu stiefeln. In der Großstadt drückte er nur aufs Gemüt, störte aber nicht meinen Lebensrhythmus. Irgendwann wurde es Herbst. Aber das sah ich nicht an einer sich wandelnden Natur, sondern hörte es vom Nachrichtensprecher im Fernsehen. Fast all meine Informationen bezog ich aus dem Fernsehen. Dort fand das wirkliche Leben statt. Wenn Marga Liebeskummer hatte, rührte mich das weniger als eine Krise bei meiner Lieblings-Fernsehfamilie. Ich sah einen Naturfilm über den Saimaa-See in Finnland und staunte, was mir damals alles entgangen war. Dem Fernsehen entnahm ich, welcher Vogelart Harry angehört hatte und wie die Pflanzen hießen, die ich täglich um mich gesehen hatte. Ich erfuhr in drei Minuten Fernsehen mehr über Imatra als ich in vier Jahren vor Ort mitgekriegt hatte. Zum Beispiel, dass es da eine berühmte Kirche gab, die von Alvar Aalto entworfen worden war. Es störte mich, dass der Kommentator alles besser wusste als ich, aber fast jeden Namen falsch aussprach.

»Ss...ssaima!«, schleuderte ich ihm das scharfe S entgegen. Das weiche kratzte an seiner Glaubwürdigkeit.

Trotzdem speicherte ich alles, was er sagte. Schließlich hielten mich andere für eine Expertin in Sachen Finnland.

Manchmal ließ ich mich von Leo, Bine, Marga oder Peter dazu überreden, mit in eine Kneipe zu gehen. Aber ich hatte immer noch Schwierigkeiten, Gesprächen bei Musik- und Lärmbegleitung zu folgen. Leo meinte, das müsse an meinen Ohren liegen, und unterzog mich einem Hörtest. Aber in der Stille des Redaktionsraums erwies sich, dass ich ein weitaus schärferes Gehör hatte als alle anderen.

»Dann muss das die Erklärung sein«, meinte er. »Du hörst zu viel.«

»Du hörst das Wort vor lauter Wörtern nicht«, nickte Bine. Wieder einmal sah ich mich in meiner Rolle als Außenseiterin bestätigt. Inzwischen aber hatte ich die Frage, ob ich wirklich dazugehören wollte, für mich verneint. Anpassung war einfach zu viel Stress. Ich wollte mich nicht verausgaben, um jemand anders zu sein. Erst recht nicht, wenn sich herausstellen sollte, dass diese andere ich selber war. Dann würde ich nämlich den nächsten Schritt tun und mit mir etwas anfangen müssen.

»Aber willst du nicht wissen, wer du selbst bist und was in dir steckt?«, fragte mich Bine, als ich versuchte, ihr dies auseinander zu setzen.

»Ist das so wichtig?«, fragte ich zurück. Für andere mochte Selbsterkenntnis der erste Weg zur Besserung sein, aber ich verspürte kein Bedürfnis, irgendetwas zu bessern. Ich wolle keine schlafenden Hunde wecken, sagte ich und ich käme mit dem mir bekannten Ich zurecht.

»Solange du einen Fernseher hast«, warf mir Bine vor. »Du solltest mal einen fernsehfreien Tag einlegen.«

»Warum sollte ich mich quälen?«

Anfang des nächsten Jahres erweiterte sich mein Aufgabenkreis, weil die freie Mitarbeiterin, die bisher die Horoskope für *Ihr Schicksal* verfasst hatte, mehr Geld verlangte.

»Nur weil sie einen teuren Astrologiekurs besucht hat«, stöhnte Leo. »Als ob die Horoskope dadurch besser würden! Jetzt baut sie all diesen Quatsch mit den Häusern ein, den doch keiner versteht.«

Ob ich nicht künftig die Horoskope schreiben wolle?

»Kannst du denn schreiben?«, fragte Marga zweifelnd.

»Briefe«, sagte ich unschuldig, »bisher habe ich nur Briefe geschrieben.«

»Auf Finnisch?«, fragte Marga und schlug Bine auf den Rücken, die sich wahrscheinlich nicht nur an ihrem Whisky verschluckt hatte.

»Was ist dein Sternzeichen?«, erkundigte ich mich bei Marga.

»Skorpion«, erwiderte sie.

Ich nickte nachdenklich.

»Die Entscheidung ist gefallen«, sagte ich langsam, »nun müssen Sie die Konsequenzen tragen. Aber verlieren Sie nicht den Mut, in den nächsten Tagen wird Sie ein Brief von der Richtigkeit Ihrer Maßnahme überzeugen. Ihr Einfühlungsvermögen wird einem Menschen in Not den richtigen Weg weisen.«

»Die Entscheidung ist gefallen«, wiederholte Leo. »Ab jetzt schreibt Iris die Horoskope.«

Ideen für die Leserzuschriften entnahm ich anderen Publikationen oder dem Fernsehen und Gleiches galt für die Horoskope. Ich musste anfangs alles abkupfern, da Leo meine eigenen Erfahrungen als »zu weltfremd« bezeichnete. Weltnahe waren Anfang der achtziger Jahre Orgasmus-, Selbstfindungs- und Drogenprobleme. Der Markt riss sich um die großen Renner Erotik und Esoterik. Die ältere Generation klagte über den Werteverfall, den die antiautoritäre Erziehung zuwege gebracht hätte, und die mittlere über die egozentrischen Auswüchse der von ihr einst eingeleiteten gesellschaftlichen Veränderung. Die jüngere ging in Discos.

Ihr Schicksal, ein winziges Gewächs im ständig weiter auswuchernden Blätterwald, musste sich den Trends anschließen, um zu überleben. Schließlich stand hinter unserer Zeitschrift kein finanzkräftiger Verlag.

Leo, Herausgeber, Chefredakteur und Hauptproduzent in einer Person, hatte *Ihr Schicksal* in den Siebzigern eigentlich als Abschreibungsprojekt gegründet.

»Ich kam nach Berlin, weil ich nicht zur Bundeswehr wollte«, erzählte er mir. Er machte große Augen, als er sah, wie Neubürgern das Geld hinterhergeschmissen wurde. »Natürlich alles Steuergelder aus Westdeutschland. Kein Wunder, dass die Bundesbürger sauer auf die Berliner sind und die gefräßige Stadt am liebsten gegen irgendein Grenzgebiet in der DDR eintauschen würden. Aber keine Angst, die Alliierten werden ihren Lieblingsspielplatz niemals opfern. Politiker der westlichen Welt tragen hier ein heimliches Turnier aus. Was meinst du, wer vorläufiger Sieger im Kampf um das heuchlerischste Berlin-Bekenntnis geworden ist?«

»Willy Brandt?«, fragte ich zögernd.

Leo schüttelte den Kopf. »Das wird nur zur Bronzemedaille reichen. Den Vogel hat Kennedy abgeschossen.«

»Und wer wird Zweiter?«

»Der Erfinder des Schülerprogramms. Derjenige, der einen Berlin-Besuch als unerlässlichen Bestandteil der Allgemeinbildung von westdeutschen Schülern proklamiert hat. Busweise werden Halbwüchsige in die Stadt gekarrt, und nach dem offiziellen Programm, Ostberlin, Plötzensee und einem Vortrag über die besondere Lage der Stadt, lassen sie die Sau raus. Berlin ist vierundzwanzig Stunden geöffnet, überall ist was los, man muss nicht zur Bundeswehr und kriegt Geld, wenn man herzieht. Vor allem Schwaben wie ich lassen sich da nicht zweimal bitten.«

Ihr Schicksal hatte unter anderem Namen als Jugendzeitschrift für Mädchen angefangen, sich aber gegen etablierte Blätter wie *Bravo* nicht durchsetzen können, und war dann auf die Schicksalsschiene umgeschwenkt. Das Blatt erschien alle zwei Wochen.

»Reich werde ich damit nicht, aber es reicht«, meinte Leo. Er saß auf seinem Stuhl und zielte mit Briefen auf den Papierkorb neben mir.

»Immerhin fast fünfhundert Antworten auf unser letztes Preisausschreiben«, bemerkte er und fuhr sich mit der Zunge über den abgebrochenen Schneidezahn.

»Du machst die Briefe nicht mal auf?«, fragte ich vorwurfsvoll, als ich einen Umschlag aufhob.

»Wieso sollte ich?«, erwiderte er. »Du hast doch das Service gewonnen. Was sollen wir übrigens nächste Woche anbieten?«

»Ein Fahrrad«, meldete sich Marga unter ihrer Hennamähne. »Meins ist gestohlen worden.«

»Eine neue Kaffeemaschine für die Redaktion ist wichtiger«, fand Bine.

»Die kann ich sowieso absetzen«, erklärte Leo. »Was ist mit dem Kosmetikfritzen, der letzte Woche hier war? Der hat doch auch eine Menge Zeug dagelassen. Wäre das nichts?«

»Habe ich schon eingesackt und auf der Schönheitsseite

verbraten«, informierte Bine und schob Leo ein Blatt Papier hin.

»Jungbrunnen aus der Tube«, las er vor. »Du hast das Produkt viermal genannt, Bine. Das tun wir nur, wenn auch eine Anzeige geschaltet wird.«

»Mensch, Leo, ich bin nicht von gestern! Der Vertrag liegt auf deinem Schreibtisch!«

»Schon gut! Marga, zisch ab und kauf dir dein Fahrrad. Nimm Rudi mit, dann kann er es gleich für das nächste Preisausschreiben ablichten.«

»Erst die Fahrradfirma anrufen, wegen der Prozente«, erinnerte ich sie.

Journalisten bekamen für alles Prozente. Wenn man als Journalist bei einer bestimmten Fluggesellschaft mit einer bestimmten Kreditkarte eine bestimmte Versicherung abschlösse und den Flugzeugabsturz nicht überlebte, könne man am meisten herausschlagen, hatte mir Leo einmal auseinander gesetzt.

Mit meiner Putz- und Schreibarbeit verdiente ich im Laufe der nächsten Jahre so gut, dass ich die Ersparnisse aus Imatra nicht mehr anzurühren brauchte. Das Geld lag auf einer Berliner Bank, vermehrte sich und beruhigte mich. Irgendwann würde ich es abheben …

»… und dann?«, fragte mich Bine, die es auch nach vier Jahren noch nicht aufgegeben hatte, mich immer wieder anzustupsen.

»Nichts tun«, strahlte ich, »einfach nichts tun.«

»Und wo willst du nichts tun??«

»In Indonesien«, erklärte ich. »Da wollte ich schon immer hin.«

»Dann nimm doch endlich mal Urlaub. Fahr nach Bali.«

Ich schüttelte den Kopf. Indonesien war nicht mein Urlaubs-, sondern mein Lebensziel. Ich wollte nicht zwei Wochen lang im Meer schwimmen und dann wieder Abschied nehmen müssen. Ich wollte mich nicht für den Produktionsprozess wieder fit machen, sondern mich ihm für immer entziehen.

»Also aussteigen«, bemerkte Bine.

Wieder schüttelte ich den Kopf.

»Dazu müsste ich erst einsteigen. Ihr könnt mir noch so oft zurufen, dass der Bus abfährt, ich steige nicht ein! Und fang mir nicht wieder mit der Liebe an. Ich muss ja nur *Ihr Schicksal* aufschlagen, um zu erfahren, wo die hinführt.«

»Sag bloß, du glaubst den Scheiß, den wir schreiben!«

»Ich sehe ja auch, wie's bei Marga und dir läuft. Liebe ist wohl so etwas wie Urlaub. Kurzfristiger Stress und man freut sich schon auf den nächsten. Nicht meine Sache.«

Ich konnte ihr schlecht sagen, dass ich Menno immer noch hinterhertrauerte. Vielleicht weniger ihm selbst als vielmehr dem Gefühl, das er in mir geweckt hatte. Aber mir fehlte der Mut, es mit einer anderen Person zu besetzen. Es lag mir nicht, auf Menschen zuzugehen, und wenn sich einmal jemand für mich zu interessieren schien, zuckte ich zurück. Einmal, nach einem besonders netten Gespräch mit Peter, fragte er mich, ob ich ihm in der kommenden Nacht Gesellschaft leisten wollte.

»Warum?«, fragte ich.

»Weil wir uns so gut verstehen«, antwortete er, schien aber nicht im Geringsten verstört, als ich ablehnte. Zwei Tage später sah ich Bine morgens aus seiner Wohnung kommen.

»Ein göttlicher Liebhaber«, erklärte sie, während sie vor einem Handspiegel in der Redaktion ihre Himmelfahrtsnase puderte.

»Er wird sich nie scheiden lassen«, warnte ich sie.

»Gott sei Dank! Er ist ungefährlich und unterhaltsam, was will der Mensch mehr?«

»Laut unserem Heft eine Liebe fürs Leben«, bemerkte ich.

Inzwischen hatte ich schon mehrere Anläufe unternommen, selbst eine lange Geschichte zu verfassen, hatte aber damit noch keine Gnade vor Leos kritischem Urteil gefunden.

»Schreib über ein Thema, von dem du etwas verstehst«, riet er, als er mir eine Gouvernantenstory kopfschüttelnd zurückgab. »Spar dir lange Erklärungen und drück dich weniger umständlich aus. Außerdem leben wir nicht mehr im Trotzköpfchen-Zeitalter. Jonglier mit deinen eigenen Erfahrungen.«

Das gelang mir erst sechs Jahre nach meinem Einzug ins Gartenhaus. Meine erste Story wurde gedruckt. Ich hatte mir eine Urlaubsgeschichte ausgedacht, die sich auf einer finnischen Insel zwischen einem Jazzmusiker und einer Fabrikantentochter abspielte und in der einem kleinen Vogel eine wichtige Rolle zukam.

Beim Schreiben übermannte mich Heimweh. Die Beziehung zu Koivistos hatte sich in den vergangenen Jahren auf das Austauschen von Weihnachtskarten reduziert. Ich hatte ja nicht viel zu berichten. Mein Leben spielte sich immer noch größtenteils zwischen den Wänden des Gartenhauses ab. Wobei das Putzen immer mehr die Form einer Scheinbewegung angenommen hatte. Niemand beschwerte sich. Meinen Kunden genügte es zu wissen, dass sie eine Putzfrau beschäftigten. Selbst im Architekturbüro erwartete man nicht mehr, durch geputzte Scheiben auf den trostlosen Mülltonnenhof blicken zu können. Auch in der Redaktion tat ich nicht allzu viel. Dazu hätte mir das Fernsehen auch keine Zeit gelassen, denn die Sendezeiten waren im Verlauf der vergangenen Jahre erheblich ausgeweitet worden. Die Aussichten für Fernsehsüchtige waren angesichts der nahenden Verkabelung und einer Zukunft mit zahlreichen Privatsendern grandios. Aber meine Freude über diese Entwicklung war nicht brieffüllend und so beschloss ich, Koivistos doch erst wieder zu Weihnachten zu schreiben. Ich wusste, dass Nikki inzwischen das Abitur gemacht hatte, in Helsinki Betriebswirtschaft studierte und keinen Anlass mehr zur Klage gab. Das entnahm ich der Tatsache, dass er bei Liisas Hochzeit vor zwei Jahren – mit dem Froschkönig! – sogar Trauzeuge gewesen war. Rosa schrieb, Nikki erkundige sich immer wieder nach mir und habe vor, mich irgendwann mal in Berlin zu besuchen. Im Moment aber müsse er sich in den Semesterferien in die Fabrik einarbeiten.

So, wie ich lernte, mich in Trends einzuarbeiten. Sekten, Urschrei-Therapie, der sanfte Mann, die starke Frau, Bauernhöfe in der Heide, streichelnde Stiefväter und überhaupt Inzest, die Frau um dreißig, Seidenmalerei, Rucksacktourismus, Hypnose, Rebirthing, das Kind im erwachsenen Körper, Kochen mit exotischen Ingredienzen, Nummerologie, Heilen mit Kräutern, Aerobics, Bodybuilding, Ess-Störungen und das Körperbewusstsein im Allgemeinen – das waren Themen, die die Zivilisation bewegten. Nach dem Abenteuerspielplatz kam der Abenteuerurlaub und nach der spirituellen Ära der Konsumrausch, der sich so wunderbar mit New Age verbinden ließ.

Aber nicht jeder Trend schlug sich auf unseren Seiten nieder. Politik war tabu. Unsere Protagonisten machten sich Gedanken über den Zustand ihrer Ehe, ihrer Karriere, ihrer Klamotten und ihres Körpers, nicht über den der Welt und Umwelt. Dass aus Herbert Gruhls geplündertem Planeten die Alternativbewegung erwuchs, die schließlich zur Parteigründung der Grünen führte, erfuhren unsere Leser aus anderen Publikationen. Aber Trends im Sog der Umweltbewegung griffen wir dankbar auf. Gesundes Essen verlängerte das Leben, milde Reinigungsmittel verhinderten Allergien, Seminare förderten die Karriere und mit Selbstgestricktem sparte man Geld. Auch *Ihr Schicksal* verkündete die Botschaft des Apfelbäumchens, allerdings nicht aus globaler, sondern aus individueller Perspektive: Selbst wenn morgen die Ehe zerbrechen, die Drogensucht zuschlagen oder der Bankkredit gekündigt werden würde, machen wir heute ein Kind. Ein mir völlig unverständlicher Wunsch.

Sich freiwillig in Abhängigkeit zu begeben war schon schlimm genug, aber jemand anderen von sich abhängig zu machen, empfand ich als höchste Bedrohung. Deshalb hielt ich mich auch heraus, als Marga jetzt immer häufiger vom Ticken der biologischen Uhr sprach. Mit Bine diskutierte sie über potenzielle Samenspender. Der eine hatte zu kurze Beine, der andere eine zu lange Leitung und ein dritter schien zwar genetisch tauglich, aber selbst zu scharf darauf zu sein, sich zu vervielfältigen. »Der wird sich zu sehr einmischen«, überlegte Marga und sortierte ihn aus, »unter einem Wunderkind tut er's nicht, und den Stress will ich meinem Wurm nicht antun.«

Bei mir löste schon der Gedanke, für ein anderes Wesen verantwortlich sein zu müssen, Stress-Symptome aus.

Eine Zeit lang gab es für Marga einen interessanten Kandidaten und sie begann fleißig mit ihm zu üben. Da sie aber mit der kleinen Gage bei *Ihr Schicksal* unmöglich sich selbst und ein Kind würde ernähren können und Träume vom Lehramt inzwischen begraben hatte, bewarb sie sich bei einer Boulevardzeitung. Sie war ziemlich empört, als man sie bei der Einstellung fragte, ob sie denn keinen Kinderwunsch habe, verneinte dies vehement und erwog den Journalistenverband über diese unlautere Ausfragerei in Kenntnis zu setzen. Da hatte sie den Kandidaten schon in die Wüste geschickt, weil dessen ständiges Pochen auf seine inhärente Sensibilität die ihre erschöpft hatte.

Bine warnte sie vor dem Intrigenspiel in größeren Verlagshäusern und berichtete von ihrer Zeit im Haifischbecken.

Aber nicht das Messerwetzen der Kollegen, sondern deren zynische Haltung gegenüber dem Leser ließ Marga zwei Jahre später reumütig zurückkehren. Schlüsselerlebnis war eine Bemerkung ihres Chefredakteurs gewesen, der ihren Artikel über eine Opernpremiere mit folgenden Worten in den Papierkorb geworfen hatte: »Vergessen Sie nie, junge

Frau, Kultur ist für uns, wenn der Kronleuchter bei der Premiere herunterfällt und den Hauptdarsteller erschlägt.«

Womöglich sei von ihr sogar erwartet worden, den Kronleuchter zu lockern, erklärte sie empört. Dann doch lieber gleich Geschichten erfinden, die den Leser unterhielten und vielleicht auch mal zum Nachdenken anregten. Dann doch lieber wieder Lebenshilfe leisten.

»Wie bist du überhaupt auf die Idee gekommen, dich bei einer Boulevardzeitung selbst zu verwirklichen?«, fragte Bine fassungslos. »Ich dachte, du wolltest nur mehr Geld verdienen, um ein potenzielles Kind zu ernähren.«

»Beides«, gestand Marga. Das mit dem Kind habe sie sich aber abgeschminkt, als sie begriff, dass ihren mütterlichen Regungen rein egoistische Motive zugrunde lagen. »Immer wieder habe ich in den Leserzuschriften darauf hingewiesen, dass ein Kind kein Besitz ist, und plötzlich wollte ich selbst ein Wesen besitzen. Ich wollte die Leere in mir mit einem Kind ausfüllen! Außerdem ist mir niemand begegnet, dessen Gene ich mit den meinen vermischen wollte.«

Da sei es doch uneigennütziger, bereits vorhandene Wesen anhand aktueller Ereignisse positiv zu beeinflussen und deren Horizont zu erweitern. Aber statt Kultur sollte sie den Leuten nur Klatsch und die Folgen von herabstürzenden Kronleuchtern zugänglich machen.

»Und dann wurde von mir auch noch erwartet, mein schwer verdientes Geld in Kosmetik und Klamotten umzusetzen«, beschwerte sie sich. Der Chefredakteur habe ihr erklärt, dass er »seine Damen gern in Samt und Seide« gekleidet sähe. Wer Karriere machen wollte, hielt sich daran. Im Sommer puderten sich die Kolleginnen im Fahrstuhl die Beine, ehe sie die Redaktion betraten. Als ihr einmal über ein Kleid Komplimente gemacht wurden, verriet sie, es auf dem Wochenmarkt erstanden zu haben. Am nächsten Tag hatte ihr der Chefredakteur einen Kleidersack vom Roten Kreuz auf den Schreibtisch gelegt und sie aufgefordert, ihr Kleid zu spenden.

Leo war froh, die Rolle der *Dipl.-Psychologin Marion Breuer* nach zwei Jahren wieder abgeben zu können, aber er beschloss endlich klare Verhältnisse zu schaffen. Er verriet Marga, dass »wir neuerdings auch die Leserzuschriften erfinden«. Zu unserer Verblüffung war Marga begeistert.

»Dann kann ich endlich all die Themen anreißen, die mir am Herzen liegen!«, sagte sie, sah uns an und flüsterte: »Ich muss ein Geständnis ablegen ...« Auch damals hätte sie einige Zuschriften getürkt, da zu gewissen wichtigen Zeitgeistthemen keine Briefe gekommen seien. »Ihr seid mir doch nicht böse?«

Während Margas Ausflug in die Welt der Journaille hatte ich mich richtig ins Geschichtenerzählen eingearbeitet und verfasste inzwischen wöchentlich eine herzzerreißende Story. Da ich Themen aus meinem eigenen Leben und der mir bekannten Literatur längst ausgereizt hatte, bezog ich Anregungen aus dem Fernsehen. Vorabendserien und Talkshows erwiesen sich als eine unerschöpfliche Fundgrube und lieferten den Stoff, aus dem ich Schicksale schneiderte.

Endlich hatte ich eine Ausrede für jene Sucht, die mich auch Jahre nach meinem Inseldasein vor der Welt *da draußen* abschirmte. Ich fand es weniger denn je erstrebenswert, Teil einer Gesellschaft zu werden, die von Reisen ins Innere schwärmte, aber immer mehr Wert auf Äußerlichkeiten legte.

Der Spiegel teilte mir mit, dass ich inzwischen die dreißig überschritten hatte. Bine und Marga zeigten sich zwar von meiner feinporigen Haut, dem Erbe meiner indonesischen Großmutter, hingerissen, aber ich entdeckte schon die ersten Fältchen. Mit ihnen kam ein kleiner Panikanfall. Ich schaute auf mein Leben zurück und stellte fest, dass meine Gedanken immer wieder bei den beiden Männern hängen blieben, mit denen ich einstmals geschlafen hatte. Als im Fernsehen über den Umzug des Bhagwan nach Oregon berichtet wurde, hoffte ich einen Blick auf Eero zu erhaschen.

Ob er noch manchmal an mich dachte? Was war wohl aus Menno geworden? Wahrscheinlich ein verheirateter Familienvater mit einer Psychologie-Praxis. Ich fand es traurig, dass ich für den wichtigsten Mann in meinem Leben wohl nicht mehr als eine kleine Episode gewesen war. Von der Auskunft ließ ich mir seine Telefonnummer geben, aber ich kriegte schon Herzklopfen, wenn ich sie nur ansah. Ich wusste, dass ich beim Hören seiner Stimme sofort auflegen würde. Ich hätte mich schon gern wieder verliebt, aber dann hätte ich meinen Kokon verlassen und mich auf dem Markt feilbieten müssen. So verzweifelt war ich noch nicht.

Kurz vor dem Mauerfall, gegen Ende der Achtziger, wurde dem Jahrzehnt der Eitelkeiten der große Dämpfer aufgesetzt.

»Aids«, sagte Leo, als wir eines Mittags alle zusammensaßen, »das Thema können wir jetzt nicht mehr aussparen. Aber wie sollen wir damit umgehen?«

»Mit einer homosexuellen Krankheit?«, fragte ich. Obwohl durchaus im Trend, hatten wir uns im Blatt mit Homosexualität bisher nur auf der Lebenshilfeseite und auch da etwas zögerlich auseinander gesetzt.

»Erstens«, fuhr mich Bine an, »sind Schwule auch Menschen und zweitens weiß man ja nicht, ob diese Seuche nicht irgendwann auch auf Heteros übergreifen wird. In Afrika soll das schon der Fall sein.«

»Entschuldigung!«, rief ich, erschrocken über ihre Heftigkeit. »Ich weiß darüber zu wenig und ich kenne keine Homosexuellen.«

»Schwule«, verbesserte mich Leo, »und keiner kann in Berlin leben, ohne welche zu kennen. Selbst du nicht.«

So erfuhr ich, dass der ansonsten so bieder wirkende Manfred Patzke und sein verhuschter Kompagnon nicht nur beruflich liiert waren. Ich fiel aus allen Wolken. Aus dem Fernsehen wusste ich, dass Schwule gewisse Manierismen und extravagante Kleidung zur Schau trugen. Als schrille Vögel mischten sie die Umwelt auf, propagierten ihre Veranlagung, waren die besten Freunde der Frauen und konnten vorzüglich kochen. Außerdem sollten sie einen ausgeprägten Hang zu Ordnung und Stil haben. All dies traf auf meine Detektive nicht zu. Mir gegenüber waren sie freundlich, aber sie biederten sich nicht an und schienen mit Mode wirklich nichts am Hut zu haben. Obendrein war Manfred Patzke ein besonders männlicher Typ, dessen Kunststoffhemden wegen seiner extremen Behaarung ein paar Zentimeter vom Körper abstanden und an regnerischen Tagen einen gewissen Geruch ausstrahlten. Den abgebrochenen Jurastudenten Jürgen Brechschneider umwehte die Aura eines Papiertigers. Die Nahrung der beiden schien aus ausgetrockneten Buletten, Bier und Currywurst zu bestehen. Unter Schwulen hatte ich mir etwas anderes vorgestellt.

»Das kann nur an ihrer Arbeit liegen«, entschied ich, »wer dauernd untreuen Ehepartnern nachspioniert, muss sich ja von der Institution abwenden.«

»Vielleicht sind sie ja ebenso grundlos schwul, wie wir grundlos hetero sind«, meinte Bine. »Frag sie doch.«

»So indiskret könnte ich nie sein«, erwiderte ich erschrocken.

»Betrachte es als Recherche«, fuhr Bine fort, »für eine Geschichte über Aids.«

Ich wies sie darauf hin, dass sich in einem Fernsehfilm ein Hetero durch eine Bluttransfusion mit Aids infiziert hätte, und schlug ein ähnliches Szenario für *Ihr Schicksal* vor.

»Auf keinen Fall«, entschied Leo. »Wenn wir über jemanden schreiben, der sich *unschuldig* den Virus zugezogen hat, erklären wir damit automatisch die Schwulen für *schuldig* und tragen damit unterschwellig zur allgemeinen Schwulenhatz bei, die jetzt schon wieder ihr hässliches Haupt erhebt.«

Ich staunte. War dies der gleiche Leo, der keine Probleme damit hatte, den Leser von *Ihr Schicksal* mit erfundenen

Lebensbeichten, fingierten Leserbriefen und unqualifizierten Horoskopen zu betrügen und ihn um seine Chance bei Preisausschreiben zu bringen?

»Eine winzig kleine gesellschaftliche Verantwortung haben auch wir«, beantwortete er meine unausgesprochene Frage so leise, als ob er sich für seine vorherige Bemerkung entschuldigen wollte.

»Also, Iris, machst du die Story?«

»Ich weiß nicht«, wich ich aus.

»Als Bonus kriegst du den Fernseher mit vierzig Kanälen. Den vom nächsten Preisausschreiben.« Aber ich brachte es einfach nicht fertig, mit Patzke und Partner über dieses Fachgebiet ins Gespräch zu kommen. Es war etwas anderes, Menschen und Schicksale zu erfinden, als eine real existierende Person über das eigene Schicksal auszufragen. Ich fand so etwas ungehörig.

Dann ließ ein wahrlich weltbewegendes Ereignis alle Story-Ideen in den Hintergrund treten und Bine eine Kündigungsdrohung aussprechen.

Das geschah an jenem Tag, an dem Leo einen großen Pappkarton in die Redaktion hievte und den Inhalt auspackte.

»Ein Computer!«, rief Bine entsetzt.

»Ja«, erklärte Leo, stolz und hilflos zugleich, »es ist so weit.«

»Ohne mich!« Bine starrte den Apparat an, als ob er sie jeden Augenblick mit Haut und Haar verschlingen könnte. »Wenn das hier jetzt auch anfängt, bin ich weg.«

»Die Produktion ist schon seit langem automatisiert ...«

»Das ist mir egal, weil ich nichts davon merke. Aber du glaubst doch nicht, dass ich meine Gefühle einer seelenlosen Maschine anvertraue ...«

»Was ist der Unterschied? Tippen ist tippen«, erklärte Leo. Seine Stimme zitterte leicht. »Betrachte den Computer doch einfach als eine aufgewertete Schreibmaschine.«

»Und was ist mit dem PAPIERZERKNÜLLEN?«,

brüllte Bine. Sie bewarf ihn mit Papierbällchen, die ihren Schreibtisch wie Bühnennebel umgaben. »Mit der Sinnlichkeit des Schreibprozesses? Wenn ich nicht mehr in die Tasten hauen kann, fällt mir nichts mehr ein. Leo, bring das Ding zurück!«

»Zu spät«, flüsterte er. »Wir können den Fortschritt nicht aufhalten. Die Setzerei wird sich demnächst weigern, getippte Seiten anzunehmen. Die Linotype hat ausgedient, Bine, und daran müssen wir uns gewöhnen. Denk nicht, dass mir das leicht fiele.«

»Eher gehe ich auf den Strich!«

»Er hat nur einen einzigen Computer mitgebracht«, fiel mir plötzlich auf. »Also kann nur einer darauf schreiben.«

Leo warf mir einen dankbaren Blick zu. Er erklärte, dass er sich erst selbst mit dem Medium vertraut machen und uns danach einweihen würde. Keineswegs würden von einem Tag zum anderen die Schreibmaschinen zum Fenster hinausgeworfen werden. Im schlimmsten Fall könnte einer Person das Eintippen aller Texte anvertraut werden. Er sah mich viel sagend an.

Plötzlich begann Bine zu heulen. Wir scharten uns um sie und versuchten sie zu beruhigen.

»Ihr versteht das alles nicht«, schluchzte sie, »was das für mich bedeutet … ich habe doch alles von der Pike auf gelernt, den ganzen Produktionsprozess, sogar das Klischieren von Fotos. Ich habe mal was Fürchterliches gemacht …«

So erfuhren wir, dass sie sich während ihrer Volontärszeit bei einem kleinen norddeutschen Verlag der Streikbrecherei schuldig gemacht hatte. Drucker und Setzer waren für bessere Arbeitsbedingungen in den Ausstand getreten und sie hatte deren Stelle eingenommen.

»Vom Manuskript zu den Setzmaschinen, der herrlichen Linotype, aus der die fertigen Zeilen rausfielen, über das Ausfüllen der Schiffe bis zur Stereotypie, wo die Matrizen hergestellt wurden, deren Abguss dann auf die Rotationsmaschine gehängt wurde, verfolgten wir den gesamten Prozess. Auf den Kopf gestellte Spiegelschrift konnte ich mühelos lesen, ich war der geborene Metteur ... Metteuse, meine ich, ... und ich werde den Bleigeruch nie vergessen und die schwarzen Finger, wenn man den Abzug in der Hand hatte ... eigenhändig hätte ich eine Zeitung machen können. Da gab es etwas, das ich richtig beherrschte, und jetzt soll das alles umsonst gewesen sein?«

Mein Herz flog ihr zu. Ich selbst hatte ja nie etwas gekonnt. Wie viel schlimmer aber war es, etwas gründlich gelernt zu haben, das dann irgendwann völlig überholt war!

Leo sah die Geschichte anders.

»Du wirst nie mehr in die Verlegenheit kommen, Streikbrecherin zu werden«, sagte er mit strenger Stimme. »Ich bin sehr enttäuscht, Bine, dass du aus lauter Ehrgeiz zu so was fähig gewesen bist. Vor dem Computer ...« – seine Stimme sank zu einem Flüstern – »sind wir jetzt alle gleich unbedarft.«

»Wie putzt man einen Computer?«, wollte ich wissen.

Leo hob die Schultern. »So, wie sich die Igel vermehren, vermute ich, also sehr, sehr vorsichtig ...«

Wenn ich in späteren Jahren gefragt wurde, wie ich den Fall der Mauer in Berlin erlebt hätte, geriet ich in Verlegenheit. Das Ereignis, das die ganze Welt in Bann schlug, war an mir vorübergegangen. Nicht einmal im Fernsehen hatte ich es miterlebt. Ich sollte allerdings aus einem anderen Grund jenen Donnerstag im November nie vergessen.

Der Tag begann ganz normal. Nach meiner Putzrunde im Architekturbüro zog ich mit meinem Staubsauger in den zweiten Stock und öffnete die Tür zur Detektei. Manfred Patzke telefonierte und sein Partner Jürgen Brechschneider versuchte einen etwas zu hohen Aktenstapel zurechtzurücken. Der alte Herr Patzke saß auf seinem Stuhl und blickte wie immer ins Nichts. Die Zeitungsseite war inzwischen zu vergilbt, als dass man noch etwas hätte lesen können. Ein paar Mal hatte ich erwogen, ihm aus rein ästhetischen Gründen eine aktuellere Zeitung auf den Schoß zu legen, aber ein gewisser Respekt vor der stummen Hartnäckigkeit des Alten hielt mich davon ab.

Mein Morgengruß fiel vielleicht etwas lauter aus als sonst. Jürgen Brechschneider erschrak und der Aktenstapel stürzte um. Ich eilte hinzu, um die vom Schreibtisch rutschenden Papiere aufzufangen, und stieß dabei so heftig gegen den Stuhl des alten Herrn Patzke, dass er umfiel. Ich schlug eine Hand vor den Mund, dem Kompagnon entrutschte ein kleiner Piepslaut und Manfred Patzke warf den Hörer auf die Gabel. Eine Sekunde lang war nur das Herunterrutschen der Papiere zu hören. Es klang wie Wellenschlag am Strand. Der alte Mann lag reglos in Sitzhaltung auf dem Boden.

Jürgen Brechschneider bewegte sich als Erster. Er bückte sich und griff nach dem Puls des Gestürzten. Dann zog er einen runden Taschenspiegel aus der Jacke, hielt ihn dem Alten vor den Mund, blickte auf und schüttelte den Kopf.

Ich griff zum Telefon.

»Ambulanz …«, sagte ich, aber Manfred Patzke nahm meine Hand weg. Er beugte sich zu seinem Vater hinunter, richtete sich wieder auf wie jemand, den fürchterliche Rückenschmerzen quälen, und stöhnte: »Ausgerechnet jetzt!«

Er hob seinen Vater auf, legte ihn auf das zerschlissene Sofa, streckte ihn aus und schloss ihm die Augen. Jürgen Brechschneider faltete die vergilbte Zeitungsseite sorgfältig und steckte sie dem Toten in die Jackentasche.

»Und jetzt?«, fragte ich, während Erinnerungen auf mich einstürmten.

»Jetzt trinken wir erst mal einen Schnaps«, erklärte Manfred Patzke. Seine Stimme klang sehr kontrolliert. Er lockerte den Schlips, öffnete die oberen Knöpfe und zupfte an der schwarzen Wolle, die jetzt aus dem Hemd quoll. Der Geruch, den er sonst nur an regnerischen Tagen ausströmte, erfüllte an diesem kühlen, trockenen neunten November das Zimmer.

Mit zitternden Fingern reichte Jürgen Brechschneider jedem ein kleines, bis an den Rand gefülltes Glas. Ich setzte mich auf meinen Staubsauger, traf dabei aus Versehen den Einschaltknopf und verschüttete vor Schreck meinen Schnaps. Auch die beiden Männer hatten aufgeschrien.

»Es tut mir so Leid«, sagte ich hilflos.

Manfred Patzke begann stumm zu weinen. Bäche liefen ihm die Wangen hinunter und versickerten in der schwarzen Wolle.

»Er hat wohl sehr an seinem Vater gehangen«, nickte ich Jürgen Brechschneider zu, der blasser als die Leiche vor sich hin starrte.

»Das ist es nicht«, sagte er tonlos, »es ist die Rente. Ausgerechnet jetzt …«

Dann schien er sich einen Ruck zu geben. Er packte seinen Partner an den Schultern und schüttelte ihn.

»Manni«, sagte er, »reiß dich zusammen, wir finden schon eine Lösung.«

»Welche denn?«, schluchzte Manfred Patzke. »Er ist tot und wir sind ruiniert. Er hätte nur noch ein halbes Jahr durchhalten müssen, dann wären wir aus dem Schneider gewesen …« Er schüttelte seinen Partner ab, der ihn tröstend umarmt hatte. »Scheiß-Rente! Scheiß-Gesellschaft! Wenn wir heiraten könnten, dann wäre das alles nicht passiert! Dann hätten wir ein Ehestandsdarlehen gekriegt, dann könnte ich dich absetzen und müsste nicht so hohe Steuern zahlen, dann wären wir gar nicht erst in diese Lage gekommen. Den Heteros schmeißen sie's hinterher. Scheiß-Kindergeld! Scheiß-Politik!«

Jürgen Brechschneider warf mir einen unsicheren Blick zu.

»Normalerweise ist er nicht so«, flüsterte er.

»Eine Ausnahmesituation«, flüsterte ich zurück und deutete auf das Sofa.

»Iris«, sagte Manfred Patzke plötzlich mit völlig normaler Stimme. »Was würden Sie an meiner Stelle tun?«

»Nichts«, gab ich automatisch zurück.

Er starrte mich an.

»Nichts ...«, wiederholte er langsam, »... nichts ... nicht schlecht.« Er stand auf und lief wie eine aufgezogene Puppe im Zimmer hin und her. Die Tränen waren versiegt. »Ich glaub, ich hab's«, murmelte er, »nichts ... natürlich ... dann geht alles seinen normalen Gang ...« Ich nickte. Nichts tun. Das war meine Politik.

»... die Rente wird weiter ausbezahlt werden, und wir können unsere Schulden begleichen ...«

»Soll ich jetzt einen Krankenwagen rufen?«, fragte ich. Manfred Patzke begann mir unheimlich zu werden.

»Nein!«, brüllte er. »Iris, Sie haben gerade das Ei des Kolumbus gefunden. Ich glaube, wir sind gerettet.«

Er wurde plötzlich ganz geschäftig und griff nach dem Telefonbuch.

»Jojo, weißt du, was eine Gefriertruhe kostet?«

»Können wir uns nicht leisten«, sagte Jürgen Brechschneider genauso automatisch, wie ich »nichts« gesagt hatte.

»Abstottern geht immer.«

»Du willst doch nicht etwa ...«

»Und ob ich will. Das ist unsere einzige Chance.«

»Ich könnte Ihnen etwas leihen«, sagte ich. Erst jetzt war zu mir durchgedrungen, dass ich möglicherweise den Tod des alten Herrn verursacht hatte. Ich fühlte mich genauso schuldig wie damals beim Tod des kleinen Raimo. Hätte ich mich nachts nicht in der Buchhandlung einschließen lassen, hätte ich ihn verhindern können. Wäre ich nicht gegen den Stuhl gestoßen, würde der alte Mann vielleicht noch leben. Plötzlich fiel mir auch wieder der angespitzte Ellenbogen des *Mann im Finstern* ein. Ich kam mir vor wie ein Todesengel. Ich kannte niemanden, der in seinem Leben weniger getan und mehr Unheil angerichtet hatte als ich.

»Wie viel?«, fragte Manfred Patzke jetzt.

»Hunderttausend«, erklärte ich zögernd. Das war etwas weniger als die Gesamtsumme, die sich auf meinem Konto befand.

Manfred Patzke starrte mich fassungslos an und brach dann in lautes Gelächter aus.

»Nicht zu fassen!«, rief er. »Unsere kleine Parkettkosmetikerin! Hat hunderttausend Mäuse unter der Matratze ...«

»Auf der Bank«, unterbrach ich ihn.

»Na also«, seufzte Jürgen Brechschneider. »Iris kann uns aus der Patsche helfen.« Unbeholfen streichelte er mir die Hand. »Nichts da! Ausbeuten tun wir andere!«, erklärte Manfred Patzke. »Wir nehmen von ihr nur den Anzahlungsbetrag für die Gefriertruhe. Den Rest übernimmt Pappis Rente.«

Trotz meines Vorschlags, nichts zu tun, wurde es ein sehr hektischer Tag. Manfred Patzke beauftragte mich, die Gefriertruhe zu kaufen. Nur für alle Fälle, sagte er, damit später keine Spur zu ihm führen würde. Er kenne zwar einen Arzt, der zum entsprechenden Zeitpunkt ohne großes Nachforschen den Tod konstatieren würde, sein Vater wäre immerhin fast hundert, aber man müsse auf Nummer sicher gehen.

Sein Auftrag zwang mich, über das, was ich als meine persönliche Bannmeile betrachtet hatte, hinauszugehen. Bei den Geschäften in der Nähe hätten die Lieferzeiten das Haltbarkeitsdatum des geplanten Inhalts bei weitem überschritten. Moralische Bedenken hatte ich nicht. Herr Patzke senior hatte seinen Fall gelöst und ob er nun in der Tiefkühltruhe oder unter der Erde in Frieden ruhte, dürfte ihm egal gewesen sein. Er hätte sicher alles in seiner Macht Stehende getan, um seinen Sohn vor dem Ruin zu retten. Und dazu musste er nichts anderes tun als das, was er seit drei Jahrzehnten getan hatte: stillhalten. Die Würmer konnten warten.

Ich war sehr stolz, als ich am Nachmittag in Kreuzberg

sogar ein Sonderangebot erstand. Eine gebrauchte Gefriertruhe für nur vierhundert Mark. Ich rief Manfred Patzke sofort an. Als er mit Hut, hochgestelltem Mantelkragen und Sonnenbrille in den Laden kam und dem Angestellten half, das Gerät in seinen Wagen zu verfrachten, sah er erstmals wie ein wirklicher Privatdetektiv aus.

Da wir es zu dritt unmöglich schaffen konnten, den schweren Gegenstand in den zweiten Stock zu schaffen, rief ich Leo und Peter zu Hilfe.

»Was will eine Detektei mit einer Tiefkühltruhe?!«, fragte Peter, als er den Apparat sah.

»Ist doch logisch«, erklärte Leo, »Beweismaterial einfrieren, Leichen aus dem Keller konservieren.«

Herr Patzke senior war zu jenem Zeitpunkt im Klo der Detektei quer gestellt worden.

»Wenn jetzt nur keiner eine schwache Blase kriegt«, murmelte mir Jürgen Brechschneider zu, als die Männer die schwere Truhe nach oben hievten. Danach gab Manfred Patzke eine Runde Bier aus und tat, als ob es nichts Normaleres gäbe als eine Detektei mit einer geräumigen Tiefkühltruhe neben einem zerschlissenen Sofa.

»Im Osten brodelt es jetzt überaus heftig«, sagte Peter plötzlich und skandierte: »Wir sind das Volk! Ich muss dauernd an den 17. Juni denken. Wenn jetzt der Deckel hochgeht!«

»Nachher gibt's eine Pressekonferenz«, setzte Leo hinzu. »Mal sehen, was Herr Krenz zu melden hat.«

»Die üblichen Floskeln natürlich. Er wird sich hinter dem Pressesprecher verschanzen.«

»Nichts wird sich ändern«, meinte Manfred Patzke. »Alles wird seinen gewohnten Gang weitergehen.« Er warf einen verzweifelten Blick in Richtung Klo.

»Da bin ich mir nicht so sicher«, sagte Peter. »Ich hab's im Urin, dass heute etwas passieren wird. Apropos Urin …«

»Das Klo ist verstopft!«, rief ich.

»Na, dann muss ich nach oben«, meinte Peter. »Schönen

Dank fürs Bier, und wenn Sie für neue Leichen im Keller wieder mal eine Gefriertruhe nach oben schleppen müssen …«

»… komme ich garantiert auf Sie zurück«, erklärte Manfred Patzke mit einem etwas zu tiefgefrorenen Lächeln. Auch Leo verabschiedete sich.

»Gefällt mir nicht«, flüsterte Manfred Patzke, nachdem sich die Tür geschlossen hatte. »Wir hätten die beiden nicht dazuholen sollen. Zu viel Gerede von Leichen.«

»Nur Gerede«, beruhigte ihn Jürgen Brechschneider. Er hatte inzwischen die Tür zum Klo geöffnet.

»Wir müssen noch mindestens einen Tag warten, ehe wir ihn einlagern«, erklärte er. »Die Leichenstarre hat eingesetzt. Oder wir müssen ihm die Knochen brechen.«

»Niemals«, erklärte Manfred Patzke entsetzt. »Und jetzt drückt mir alles auf die Blase.« So kam es, dass Manfred Patzke und Jürgen Brechschneider sich an jenem Spätnachmittag in meinem Zimmer einfanden. Leo deutete sofort Richtung Toilette, als wir die Redaktion betraten.

»Ich hoffe, dass es nicht an den alten Rohren liegt«, sagte er, »wenn sich die Verstopfung löst, könnte sie bei uns auftreten. Herr Patzke …«, sagte er und drohte mit dem Zeigefinger, »dass Sie mir keine Leichenteile runterspülen.«

»Die lagern wir in der Tiefkühltruhe«, erklärte Jürgen Brechschneider.

Leo lachte. »Aber jetzt mal im Ernst, wozu brauchen Sie so eine große Truhe?«

»Das habe ich Ihnen doch soeben gesagt«, erklärte Jürgen Brechschneider und schloss dann meine Zimmertür.

»Übertreib es nicht«, warnte Manfred Patzke. Er hatte sich auf meinem Bett niedergelassen und wischte sich den Schweiß von der Stirn.

»Wir schulden Ihnen eine Erklärung«, sagte er zu mir.

»Nicht nötig«, wehrte ich ab. Fast jeder Krimi lehrt, dass zu viel Wissen gefährlich sein kann. Ich wusste schon mehr, als mir lieb war.

Aber Manfred Patzke wollte reden. Während wir Bines Whiskyflasche leerten, sprach er über den Mann, dessen sterbliche Überreste im Stockwerk über uns von der Kloschüssel gestützt an der Wand lehnten.

»Es war das Herz«, begann Manfred Patzke. »Es war immer das Herz.« Vor beinahe einem halben Jahrhundert hatten die Ärzte bei Patzke senior ein schwaches Herz konstatiert. Seine zwanzig Jahre jüngere Frau und der kleine Sohn lebten in ständiger Furcht, den Ernährer verlieren zu können. Dies prägte den Werdegang Manfred Patzkes, der sich schon als Kind darauf vorbereitete, in absehbarer Zeit für seine etwas lebensfremde Mutter verantwortlich sein zu müssen. Wie meine Mutter hatte sich auch Frau Patzke ihrem Mann bedingungslos untergeordnet, aber sie hatte es aus Angst um seine Gesundheit getan. Nie gab es Streit, nie ein lautes Wort, und gelegentliche leichte Irritationen verschwanden sofort, wenn Patzke senior sich an die Brust fasste. Aber es war das Herz seiner Mutter, das als erstes aufhörte zu schlagen. Nachdem der Sechzigjährige die Vierzigjährige zu Grabe getragen hatte, stürzte er sich in die Arbeit und fasste sich nie wieder an die Brust. Er löste einige spektakuläre Fälle, bis ihn eine Geschichte um den Verstand brachte. Es ging um einen ehemaligen Kriegsgefangenen, der kurz nach seiner Rückkehr gestorben war.

»Mein Vater war davon überzeugt, dass ihn dessen Frau und deren Liebhaber vergiftet hätten«, berichtete Manfred Patzke. »Aber er konnte es nicht beweisen und die mutmaßliche Klytämnestra wurde freigesprochen.« Der Spätheimkehrer war Patzke seniors Bruder gewesen.

Einige Jahre später habe bei seinem Vater eine gewisse Verwirrung eingesetzt, die man heute wahrscheinlich als Alzheimer diagnostizieren würde. Aber das Herz schlug unbeirrt weiter. Manfred Patzke verließ den Polizeidienst, zog zu seinem Vater und stieg in die Detektei ein. Er kümmerte sich um neue Aufträge, während sein Vater die Witwe des Bruders zu überführen versuchte. Von seiner Mission ließ er sich auch nicht durch den Tod der Verdächtigen abbringen. Er klammerte sich an einen Zeitungsartikel, in dem die Todesumstände als mysteriös bezeichnet wurden, und war fortan von dieser Zeitungsseite nicht mehr zu trennen. Als Jürgen Brechschneider in Manfred Patzkes Leben trat, überließ ihm der alte Mann seinen Schreibtisch. Er müsse nachdenken, erklärte er, und dies könne er am besten auf dem steilen Stuhl.

Während wir uns mit Patzke seniors Orestie beschäftigten und ich beschloss, daraus eine *Ihr Schicksal*-Geschichte zu basteln, wurde vor unserer Haustür deutsche Geschichte geschrieben. Aber der Freudentaumel über die plötzlich geöffneten Mauerpforten drang nicht bis zum Gartenhaus vor. Wir erfuhren davon erst am nächsten Morgen. Typisch, dachte ich verärgert, an meinem einzigen fernsehfreien Abend hatte ich was verpasst! Das würde mir nicht wieder passieren.

Mit der Aussicht auf die Wiedervereinigung verbesserte sich Leos Laune erheblich. In den letzten Monaten hatte er über Auflagenrückgang geklagt und immer wieder von drohendem Konkurs gemunkelt. Das beunruhigte mich außerordentlich. Wenn *Ihr Schicksal* dichtmachte, verlor ich nicht nur meine Arbeit, sondern höchst wahrscheinlich auch mein Obdach. Ich konnte nicht damit rechnen, wieder so bequem unterzukommen. Aber jetzt gab es in Gestalt von einigen Millionen Ossis – wie sie wenig später genannt werden sollten – einen Silberstreif am Horizont.

»Die Holländer haben drüben zwar schon überall einen Fuß in der Tür«, sagte Leo ein paar Wochen nach der Maueröffnung, »aber um ein Blatt wie unseres zu machen, braucht man bessere Deutschkenntnisse als zum Autoverkaufen oder Antiquitätenerwerb.«

Als Fernsehkennerin war ich mir da nicht so sicher. Schließlich wurden immer mehr Sendungen von Niederländern präsentiert, die sich weder vom deutschen Dativ noch von Ausspracheregeln beirren ließen. Ich wusste nur zu gut, was die Landsleute meiner Mutter von den Deutschen hielten, und konnte mir nicht vorstellen, dass nach beinahe einem halben Jahrhundert plötzlich die Liebe zu den *Moffen* ausgebrochen sein sollte. Die Hollandisierung der deutschen Sprache konnte auch als Rache an den ehemaligen Besatzern gedeutet werden. Ihr wolltet uns unser Land nehmen, jetzt versauen wir euch dafür die Sprache. Warum sollte diese Einstellung vor den Printmedien Halt machen?

Mich stimmte die niederländische Invasion auf dem Bildschirm wehmütig. Schließlich hatte mein Vater meiner Mutter immer wieder vorgeworfen, zu sorglos mit den grammatikalischen Fällen und zu schlampig mit gesprochenen Silben umzugehen. Einmal hatte er sie aufgefordert, die »Murmeln aus dem Mund zu nehmen«. Er hätte sich diese Bemerkung wahrscheinlich verkniffen, wenn er die Folgen geahnt hätte. Von da an steckte mir Mutter nämlich Murmeln in den Mund, wenn ich Schwierigkeiten mit der korrekten Aussprache des Niederländischen hatte.

Bine schlug vor, die Werbetrommel für *Ihr Schicksal* zu rühren. Leo setzte ihr auseinander, dass man dafür Geld benötigte. Aber DDRler wären ganz scharf auf westliche Druckerzeugnisse und von dieser Gier würden wir sicher auch profitieren. Nur müsste die neue Zielgruppe natürlich von der Existenz des Blattes wissen. Für Anzeigen war kein Geld da.

»Lasst euch mal etwas einfallen, womit *Ihr Schicksal* im Redaktionsteil von Zeitungen oder, besser noch, im Fernsehen genannt werden könnte«, bat uns Leo. »Wenn eine von euch einen Abgang plant, dann bitte einen spektakulären Selbstmord.«

Marga schlug vor, eine Ganzberliner Bürgerinitiative gegen Luftverunreinigung zu gründen und dies als Verdienst von *Ihr Schicksal* herauszustreichen.

»Dazu haben wir keine Zeit und außerdem könnte der

Schuss nach hinten losgehen«, meinte Leo. Es dürfte Marga doch nicht entgangen sein, dass die seriöse Außenwelt auch unser Blatt als eine gewisse Verunreinigung betrachte.

Bines Vorschlag verblüffte uns alle.

»Hauswurfsendungen«, sagte sie und schlug vor, vom Computer eine Eigenanzeige ausdrucken zu lassen. Gegen ein kleines Entgelt würden Zeitungsjungen sie sicherlich in die Briefkästen werfen. Leo nickte. Sobald westliche Publikationen im Osten zugelassen waren, würden wir auf den Zug aufspringen.

Eine Woche nach dem Mauerfall und der Einlagerung von Patzke senior kam ich wie üblich mit meinem Staubsauger in die Detektei. Erschrocken blieb ich an der Tür des Arbeitszimmers stehen. Einen Augenblick lang befürchtete ich, verrückt geworden zu sein. Der alte Herr Patzke saß wie immer auf seinem Stuhl und hielt ein Zeitungsblatt auf den Knien. Von hinten sah er unverändert aus, nur, dass er jetzt einen Hut trug.

Ich stieß einen Schrei aus und griff mir an die Brust. Manfred Patzke stürzte von seinem Schreibtisch auf mich zu und stützte mich.

»Eine Puppe«, beruhigte er mich, »nur eine Puppe. Um den Anschein zu wahren.«

Ein Freund von Jürgen Brechschneider arbeitete in der Theatermaske und hatte den Kopf des Verblichenen nachgestaltet und auf eine Puppe mit beweglichen Scharnieren gesetzt. Diese stammte aus dem Theaterfundus und würde im nächsten halben Jahr auf der Bühne nicht eingesetzt werden.

»Erst wollten wir einen Gipsabdruck vom Gesicht nehmen«, berichtete Manfred Patzke, »aber …«

»… wir wussten nicht, ob sich das mit dem Gefrierprozess vereinbaren ließe«, unterbrach ihn Jürgen Brechschneider. »Ich finde, dass mein Freund gute Arbeit geleistet hat.« Vielleicht von der Tür aus gesehen. Aber als ich näher kam, spürte ich plötzlich einen Stich in der Brust. Meinem Vater wäre es sicherlich besser gelungen, den verlorenen Gesichtsausdruck des alten Herrn einzufangen.

»Wir werden niemanden nah genug rankommen lassen«, versicherte Manfred Patzke. Der Senior sei schon seit langem nicht gut zu Fuß gewesen und so würden weder die anderen Mieter in ihrem Wohnhaus noch die Leute im Gartenhaus Verdacht schöpfen, wenn er seinen gebrechlichen Vater mehr trage als führe.

»Hat Norman Bates eigentlich seine Mutter abgestaubt?«, fragte ich plötzlich.

»Verdammt noch mal, das hier ist nicht Herr Patzke!«, fuhr mich Jürgen Brechschneider an, der offensichtlich das Einfrieren eines Elternteils für moralisch vertretbarer hielt als das Ausstopfen.

»Natürlich ist das nicht Herr Patzke«, kam eine Stimme von der Tür, die ich offen gelassen hatte. Wir erstarrten.

»Der arme Mann ist doch schon lange nicht mehr er selbst«, erklärte Leo gleichmütig. Er trug eine Plastiktüte in der Hand und steuerte auf die Tiefkühltruhe zu. »Dürfte ich meine Essen bis heute Abend in Ihrer Truhe lagern?« Jürgen Brechschneider entriss ihm die Tüte und zog ein Fertiggericht heraus.

»Seid wann isst du Fertiggerichte?«, fragte ich.

»Seitdem mich meine Frau verlassen hat«, erwiderte Leo. »Sie hat am neunten November ihre alte Liebe aus dem Osten wieder getroffen und will mit dem Herrn im neuen Deutschland einen neuen Anfang machen. Bitte kein Mitleid. Wenn es *Ihr Schicksal* nicht schafft, hätte mich diese Frau sowieso ruiniert.«

Wir atmeten tief durch, als Leo die Detektei wieder verlassen hatte.

»Das war knapp«, erklärte Manfred Patzke. »Damit so was nicht wieder vorkommt, sollten wir uns darauf verständigen, so über meinen Vater zu reden und so mit ihm umzugehen wie vor seinem Ableben.«

»Also einfach ja nich injorieren«, berlinerte Jürgen Brechschneider.

Dass dieser Vorsatz fünf Monate später gebrochen werden musste, war einer Fernsehsendung zu danken, die sich Hundertjährigen widmete. Ich machte Manfred Patzke darauf aufmerksam, dass ein solcher Geburtstag vor der Öffentlichkeit nicht geheim gehalten werden konnte. Vertreter vom Bezirksamt, vor Wahlen auch von politischen Parteien, würden mit Blumen vor der Tür stehen. Die Bezirksblätter veröffentlichten Fotos und neuerdings käme auch eine TV-Crew. Ich fragte Manfred Patzke, wann sein Vater denn diesen rundesten aller Geburtstage feiern würde.

»In einer Woche«, flüsterte er. Schnelles Handeln war also erforderlich.

Herr Patzke senior musste aufgetaut werden. Wieder einmal wurde die Toilette für verstopft erklärt. Ganz unrichtig war das nicht.

Die Detektive zeigten sich relativ verständnisvoll, als ich nach Entfernung der Verstopfungsursache darum bat, mich bezüglich des Klos vorläufig von meinen Putzpflichten zu entbinden. Die gefährlichsten Bakterien, so hatte mich das Fernsehen gelehrt, steckten in aufgetauten Fleischwaren. Diese war zwar nicht zum Konsum bestimmt, aber ich wollte meine Putzlappen nicht unnötig verseuchen.

»Solange Sie nicht befürchten, dass Sie von unserer Toilette Aids kriegen«, kam ein versteckter Vorwurf von Jürgen Brechschneider. Marga hätte jetzt die Gelegenheit genutzt, für die Schwulenstory zu recherchieren. Aber ich würde nie lernen, Menschen über ihr Privatleben auszufragen. Der Fernseher mit den vierzig Kanälen stand immer noch bei Leo im Schrank. Kein großes Problem, denn ich hatte inzwischen gelernt, auf meinem Zehn-Kanal-Apparat die von mir gewünschten Frequenzen einzustellen. Am liebsten sah ich Talkshows, in denen Menschen von unglaublichen Begebenheiten in ihrem Leben berichteten. Ich staunte darüber, wie unbekümmert sie intimste Dinge vor einem Millionenpublikum ausbreiteten, wie sie auf unverschämte Fragen auch noch antworteten. Mir wäre es schon schwer gefallen, meinen Freunden einschneidende Erlebnisse meines Lebens mitzuteilen.

Eine Woche nach der Auftauaktion entnahm ich dem Lokalfernsehen, dass der einstmals sehr erfolgreiche Privatdetektiv Gottlieb Patzke an seinem 100. Geburtstag friedlich entschlafen sei. Manfred Patzke erschien im Bild.

»Ich hatte mich schon gewundert, weshalb er noch nicht aufgestanden war«, sagte er, »aber wir hatten am Vorabend in den Geburtstag hineingefeiert und daher nahm ich an, dass er ausschlafen wollte. Aber als dann die Fernsehleute kamen ...«, er stieß einen Schluchzer aus und wandte sich ab. Eine Kommentatorstimme bemerkte, der alte Herr sei ungewöhnlich rüstig gewesen und habe bis zu seinem letzten Tag noch an einem ungelösten Fall in der Detektei gearbeitet.

»Arbeit hält offenbar wirklich jung«, bemerkte die Stimme. Die Kamera schwenkte noch einmal zu Manfred Patzke.

»Aber er hatte ein schwaches Herz«, sagte dieser leise.

Immerhin ist er damit hundert geworden, dachte ich, bis mir wieder einfiel, dass er es doch nicht ganz geschafft hatte.

Zwei Tage später bot Manfred Patzke der *Ihr Schicksal*-Redaktion die Gefriertruhe an. Leo müsse seine Fertiggerichte dann nicht mehr vor Dienstschluss abholen.

»Wozu haben die beiden das Riesending eigentlich gebraucht?«, fragte mich Leo.

»Für ein Experiment«, erklärte ich.

»Und ist es geglückt?«

»Sieht ganz danach aus.«

Ich hätte ihm zu gern erzählt, was neben seinem Abendessen frisch gehalten worden war.

8 AGORAPHOBIE

Selbst Bine musste anerkennen, dass der Computer die Arbeit erheblich erleichterte. Sie war bisher von der irrigen Annahme ausgegangen, man müsse das Programmieren beherrschen, um so ein Ding zu bedienen. Als sie begriff, dass wenige Kommandos Schere, Kleber und Tipp-ex überflüssig machten, Korrekturen auf Knopfdruck erfolgten und man die ausgedruckten Seiten immer noch zerknüllen konnte, wurde aus Saula eine Paula. Der Computer war das Größte seit der Erfindung des Whiskys und mit diesem auch vorzüglich zu kombinieren, solange man ihn nicht in die Tastatur schüttete. Sogar der Frust über schlecht geschriebene Texte wurde verringert, da sie ausgedruckt zumindest hübsch aussahen. Dies verführte allerdings zu Schlampigkeiten, die uns dann aus dem fertigen Heft ins Gesicht sprangen. Dass unser Blatt in Berlin hergestellt wurde, war keine Entschuldigung für Fallbeispiele wie *ich liebe ihm*, und *er macht mir an*, fand Leo.

Mein Leben spielte sich nun zwischen zwei Bildschirmen ab. Der eine lieferte die Ideen, mit denen ich den anderen füllte. Bis zu jenem Tag, an dem ich verzweifelt auf den leeren Computermonitor starrte, weil mir nichts Neues mehr einfallen wollte. Schuld daran waren die Fernsehmacher, die zu viele Sendungen wiederholten und auch in den Talkshows immer wieder die gleichen Themen aufgriffen. Der zwinkernde Cursor machte mich verrückt. Jetzt hätte auch ich gern Papier zerknüllt. Aber ich hatte nichts zum Ausdrucken.

»Dann mach endlich die Aids-Story«, forderte mich Leo auf. »Du hast dich doch mit den Detektiven inzwischen gut genug angefreundet, um von ihnen Material zu kriegen.«

»Die haben keine Zeit«, wich ich aus. Das stimmte, denn die Fernsehsendung über Patzke seniors hundertsten und letzten Geburtstag hatte sich als grandiose Werbeaktion erwiesen. Es spielte keine Rolle mehr, dass Manfred Patzke seinen ursprünglichen Finanzierungsplan wegen der zu frühzeitigen Auftauaktion über den Haufen hatte werfen müssen. Jeden Tag saßen neue Klienten im Wartezimmer, und weder Patzke noch Brechschneider hatten Zeit, mit mir ein Schwätzchen zu halten oder mir einen Kaffee anzubieten. Stattdessen boten sie mir einen Arbeitsplatz als Sekretärin an. Ich versicherte, dass ihr Geheimnis auch ohne Schweigepflicht bei mir sicher sei, und lehnte ab. An meinem Leben wollte ich nichts verändern. Vor allem dann nicht, wenn dies mehr Arbeit bedeutete.

Erfolg hatte seinen Preis. Patzke & Partner schliefen kaum noch und wurden immer hohlwangiger und bleicher. Das war nicht nur auf die berufliche Überlastung, sondern auch auf ihre ständige Medienpräsenz zurückzuführen. Ein Fernsehauftritt hatte den nächsten ergeben und aus dem einstmals so mageren Geschäft eine florierende Detektei gemacht. Aus dem Fernsehen erfuhr ich auch, dass sie sich inzwischen darauf spezialisiert hatten, Familienväter aufzuspüren, die aus dem Osten geflüchtet waren, um sich ihren Alimentationspflichten zu entziehen. In einer Talkshow wurde Manfred Patzke gefragt, ob er schon am Tag des Mauerfalls geplant hätte, sich auf deutsch-deutsche Familienangelegenheiten zu verlegen. Er verneinte dies. An jenem Tag habe er eine private Familienangelegenheit zu regeln gehabt. Eiskalt, dachte ich, eiskalt.

Nein, meine Detektive hatten wahrlich anderes zu tun, als mir über Aids in der Schwulenszene Auskunft zu erteilen.

»Dann schreib über dich selber«, schlug Bine vor.

»Da gibt's nichts zu erzählen«, meinte ich.

»Doch. Agoraphobie ist ein Thema«, sagte sie.

»Agora... was?«

»Du bist krank«, erklärte sie. »Und die Krankheit hat einen Namen. Agoraphobie.«

Ich schlug das Fremdwörterbuch auf. Man will schließlich wissen, woran man leidet.

»*Platzangst*«, las ich vor, »*zwanghafte, von Schwindel- oder Schwächegefühl begleitete Angst, allein über Plätze oder Straßen zu gehen.*« Ich schüttelte den Kopf. Das hatte mit mir nichts zu tun. Wann ging ich schon mal über Straßen und Plätze? Wenn ich neue Jeans oder Lebensmittel kaufen und dafür Straßen und Plätze überqueren musste, überkam mich kein Schwächegefühl. Ich fand es nur lästig.

»Bei dir ist es sogar erblich«, meinte Leo, »deine Mutter hat euer Haus in Helsinki doch auch nie verlassen und dein Vater ist kaum von der Insel runtergekommen. Bine hat Recht. Du solltest darüber schreiben, was in einem Menschen vorgeht, der an Agoraphobie leidet.«

»Ich leide nicht!«, schrie ich die beiden an.

»Du musst zugeben, dass mit dir etwas nicht stimmt«, fuhr Bine unbarmherzig fort, »dauernd hockst du vor dem Fernseher, hast kein Interesse daran, Menschen kennen zu lernen oder irgendwas aus dir zu machen.«

»Und deshalb bin ich krank? Millionen von Menschen leben so.«

»Die sind meistens jenseits der siebzig.« Bine ließ nicht locker. »In deinem Alter ist das nicht normal.«

Da andere mein Leben noch nie normal gefunden hatten, berührte mich diese Bemerkung wenig. Aber ich fand es eine beruhigende Vorstellung, dass mein Lebensstil mit fortschreitendem Alter als normaler gelten und ich spätestens jenseits der siebzig aufhören konnte, ihn zu verteidigen. Allerdings war ich noch nicht mal vierzig.

»Dann beweis uns, dass du nicht an Agoraphobie leidest«, erklärte Leo. Er sah auf die Uhr. »Es ist jetzt elf und dir fällt sowieso nichts ein. Du kriegst einen Auftrag.«

Er forderte mich auf, das Haus zu verlassen und den ganzen Tag über nicht zurückzukommen. Abends um neun würde er sich mit mir in einem Restaurant treffen und dann sollte ich Bericht erstatten. »Schau dir Berlin an«, sagte Bine, »schau dir die Menschen an, misch dich unter sie, fahr Bus und U-Bahn, geh über Straßen und Plätze.«

»Und in Geschäfte«, sagte Leo und drückte mir einen Hundertmarkschein in die Hand. »Geh in mindestens vier Läden und zeig mir heute Abend die Quittungen.«

Erwartungsvoll sahen sie mich an. Ich starrte auf meinen Bildschirm.

»Ich würde doch lieber schreiben«, sagte ich. »Mir fällt gerade ein Kurzkrimi ein. Eine Frau, die ihre verstorbene Mutter einfriert, damit sie die Rente kassieren kann.«

»Viel zu abwegig«, lehnte Leo ab. »Und außerdem kann so was gar nicht funktionieren. Zisch ab, Iris, und tau dein Gehirn auf!«

»Die Bewegung wird dir gut tun«, fügte Bine hinzu. »Immer nur sitzen …«

»Putzen ist auch Bewegung«, sagte ich verstockt.

»Der Fernseher mit den vierzig Kanälen«, lockte Leo, »Als Belohnung für die Überwindung deiner Agoraphobie.«

Froh, dass mir der Auftrag nicht an einem regnerischen, sondern an einem milden Frühlingstag erteilt worden war, stiefelte ich mit dem Stadtplan in der Tasche los. Bis zum Kurfürstendamm waren es nur ein paar hundert Meter. Ich ging als Erstes zum Friseur und ließ mir die Haare kurz schneiden. Die Rechnung verschlug mir fast die Sprache. Wahrscheinlich musste ich dafür bezahlen, dass sich ein paar Stühle weiter ein berühmter Fernsehkopf stylen ließ.

Verstohlen musterte ich ihn. Auf der Mattscheibe machte er sich besser. Ein Beweis dafür, dass fern-sehen erfreulicher war als nah-sehen.

Während ich vom Friseursalon zur Gedächtniskirche wanderte, horchte ich in mich hinein. Kein schnelleres Herzklopfen, kein Schwindel- oder Schwächegefühl, nur ein mildes Bedauern, dass ich das Nachmittagsprogramm verpassen würde. Ich hätte gern gewusst, wie es in einer meiner Lieblingsserien weiterging, und betrat ein Geschäft, in dem Fernseher verkauft wurden. Auf einem Showroom-

Modell lief die Serie. Leider ohne Ton, aber Bilder und Körpersprache reichten zum Verständnis aus. Nach dem Abspann erstand ich ein Antistatiktuch zum Säubern des Bildschirms und steckte die Quittung in die Tasche. Eine schwarzhaarige Frau in einem langen bunten Rock mit einem nicht ganz sauberen Kind im Arm streckte mir eine Hand entgegen, als ich den Laden verließ. Ich schüttelte ihr die Hand und wollte weitergehen. Aber sie hielt meine Finger mit einem Eisengriff fest.

»Hunger«, sagte sie, »Handlesen?« Da ich befürchtete, meine Hand sonst nicht zurückzukriegen, nickte ich. Sie drehte die Hand um, machte ein besorgtes Gesicht und flüsterte: »Kein guter Tag zum Einkaufen.«

Das wusste ich auch.

»Mehr nicht?«, fragte ich. Sie runzelte die Stirn.

»Heute Abend Überraschung. Viele Menschen an Tisch. Vorsicht, böser Mann.«

Armer Leo, dachte ich, gab ihr fünf Mark und reihte mich wieder in den Strom der Gehenden ein. Ich kaufte ein Eis, ließ es mir quittieren und setzte mich auf die Stufen der Gedächtniskirche. Menschen dreidimensional zu beobachten war eine neue Erfahrung. Aber keine, die mich ermutigt hätte, auf irgendjemanden zuzugehen. Mit leeren Blicken hasteten die meisten Passanten tütenbeladen aneinander vorbei. Andere bewegten sich schlafwandlerisch, und es erschien mir wie ein Wunder, dass sie nicht angerempelt wurden. Ein paar Straßenhändler boten schweigend ihre Tabletts mit Schmuck an, Japaner fotografierten einander vor der Gedächtniskirche, ein zerlumpter Mann neben mir setzte sich eine Spritze, Autofahrer hupten und eine junge Frau wollte »'ne Mark fürn Fahrschein«. Ich würde ihr zwei geben, sagte ich, wenn sie sie mir quittierte.

»Seh ick aus wie 'n Schreibwarenladen?«, fragte sie empört und ging zum Nächsten.

Inmitten des pulsierenden Lebens der Metropole fühlte ich mich zum ersten Mal in meinem Leben einsam. Ich sehnte mich nach meinen vier Wänden und dem unterhaltsameren Leben der Bildschirmfiguren. Am meisten faszinierte mich noch die Geschicklichkeit, mit der die unförmigen Doppeldeckerbusse über die schmalen Fahrspuren des Ku'damms manövriert wurden. Ich schlenderte durch das Europazentrum und blieb an einem Schaufenster stehen, als ich finnische Laute hörte. Zwei junge Männer machten sich über eine korpulente Frau lustig, die ebenfalls in die Auslage blickte.

»Sie sieht wirklich aus wie eine Kuh. Schau mal, die Euter.« Ich versteckte mich hinter dem mächtigen Körper der Frau und stieß ein lautes *Muuuh* aus. Erschrocken flüchteten die beiden Männer.

Die Frau sah mich irritiert an.

»Ich dachte, dass im Laden meine Muuuhtti steht«, erklärte ich und ging sehr zufrieden mit mir weiter. Dies war bestimmt kein typisches Verhalten für jemanden, der an Agoraphobie litt.

Ich fand es sehr bedauerlich, dass Bela sein Ostberliner Studium beendet hatte und in seine ungarische Heimat zurückgekehrt war. Seit fünf Jahren hatte ich nichts mehr von ihm gehört. Wahrscheinlich war er wie sein Vater Diplomat geworden. »Die Welt sehen« war eines seiner mir unfassbaren Anliegen gewesen. Was brachte das dem Menschen? Heutzutage konnte man die Welt am besten auf dem Fernsehschirm sehen. Schließlich hatte ich da mehr über Finnland erfahren als im Land selbst. Auch meine Freunde im Gartenhaus zog es jedes Jahr in weite Fernen, in Länder, deren Sprachen sie nicht beherrschten und deren Bewohner ihnen das Geld aus der Tasche zogen. Sie kamen sich nicht blöd dabei vor, mir nach ihrer Rückkehr von den Torturen und Strapazen zu erzählen, denen sie sich freiwillig ausgesetzt hatten, um von Punkt A nach Punkt B und wieder zurück zu kommen. Alles im Dienste der Horizonterweiterung. Solche Erfolgserlebnisse hatte ich nicht nötig. Und deshalb sollte *ich* krank sein?

Voller Mitleid beobachtete ich zwei asiatische Touristen, die sich vor einer Bushaltestelle fürchterlich verrenkten, um einen im Wind flatternden Stadtplan ordnungsgemäß zu falten. Die junge Frau erinnerte mich an meine Mutter. Ihr Begleiter versuchte Passanten auf Englisch anzusprechen, erntete aber nur Kopfschütteln. Ich trat auf die beiden zu und fragte sie auf Englisch, ob ich ihnen helfen könne. Sie sahen mich mit einer Dankbarkeit an, die mir fast die Tränen in die Augen trieb. Was muss reisen schön sein, dachte ich. Sie wollten zum Brandenburger Tor. Spontan beschloss ich, sie zu begleiten. Ich wäre auch Touristin, erklärte ich und fand das einen sehr abenteuerlichen Gedanken. Woher ich käme? Aus Finnland und Holland, antwortete ich, aber meine Großmutter sei Indonesierin gewesen. Erwartungsvoll sah ich die beiden an, aber mit der Reaktion, die dann kam, hatte ich nicht gerechnet.

Ich war bis dahin davon ausgegangen, dass Asiaten freundlich, aber zurückhaltend wären. Leise, wie meine Mutter. Weit gefehlt. Die Frau jubelte, nannte mich Schwester und überschüttete mich mit einem Schwall indonesischer Worte. Bedauernd erklärte ich, dass meine Großmutter mit mir niederländisch gesprochen habe.

Das mache nichts, beruhigte mich der Mann, die Holländer hätten ihre Sprache um vieles bereichert und außerdem viele schöne Straßen gebaut. Wie Hitler, dachte ich. Während wir auf den Bus warteten, der uns zum Brandenburger Tor bringen sollte, suchte er jene Worte zusammen, die Indonesien den Niederländern zu verdanken hatte.

Asbak – Aschenbecher, *spanduk* – Spruchband, *knalpot* – Auspuff (wobei ich mich allerdings erinnerte, dass die heutigen Niederländer diesen Gegenstand *uitlaat* nennen), *kantor* – Büro, *bontjis* – Bohnen, *handuk* – Handtuch. Mit jedem Wort wurde der Mann fröhlicher. Er fragte, von welcher Insel meine Großmutter stamme. Das wisse ich nicht und könne sie leider auch nicht mehr fragen, bedauerte ich. Aber es sei seit jeher mein Traum gewesen, nach Indonesien zu fahren.

Unbedingt tun, riefen die beiden. Während wir im Bus an all den Berliner Sehenswürdigkeiten und der größten Baustelle Europas vorbeifuhren, erzählten sie mir, dass sie im schönsten Land der Welt wohnten und ich sie unbedingt in Jakarta besuchen müsste, wenn ich nach Indonesien käme. Sie würden sich auch schon wieder auf zu Hause freuen, obwohl sie für diese Reise lange hatten sparen müssen. Ich erfuhr, dass für die Ausstellung eines Reisepasses Indonesiern ein Vermögen abverlangt wurde. Aber das war es wert gewesen, sagten sie, vor allem jetzt, da sie mich kennen gelernt hatten. Sie hatten bereits Paris, London und Amsterdam besucht und viele schöne Dinge gekauft. In Singapur sei die gleiche Ware natürlich erheblich billiger, aber es sei doch aufregender, zu Hause einen Gegenstand zu betrachten und sich damit der Reise ans andere Ende der Welt zu erinnern.

Am Brandenburger Tor kauften sie eine Mütze und einen Gürtel aus Beständen der einstigen Volksarmee, während ich fasziniert Menschen beobachtete, die – gelegentlich mit nassen Augen – unter dem Tor durchliefen, fassungslos den Kopf schüttelten und auch fünf Jahre nach dem Mauerfall immer wieder erklärten, dass sie es nicht glauben könnten. Ein kleiner Junge sprang hin und her und deklamierte dabei: »Jetzt bin ich im Westen, jetzt bin ich im Osten«, bis seine Mutter ihn fortzog und darüber belehrte, dass es keinen Osten mehr gäbe.

»Die Sonne«, sagte ich zu ihr, »geht demnach nicht mehr auf.«

Sie warf mir einen bösen Blick zu und murmelte etwas von *roter Socke*.

Meine Indonesier bestanden darauf, mich zum Essen einzuladen. Ich schlug vor, es im Fernsehturm einzunehmen, von dem aus man einen vorzüglichen Blick über die Stadt genießen solle.

Mit seinen breiten Straßen erinnere Ostberlin ihn viel mehr an Jakarta, meinte der Mann, der sich inzwischen als Jahadi vorgestellt hatte. Nur der Verkehr sei erheblich organisierter.

Ich registrierte zweierlei: Man reiste, um Dinge zu erwerben, die einen an die Reise erinnerten, und man suchte in der Ferne Ähnlichkeiten mit Vertrautem. Beides reichte nicht aus, mich zu motivieren. Wenn ich nach Indonesien fahren würde, dann nur, um dort zu bleiben, auf Bambusmatten zu sitzen und nichts zu tun. Von meinen neuen Freunden erfuhr ich, dass sich Ausländer nur dann länger im Land aufhalten dürften, wenn sie sich zum Beispiel in ein Unternehmen einkauften. Ich würde also noch etwas sparen müssen, ehe ich mir meinen Lebenstraum erfüllen konnte.

Das Restaurant im Fernsehturm war ein Hit. Auch für mich. Bis dahin hatte ich von den Ausmaßen der Stadt, in der ich nun immerhin seit sechzehn Jahren lebte, keine Ahnung gehabt. Aber die Größe Berlins – Jakarta sei mindestens genauso ausgedehnt – beeindruckte die Indonesier weniger als der Mechanismus der sich drehenden Restaurantplattform. Amina, die junge Frau, legte einen Untersetzer auf die Fensterbank und jubelte begeistert, als wir nach einer halben Stunde wieder an ihm vorbeisegelten. Stadt, so weit das Auge reichte, unterbrochen von Wäldern, Seen, Flughäfen und umfangreichen Grünanlagen. Am meisten aber überraschte mich das Netz der Wasserstraßen, das die ganze Stadt durchzog. Jetzt erst glaubte ich jener Fernsehdokumentation, in der behauptet worden war, dass es in Berlin mehr Brücken als in Amsterdam gäbe.

So könnte sich ein Gott fühlen, dachte ich, als ich auf dieses unendliche Spielzeugland hinabblickte. Aus dieser Perspektive sah sogar die Riesenbaustelle am Potsdamer Platz wie ein Sandkasten aus. Ich konnte mir gut vorstellen, mit zwei Fingern die Kräne umzuknicken oder die unter uns fliegenden Flugzeuge mit der Hand aus der Luft zu pflücken. Ein winziger Stups mit dem Zeigefinger und der Ausflugsdampfer würde sinken und ein kleiner Druck vom großen Zeh würde das Europacenter in sich zusammenstürzen lassen. Flammen schlugen aus dem Dach eines Wohnhauses im Osten der Stadt. Ich sammelte Spucke, um sie zu löschen. Kein Zweifel, ein erhöhter Standpunkt vermittelte Machtgefühle.

Nach dem Essen erklärten meine Begleiter, dass sie sich für ein paar Stunden in ihr Hotel am Alexanderplatz zurückziehen wollten. Wir verabredeten uns für den Abend in jenem Restaurant, das Leo mir genannt hatte. Ich würde ihm nicht nur einige Quittungen präsentieren, sondern lebende Menschen, zu denen ich Kontakt aufgenommen hatte. Damit dürften alle Spekulationen über meine vermeintliche Agoraphobie aus der Welt geschafft sein.

Ich fuhr mit der U-Bahn in den Westteil der Stadt zurück und betrat eine riesige Buchhandlung. Ziemlich gleichgültig schweifte mein Blick über die Regale. War ich wirklich einmal so versessen aufs Lesen gewesen, dass ich mich in der größten Buchhandlung der Welt hatte einschließen lassen? Wann hatten Bücher aufgehört, meine besten Freunde zu sein? In Berlin natürlich, als der Fernsehapparat ihre Stelle eingenommen hatte. Jetzt konnte ich mir nicht mehr vorstellen, drei Tage an einem Buch zu lesen, dessen Geschichte ein Film in neunzig Minuten erzählt. Lustlos schlug ich ein Leseexemplar auf. Vielleicht würde mich das gedruckte Wort wieder in seinen Bann ziehen. Nein, dachte ich und schloss das Buch. *Ihr-Schicksal*-Geschichten fingen unterhaltsamer an und sparten sich langweilige Beschreibungen. Ich kaufte einen Videofilmführer, steckte die Quittung zu den anderen Belegen und wäre am liebsten wieder nach Hause zu meiner Flimmerkiste gegangen. Stattdessen tat ich das Nächstbeste, ging ins Kino und sah mir eine neudeutsche Komödie an, die ich überhaupt nicht komisch fand. Leider konnte ich den Kanal nicht wechseln. Auch das Erlebnis Großleinwand enttäuschte mich. Ich hatte nicht das Bedürfnis, jeden Pickel unter einer Lupe zu betrachten. Die

Musik war zu laut, das Wort zu leise und um mich herum wurde mit Tüten geraschelt, gehustet und geflüstert. Ich hoffte für den Schnarchenden neben mir, dass er sich in einem besseren Film befand. Kino, in Imatra noch einer der Höhepunkte meines Lebens, war jetzt zu einer Erfahrung geworden, die ich nicht zu wiederholen brauchte.

Als ich den Saal verließ, war es bereits dunkel geworden, aber mir blieb noch mehr als eine Stunde bis zum verabredeten Treffen. Ich verbrachte sie zwischen lauter alten Damen in einem Café am Kurfürstendamm und wehrte die Annäherungsversuche eines nicht mehr ganz jungen Herrn ab, der aussah, als wäre er mit dem Kopf in ein Tintenfass gefallen. Die glänzenden schwarzen Haare schienen sogar noch nass zu sein. Ein bisschen entsetzte mich der Gedanke, dass so ein Vorstadtcasanova wirklich erwartet hatte, bei mir landen zu können. Das empfand ich als Beleidigung.

Ich flüchtete auf die Toilette des Cafés und musterte mich kritisch im Spiegel. Durch mein dunkelbraunes glattes Kurzhaar zogen sich in der Tat schon einzelne graue Fäden und auf einmal fand ich die Frage des Friseurs, ob ich nicht etwas Farbe wünschte, nicht mehr absurd. Vielleicht würde mehr Glanz auf dem Kopf diesen auch in meine leicht schrägen und immer noch maikäferscheißefarbenen Augen übertragen. Meine kleine Nase verschwand fast in meinem runden Gesicht und ich erinnerte mich, wie ich als Kind oft daran gezogen hatte, um sie länger zu machen. Vor allem, wenn Großmama Meander voller Missachtung ausrief: »Wann kriegt das Kind endlich eine Nase!« Eine Zeit lang war Pinocchio mein Vorbild gewesen, aber weder kleine noch größere Lügen wirkten sich auf das Wachstum meiner Nase aus. Mit meinem Mund war ich zufrieden. Er war voll und genau richtig groß. Ich lächelte mich im Spiegel an und freute mich mehr über die Tatsache, dass mir meine Zähne noch nie Ärger gemacht hatten, als über ihre Regelmäßigkeit.

»Kleine Menschen wie wir dürfen nicht dick werden«,

hatte mich meine Mutter einstmals gewarnt. Warum eigentlich nicht, wenn es mich nicht behinderte? Ich richtete mich doch auch sonst nicht nach irgendeiner Mode und fand den Gedanken an ein Fitness-Studio pervers. Wieso sollte ich auf der Stelle radeln, rudern oder Treppen steigen, wo ich doch sonst jede unnötige Bewegung vermied?

Als Treffpunkt hatte Leo ein österreichisches Lokal ausgesucht, das eine vorzügliche Küche haben sollte. Als ob mein Interesse an Essen über die Nahrungsaufnahme hinausgegangen wäre! Um das – von mir bezahlte – Geschenk aus der Detektei richtig zu würdigen, hatte ich es mit tiefgefrorenen Speisen gefüllt. In den Werbepausen warf ich eines der viereckigen Pakete in die Mikrowelle und fertig war mein Hauptgericht. Manchmal dachte ich noch mit Grauen an meine finnische Ära, in der ich Zwiebeln gewürfelt, Teig ausgerollt und sogar eigenhändig Marmelade eingemacht hatte. Die Zeit konnte ich jetzt vergnüglicher verbringen.

Ich kam fünf Minuten zu spät. Meine Augen mussten sich erst an die ziemlich düstere Atmosphäre im Lokal gewöhnen, aber dass jeder Tisch besetzt war, fiel mir sofort auf. Von Leo keine Spur. Vielleicht gehört das zu seiner Therapie, dachte ich, mich zu zwingen, allein Platz zu nehmen und auf ihn zu warten.

Ein Ober kam auf mich zu.

»Frau Meander?«, fragte er mich zu meiner Überraschung. Ich nickte und er bat mich, ihm zu folgen. Plötzlich blieb ich wie angewurzelt stehen. Um den größten Tisch des Lokals, hinter einer Trennwand, saßen nicht nur alle meine Freunde aus dem Gartenhaus, sondern zwei Menschen, von denen ich nie erwartet hätte, sie jemals wieder zu sehen.

»Aha, beim Friseur gewesen«, hörte ich Leos Stimme wie von ferne. Aber ich konnte nur auf die Frau neben ihm starren. Die Jahre waren spurlos an ihr vorbeigegangen. Immer noch einladend ausladend, immer noch stark geschminkt, immer noch sexy.

»Liisa«, sagte ich, »was machst *du* denn hier?«

»Und ich?«, fragte Nikki, der auf ihrer anderen Seite saß. »Wunderst du dich nicht, mich hier zu sehen?«

Sein Haar war immer noch so weißblond wie damals, als ich ihm im Hotelzimmer das *bitterkoekje* überreicht hatte. Ich staunte darüber, dass er ein richtiger Mann geworden war. In meinem Kopf war er immer ein Kind geblieben. Trotzdem hatte ich ihn sofort erkannt. Er sprang auf und nahm mich in die Arme. Ich lachte und sah mit tränenblinden Augen zu ihm auf. Er war mindestens zwei Kopf größer als ich.

»Die Überraschung ist also geglückt«, stellte Leo fest und hielt die Hand auf: »Die Quittungen.«

Liisa hatte am Mittag in der Redaktion angerufen, um mitzuteilen, dass sie und Nikki in Berlin seien und sich gern mit mir treffen würden. Leo hatte ihnen daraufhin die Adresse des Lokals gegeben.

»Ich habe dir doch gesagt, dass ich dich mal besuchen komme«, sagte Nikki, der meine Hand nicht losließ, nachdem wir uns gesetzt hatten. Seine andere Hand ruhte auf Liisas rundem Knie.

»Es gibt eine Menge zu feiern«, erklärte Leo. Er nickte zu den beiden Detektiven rüber, vor deren blassen Gesichtern zwei riesige Biergläser standen. »Patzke und Co. haben einen fahnenflüchtigen Vater von sechs Kindern aufgetrieben, Marga hat sich von ihrem grässlichen Lebensabschnittspartner getrennt und macht deinem finnischen Freund jetzt schöne Augen, Peter hat ein Bild verkauft, Iris hat einen Tag auf den Straßen Berlins augenscheinlich unversehrt überlebt und trifft alte Freunde wieder ...«

»... und hat neue kennen gelernt«, fügte ich hinzu. Die beiden Indonesier hatten das Lokal betreten und sahen sich suchend um.

Mir fiel wieder ein, dass ich mich als Touristin ausgegeben hatte. Die beiden müssen mich für eine außerordentlich kontaktfreudige Person halten, dachte ich, als ich aufstand, um das Paar zu unserem Tisch zu lotsen. Ich platzierte die beiden zwischen Bine, die schon einmal Indonesien besucht hatte, und Marga, die dies plante. Mir schwirrte der Kopf. Mit so vielen Menschen hatte ich das letzte Mal auf der Birkenwaldinsel um einen Tisch gesessen.

»Ich habe auch was zu feiern«, sagte Nikki zu mir auf Niederländisch. »Ich habe meinen Anteil an der Fabrik an meinen Onkel verkauft.«

Auf diese Weise erfuhr ich, dass Jari nicht mehr lebte. Eine Quizshow auf einer Karibikkreuzfahrt vor einem Jahr war ihm zum Verhängnis geworden. Er hatte sich auf die Frage nach dem Marathon-Weltrekord um eine Hundertstelsekunde geirrt und sich so über sein nachlassendes Gedächtnis aufgeregt, dass sein Herz die Arbeit aufgab. Rosa war gar nicht erst nach Finnland zurückgefahren, sondern zu ihrer verheirateten Tochter nach Amerika gezogen.

»Sie war in Finnland sowieso nie richtig zu Hause«, bemerkte Liisa leicht abfällig. »Sie blieb eine Fremde.«

Dass Rosa nach mehr als vierzig Jahren in Finnland immer noch als nicht dazugehörig galt, erschreckte mich. Allerdings hatte Liisa ihre Schwägerin noch nie gemocht. Ihren Neffen auch nicht, aber das schien sich geändert zu haben. Sie bedachte ihn jetzt mit den alles verschlingenden Blicken, mit denen sie früher immer ihre männlichen Sommergäste ins Schwitzen gebracht hatte. Sofort fiel mir eine *Ihr-Schicksal*-Story ein. Inzest war *in*, aber bisher hatten wir immer nur über streichelnde Stiefväter und lüsterne Onkel geschrieben. Warum nicht mal eine Geschichte von einer Neffen vernaschenden Tante?

Ich hätte Nikki zu gern gefragt, was aus dem Froschkönig mit der betörenden Stimme geworden war, bezweifelte aber, dass er sich noch an die Zusammenhänge erinnern konnte. In meinem Leben war so wenig geschehen, dass mir alle Ereignisse noch klar vor Augen standen. Das musste bei ihm anders sein. Wer kümmerte sich um die Insel? Wie sahen Vaters Skulpturen jetzt aus? War Harry jemals zurückgekehrt? Gab es noch Kontakt zu Menno? Ich wurde ganz atemlos von den vielen Fragen, die ich ihm stellen wollte.

»Was wirst du jetzt machen«, erkundigte ich mich nach dem Nächstliegenden, »in Helsinki bleiben?« Er schüttelte den Kopf.

»Natürlich nicht. Meine zauberhafte Schwester Stina hat das Haus geerbt und mir sehr deutlich gemacht, dass ich da nicht willkommen bin. Ich studiere jetzt Kunst. An einer Amsterdamer Akademie. Menno hat mir das vermittelt. Du erinnerst dich doch noch an Menno?«

»Vage«, antwortete ich und schickte eine stille Aufforderung an mein Herz, nicht mit der Arbeit auszusetzen, »was macht er denn jetzt so?«

Er leite ein Nachsorgeprojekt für die Jungen, die das Internat seines Vaters verlassen hätten, berichtete Nikki, und er sei damit ziemlich erfolgreich.

»Verheiratet, Kinder?« Nikki zuckte die Achseln. Er hätte eine Freundin, vielleicht habe er sie inzwischen geheiratet. So genau wisse er das nicht. Wie es ihrem Mann denn gehe, fragte ich Liisa und tat, als merkte ich nicht, dass ihr Nikki liebevoll den Oberschenkel knetete. Sie sei geschieden, informierte sie mich, ihr Mann habe sich als ein wahrer Tyrann herausgestellt. Unsicher, ob wir über den Mann sprachen, der in jenem Sommer nur einmal den Mund zum Sprechen aufgekriegt hatte, hakte ich nicht weiter nach.

Als unsere Bestellung gebracht wurde, wunderte ich mich, dass der Palatschinken keinen Schinken enthielt und Dampfnudeln keine Nudeln waren. Wahrscheinlich war der Tafelspitz auch kein angerichteter Schoßhund und Deutsch nicht wirklich die Landessprache Österreichs.

Außer den beiden Detektiven, die beinahe über ihren Speisen einschliefen, schien sich jeder prächtig zu amüsieren. Bine nahm die Indonesier in Beschlag und handelte sich eine Einladung nach Jakarta ein, Peter versuchte sich an Marga heranzurobben, die aber nur Augen für Nikki hatte. Also wechselte der liebesfrohe Maler mit Leo den Stuhl und flirtete kräftig mit Liisa. Ich erhörte Margas flehende Blicke, überließ ihr meinen Stuhl und setzte mich neben Leo. Wenn mich Nikki morgen zu Hause besuchte, würde ich auf alle Fragen Antwort kriegen. Auch auf die, ob es nach dem Restaurantbesuch in seinem Hotelzimmer zu einer Orgie gekommen war. Dass sich an Liisas Fleisch eine ganze Fußballmannschaft laben konnte, war mir noch gut in Erinnerung, aber weibliche Konkurrenz, vor allem schmalhüftige, hatte sie früher nie zugelassen. Vielleicht war sie mit fortschreitendem Alter milder geworden.

Ich setzte mich neben Leo, der so zufrieden in die Runde blickte, als hätte er alle Auflagenrekorde gebrochen. Als er seinen Arm um mich legte, wurde ich von einer Welle der Zuneigung erfasst, die mich selbst überraschte.

»Also, Iris«, sagte er, »wie war dein Tag in der Wildnis der Großstadt? Hat er dich von deiner Agoraphobie geheilt?«

»Hast du manchmal einen Tag, wo du keine Lust hast, dich mit Menschen zu umgeben und am liebsten allein zu Hause bist?«, fragte ich zurück.

»Natürlich«, sagte er.

»Siehst du«, erklärte ich, »du hast manchmal so einen Tag und ich meistens. Das ist der einzige Unterschied zwischen uns.«

»Nicht der einzige«, sagte er leise. Seine Finger schienen sich durch den Jackenstoff in meine Haut einzubrennen. Zum ersten Mal seit Jahren spürte ich wieder das Kribbeln im Bauch, das bisher nur Menno bei mir zuwege gebracht hatte. Ich rief mich zur Ordnung. Neben mir saß kein Adonis, sondern der gute alte Leo in seiner schwarzen Kluft. Dessen dunkles Haar ich hatte grau werden sehen. Der Mann, mit dem ich fast täglich über sexuelle Plots für *Ihr Schicksal* und die unbefriedigenden Liebesgeschichten unserer beiden Kolleginnen diskutierte. Nie war dabei auch nur das kleinste Fünkchen übergesprungen. Woher kam also dieses plötzliche Verlangen? Zu viel Sauerstoff, entschied ich. Auf seltsame Weise musste mich die Berliner Luft aphrodisiert haben.

Wie immer, wenn ich in einem öffentlichen Lokal saß, hatte ich Schwierigkeiten, den Gesprächen zu folgen. Leos Arm um meine Schulter wirkte sich auf mein Konzentrationsvermögen nicht förderlich aus. Marga musste mich regelrecht anschreien, ehe ich begriff, dass sie etwas von mir wollte.

»Was heißt Platzangst auf Englisch?«, fragte sie.

»Warum willst du das wissen?«, fragte ich zurück.

»Ich erzähle Nikki gerade von deinem heutigen Experiment.«

Ich sah Nikki an, der fast unmerklich ein Auge zukniff. Plötzlich erinnerte er mich wieder an den kleinen Jungen, der keinen Streich hatte auslassen können. Jetzt war Marga das Opfer. Ich wusste zwar nicht, weshalb er vor ihr geheim hielt, dass er perfekt Deutsch sprach, aber ich würde ihm den Spaß nicht verderben.

»Fear of bursting«, sagte ich und blickte auf Liisas mächtigen Busen.

»Das ist nicht nett«, ermahnte mich Nikki auf Niederländisch und ließ offen, ob er meine Blicke oder Worte meinte. Marga konnte offensichtlich genug Englisch, um sich über meine Bemerkung zu amüsieren.

»Diese fette alte Schachtel werde ich wohl noch ausstechen können«, flüsterte sie.

»Willst du ihr Gift ins Glas schütten?«, fragte ich. Ich konnte mir keine andere Methode vorstellen, jemanden Liisas Klammergriff zu entreißen.

»Sehr nett«, sagte Nikki jetzt auf Finnisch. Liisa sah ihn fragend an. Marga habe vorgeschlagen, sagte er, ihnen das Berliner Nachtleben zu zeigen.

»Das geht leider nicht«, wandte sich Liisa mit zuckersüßem Lächeln auf Englisch an Marga, die verunsichert zurücklächelte. Normalerweise würde sie sich eine solche Gelegenheit nicht entgehen lassen, fuhr Liisa fort, aber sie habe morgen früh einen wichtigen Termin, für den sie fit sein müsse.

Dieses Stichwort gab den Anstoß zum allgemeinen Aufbruch. Beim großen Händeschütteln sah ich, wie Nikki Marga einen Zettel in die Hand drückte und ihr verschwörerisch zunickte. Amina und Jahadi wollten sich noch mit Bine ins Nachtleben stürzen und fanden es sehr bedauerlich, dass ich ablehnte.

Leo brachte mich nach Hause. Zu meiner Überraschung fuhr er nicht auf den Hof, sondern hielt in der zweiten Reihe vor dem Vorderhaus.

»Gute Nacht, und träum schön von deiner finnischen Insel.«

Mir wurde plötzlich kalt. Eero, dachte ich, damals hat Eero mich gewärmt. Mein Körper schrie nach Berührung.

Ich nahm all meinen Mut zusammen.

»Willst du nicht mit nach oben kommen?«, fragte ich. Er beugte sich vor und streifte meinen Mund flüchtig mit seinen Lippen.

»Nein«, sagte er, »das ist keine gute Idee.«

Ich brauchte keine Erklärung, verstand genau, was in ihm vorging. Er hatte Angst. Nach meinen sechzehn zölibatären Jahren im Gartenhaus würde es ihm so vorkommen, als ob er mich entjungferte. Er würde mir nicht glauben, wenn ich ihm versicherte, dass ich nach einer Nacht mit ihm keine Ansprüche anmelden, dass sie unserer Freundschaft keinen Abbruch tun würde. Ich war mir dessen selbst auch nicht sicher und ärgerte mich, dass ich mich in einer Lage befand, in der ich mir selbst fremd war. Jahrelang hatte ich mein Leben unter Kontrolle gehabt und so weit wie möglich alle Kontakte gemieden, die Unruhe hineingebracht hätten. Die Angst, mich wie meine Mutter jemandem auszuliefern, war stärker gewesen als das Bedürfnis nach Nähe. Aber nach diesem anstrengenden Tag unter so vielen Menschen erschien es mir plötzlich trostlos, allein in meine Klause zurückzukehren.

Jemand klopfte ans Wagenfenster.

»Du hättest mich auch mitnehmen können«, warf Peter Leo vor. »Dann hätte Herr Patzke keinen Umweg fahren müssen.«

Leo entschuldigte sich und wünschte uns beiden eine gute Nacht.

Die werden wir haben, dachte ich, und zwar zusammen.

Erst konnte es Peter gar nicht fassen, dass ihn die *eiserne Jungfrau*, wie er mich nannte, von der Treppe zurückrief und in ihre Kemenate einlud. Eine zweite Aufforderung war nicht nötig. Endlich konnte er auch mich abhaken und ich brauchte die Nacht nicht allein zu verbringen. Ich stellte mir vor, in Leos Armen zu liegen, und das klappte gut, bis ich ein leises Klopfen an meiner Tür hörte. Ich erstarrte.

Peter hielt in seiner Bewegung inne.

»Wer ist das?«, fragte er flüsternd. »Mach nicht auf.«

Aber die Tür hatte sich bereits einen Spalt geöffnet. Da ich immer nur die Eingangstür zur Redaktion abschloss, wusste ich, wer geklopft hatte.

»Iris?«, fragte Leo. »Schläfst du schon?«

»Nein«, antwortete Peter, »aber ist es für eine Redaktionskonferenz nicht etwas spät?« Scheiße, dachte ich, Scheiße, und zog mir die Decke über den Kopf.

Ich rechnete damit, dass mich Leo am nächsten Tag traurig oder vorwurfsvoll ansehen würde, aber er ließ sich nichts anmerken. Marga bestellte mir von Nikki, dass er mich erst später am Nachmittag besuchen werde. Er müsse am Morgen mit seiner Tante ins Krankenhaus. Dies sei auch der Grund für den Berlin-Besuch gewesen.

»Vielleicht hat sie eine ganz fürchterliche Krankheit«, sagte sie hoffnungsvoll, »er wollte darüber nicht sprechen.«

Nachdem die Tante eingeschlafen war, hatte Marga noch mit Nikki einen Zug um die Häuser gemacht. Leider hätte er das Angebot ausgeschlagen, den Rest der Nacht in ihrem Bett zu verbringen.

»Aber was nicht ist, kann noch werden«, erklärte sie fröhlich. »Seine Tante muss mindestens eine Nacht im Krankenhaus bleiben.«

Sie fragte mich, woran ich so eifrig schriebe.

»An einer Geschichte. Über eine Frau mit Agoraphobie«, antwortete ich.

»Also deine eigene Story!«, meinte Marga.

»Iris ist geheilt«, sagte Leo trocken. »Sie hat sich jetzt der Welt geöffnet.«

»Übertreib nicht«, ermahnte mich Marga. »Nicht, dass du jetzt schreibst, wie ein Streifzug durch Berlin an einem Tag aus einer Nonne ein Callgirl machte.«

»Iris muss nur über sich schreiben«, meinte Bine. »Sie weiß genau, was Agoraphobie ist. Sie hat sich gestern wirklich mehr als nur tapfer geschlagen und mir auch noch eine Einladung nach Indonesien verschafft.«

Da ich meinen Kollegen den Triumph nicht gönnte, mit ihrer Diagnose zumindest teilweise Recht behalten zu haben, sparte ich bei der Story Elemente aus meinem eigenen Leben gänzlich aus. Ich erfand eine Frau, die ihre unglückliche Kindheit und Jugend nur andeutete, weil sie so Fürchterliches erlebt hätte, dass sie darüber nicht schreiben könne. Meine Ich-Erzählerin setzte in jener Lebensphase an, wo sie so übergewichtig war, dass sie sich nur noch selten aus dem Haus traute. Sie zog sich ganz in ihre vier Wände zurück, nachdem sie bei einem Busunfall mit knapper Not dem Tod entgangen war. Ich entschied mich gegen ein Happyend und ließ die Geschichte mit einem Hilferuf der Frau ausklingen.

Ich freute mich darüber, wie flott ich vorankam. Das lag sicher daran, dass sich mein Unterbewusstsein mit diesem Thema schon länger beschäftigt hatte. Diese Erfahrung hatte ich in den vergangenen Jahren öfter gemacht. Wenn mir eine Idee kam, ich sie aber nicht umsetzen konnte, schob ich sie in eine Produktionskammer meines Hirns, zu der mein Bewusstsein keinen Zugang hatte. Irgendwann ging die Tür auf und entließ die fertige Story. Ich musste sie dann nur noch aufschreiben. Ein derartiger Prozess verlief genauso unbewusst wie der Verdauungsprozess.

Als Nikki in die Redaktion kam, war die Story fertig. Ich überreichte Leo die Diskette und zog mich mit Nikki in mein Zimmer zurück.

»Woran leidet Liisa?«, fragte ich ihn als Erstes.

»Am Älterwerden«, erwiderte er grinsend.

»Aber warum ist sie im Krankenhaus? Sie sah doch ganz gesund aus.«

»Um jünger zu werden. Sie lässt sich rundum erneuern.«

»Ein Facelifting?«, fragte ich ungläubig.

»Rundum, sagte ich. Sie lässt sich auch Fett absaugen, die Pobacken anheben sowie Hals und Brüste straffen.«

»Ist das nicht gefährlich?«, fragte ich leicht angeekelt. Ich war nicht sehr empfindlich, aber eine Fernsehdokumentation über Schönheitsoperationen hatte Brechreiz in mir hervorgerufen und mir die Idee von einer künstlich geschaffenen längeren Nase gänzlich ausgetrieben.

»Es ist nicht das erste Mal. Liisa hat beschlossen, dass sie für den Rest ihres Lebens keinen Tag älter als vierzig aussehen möchte.«

»Und du findest das gut?« Er hob die Schultern.

»Wenn es sie glücklich macht.«

»Ich habe den Eindruck, dass du sie glücklich machst. Wie ist denn das passiert?«

Er versicherte, er habe seine Tante immer sehr gemocht. Ich erinnerte ihn daran, dass er ihr Matsch auf die Beine gekleistert, einen Frosch ins Bett gelegt und über ihre ekligen Sexgeschichten gelästert hatte. Und sie habe ihn nicht ausstehen können, darauf bestanden, dass er in ein Heim gegeben und mit Prügeln zur Vernunft gebracht werden sollte.

Nikki konnte sich nur noch an den Frosch erinnern und versicherte, ihn habe damals Eifersucht motiviert. Ich schüttelte den Kopf. Irgendetwas stimmte hier nicht. Oder hatte mich mein Gedächtnis im Stich gelassen?

»Für dich war ich immer nur ein kleiner Junge«, meinte Nikki, »aber auch damals hatte ich schon gewisse Gefühle.«

»Für Liisa?«, fragte ich ungläubig.

»Sie war immer schon eine heiße Braut«, erwiderte er und wechselte das Thema. Ob ich nicht manchmal Sehnsucht nach der Insel hätte? Manchmal, gab ich zu. Warum ich dann nie zurückgekommen wäre? Es fiel mir schwer, Nikki auseinander zu setzen, dass ich an keinen Ort fahren würde, den ich wieder verlassen müsste. Aufgeregt bot er mir meinen alten Job wieder an. Schließlich habe er das Sommerhaus geerbt und könne sich keine bessere Hüterin als mich vorstellen. Sein Blick wanderte durch mein Zimmer, zum Fenster mit Aussicht auf einen trostlosen Hof, und blieb schließlich an meinem Fernseher hängen.

»Marga sagt, dass dein Leben aus Putzen, ein bisschen Schreiben und Fernsehen besteht«, sagt er. »Was ist das für ein Leben?«

»Ich schreibe mehr als nur ein bisschen«, entgegnete ich leicht beleidigt. »Und mit meinem Leben bin ich auch ganz zufrieden. Vielleicht erinnerst du dich daran, dass man mich auch auf der Insel immer gefragt hat, was das denn für ein Leben sei. Da konnte ich mich noch um meinen Vater kümmern. Jetzt wäre ich ganz allein.«

»Nein«, sagte er, »ich wäre auch da.«

Er habe vor, sich nach seinem Studium zum Malen auf die Insel zurückzuziehen, berichtete er. Schon wieder ein verschrobener Künstler auf der Insel, dachte ich und schüttelte den Kopf.

»Wenn ich noch mal umziehe, dann nur nach Indonesien.«

Leo steckte den Kopf zur Tür herein. Ein Anruf für Herrn Koivisto. Aus dem Krankenhaus. Nikki wurde blass und eilte ins Redaktionszimmer. Ich ging ihm nach, hörte ihn Antworten geben und sah Margas ungläubiges Gesicht, weil sie auf Deutsch erfolgten. Sie zog mich am Ärmel.

»Kann er denn Deutsch?«, fragte sie.

»Nur ein bisschen. So, wie ich schreibe«, erwiderte ich, schüttelte sie ab und rannte Nikki hinterher, der wortlos zur Tür geeilt war.

»Was ist los?«

»Weiß ich nicht genau.«

»Ist die Operation nicht geglückt?« Er blieb stehen. »Die Operation schon. Aber sie kriegen Liisa nicht wach.«

Ein paar Tage später waren die Ärzte immer noch ratlos. Ich hatte Liisa inzwischen besucht und entsetzt auf ihr halb zugepflastertes geschwollenes Gesicht geblickt. Die Krankenschwester beruhigte mich. In ein paar Tagen würden die Fäden gezogen und Verbände, Klammern und Pflaster entfernt werden. Auch die Schwellung würde verschwinden. Dann könne man ihr auch wieder die Haare waschen und sie würde gleich viel besser aussehen. Der Chirurg sei sehr zufrieden mit seiner Arbeit. Der Anästhesist weniger. Er habe keine Erklärung für den komatösen Zustand der Patientin.

Sein Vertrauen in die deutsche Medizin sei schwer erschüttert, meinte Nikki. Er könne Liisa unmöglich allein zurücklassen. In einer Klinik in Helsinki sei sie besser aufgehoben. Zumindest könne sie sich dann verständlich machen, wenn sie wieder aufwachte.

»Und wenn nicht?«, fragte ich leise.

Inzwischen waren zwei Wochen vergangen, und an Liisas Zustand hatte sich, abgesehen davon, dass sie wirklich immer schöner wurde, nichts geändert.

»Mein Dornröschen wird irgendwann aufwachen«, sagte Nikki und küsste sie zärtlich auf die Wange.

Liisa und ihr märchenhaftes Leben, dachte ich. Sie war Schneewittchen gewesen, als mein Vater die sieben hässlichen Zwerge für ihr Treppengeländer gezimmert hatte. Sie hatte einen Froschkönig geheiratet und wie die kleine Meerjungfrau für ein Schönheitsideal gelitten. Und jetzt war sie Dornröschen. Aber ich bezweifelte, dass sie glücklich bis an ihr Ende würde leben können.

Die Komapatienten in den Seifenopern wachten zwar irgendwann unbeschädigt auf und klagten höchstens über einen für den Verlauf der Story wichtigen Gedächtnisausfall, aber aus Fernsehdokumentationen wusste ich, dass ein so langer unnatürlicher Schlaf Hirnfunktionen ernstlich in Mitleidenschaft ziehen konnte.

Nikki besuchte mich von nun an täglich in der Redaktion. Sehr zu Margas Missvergnügen hatte er es aufgegeben, mit ihr zu flirten. Sie versuchte ihn mit Peter eifersüchtig zu machen, der jetzt auch öfter auf einen Sprung hereinschaute. Aber Nikki ging darauf ebenso wenig ein wie ich auf die beziehungsreichen Blicke, die mir Peter zusandte. Nach jener Nacht ließ ich ihn nie wieder in mein Schlafzimmer.

Was wäre wohl passiert, wenn ich Peter nicht mit in mein Zimmer genommen hätte? Vielleicht wären Leo und ich zusammengekommen. So aber musste er sich sagen, dass er sich in mir getäuscht hatte. Ich war zum stillen Wasser geworden, in dessen Tiefen er sich nicht verlieren wollte. Die Schuld lag bei mir. Ich hatte entgegen meinen Prinzipien die Initiative ergriffen und etwas getan, als ich Peter auf der Treppe zurückrief. Das war ein Fehler gewesen. Ich musste das Handeln einfach anderen überlassen und das tun, was ich am besten konnte, nämlich nichts. Dann würde sich schon alles von selbst entwickeln.

In den Tagen danach fiel es mir sehr schwer, unbefangen mit Leo umzugehen. Ich kam mir vor wie ein Kind, das etwas Ungehöriges angestellt hatte und dafür mit Missachtung gestraft wurde. Nicht, dass Leo unfreundlich gewesen wäre, aber er hielt sich strikt an Dienstliches. Schon nach einer Woche erschien es mir unvorstellbar, dass er den Arm um mich gelegt und mir einen Kuss auf die Lippen gehaucht hatte. Von meiner Agoraphobie-Story war er nicht begeistert, aber da ich nichts anderes anzubieten hatte, rückte er sie ins Blatt.

»Gegen besseres Wissen«, sagte er, »sie ist zu unglaubwürdig, kaum druckreif und das Ende unbefriedigend. Streng dich nächstes Mal mehr an.«

»Es ist immer schwieriger, über etwas zu schreiben, was einen selbst berührt als über etwas völlig Fremdes«, kam Bines Verteidigung.

Ich war froh, dass mich Nikkis Anwesenheit von dem Tumult in meinem Inneren ablenkte. Trotzdem hätte ich Leo gern eine Erklärung gegeben. Da er mir keine Gelegenheit dazu bot, verfasste ich eine Leserzuschrift für Marga, in der ich mein Dilemma kaum verkleidet schilderte. Mit Leos Horoskop gab ich mir besondere Mühe.

»Nichts ist so, wie es scheint«, schrieb ich, »Sie sollten sich bei der betreffenden Person informieren, bevor Sie ein Urteil fällen. Nicht nur Ihr eigenes Lebensglück steht auf dem Spiel. Seien Sie nicht zu streng mit anderen und denken Sie daran, dass niemand vollkommen ist. Jemand wartet auf ein liebevolles Wort von Ihnen. Handeln Sie!«

Ich legte die Horoskope auf seinen Schreibtisch. Er las sie mit unbewegtem Gesicht durch. Danach blickte er auf.

»Hübsch gemacht«, sagte er, »es tut mir Leid, wenn dich meine Kritik an deiner Agoraphobie-Story so getroffen hat. War nicht so gemeint.«

Vielleicht war alles nicht so gemeint und er hatte an jenem Abend nur mit mir reden wollen. Ich versuchte, mein inneres Gleichgewicht wiederherzustellen und schwor mir, nicht so schnell wieder Gefühle zuzulassen. Das brachte nur unnötige Unruhe in mein Leben. Dieser Vorsatz half. Das Tageslicht auch. Wenn ich mich unbeobachtet wähnte, musterte ich Leos ungesunde Gesichtsfarbe und sein fahles dünnes Haar, das weiße Flöckchen über die schwarzen Hemden ausschüttete. Seine Augen, die bei künstlichem Licht melancholisch wirkten, erinnerten am Tag eher an ein Rindvieh auf der Weide. Den abgebrochenen Schneidezahn hatte er immer noch nicht reparieren lassen. Außerdem nervte mich seine Angewohnheit, die Zigarette nicht im Aschenbecher, sondern auf der Tischkante abzulegen. Es war eine sehr erfreuliche Erfahrung, sich einen Mann ausreden zu können. Jeder Tag brachte mich der Gleichgültigkeit ein Stückchen näher.

Mit Geld und nicht so guten Worten schaffte es Nikki tatsächlich, dass Liisa in ein finnisches Pflegeheim verlegt wurde. Bevor er sich von mir verabschiedete, bat er mich, noch einmal über eine Rückkehr auf die Insel nachzudenken. Er wies darauf hin, dass die allgemeine Klimaerwärmung vor Finnland nicht Halt machen und demnächst die Winter auch dort kürzer werden würden. Als mich das nicht überzeugte, schlug er einen Umzug nach Amsterdam vor. Mit meinen Sprachkenntnissen würde ich dort bestimmt Arbeit finden.

»Warum sollte ich mein Leben ändern?«, warf ich ihm jenen Satz entgegen, der inzwischen mein Motto geworden war. Aber nachdem er gegangen war, griff ich zum Telefon und wählte zum ersten Mal seit zwölf Jahren wieder die Telefonnummer meiner Großeltern. Dabei fiel mir plötzlich ein, dass mein Großvater wahrscheinlich nicht mehr lebte. Ich erschrak, als ich seinen Namen klar und deutlich hörte.

»Kluizenaar.«

Ich legte schnell auf. Als gleich danach das Telefon klingelte, war ich zu verstört, um abzuheben. Mutter und Vater waren schon lange tot, aber ich hatte noch einen lebenden Verwandten, der so alt war wie das Jahrhundert.

Leo riss den Hörer von der Gabel.

»Redaktion *Ihr Schicksal*, guten Tag.«

Plötzlich war es ganz still im Raum. Marga und Bine blickten auf.

»Nein«, sagte Leo, »tut mir Leid, aber wir geben prinzipiell keine Adressen raus. Bitte haben Sie dafür Verständnis. Nein, wir können keine Ausnahme machen. Wir müssen die Menschen schützen, die uns ihr Schicksal anvertrauen.« Marga begann zu kichern und um Leos Mundwinkel zuckte es.

»Wenn Sie darauf bestehen«, sagte er jetzt, »werde ich mit der Dame Kontakt aufnehmen, aber ich kann Ihnen schon jetzt versichern …« – er sah uns drei mit lachenden Augen an – »… dass jemand mit Agoraphobie ganz bestimmt nicht in einer Fernsehtalkshow auftreten wird.«

9 DER SCHEIN BESTIMMT DAS SEIN

»In keinem Medium wird so ungeniert gelogen wie im Fernsehen«, sagte Bine, nachdem Leo aufgelegt hatte. »Und ausgerechnet eine Fernsehredaktion glaubt, dass unsere Geschichten echt sind?«

»Das ist die Kraft des gedruckten Wortes«, erwiderte Leo. »Allen neuen Entwicklungen zum Trotz trägt der Mensch das schwarz auf weiß Geschriebene immer noch getrost nach Hause. Selbst wer die Wahrheit kennt, lässt sich durch einen Zeitungsbericht vom Gegenteil überzeugen.«

Da war was dran. Ich hatte nach all dem Presserummel schließlich auch kurz daran geglaubt, dass Patzke senior wirklich seinen hundertsten Geburtstag erreicht hätte.

»Das hat mit Unsicherheit zu tun«, meldete sich Marga. »Die Menschen trauen sich und ihrem eigenen Urteil nicht. Das fällt mir bei den Leserzuschriften auch immer wieder auf ...«

Das Gelächter, das ihren Worten folgte, ließ sie ungestört über sich ergehen. Natürlich seien die Leserzuschriften von uns und anderen erfunden, aber das bedeute nicht, dass sie erlogen seien. Ebenso wenig wie unsere Geschichten, die sich genau so hätten zutragen können und vielleicht irgendwo auch so zutrügen.

»Jeder Erfindung liegt eine wahre Geschichte zugrunde«, erklärte sie mit ihrer *Dipl.-Psychologin-Marion-Breuer*-Stimme. »Unsere Phantasie wird durch die Wirklichkeit genährt und was unserem Unterbewusstsein entspringt, bestimmt unser Bewusstsein.«

Bine war anderer Meinung.

»Der Schein bestimmt das Sein«, meinte sie. »Wenn ich an einer roten Ampel stehe und der Fahrer neben mir gibt Gas und fährt los, dann bin ich eher geneigt, ihm als der Ampel zu glauben. Zumindest schau ich verunsichert nach der Ampel.«

»Aber du fährst nicht los, sondern denkst nur, was für ein Idiot«, unterbrach Leo. »Ich finde es nicht ungesund, den eigenen Sinnen gelegentlich zu misstrauen.«

»Und dem gedruckten Wort«, ergänzte Bine. »Es wäre sicher unmöglich gewesen, jemanden zu finden, auf den Iris' Agoraphobie-Story genau zutrifft.«

»Weil sie so unglaubwürdig ist«, erinnerte ich Leo. Ich war sehr geschmeichelt, dass ausgerechnet die Geschichte, die er am heftigsten kritisiert hatte, von den als zynisch geltenden Fernsehleuten für echt gehalten wurde. Mich wunderte das nicht. Mein Privatleben bestand aus Fernsehen. Ich schaltete zwischen Talkshows und Serien hin und her und hatte längst begriffen, dass die Themen immer extremer und Tabubrüche längst die Norm geworden waren. Das ganz normale Schicksal interessierte niemanden mehr.

Als Seiteneinsteiger im Schreiben hielt ich mich in unseren Konferenzen zurück, aber manchmal hätte ich meinen Kollegen gern gesagt, dass die Schicksale in ihren Storys inzwischen dem Trend hinterherhinkten. Wir würden wohl erst in zwei Jahren über Transsexualität, Schüler mit Waffen, Piercing, Internetsex und Handys als Lebensretter schreiben, dann, wenn diese Themen in der Glotze längst ausgereizt waren. *Ihr Schicksal* beschäftigte sich immer noch mit Ess-Störungen, Ossi-Sorgen, kleptomanischen Hausfrauen, Drogenkindern und dem Fitnesswahn. Alles längst überholt. Damit würden wir keine neuen jungen Leser hinter dem Computer hervorlocken.

Aber wer war ich, altgedienten Journalisten zu empfehlen, vom Bummelzug auf die elektronische Autobahn umzusteigen? Außerdem gefiel mir an meinen Kollegen im privaten Umgang genau das, was mich an ihrer Arbeit störte. Die Beständigkeit ihrer Ansichten und Prinzipien. Leos Hang zum Existentialismus, der sich nicht nur in seiner Vorliebe zu schwarzen Klamotten, sondern vor allem in seiner Melancholie äußerte. Ich versuchte immer noch, mir meine Zuneigung zu ihm auszureden. Am weitesten kam ich damit, wenn er uns Vorträge darüber hielt, wie *Ihr Schicksal* sich mit seiner Lebenseinstellung vereinbarte. Ich war schon längst dahinter gekommen, dass er seine Arbeit nicht für solch »absoluten Schrott« hielt, wie er mir bei unserer ersten Begegnung versichert hatte. Er schämte sich ein wenig für die Aufmachung des Blattes, aber er hatte eine Mission. Er glaubte, gerade die weniger gebildeten Leser davon überzeugen zu können, dass sie keinen fremden Mächten ausgeliefert, sondern frei seien, die eigene Zukunft zu gestalten. Wissen sei weniger wichtig als Mitgefühl und die Fähigkeit zum Wählen und Handeln. Und dieses Handeln müsse nicht immer zu begründen sein.

»Wenn Iris gern fernsieht oder nichts tut, dann ist das ihre Entscheidung und muss respektiert werden«, sagte er und hielt uns Vorträge darüber, wie das Ego aus den Erfahrungen anderer lerne. Unser Blatt brächte weder Verlautbarungen noch Kommentare. Es richte sich natürlich nicht an den zum abstrakten Denken Fähigen, sondern nehme sich alltäglicher Probleme an. Es sei voll *in der Welt.* Dass diese inzwischen progressiv rotierte, und unsere Storys eine hausbackene Erinnerung an übersichtlichere Zeiten waren, wollte er nicht hören. Ich hielt also den Mund, schrieb in Leos Sinne, sah fern und machte Putzbewegungen.

Meine Arbeit in der Detektei hatte sich inzwischen allerdings intensiviert. Das lag an der neuen Sekretärin, die unablässig selbst gedrehte Zigaretten rauchte und das ganze Büro mit Asche und Tabakskrümeln überzog. Auf den Schreibtischen hinterließ ihre Sucht unter Limonadegläsern, Aschenbechern und Kaffeetassen kreisrunde Spuren von braunen festgeklebten Partikeln. Das konnte selbst ich nicht ignorieren. Der scharfe Geruch, der vor allem bei Regen von Manfred Patzke ausging, wurde durch den Tabakrauch zwar ein wenig gemildert, vertrug sich aber schlecht mit Frau Liebkinds Parfum. Als Sekretärin erschien sie mir genauso geeignet wie ich als Putzfrau. Die Aktenberge wurden immer höher und sie benutzte eine altmodische Reiseschreibmaschine, weil sie den Computer wegen möglicher Strahlengefahr ablehnte.

Von Manfred Patzke auf das Krebsrisiko durchs Rauchen angesprochen, erklärte sie, dieses sei gering, da das Rauchen ihr Vergnügen bereite und sie kein schlechtes Gewissen dabei habe.

Alle Krankheiten, versicherte sie, hätten ihren Ursprung »zwischen den Ohren«. Auch der Reizhusten von Jürgen Brechschneider.

Auf die Frage, wie man das Übel beseitige, das zwischen den Löffeln begonnen habe, hatte sie auch eine Antwort. Durch Hypnotherapie. Davon verstehe sie etwas, denn sie lasse sich zur Hypnotherapeutin umschulen. Wenn Jürgen Brechschneider nichts dagegen hätte, würde sie ihm gern eine Probe ihres Könnens zuteil werden lassen.

Der Husten verschwand wirklich schon nach der ersten Behandlung, aber das allein hätte wohl nicht ausgereicht, um Manfred Patzke und Jürgen Brechschneider auf die Esoterikschiene zu bugsieren. Das geschah erst, nachdem Frau Liebkind ihren Chef davon überzeugte, dass die widersprüchlichen Angaben eines seiner Klienten auf dessen multiple Persönlichkeitsstruktur zurückzuführen wären. In der Detektei versetzte sie den Klienten in Trance. Hinterher berichtete mir Manfred Patzke, der Mann habe mit sieben verschiedenen Stimmen gesprochen und einmal sogar in einer Sprache, die niemand identifizieren konnte. Danach hatte sich der Detektiv ausführlich mit Frau Liebkinds Ausbilder unterhalten und sich selbst für einen Kursus in Hypnotherapie eingeschrieben. Sowohl für seine Detektivtätigkeit als auch für seine Medienauftritte erwarte er sich davon eine Bereicherung.

Ich nahm aus der Detektei die Anregung *Hypnotherapie* mit, aber alle Story-Ideen verflogen, als Leo in der Redaktion mit einer Ankündigung aufwartete, die meine Existenzgrundlage bedrohte: »Wir müssen hier ausziehen.«

Die sinkende Auflage habe ihn gezwungen, bei der Druckerei und unserem Vermieter Schulden zu machen. *Ihr Schicksal* stehe kurz vor dem Ruin. Nur ein Umzug in billigere Räume im Osten der Stadt könne uns noch etwas Aufschub gewähren. Außerdem würden Geschäftsgründungen im Osten subventioniert und man könne dann direkt vor Ort versuchen, neue Käufer zu werben. Zum Beispiel mit Briefwurfsendungen, in denen man herzzerreißende Geschichten halb abdrucke und auf die Fortsetzung in *Ihr Schicksal* verweise.

»Der Cliffhanger im Briefkasten«, fasste Leo zusammen. »Ich weiß nicht, was uns sonst noch retten könnte.«

»Werbung«, sagte ich. »Am besten im Fernsehen.«

»Hast du eine Ahnung, was eine Werbeminute kostet?«, fuhr er mich an.

»Und außerhalb des Werbeblocks?«, fragte ich. »Wir machen doch auf der Lebenshilfe-Seite auch Werbung für Kosmetika, Lebensmittel und Gesundheitsschuhe.«

»Productplacement«, meldete sich Marga. »Iris meint, dass in ihren Fernsehserien *Ihr Schicksal* auf dem Couchtisch rumliegen sollte ...«

»Oder dass die Heldin der Serie ihrem Mann den Beischlaf verweigert, weil sie die Story noch zu Ende lesen muss«, nickte Bine. »Oder *Dipl.-Psychologin Marion Breuer* gibt den entscheidenden Ratschlag, der alle ins Verderben stürzt ...«

»Gar nicht schlecht«, meinte Leo nachdenklich und bückte sich, um dem Heft auszuweichen, mit dem Marga auf Bine gezielt hatte. »Nur, dass man auch für Productplacement Geld ausgeben muss, das wir nicht haben. Aber wenn jemand zum Beispiel in einer Talkshow *Ihr Schicksal* erwähnt, kostet uns das keinen Pfennig.«

»Wenn man bedenkt, dass das Fernsehen sogar bei uns angeklingelt hat ...«, seufzte Bine. »Kennen wir wirklich niemanden mit Agoraphobie ...?«

Drei Augenpaare sahen mich flehentlich an.

»Oh nein!«, rief ich. »Ich nicht! Ich kann doch nicht in

einer Talkshow auftreten!« In der Pause, die meinen Worten folgte, begann plötzlich das Faxgerät zu rattern. Leo zog das Papier aus dem Apparat und hielt es mir hin. Eine letzte Zahlungsermahnung des Vermieters. Das Original würde per Post zugestellt werden.

»Warum nicht?«, fragte Leo. »Du hängst doch an deinem Zimmer.«

Aber nicht um jeden Preis, dachte ich. Auf keinen Fall würde ich meine Lebensgeschichte vor Millionen ausbreiten.

»Ich leide nicht an Agoraphobie.«

»Du hast darüber sehr kompetent geschrieben«, sagte Leo.

»Die Frau gibt es nicht.«

»Es könnte sie aber geben.«

»Irgendwo gibt es sie ganz bestimmt!«, rief Marga.

»Dann findet sie. Aber lasst mich aus dem Spiel.«

Ich ging in mein Zimmer, knallte die Tür hinter mir zu und stellte den Fernseher an.

Es lief eine Talkshow. Ich wechselte den Kanal, aber zu dieser Zeit hatte ich nur die Wahl zwischen Talkshows, einem albernen Quiz mit einer lila Sitzgruppe als Hauptgewinn und einer Dokumentation über die Entstehung der Brotschneidemaschine.

Bei den Talkshows fiel mir die Wahl zwischen »Pickel zerstörten mein Leben«, »Hunde sind die besseren Menschen« und »Die Lebensangst der Frau um vierzig« leicht. Ich erschrak über die Spuren, die das ganz normale Leben auf die Gesichter meiner Altersgenossinnen gezeichnet hatte. Untreue Ehemänner, Risikoschwangerschaften, die Gratwanderung zwischen Karriere und Haushalt, Kinder, die sich darauf vorbereiteten, das Elternhaus zu verlassen, verblühende Schönheit, Selbsthilfegruppen, Altersängste … Eine fremde Welt für mich, exotischer als die, in der man auf Bambusmatten sitzt und fröhlich ist. Ich war *die Frau um vierzig*, aber außer dem Alter hatte ich nichts mit diesen anderen Frauen gemein. Mir hatte keine Schwangerschaft die Figur versaut. Das hatten die Fertiggerichte und die Kekse vor dem Fernseher getan. Aber sich nur um der Bewegung willen zu bewegen und damit Unmengen an Energie freizusetzen, fand ich absurd. Am Fitness-Fahrrad des letzten Preisausschreibens wäre ich höchstens dann interessiert gewesen, wenn es in Berlin häufiger Stromausfall gegeben hätte und ich auf diese Weise meinen Fernseher hätte antreiben können. Sollten sich doch andere für ihr Spiegelbild abstrampeln! Ich musste für niemanden schlank sein.

Meine Geschichte würde kein Talkshow-Publikum interessieren, es höchstens zu der altvertrauten Frage *Was ist denn das für ein Leben?* animieren.

Ein gutes, versicherte ich mir, frei von Sorgen und Verantwortung. Frei von Stress, von Zukunftsängsten, frei von Liebe. Ich hatte emotionale Höhen gemieden, um mir den Absturz zu ersparen. Wenn meine Mutter jene alles verzehrenden Gefühle tatsächlich erlebt haben sollte, dann war sie von diesen wirklich aufgefressen worden. Das Leben dauerte länger als die Liebe. Bine warf mir oft vor, dass ich *lau* sei. Sie verstand nicht, dass ich hinter dieser Haltung meine einzige Angst verbarg: mich auszuliefern und für ein paar Glücksmomente lebenslang büßen zu müssen. Ich brauchte weder Dinge noch Menschen. Es ging mir gut vor dem Fernseher in meinem spärlich möblierten Zimmer. Aber dieses Leben war bedroht, wenn *Ihr Schicksal* ausziehen musste.

Während eine Frau im Fernsehen darüber klagte, dass ihr Mann sie finanziell zu kurz hielt, kramte ich meine Kontoauszüge hervor. Da ich nur wenig Geld ausgab, hatte ich ein beachtliches Vermögen angesammelt. Natürlich würde ich mir davon eine richtige Wohnung und eine lange Zeit des Nichtstuns leisten können. Wahrscheinlich reichte es sogar für ein Leben in Indonesien. Aber die gleiche Angst, die mich vor der Liebe schützte, hinderte mich daran, mir eine indonesische Insel auszusuchen, auf der ich meine Bambusmatte ausbreiten konnte. Die Angst vor Enttäuschung. Was für ein Traum blieb noch übrig, wenn ich das tat, wonach ich mich mein ganzes Leben lang gesehnt hatte? Oder wenn ich auf der Bambusmatte saß und unglücklich war? Und was sollte ich mit einer ganzen Wohnung anfangen? Mein Körper konnte sich schließlich nur in einem Zimmer aufhalten. Plötzlich wusste ich, was ich mit meinem Geld zu tun hatte.

Ich stellte den Fernseher ab, öffnete die Tür zur Redaktion und bat Leo in mein Zimmer.

»Hier hat sich nichts verändert«, bemerkte er, als er sich in meinem einzigen Sessel niederließ. Früher hatte er oft neben mir auf dem Bett gesessen und seinen Whisky getrunken. Seit meiner Nacht mit Peter hatte er mein Zimmer nicht mehr betreten.

»Was sollte sich bei mir schon ändern«, entgegnete ich und reichte ihm meinen letzten Kontoauszug. »Wie viel brauchst du, um *Ihr Schicksal* hier zu behalten?«

Es dauerte eine Weile, bis ich ihn davon überzeugt hatte, dass ich sein Blatt weder kaufen noch mich in anderer Form als bisher daran beteiligen wollte. Für mich bitte keine Verantwortung! Ich wollte ihm nur Geld leihen, damit sich mein Leben nicht ändern würde.

»Wie soll ich es dir zurückzahlen?«, fragte er schließlich.

»Wie du willst«, entgegnete ich, »in Monatsraten …«

»So meine ich das nicht«, erwiderte er leise. »Ich kann dein Angebot nicht annehmen, weil ich nicht weiß, ob ich es dir überhaupt zurückzahlen kann.« Das wäre die Gelegenheit gewesen, ihn zu einer Kursänderung des Blattes zu bewegen. Ihm zu empfehlen, modernere Themen aufzugreifen, jüngere Schreiber zu engagieren, mit Ohren am Puls der Zeit. Aber ich schwieg. Leo kannte nur die Musik aus den späten Sechzigern. Ich war nicht die Einzige, die an Vertrautem festhalten musste, damit sich das eigene Weltbild nicht als Illusion erwies. Wir hatten keine Angst vor dem Altern, weil sich bei uns nichts änderte. Wenn man den Spiegel mied, vergaß man Falten und graue Haare. Wir trieben keinen Sport, an dem wir zunehmende Kurzatmigkeit oder nachlassende Gelenkigkeit messen konnten. Bei uns blieb alles beim Alten. Bis wir irgendwann zu den Alten gehörten, und dann gab es erst recht keinen Grund mehr, etwas zu ändern. Höchstens den Aufenthaltsort. Nikkis Angebot fiel mir wieder ein. Die Insel wäre ein guter Alterssitz. Für Leo und mich.

Ich fragte ihn, ob er sich vorstellen könnte, alles hinzuschmeißen und woanders neu anzufangen.

»Und was tun?«, fragte er.

»Nichts?«, schlug ich vor.

»Das ist dein Ziel, nicht meins«, erwiderte er schaudernd. »Ich könnte nicht wie du jahrelang auf einer Insel leben und nichts tun. Ein erschreckender Gedanke, dass ich dort vielleicht mir selbst begegnen und nichts dagegen unternehmen könnte. Außerdem würde ich mich zu Tode langweilen. Ich muss etwas zu tun haben. Du befindest dich mir dir selbst offenbar in guter Gesellschaft, ich mit mir ganz bestimmt nicht.«

»Und du mit mir?«

Es war mir herausgerutscht. Ich hielt den Atem an.

Leo stand auf, erklärte, dass er noch arbeiten müsse und bedankte sich für mein großzügiges Angebot. Er würde aber keine Nacht ruhig schlafen können, wenn er Schulden bei mir habe.

»Die Talkshow war meine letzte Hoffnung«, sagte er. »Aber vielleicht haben wir im Osten mehr Glück.«

Er verließ das Zimmer. Ich stellte den Fernseher an. Aber weder mit dem Apparat noch mit mir selbst kam ich mir in guter Gesellschaft vor. Ich hatte die Tür zu meinem Herzen nur ein winziges Stück geöffnet und schon fühlte ich mich einsam und zurückgewiesen. Unglückliche Liebe ist der Boden, auf dem Selbstmitleid gut gedeiht.

Liebte ich Leo? Ich hoffte nicht. Es fehlten mir Vergleichsmöglichkeiten, um mein Gefühl genauer auszuloten. Die Bücher aus alten Tagen, die Begegnung mit Menno und die heutigen Fernsehserien waren mein Maßstab. Demzufolge könnte sich zwischen Leo und mir etwas entwickeln. Der Dramaturgie meiner Lebensstory täte es sicher gut. Aber ich war nicht Herr über das Drehbuch. In Liebesdingen, so lehrte es die Fernsehserie, war es am besten, nichts zu tun. Man überlässt das Spinnen der Schicksalsfäden höheren Mächten. Aber diese strickten bestimmt nicht mehr an einem passenden Lebenspartner für mich. Ein amerikanischer Wissenschaftler hatte neulich in einer Talkshow erklärt, dass es für eine allein stehende Frau über dreißig wahrscheinlicher wäre, vom Bus überfahren zu werden, als einen Ehemann zu finden. Ich war *die Frau um vierzig*, die Frau, die nichts getan hatte, um nichts kaputtzumachen, aber jetzt musste ich etwas tun, um mir das Leben, so, wie ich es schätzte, zu erhalten.

Ich öffnete die Tür zur Redaktion.

»Ich tu's«, erklärte ich, »ich werde in dieser verdammten Talkshow auftreten.«

Am nächsten Morgen bat ich Manfred Patzke um eine Unterredung. Ich brauchte seine Hilfe.

»Wenigstens muss ich Sie nicht für eine Talkshow coachen«, brummte er.

»Doch«, sagte ich. »Genau das.«

Fassungslos starrte er mich an und schlug dann mit der Faust auf den Schreibtisch.

»Gibt es denn noch irgendjemanden, der *nicht* im Fernsehen auftritt? Peter war auch schon hier …«

»Die Promiskuität des freischaffenden Künstlers?«, fragte ich.

»Im Gegenteil. Eheglück mit zwei Wohnungen. Andy Warhol wird Recht behalten und jeder Mensch fünfzehn Minuten lang berühmt sein. Peters Talkshow wird in zwei Wochen ausgestrahlt, da kriegen wir dann endlich mal seine Ehefrau zu sehen. Ich habe sie schon für ein Phantom gehalten. Worum geht es bei Ihrer Talkshow? Putzen oder Agoraphobie?«

»Um Letzteres.«

»Darüber wissen Sie mehr als ich. Wie sollte ich Ihnen da helfen können?«

Ich erklärte ihm, dass ich zwar mit echtem Vornamen, aber ansonsten nicht als ich selbst auftreten würde. Ich würde eine von mir erfundene Story-Figur sein, die eine so schreckliche Kindheit und Jugend gehabt hatte, dass sie darüber nicht hatte schreiben können, in der Talkshow aber alles aufdecken wollte. Da er in seiner Praxis die abenteuerlichsten Fälle behandele, wolle ich um ein paar Anregungen für eine grauenvolle Kindheit bitten.

Eine ganze Serie dramatischer Umstände, die letztendlich zur Agoraphobie geführt hätten. Nur so würde es mir gelingen, immer wieder auf *Ihr Schicksal* hinzuweisen, die Zeitschrift, die mir das Leben gerettet habe. Und der ich damit das Leben retten wollte.

Manfred Patzke schlug vor, Frau Liebkind hinzuzuziehen. Sie könne mich hypnotisieren und interessante Ideen aus den Tiefen meines Unterbewusstseins hervorzaubern. Oder mich in vorherige Leben zurückführen, aus denen zu schöpfen wäre.

»Da könnte ich genauso gut meine Phantasie bemühen«, meinte ich.

»Sie sind keine Schauspielerin«, sagte er besorgt, »Man wird es Ihnen ansehen, wenn Sie flunkern. Die Kamera deckt Lügen auf. Wenn Sie aber eine Geschichte erzählen, von der Sie überzeugt sind, dass sie mit Ihnen zu tun hat, dann wirkt es echter.«

»Ich könnte Schauspielunterricht nehmen.«

»Auch Schauspielern sieht man an, dass sie schauspielern. Wenn Sie durch die Programme zappen und einen Kopf sprechen sehen, den Sie nicht kennen, wissen Sie immer sofort, ob es ein wirklicher Politiker ist oder ein gespielter, ein wirklicher Anwalt oder ein Schauspieler, ein tatsächlich Betroffener oder einer, der seine Sätze einstudiert hat.«

Ich hätte nur eine Chance, überzeugend zu wirken. »Wenn Sie der Mensch sind, für den Sie sich ausgeben.«

Bedrückt rubbelte ich die braunen Ringe auf seinem Schreibtisch weg.

»Sie sollten mit Frau Liebkinds Ausbilder sprechen«, riet mir Manfred Patzke. »Er hat sich auf Menschen mit multiplen Persönlichkeiten spezialisiert. Vielleicht entdeckt er in Ihnen noch ein anderes Wesen, von dessen Existenz Sie bisher keine Ahnung hatten, und vielleicht hat dieses Ihnen noch unbekannte Wesen eine brauchbar grauenhafte Kindheit erlebt.«

Multiple Persönlichkeiten waren der neuste Trend. Leo hatte zu diesem Thema bereits eine Story abgelehnt. Es hätte mir Spaß gemacht, einen Menschen zu erfinden, in dem sich fünf oder mehr Wesenheiten um die Vorherrschaft stritten, aber ich hatte kein Bedürfnis, irgendwelche Geister innerhalb meiner selbst zu wecken. Außerdem hielt ich die ganze Sache für Mumpitz. Ich würde schon an mindestens eine parallele Wirklichkeit glauben müssen, wenn ein Wesen innerhalb meines eigenen Körpers auf eine andere Vergangenheit als die von mir erlebte zurückblicken sollte. Außerdem musste es unbedingt ein schwer agoraphobisches Wesen sein.

»Selbsthypnose«, sagte Manfred Patzke plötzlich. »Auch dazu könnte Ihnen Frau Liebkind Tipps geben. Sie machen sich einfach zu einer anderen Person und überzeugen sich, dass Sie dieser Mensch sind. Selbstbetrug ist gar nicht so schwierig.« Er rückte zur Seite, damit ich mit meinem Staubtuch über seinen Ablagetisch fahren konnte.

»Noch etwas.« Er griff nach meiner Hand und sah mich intensiv an.

»Ja?«, fragte ich erwartungsvoll.

»Es wäre schön, wenn die neue Iris putzen könnte.«

Ich war nicht die Einzige, die sich über meine neue Identität Gedanken machte. Am Tag nach meiner Ankündigung hatte

Leo Bine die gesamte Redaktionsarbeit übertragen. Er brütete über einer glaubwürdigen, schrecklichen Vergangenheit für eine von Agoraphobie geplagte Frau.

»Alles muss zu dir passen. Auch optisch«, sagte er, als ich in die Redaktion kam. »Wir haben drei Wochen Zeit. Die brauchen wir auch.«

Er schlug vor, erst getrennt zu brainstormen und am Abend unsere Notizen zu vergleichen. Es gefiel mir, dass sich Leo einen ganzen Tag lang mit mir beschäftigen würde. Auch wenn er Iris neu erfinden würde, so müsste er sich doch mit der real existierenden auseinander setzen. Vielleicht würden mir seine Ideen verraten, was er wirklich von mir hielt.

Seit dem Auszug seiner Frau schien es in Leos Leben nur noch die Arbeit zu geben. Er saß schon im Büro, wenn ich morgens meine Putzrunde begann, und wenn er abends als Letzter ging, nahm er Papiere mit nach Hause. Private Anrufe erhielt er nie. Er behauptete, keine Zeit für Freunde zu haben. Er hatte kein Interesse daran, außerhalb der Redaktion über die gesellschaftliche Relevanz seiner Tätigkeit zu sprechen. Es langweilte ihn, sich dafür zu rechtfertigen, dass sich sein Leben im Zeichen eines Groschenheftes abspielte.

Leos Dilemma bestand darin, dass ihm genau jene Menschen lagen, die seine Arbeit verurteilten. Wer ihm dazu gratulierte, kam für ihn als Freund nicht infrage. Der sollte das Blatt kaufen und sich an Geschichten erfreuen, die Leo zwar schrieb und redigierte, aber im Privatleben nie lesen würde. Über ihren Inhalt wollte er nur mit Kollegen diskutieren. Es ging Leo ähnlich wie jenen Deutschen im Ausland, die den Umgang mit Menschen meiden, die sie mögen, weil sie deutsch sind, und die die Anerkennung derjenigen suchen, die sie gerade deshalb ablehnen.

Das Umfeld registriert wirtschaftlichen Misserfolg bei einem kleinen, aber feinen intellektuellen Blatt mit respektvollem Bedauern. Meistens findet sich ein Förderer, der sich als Retter eines Kulturteilstücks des Abendlandes feiern lässt. Darauf konnten wir nicht hoffen. Ein möglicher Förderer von *Ihr Schicksal* würde Geld und nicht Geltung wollen. Wir brauchten die Talkshow, um bekannt zu werden.

»Scheiße!«, rief Bine und warf Leo eine Illustrierte auf den Tisch. »Wisst ihr, dass der Talkshow-Termin mit einem wichtigen Fußball-Länderspiel zusammenfällt? Das bedeutet weniger Quote. Weniger Zuschauer. Weniger Werbung für *Ihr Schicksal.*«

Leo rief sofort bei der Fernsehredaktion an, um sich zu erkundigen, ob der Termin verschoben werden könne. Seine Agoraphobie-Frau sei abergläubisch und würde an jenem Wochentag keinesfalls das Haus verlassen. Das müsse sie auch gar nicht, beruhigte ihn die Redakteurin, die Sendung würde am Vortag aufgezeichnet werden. Man habe sich für diesen Sendetermin als Gegengewicht zum Fußballspiel entschieden. Für Talkshows im Allgemeinen und Agoraphobie im Besonderen würden sich hauptsächlich Frauen interessieren.

»Für *Ihr Schicksal* auch«, versicherte ich, »und außerdem kommt eine Talkshow selten allein.«

Ich erinnerte meine Kollegen daran, dass Manfred Patzke nach seinem ersten Auftritt sofort für weitere Gesprächsrunden bei anderen Sendern gebucht worden war. Außerdem sähe ich selbst immer wieder die gleichen Köpfe zu verschiedenen Themen.

»Wenn den Redaktionen die Ideen oder die Gäste ausgehen, laden sie aus lauter Verzweiflung sogar konkurrierende Talkshowmoderatoren in die Sendung ein«, erklärte ich. Dieses offensichtliche Defizit an Gästen könnten wir uns doch zunutze machen. Meine Legende müsse so aufregend sein, dass sie Material für weitere Sendungen böte. Ich wisse genau, was zurzeit im Trend sei, versicherte ich, ohne Leo anzusehen. Meine Kollegen hörten mir aufmerksam zu. Endlich fand ich auf einem Gebiet als Expertin Anerkennung. Die Jahre vor dem Fernseher hatten sich gelohnt.

Irgendwann erfindet jeder Mensch eine Geschichte, die er sein Leben nennt. Ich genoss es, diesen Satz von Max Frisch mit Blick auf all das, was mir im Leben hätte zustoßen können, neu auszulegen. Ich hielt mich in groben Zügen an meinen echten Lebenslauf, nur machte ich mich zu einem aktiveren Menschen, dem deswegen andauernd Unglücke widerfuhren. Mein Text war ein Lobgesang auf das Nichtstun.

»Hätte ich mich passiv verhalten, wäre ich im Strom mitgeschwommen, dann säße ich jetzt nicht hier«, las ich Leo am Abend den Schluss meines Lebenslaufs vor. »Hektische Betriebsamkeit hat mein Leben zerstört.«

Leo sagte zunächst nichts. Dann stand er auf und zog mich von meinem Stuhl.

»Komm mit«, sagte er leise. Erstaunt folgte ich ihm ins Badezimmer. Er schob mich vor den Spiegel, stellte sich hinter mich und legte seine Hände auf meine Schultern.

»Sieht so ein Mensch voller hektischer Betriebsamkeit aus?«, fragte er mein Spiegelbild.

»Jetzt bin ich ausgelaugt. Ich habe Agoraphobie«, verteidigte ich mich. Aber ich verstand, was er meinte. Trotzdem war ich nicht bereit, meine Story so schnell aufzugeben.

»Auch ein hektischer Mensch kann ein langweiliges Gesicht haben«, sagte ich.

Mit zunehmendem Alter trat das asiatische Erbe meiner Großmutter deutlicher in Erscheinung. Meine Augen schienen länger und schmaler geworden zu sein, meine Wangenknochen traten stärker hervor als meine Nase und meine Haare waren, bis auf wenige graue Strähnen, nachgedunkelt.

»Du hast kein langweiliges Gesicht«, sagte Leo und strich mir über eine Wange, »sondern ein ungewöhnliches, ein schönes. Man sieht ihm an, dass du in dir selbst ruhst. Um diese Gelassenheit habe ich dich immer beneidet. Schon damals, als du mit deinen unmöglichen Schuhen vor mir in der Gosse lagst.«

»Aus der du mich gezogen hast.«

Unsere Augen begegneten sich im Spiegel.

»Was seitdem alles passiert ist …«, sagte Leo.

»Nicht viel«, gab ich zurück.

In jenem Moment passierte eine Menge in mir. Ich war mir des Drucks seiner Hände bewusst und musste mich zwingen, sie nicht zu berühren. Ich hätte mich gern umgedreht, den Kopf an die schwarze Hemdbrust gelegt und mich einfach fallen gelassen. Aber Leos Augen im Spiegel bannten mich. Die Melancholie war daraus verschwunden und hatte einem Ausdruck Platz gemacht, den ich richtig zu deuten hoffte. Zärtlichkeit las ich darin, Liebe. Nicht umdrehen, dachte ich, sonst bricht der Zauber. Ich streckte einen Finger aus, um im Spiegel die Falten auf seiner Stirn zu streicheln, aber sein Gesicht verschwand hinter meiner Hand. Leo nahm eine Hand von meiner Schulter, küsste die Fingerspitzen und lächelte mein Spiegelgesicht an.

Ich drehte mich um.

»Wir müssen arbeiten«, sagte er, »es eilt.«

»Wir haben drei Wochen!«, erinnerte ich ihn. Ich konnte kaum sprechen, wollte ihn umarmen, ihn auf den Flickenteppich vor dem Waschbecken ziehen und all das mit ihm tun, was mir so lange Jahre nicht gefehlt hatte. Aber natürlich tat ich nichts.

»Die Talkshow findet in drei Wochen statt. Aber morgen kommt jemand von der Fernsehredaktion für ein erstes Vorgespräch. Bis dahin muss die Story stehen.«

Die Melancholie war wieder da. Ich versuchte meine Hormone in Schach zu halten, holte zwei Fertiggerichte aus der Tiefkühltruhe und stellte sie in die Mikrowelle. Während wir aßen, erzählte mir Leo die Geschichte, die er mein Leben nannte. Sie hatte mit meinem wirklichen Leben nichts zu tun.

»Du musst dich in eine ganz fremde Identität einleben, damit du dich nicht in Widersprüche verwickelst«, sagte er. »Echte Erinnerungen könnten dir sonst einen Streich spielen. Vor allem, wenn du Lampenfieber hast. Ich habe Elemente, aber nicht Ereignisse aus deinem Leben einfließen lassen. Und ich habe deine Persönlichkeit intakt gelassen.«

Mir würde es leichter fallen, sagte er, eine total erfundene Geschichte eines Menschen meines echten Naturells glaubhaft rüberzubringen als die halb erfundene eines hyperaktiven.

»Willst du damit sagen, dass mir Unheil zustößt, gerade weil ich nichts tue?«, fragte ich leicht empört. Dieser Gedankengang entsprach nicht meinem Naturell.

»Wir beschäftigen uns nicht mit Ursachenforschung«, erwiderte er leicht irritiert. »Betrachte es einfach als dein Schicksal.«

Nach Mitternacht hatten wir uns auf eine Legende geeinigt. Leos Befürchtung, sie wäre möglicherweise zu abenteuerlich, wies ich zurück. Im Scheinwerferlicht der Talkshows wäre nichts zu abenteuerlich. Und wir würden anderen Sendern Stoff für neue Talkshows und uns selbst kostenlose Werbezeit liefern.

»Es ist dein Leben«, gab Leo nach. »Und jetzt erzähl es mir.«

Er setzte sich an den Computer. Während ich meine Schicksalsschläge aufreihte, tippte er meine Geschichte ein. Am Schluss standen uns beiden Tränen in den Augen.

»Ein fürchterliches Schicksal«, flüsterte Leo.

»Grauenhaft«, schluchzte ich. »Die arme Frau!«

»Die arme Iris.«

»Dass ich das alles überlebt habe!«

»Kein Wunder, dass du an Agoraphobie leidest.«

»Nicht mehr. Dipl.-Psychologin Marion Breuer hat mich gerettet. Ohne *Ihr Schicksal* wäre ich heute ein Wrack.«

»Nein«, sagte Leo, »das geht nicht. Wenn sie nun die Dipl.-Psychologin dabeihaben wollen? Marga ist in Berlin zu bekannt.«

Er hatte Recht. In den Talkshows war man immer ganz scharf auf Koryphäen. Das machte die Sache seriös.

»Wir lassen sie sterben«, erklärte ich. »Dann kann sie keinen Unsinn erzählen.«

»Gleich sterben?«, fragte Leo. »Könnte sie nicht einfach nur eine ganz schwere Erkrankung haben? Eine, die sie sprachlos macht? Ich würde mich ungern von ihr trennen. Und ich weiß nicht, wie wir Marga den Tod ihres Alter Egos verklickern sollten.«

»Und wenn du mich rettest?«, fragte ich leise. Meine Hormone ließen sich nicht beruhigen. Ich hatte Menno geliebt, ihn aber nie so begehrt wie diesen mittelalterlichen Mann mit den dünnen grauen Haaren und den Schuppen auf den Schultern. Es war ein unerträglicher Gedanke, dass er jetzt nach Hause gehen und mich allein zurücklassen würde. Ich musste errettet werden.

»Das wäre, wie wenn ein Ertrinkender einen anderen zu retten versuchte«, sagte Leo. »Dann gehen beide nur noch schneller unter.«

Diese Bemerkung bezog sich nicht auf meine Legende. Ich fasste wieder Hoffnung.

»Nicht, wenn einer von beiden auf dem Floß der Gelassenheit treibt«, erwiderte ich, »der andere muss nur lernen, sich auch treiben zu lassen. Wildes Rudern ist lebensgefährlich. Schlag nicht um dich, Leo, dann zieht dich auch nichts runter.«

Ich stand hinter ihm. In mir steckte noch etwas von der überaus hektischen Iris, die ich erfunden und von der ich mich noch nicht ganz verabschiedet hatte. Ich fuhr ihm mit beiden Händen über den Kopf, ließ sie dann auf seine Schultern fallen und massierte mit den Daumen leicht seinen Nacken.

»Das tut gut«, sagte er und senkte den Kopf.

Meine Hände rutschten nach vorn, umschlossen kurz seine Wangen und öffneten dann die oberen Hemdknöpfe. Jetzt konnte ich seine nackten Schultern massieren. Ich konzentrierte mich ganz auf meine Fingerspitzen.

»Du bist sehr überzeugend«, murmelte er.

Ich öffnete weitere Knöpfe.

»Vielleicht solltest du das Hemd ganz ausziehen«, schlug ich vor. »Dann geht es besser.«

Sanft nahm er meine Hand weg und stand auf. Gleich würde er mir sagen, dass wir noch zu arbeiten hätten. Aber ich irrte mich.

Er griff nach einer meiner Hände und küsste sie.

»Komm«, sagte er, »im Liegen geht alles besser. Vor allem in unserem Alter.«

Damit zog er mich in mein Zimmer.

Frau Rodenkirch war ein Energiebündel. Ein Blick auf ihr strahlendes, entschlossenes Gesicht genügte, um bei mir Erschöpfungszustände hervorzurufen. Sie stürmte in die Redaktion auf ähnlich hohen Hacken wie jene, die mich einst hierher gebracht hatten. Mit dem Unterschied, dass sie darin nicht nur gehen, sondern wahrscheinlich auch einen Marathon gewinnen konnte.

»Wo haben wir denn unseren Star?«, rief sie mit nervtötender Fröhlichkeit.

Ich fühlte mich nicht angesprochen und überlegte, wie ich unauffällig in mein Zimmer verschwinden könnte.

Ihr Blick blieb an mir hängen. Jetzt hatten ihre Mundwinkel schon beinahe die Ohren erreicht.

»Sie müssen Iris sein! Wie schön, dass wir uns kennen lernen! Und wie mutig von Ihnen!«

Leo stand auf und stellte sich ihrem Sturmlauf in den Weg.

»Guten Tag«, sagte er. »Sind Sie in Eile?«

Damit nahm er ihr den Wind aus den Segeln. Natürlich nicht, erklärte sie, sie hätte alle Zeit der Welt, aber sie wäre ja so gespannt auf mich. Und jetzt wäre sie unendlich erleichtert. Worüber, wollte Leo wissen. Frau Rodenkirch schenkte mir ein Raubtierlächeln.

»Die Kamera wird Iris lieben. Das sehe ich jetzt schon. So was weiß man ja vorher nicht. Vor allem bei diesem

Thema. Sie hätte ja auch ...« Sie machte eine wegwerfende Handbewegung.

»... eine hässliche, alte, fette Kuh sein können?«, half ihr Leo.

Sie nickte.

»So was kommt vor. Wir machen eine seriöse Show, keine Freakshow wie andere. Und manchmal ist es dann sehr schwierig, den Leuten beizupopeln, dass sie für die Sendung doch nicht so geeignet sind.«

Leo zog fragend die Augenbrauen zusammen. »Vielleicht haben Sie Ihre Unterlagen durcheinander gebracht, Frau Rodenkirch. Iris soll sich zum Thema Agoraphobie äußern.«

Dies war nur eine Arbeitsameise, die sich im Namen ihrer Königin vortasten sollte. Mir brach der Schweiß aus, als ich mir das Gewusel im Studio vorstellte.

»Nein, ich glaube nicht«, sagte ich. »Ich habe es mir anders überlegt.«

Damit zog ich mich in mein Zimmer zurück.

Natürlich klopfte Leo wenige Minuten später sanft an. Er trat ein, setzte sich neben mich auf das Bett und legte einen Arm um meine Schultern. Im Geiste baute ich eine Eisenwand um mein Herz. Ich schob die Erinnerung an eine wunderbare Nacht weg und schwor mir, dass er mich nicht überreden würde. Der Talkshow-Auftritt war eine Schnapsidee gewesen und würde nicht funktionieren. Ein paar Nachfragen, und meine Legende fiel in sich zusammen. Warum sollte ich meinen Seelenfrieden aufs Spiel setzen? Die Welt brauchte *Ihr Schicksal* nicht. Ich hatte genug Geld, um nach dem Auszug der Redaktion die ganze Etage zu mieten. Ich würde einfach weiter putzen und gelegentlich eine Story einschicken. Sollte die Redaktion doch umziehen. Bis zum Briefkasten war es nicht weit.

»Wenn du nicht willst, dann lassen wir es«, sagte er. »Ich finde die Frau auch schrecklich.« Er drückte mich leicht an sich. »Bleib hier, ich schicke sie weg.«

Als er an der Tür stand, wandte er sich noch einmal um.

»Iris ... ich pass auf, dass dir nichts passiert. Niemand darf auf dir herumtrampeln oder dich verbiegen.«

Dann schloss sich die Tür hinter ihm. Das Zimmer war sehr leer. Aber in mir breitete sich etwas aus. Keine Erleichterung, eher etwas wie Wut. Auf mich hatte noch nie jemand aufgepasst, und ich hatte auch nicht vor, dies irgendjemandem zuzugestehen. Nicht einmal Leo. Erst recht nicht Leo. Seit wann war ich für ihn ein empfindliches Pflänzchen, das man verbiegen oder platt treten könnte? Meine »unglaubwürdige« Agoraphobie-Story hatte er ohne einen Verbiegungsgedanken niedergemacht. Ein empfindsames Geschöpf wäre an der Kritik zerbrochen. Nur, weil er eine Nacht mit mir verbracht hatte, glaubte er wohl, sich zum Beschützer aufschwingen zu können? Gut, von der Welt *da draußen* wusste ich aus eigener Erfahrung fast nichts, aber ich betrachtete es als einen Erfolg, dass es mir gelungen war, sie mir jahrzehntelang vom Hals zu halten und so zu leben, wie ich wollte. Wenn ich mich bereit erklärt hatte, vor laufenden Kameras über das grauenvolle Schicksal zu sprechen, das mich in die Agoraphobie getrieben hatte, dann war das meine Entscheidung gewesen. Von der sollte mich keine überdrehte Barbiepuppe abbringen.

Ich öffnete die Tür.

»Frau Rodenkirch«, rief ich der Dame zu, die mit hochgerutschtem Rock auf Leos Schreibtisch saß, »in meinem Zimmer können Sie bequemer sitzen.«

Mit ungläubigem Lächeln stand sie auf und näherte sich mir, als wäre ich ein gefährliches Objekt.

»Sind Sie sicher?«, flötete sie. »Nicht, dass ich Ihnen zu viel zumute.«

In meinem Zimmer saß sie auf der Stuhlkante und fühlte sich sichtlich unbehaglich. Mit angeklebtem Lächeln lobte sie meine Einrichtung und zog die *Ihr-Schicksal*-Ausgabe mit meiner Story aus einer Ledermappe.

»Wenn ich zu schnell vorpresche, stoppen Sie mich

bitte«, sagte sie und klang beinahe verzagt. »Ich möchte Sie nicht verschrecken.«

Ich beruhigte sie. Agoraphobiker funktionierten in geschlossenen Räumen vorzüglich. Solange die Talkshow nicht auf dem Alexanderplatz stattfände, könne sie mich wie einen normalen Menschen behandeln.

»Was würde auf dem Alexanderplatz passieren?«, fragte sie. Ich zählte die Symptome auf, die ich mir aus der Fachliteratur herausgesucht und auswendig gelernt hatte. Sie war beeindruckt.

Ich entdeckte eine neue Fähigkeit an mir. Frau Rodenkirch musste eine geübte Interviewerin sein, aber ich bestimmte den Kurs des Gesprächs. Das gab mir Mut. Auf bestimmte Fragen oder befürchtetes Nachhaken brauchte ich nicht einzugehen. Meine Story war so interessant, dass ich sofort eine Alternative anzubieten hatte und die unbequeme Frage einfach in dem berühmten Raum stehen ließ. Vermutlich hatte ich diese Technik von den Politikern im Fernsehen gelernt.

Am Vorabend hatte ich mit Leo noch darüber nachgegrübelt, wie wir gewisse Diskrepanzen zwischen der *Ihr-Schicksal*-Story und meiner Legende überspielen könnten. Das erwies sich jetzt als ganz einfach.

Ich gestand Frau Rodenkirch offen, dass in der Zeitschrift einige Passagen über meine Lebensumstände nicht ganz zutreffend waren. Die Redaktion hatte aus eigener Initiative diverse Einzelheiten verändert. Nicht nur, um meine Intimsphäre zu schützen, sondern vor allem deshalb, weil die Story, so wie ich sie verfasst hatte, nicht druckreif gewesen war. So etwas Ähnliches hatte Leo ja wirklich gesagt.

Sie nickte verständnisvoll. Früher habe sie bei einer Zeitung gearbeitet und eingesandte Berichte redigiert. Schreiben müsse eben gelernt sein. Aber stünde in der Story nicht, dass ich als Übersetzerin arbeitete?

»Ich kann eine Menge Sprachen«, wich ich aus.

Welche denn?

Zum Beispiel Finnisch, Schwedisch und Niederländisch, erklärte ich, aber die Ausbeute dieser Weltsprachen stünde in keinem Verhältnis zu den Kosten einer Übersetzerausbildung. Daher hätte ich mich für einen anderen Beruf entschieden.

Für welchen?

»Ich bin Putzfrau«, sagte ich, »mit sehr eingeschränktem Tätigkeitsbereich.«

10 TALKSHOW-FIEBER

»Zwei Wohnungen«, sagte Peter im Fernsehen, »halten die Liebe frisch. Man entdeckt einander immer wieder aufs Neue.«

»Einander?«, fragte Bine, rümpfte die Himmelfahrtsnase und prostete dem Bildschirm-Peter zu. »Du entdeckst doch höchstens eine andere oder immer wieder eine Neue.«

Aber die Helden werden älter. Es war schon einige Zeit her, dass mir morgens im Treppenhaus eine unbekannte Schöne begegnet war. Als Bine Peter einmal nach seinem Liebesleben fragte, erklärte er, sich schon längst nicht mehr mit Amateuren abzugeben. Er sei bereit, für seine Freuden zu zahlen, wenn sie ihm fachkundig bereitet würden. Mit sauren Trauben habe das nichts zu tun und nur indirekt etwas mit dem Älterwerden. Als Liebhaber für Fortgeschrittene habe er weder Lust noch Zeit, junge Gänse anzulernen. Frauen seines Alters würden ihn sexuell nicht reizen. Blieben nur noch die Profis.

Nicht nur, wie sich nach der Talkshow zeigen sollte.

Eine Woche nach der Ausstrahlung seines Auftritts tauchte er mit ungewöhnlich verlegenem Gesicht bei uns in der Redaktion auf und lud uns alle zu einer Party am kommenden Sonnabend ein. Ich war nicht sehr begeistert. Nach seinen Festen überließ Peter immer mir die Aufgabe, angetrocknete Essensreste von Tellern zu kratzen und aus dem Chaos-Treffpunkt wieder eine Wohnküche zu machen. Das entsprach eigentlich nicht meiner Arbeitsplatzbeschreibung.

Es wäre seine letzte Party in diesem Haus, erklärte Peter. »Ich werde zu meiner Frau in die Gropiusstadt ziehen.«

Wie da denn die Liebe frisch bleiben solle, wollte Bine wissen.

»Vergiss meinen Unsinn von gestern«, bat er. Er sei über sich selbst erschrocken, nachdem er sich die Talkshow und vor allem seine Frau angesehen habe.

»Sie ist fünf Jahre älter als ich und sieht zehn Jahre jünger aus«, sagte er. »Weil sie ihre Energie nicht vergeudet hat.« Er warf mir einen Blick zu. »Was ich von meiner Frau lerne, hätte mir Iris wahrscheinlich auch beibringen können. Wenn sie nur gewollt hätte.«

Ich mied Leos Blick, spürte aber, wie mir das Blut ins Gesicht stieg.

»Gut, du siehst etwas verlebt aus. Aber das steht dir«, meinte Bine. »Und Iris ist bekanntlich unsere eiserne Jungfrau.«

Beiden Kolleginnen war bisher entgangen, dass Leo seit einer Woche in meinem Zimmer übernachtete. Wir hatten uns auf eine deutliche Trennung zwischen Privat- und Berufsleben geeinigt. Meine Zimmertür war die Grenze. Leos Vorschlag, mit unserer Liebe in seine Wohnung überzusiedeln, hatte ich abgelehnt. Ob ich denn gar nicht wissen wolle, wie er lebe?, hatte er mich gefragt. Nein, erwiderte ich, neugierig sei ich nicht sehr.

In Wahrheit hatte ich Angst, in seinen eigenen vier Wänden möglicherweise einem Leo zu begegnen, der mir fremd war oder Seiten an ihm zu entdecken, die ich nicht kennen lernen wollte. Ich hatte weder Lust, seine Hemden zu bügeln, noch Haare aus seinem Waschbecken zu pflücken oder eine Einrichtung bewundern zu müssen, die ich schrecklich fand. Wahrscheinlich war sie so schwarz wie seine Kleidung und würde mich in tiefe Depressionen stürzen. Leo in meinem Zimmer war eine Bereicherung. Ich in seiner Wohnung stellte einen unnötigen Risikofaktor für unsere Liebe dar. Mein Leben war perfekt, solange sich nichts daran änderte. Auch nichts an meinen Putzritualen. Deshalb war ich sehr betroffen, als Peter seinen Auszug ankündigte. Zwei Tage nach der Sendung war er zum ersten Mal seit Jahren in die Atelierwohnung in der Gropiusstadt gefahren. Eine Zeitschrift wollte über das glückliche Liebesleben in getrennten Wohnungen eine doppelte Homestory machen. Es wäre aber ziemlich peinlich gewesen, wenn er sich in der Wohnung seiner Frau gar nicht ausgekannt hätte, meinte er. Der Besuch war eine Offenbarung gewesen. Wie geräumig das Atelier sei, wie hell, wie ruhig! Er könne jetzt gar nicht mehr verstehen, warum er damals in die dunklere und ungemütlichere Altbauwohnung zurückgezogen sei.

»Weil du nicht zeichnen, sondern mit der Spritzpistole arbeiten wolltest«, erinnerte ich ihn und warnte vor den Reaktionen der Kunstkritiker. Sie könnten die Rückkehr zu Zeichnungen als Regression werten.

»Als solche betrachte ich den ganzen Unfug mit dem Umzug«, brummte Bine. Sie schlief zwar nicht mehr mit Peter, würde aber durch seinen Auszug einen formidablen Saufkumpanen verlieren.

Er befinde sich in einer neuen Phase seines Lebens, erklärte Peter, auch künstlerisch. Seine Frau sei eine begnadete Fotografin, und sie planten, in Zukunft nicht nur Tisch und Bett, sondern auch den Arbeitsplatz zu teilen. Er werde Collagen aus ihren Schwarzweiß-Fotos gestalten und diese kolorieren. Die Harmonie zwischen ihm und seiner Frau sei in jeder Hinsicht überraschend perfekt. Er habe sich in der Talkshow gar nicht verstellen müssen, denn er sei wirklich wieder in seine Angetraute verliebt. Jetzt wisse er auch, warum er sich niemals habe scheiden lassen. Sein Unterbewusstsein habe es ihm verboten. Er habe für diese Erkenntnisse große Umwege machen müssen. Zu viele. Er sei eben sehr unreif gewesen.

Marga machte sich auf der Stelle Notizen.

»Das ist neu«, bemerkte sie, »die Midlife-Crisis, die eine kaputtgeglaubte Ehe rettet.«

»Sie war die Frau, mit der ich alt werden wollte«, sagte Peter in einem Anflug von Sentimentalität, der ihm nicht stand.

»Werden wohl nicht, eher sein«, schoss sich Bine auf ihn ein. »Und Harmonie hat noch keiner künstlerischen Entwicklung gut getan. Du enttäuschst mich, Peter.«

Ich war ganz ihrer Meinung. Ich traute dem Wort *Har-*

monie nicht. Es beginnt mit einem Klang, der als eigenständiges Wort anderen etwas zufügt. Den Gedanken an Menschen im Einklang fand ich pervers. Wenn zwei mit einer Stimme sprechen, ist einer verstummt. Das nannte ich nicht Harmonie, sondern Unterdrückung. Worin es mein Vater in seiner Ehe fast zur Perfektion gebracht hatte. Harmonie fand ich in mir selbst, dafür brauchte ich Leo nicht.

Allerdings war ich etwas enttäuscht, als er am Abend von Peters Offenbarung erklärte, in seiner eigenen Wohnung übernachten zu wollen. Es stehe mir frei, mitzukommen. Natürlich lehnte ich ab. Gerade an einem Tag, an dem eine grundlegende Veränderung angekündigt worden war, würde ich mich hüten, eine solche in meinem Leben vorzunehmen.

Stattdessen sah ich fern.

Wieder einmal ein Film, der damit endete, dass sich zwei kriegten, die es nie im Leben miteinander aushalten würden. Ich schaltete um und geriet mitten in eine Talkshow, in der sich die Gäste mit unflätigen Bemerkungen und Stühlen bewarfen. Die Moderatorin sprang ins Publikum und versuchte empört auszusehen. Aber ihre Augen glänzten. Wer in diese Schlacht hineinzappte, blieb. Ich auch. Eine Frau entblößte ihren Busen, um der Welt zu zeigen, dass sie mehr zu bieten hätte als ihre Konkurrentin. Die versetzte ihr eine Ohrfeige und riss ihr ein Haarbüschel vom Kopf. Als sie den halben Skalp triumphierend hochhielt, versuchte ich auszurechnen, wie viele Schritte noch fehlten, bevor man in der Arena wieder Löwen auf Menschen loslassen würde.

Ich schaltete den Fernseher ab, legte mich aufs Bett und versetzte mich wieder in meine Legende. Manfred Patzke hatte Recht gehabt. Es war gar nicht so schwer, sich selbst etwas vorzumachen. Einige Szenen aus meinem erfundenen Leben sah ich so vor mir, als hätte ich sie wirklich erlebt. Je öfter ich sie mir ins Gedächtnis rief, desto echter wurden sie. Ich verglich sie mit meinen konkreten Erinnerungen und erschrak. Wo in der Wirklichkeit oft große Löcher klafften und sich verschwommene Bilder andienten, war der Film meiner Legende gestochen scharf. Ich konnte mich nicht mehr erinnern, welche Frisur Rosa gehabt hatte, als der kleine Raimo ertrunken war, oder ob ich mit Eero jemals gefrühstückt hatte. Viele Ereignisse konnte ich nicht mehr den entsprechenden Jahren zuordnen. Ich würde mich viel eher bei meiner eigenen Geschichte als bei der Legende in Widersprüche verwickeln. Letztere war in meinem Kurzzeitgedächtnis fest verankert.

Zehn Tage später holte mich ein Wagen ab und fuhr mich ins Studio. Ich hatte Leos Begleitung abgelehnt. Im Wagen hatte die Redaktion an den hinteren Seitenfenstern Vorhänge anbringen lassen. Damit ich beim Anblick von Straßen und Plätzen nicht in Panik geraten würde, teilte mir Frau Rodenkirch mit, als sie neben mir auf dem Rücksitz Platz nahm. Ich dürfe nur nicht nach vorn oder hinten blicken. Ihr stand die Angst ins Gesicht geschrieben, dass ich möglicherweise im letzten Moment einen Rückzieher machen könnte. Sie hatte sogar Tabletten mitgenommen, die sie vom Betriebsarzt erhalten hatte und die mir die befürchteten Angstzustände nehmen würden. Natürlich lehnte ich ab. Ich brauchte einen klaren Kopf, um mein Märchen und die Werbung für *Ihr Schicksal* wirkungsvoll rüberzubringen.

In der Maske saß ich neben einer Frau, die sich als die Klaustrophobikerin Karin vorstellte. Sie hatte Atemprobleme und bat die Kosmetikerin, keine zu dicke Make-up-Schicht aufzulegen, da sie in geschlossenen Räumen leicht ins Schwitzen gerate.

»Ich weiß, Sie haben Platzangst«, nickte die Maskenbildnerin.

»Nein«, sagte ich, »ich bin die mit der Platzangst.«

»Ein weit verbreiteter Irrtum«, erklärte Karin. »Klaustrophobiker haben Angst vor geschlossenen Räumen, Agoraphobiker vor offenen Plätzen.«

Die Moderatorin trat ein. Ich wusste aus dem Fernsehen, dass sie sehr behutsam mit ihren Gästen umging, und sah dies bestätigt, als sie sich besorgt nach unserem Wohlbefinden erkundigte. Sie bedankte sich bei mir, dass ich den Mut aufgebracht hätte, meine Klause zu verlassen und in ihre Sendung zu kommen. Sie sei überzeugt, mein Auftritt könne vielen anderen in meiner Lage helfen. Das sei schließlich der Sinn der Übung. Ob wir irgendwelche Wünsche hätten?« So schnell wie möglich hier raus«, flüsterte Karin, der schon wieder Schweißperlen auf der Stirn standen.

»Wir gehen gleich ins Studio. Es ist leer und groß und Sie können sich dann schon mal an die Umgebung gewöhnen«, meinte die Moderatorin. »Außerdem haben wir da für Karin eine Überraschung.«

Diese bestand aus einem großen Fenster, das an die Studiowand projiziert worden war und Ausblick auf eine blühende Wiese und Bäume bot.

»Unser Psychologe war der Meinung, dass Sie dies von Ihrem Problem ablenken und freier atmen lassen könnte«, erklärte die Moderatorin. »Es wird zwar etwas warm werden wegen der Lampen, aber unsere Klimaanlage läuft auf Hochtouren. Wir haben versucht, an alles zu denken, was Ihnen gut tut.«

Im Studio saß bereits ein schüchterner Mann, der uns als Jochen vorgestellt wurde.

»Das Treffen der Neurotiker«, sagte er, »ich leide unter Höhenangst. Schon der Anblick einer Leiter lässt mich zittern.«

»Der Fernsehturm auf dem Alexanderplatz«, fiel mir plötzlich ein, »das ist ein Ort, an dem uns allen dreien schlecht werden würde. Jochen wegen der Höhe, Karin wegen des geschlossenen Raums und mir wegen des Ausblicks auf den Platz und der vielen Menschen. Vielleicht sollten wir uns hinterher da verabreden, um an der Überwindung unserer Neurosen zu arbeiten.«

Die beiden anderen sahen mich an, als hätte ich sie zu einer Hinrichtung eingeladen. Die Moderatorin lächelte verständnisvoll.

»Keiner von Ihnen hat so viel mitgemacht wie Iris. Ich kann gut verstehen, dass Sie sich jetzt Mut einreden wollen. Aber Sie brauchen hier vor nichts und niemandem Angst zu haben. Sagen Sie, was Ihnen Ihr Herz eingibt und versuchen Sie, die Kamera und das Publikum zu vergessen. Das ist ganz einfach, wenn man sich auf das Gespräch konzentriert. Und wenn bei einem von Ihnen ein Angstanfall droht, geben Sie mir ein Zeichen. Hinter dem Podium steht unser Psychologe, der wird Sie auffangen.«

Lampenfieber bekämpfe man am besten, indem man dazu stehe.

»Sagen Sie ruhig, dass Sie aufgeregt sind, dafür hat jeder Verständnis. Sie sind schließlich keine abgebrühten Medienmenschen.«

Kurz bevor das Publikum eingelassen wurde, verließen wir den Saal. Karin hatte eine Tür entdeckt, die auf einen Parkplatz führte.

»Wäre es für Sie ein Problem, mit rauszukommen?«, fragte sie mich.

Ich schüttelte den Kopf. Parkende Autos beunruhigten mich nicht, nur Menschen auf weiten offenen Plätzen, erklärte ich.

Nervös zündete sie sich eine Zigarette an.

»Haben Sie keine Hemmungen, Ihre ganz persönliche Geschichte vor so vielen Leuten zu erzählen?«, wollte sie wissen.

»Es ist nicht das erste Mal«, sagte ich, zog ein *Ihr-Schicksal*-Heft aus der Aktentasche, die Marga mir geliehen hatte und zeigte ihr, was ich geschrieben hatte.

»Aber jetzt, alles vor so vielen Leuten erzählen! Das ist wie eine öffentliche Beichte! Was meinen Sie, sollen wir ganz schnell abhauen?«

Flucht sei keine Lösung, erklärte ich. Wir wären hier, um der Öffentlichkeit mehr Verständnis für unsere Angstneurosen beizubringen und um unseren Leidensgenossen Mut zu machen.

»Sie sind sehr tapfer«, sagte Karin. »Ich glaube, ich krie-ge da drinnen kein Wort raus.«

Wir wurden ins Studio gerufen.

Es lief großartig. Von mir wurde überhaupt nicht erwar-tet, dass ich eine Lebensbeichte ablegte, sondern die Mode-ratorin übernahm es, dem Publikum meine Geschichte zu erzählen. Ich musste nur betroffen aussehen. In den vergan-genen Wochen hatte ich mich so intensiv mit meiner vom Leben gebeutelten Kunstfigur identifiziert, dass mir an manchen Stellen echte Tränen kamen. Der Moderatorin war anzusehen, dass mein Schicksal sie auch mitnahm, und sie richtete ganz behutsam ein paar Fragen an mich. Ich brauch-te nur zu nicken. Schluchzer aus dem Publikum drangen bis aufs Podium.

»Iris ist eine sehr tapfere Frau«, sagte die Moderatorin und schloss die Sendung mit den besten Wünschen für meine Zukunft ab. Hinterher erklärten Karin und Jochen, dass sie neidisch auf mich seien, da ich im Gegensatz zu ihnen den Ursprung meines Gebrechens erkannt hätte. Ich verwies sie an Manfred Patzke. Hypnotherapie täte Wun-der. Auch ein Brief an *Dipl.-Psychologin Marion Breuer* wäre empfehlenswert. Ich verteilte diverse *Ihr-Schicksal*-Hefte und ließ mich wieder nach Hause fahren. Ich hatte kein schlechtes Gewissen. Schließlich hatte ich nichts getan, nur genickt und ein paar bestätigende Worte und viele Hin-weise auf *Ihr Schicksal* eingestreut.

Manfred Patzke kam am nächsten Nachmittag in die Redaktion, um sich die Sendung zusammen mit mir anzu-sehen. Ich war etwas beleidigt, dass sich Leo in mein Zim-mer zurückgezogen hatte, um dort das Fußballspiel zu ver-folgen. Er wollte sich meinen Auftritt später auf Video zu Gemüte führen.

Manfred Patzke war mit meiner Vorstellung nicht zufrie-den. Die klein gemusterte Bluse sei nicht bildschirmgerecht, da das Design flimmerte. Ich hätte aktiver sein und mehr mit dem ganzen Körper arbeiten müssen. Das *Ihr-Schicksal*-Heft hätte ich früher aus der Tasche ziehen müssen. Ich hätte mein Verhängnis selbst schildern und dies nicht der Moderatorin überlassen sollen. Aus zweiter Hand verliere die Geschichte an *Power.*

Aber sie wurde geschluckt. Noch am selben Tag kamen zwei Anfragen von anderen Talkshow-Redaktionen, und im Laufe der Woche folgten weitere. Ich vereinbarte einen Termin mit Manfred Patzke, der mich auf die Auftritte fachkundig vorbereiten wollte. Ich bot ihm zum Tausch eine kostenlose Putzwoche an. Zeitungen und Zeitschriften meldeten sich und zum ersten Mal in meinem Leben brauchte ich einen Terminkalender.

Ich war nicht mehr Herrin über meine Zeit.

Obwohl ich überall gut behandelt wurde, beschlich mich doch manchmal die Angst, dass alles auffliegen könnte. Einige Redaktionen gaben vor, meine Story nachgeprüft zu haben. Aber für gründliche Recherchen fehlte die Zeit. Eine Redaktion ließ von einem Finnen überprüfen, ob ich diese schwierige Sprache wirklich beherrschte, eine andere erkundigte sich nach Einzelheiten über den Alltag in einer Sekte. Darauf war ich vorbereitet. Der Bitte um Bildmaterial konnte ich leider nur eingeschränkt entsprechen, da Bine in den Fotoarchiven nicht zu jedem Thema ein geeignetes Motiv fand, in das Leo eine Aufnahme von mir platzieren konnte.

Am lästigsten war es, dass ich für meine Talkshow-Auftritte durchs halbe Land reisen musste. Da ich darauf bestand, abends in meine vertraute Umgebung zurückzukehren, fiel ich für Live-Sendungen im Abendprogramm außerhalb Berlins aus. Anfragen vom Hörfunk lehnte ich ab. Da hätte ich wirklich reden müssen. Was ich im Fernsehen zu Manfred Patzkes Verzweiflung immer noch nicht tat. Wahrscheinlich machte mich mein Schweigen zum idealen Talkshowgast. Moderatoren und Experten konnten sich mit meiner Geschichte profilieren und wetteiferten um die Redezeit, für die ich bezahlt wurde. Wenn ich dann leise den Namen unseres Heftes ins Mikrofon hauchte, war das umso wirkungsvoller.

Für die erste *Ihr-Schicksal*-Ausgabe nach meiner Öffentlichkeitsarbeit ließ Leo die Auflage verdoppeln. Er musste sogar noch nachdrucken lassen. Unser Ziel war erreicht. Jetzt kannte jeder *Ihr Schicksal* und die Zukunft des Blattes war gesichert. Marga bekam so viele brauchbare Leserzuschriften, dass sie Leo bat, der Lebenshilfe mehr Platz einzuräumen. Leo musste endlich eine Sekretärin einstellen und vergrößerte das Netz unserer freien Mitarbeiter.

Ich hätte meine Medienpräsenz jetzt gern eingestellt, denn ich sehnte mich nach meinem normalen Leben zurück. Aber die Geister, die wir gerufen hatten, wurden wir einfach nicht mehr los. Fernsehcrews belagerten das Gartenhaus und machten aus dem Vorderhaus heimlich Aufnahmen von mir in meinem Zimmer. Presseleute wollten mich mit Putzlappen und Staubsauger ablichten und ein besonders sadistischer Chefredakteur bestand auf einem Interview mitten auf dem Alexanderplatz. Ich lehnte natürlich ab.

»Bis zum bitteren Ende«, seufzte Leo, »irgendwann wirst du alle Talkshows durchhaben und dann tritt Ruhe ein.«

Aber mit immer neuen Sendern kamen immer neue Talkshows. Marktumfragen hatten ergeben, dass das Publikum die Kuschelshows ein wenig satt hatte und lieber Talkshows einschaltete, wo sich die Gäste danebenbenahmen und die Moderatoren Feuer an die Lunte legten.

Als ich zu einer live ausgestrahlten Talkshow nach Köln eingeladen wurde, ahnte ich nichts Böses. Im Gegenteil, mit mir würde pfleglich umgegangen werden, dachte ich, denn ich würde wieder jener Moderatorin gegenüberstehen, die den ganzen Medienrummel ins Rollen gebracht hatte. Die mich bei meinem ersten Auftritt so fürsorglich betreut hatte. Aber sie hatte den Sender gewechselt und mit ihm ihre Attitüde. Das wurde mir auf dem Podium sofort klar.

»Iris Meander!«, trompetete sie.

Ich erstarrte. Leo und ich hatten darauf gepocht, meinen Nachnamen zu verheimlichen. Es gab kein Schild am Briefkasten – alle Post erreichte mich über die Redaktion, ich war telefonisch nicht angemeldet und hatte mich immer geweigert, einen Ausweis vorzuzeigen. Aber irgendwas musste uns entgangen sein.

»Sie sind also Halbindonesierin?«, fragte sie.

Ich nickte. Dafür würde ich ohne weiteres durchgehen können.

»Und Sie wurden als Baby in Hamburg ausgesetzt, kamen in ein katholisches Waisenhaus und wurden von einem deutsch-finnischen Ehepaar adoptiert?«

Darüber war ausführlich in Talkshows zu den Themen *Ich war ein unerwünschtes Kind*, *Aus der Dritten Welt adoptiert* und *Zweisprachig aufgewachsen* berichtet worden.

»Da ich noch sehr klein war, kann ich mich nicht an alle Einzelheiten erinnern«, baute ich vor. »Ich weiß nicht mehr, was für ein Waisenhaus das war. Die Papiere sind bei dem Feuer auf dem Hof vernichtet worden.«

»Aber Sie werden sich sicher an Ihre Adoptiveltern erinnern?«

»Natürlich«, flüsterte ich.

»Für diejenigen, die Iris nicht kennen, falls es solche Menschen in Deutschland noch gibt, werde ich die Geschichte noch einmal kurz zusammenfassen«, erklärte die Moderatorin. Ihre Stimme kam frisch aus dem Gefrierfach. »Iris Meanders Adoptiveltern hatten einst drei eigene Kinder. Diese kamen bei einem Brand ums Leben. Daraufhin suchten die Eltern in Waisenhäusern Kinder gleichen Alters und gleichen Geschlechts und gaben ihnen sogar die Namen der umgekommenen Kinder ...«

Dieser Teil der Geschichte hatte mir die Einladung zum Thema *Ich war Ersatz für ein verstorbenes Kind* eingebracht.

»... aber wir konnten in keinem Archiv die Geschichte

einer solchen Tragödie finden. Auch nicht in Finnland. Wie erklären Sie sich das, Frau Meander?«

Frau Meander! Jetzt wurde es ernst. Mit Schweigen konnte ich mich nicht mehr aus der Affäre ziehen.

»Kennen Sie Finnland?«, fragte ich die Moderatorin.

»Wie bitte?«

»In Finnland«, fuhr ich mit fester Stimme fort, »leben fünf Millionen Einwohner verstreut auf einer Fläche von etwas weniger als vierhunderttausend Quadratkilometern. Zum Vergleich: In ganz Deutschland leben auf einem ähnlich großen Gebiet 81 Millionen Menschen.«

»Was wollen Sie uns damit sagen?«

Ich erzählte die Geschichte vom Finnen, der durch einen Holzspan auf seinen Tagesreisen entfernten Nachbarn aufmerksam wird und ihn erschlägt, weil er seine Privatsphäre nicht preisgeben will.

»Nicht alles, was in den Weiten dieses Landes geschieht, erreicht die Presse«, erklärte ich und fügte hinzu: »In Finnland ist die Intimsphäre ein Gut, das noch geachtet wird.«

»Gut, lassen wir das mal so stehen«, fuhr sie fort, »aber jetzt weiter. Sie wohnten mit dieser Familie auf einer kleinen Insel im Saimaa-See ...«

»Darüber könnte ich eine Menge erzählen«, warf ich ein. Mir war längst klar, dass ich zu meiner eigenen Hinrichtung gekommen war, aber ich wollte retten, was zu retten war.

»Nicht nötig. Dort vergriff sich Ihr Vater an Ihnen, und als Schutzmechanismus entwickelten Sie ein multiples Persönlichkeitsbild. Korrigieren Sie mich bitte, wenn ich etwas Falsches sage.«

»Quäl mich nicht«, sagte ich mit einer Kinderstimme, die ich mit Manfred Patzke eingeübt hatte. Er hatte es für geraten gehalten, dass ich einer meiner Wesenheiten eine Stimme verlieh. Bei der Talkshow *Ich bin fünf verschiedene Menschen* war das nicht nötig gewesen, aber jetzt kam mir diese Übung sehr gelegen. Die Moderatorin stutzte einen Augenblick und fuhr dann fort:

»Und Sie wurden schon als Kind Alkoholikerin, wie Sie in einer anderen Talkshow schilderten. Aber jetzt kommt es ganz dicke.«

Sie stellte sich vor die Kamera, machte ein übertrieben trauriges Gesicht und verkündete mit Bühnenflüstern: »Das Schicksal schlägt bei dieser Familie unbarmherzig zum zweiten Mal zu. Auch das Haus auf der Insel brennt ab, und nur die inzwischen vierzehnjährige Iris bleibt am Leben.«

Selten war so viel geweint worden wie in der Talkshow *Ganz allein auf der Welt*.

»Sie wird in ein Internat gebracht, aber bitte schön, in welches, Frau Meander?« Leo hatte mich auf diese Schwachstelle bereits hingewiesen, aber bisher hatte ich diese Frage umschiffen können.

»Eins in Norddeutschland«, sagte ich. »Ich weiß wirklich nicht mehr, wie es heißt. Ich bin ja auch nach ein paar Tagen weggelaufen, weil ich es dort nicht aushalten konnte. Die Erzieher hatten noch nichts von der Abschaffung der Prügelstrafe gehört.«

»Wir haben bei allen Internaten in Norddeutschland nachgefragt. Niemand kannte eine Iris Meander, was sagen Sie dazu?« Ich lachte.

»Das wundert mich nicht. Welches Internat würde nach Jahrzehnten noch wissen, wer da nach ein paar Tagen weggelaufen ist?« Das Publikum grölte. Ich merkte, dass es an einer Demontage meiner Person kein Interesse hatte. Das gab mir Mut. Die Welt will betrogen sein, sagte Leo, und wahrscheinlich hatte er Recht.

»Vergessen wir das Internat. Es kommt noch viel interessanter.« Mit ihrer Stimme hätte die Moderatorin jetzt mühelos Stahl durchschneiden können.

»Iris Meander schlägt sich nach Berlin durch und findet einen Job in einer Hinterhofwerkstatt, wo das arme Kind zehn Stunden am Tag am Webstuhl schuften muss.« Sie gab einem Assistenten ein Zeichen. Dieser schob einen Webstuhl ins Studio.

»Zeigen Sie uns doch bitte, was Sie da hergestellt haben.«

Ich begann zu zittern. Das fiel mir sehr leicht. Ich hatte noch nie an einem Webstuhl gesessen. Warum bloß hatte ich keine Hinterhofschneiderei genommen! Gardinen nähen konnte ich schließlich.

»Tun Sie's weg!«, bat ich. »Bitte. Das ist für mich ein … Folterinstrument. Ich habe geschworen, nie wieder einen Webstuhl zu bedienen. Die Erinnerungen, können Sie das nicht verstehen …«

Im Publikum wurde es unruhig. Ein paar Menschen pfiffen die Moderatorin aus. Ich warf ihnen einen dankbaren Blick zu. Der Webstuhl wurde wieder aus dem Studio gerollt. Nicht einmal bei dem Programm *Kinderarbeit in Deutschland* war jemand auf die Idee mit dem Webstuhl gekommen. Eigentlich genial, weil so einfach.

»Auch das können wir vorerst so stehen lassen. Wie eine Gefangene wird das Kind in dieser Hinterhofwerkstatt gehalten, bis sie ein junger Mann aus ihrer misslichen Lage befreit. Aber, meine Damen und Herren, was glauben Sie, als was sich dieser Mann entpuppt? Richtig, als ein Lude, der ihr Liebe vorgaukelt und sie auf den Strich schickt. Und so wurde Iris Meander eines der Kinder vom Bahnhof Zoo. Seltsam nur, dass sich keines der anderen an sie erinnern kann, finden Sie nicht auch?«

»Ich sah damals anders aus«, warf ich ein, »und die Kinder, mit denen ich zusammen war …«, hier entrang sich mir ein Schluchzer und ich sprach nicht weiter, sondern deutete nur mit einer Handbewegung an, dass diese armen Kinder nicht mehr wären. Manfred Patzke hatte mir immer wieder eingehämmert, mehr mit dem Körper zu sprechen. Das kam mir jetzt zugute.

»Außerdem waren Sie ja nur kurz am Bahnhof Zoo«, nickte die Moderatorin, »denn schon Ihr erster Freier erwies sich als katholischer Priester. Er wollte unsere Iris retten, aber was macht sie? Sie verliebt sich in den Gottesmann!«

Ich erinnerte mich gern an die Talkshow, in die ich zu diesem Thema eingeladen worden war. Neben mir hatte ein katholischer Priester gesessen, der Menno verblüffend ähnlich sah und in den ich mich vielleicht wirklich verliebt hätte, wenn Leo nicht gewesen wäre.

»Aber der heilige Mann zieht die Kirche vor und Iris, die sich zumindest an irgend einen Glauben klammern möchte, gerät in die Fänge einer Sekte.« Sie trat auf mich zu und sah mich mit funkelnden Augen an.

»Den Namen der Sekte haben Sie in diversen Talkshows genannt. Aber keinem Sektenbeauftragten ist diese Sekte ein Begriff.«

Die Antwort darauf wusste ich. »Dann haben diese Leute ihre Hausaufgaben nicht gemacht.«

Im Gegensatz zur Moderatorin.

»Vielleicht könnten Sie ihnen dabei behilflich sein. Zum Beispiel eine Adresse nennen?«

»Ich weiß nicht, ob es diese Sekte noch gibt.«

»Vermutlich hat sie sich mit einem gemeinschaftlichen Selbstmord ausgelöscht. Aber bevor dies geschah, wurden Sie von der Redakteurin eines Groschenhefts befreit.«

Ich fand es stillos, dass sie das Blatt nicht beim Namen nannte.

»*Ihr Schicksal* heißt die Zeitschrift«, nickte ich. »Frau Sabine Müggler hat mich herausgeholt. Das können Sie nachprüfen.«

»Haben wir, haben wir. Wir glauben alles, was in Groschenheften steht und jedem, der für sie schreibt, nicht wahr?« Jetzt hatte sie die Lacher auf ihrer Seite.

»Aber es stimmt!«, rief ich.

»Ja«, sagte die Moderatorin. »Es stimmt sicher auch, dass Ihnen *Dipl.-Psychologin Marion Breuer* auf der Lebenshilfeseite – meine Damen und Herren, so heißt diese Rubrik wirklich – den entscheidenden Rat gegeben hat, wie Sie in einem halben Jahr hundert Kilo verlieren könnten, die Sie sich aus Kummer über Ihr missglücktes Leben angefressen haben?«

»Nicht auf der Lebenshilfeseite«, verbesserte ich sie. Die Wühlmäuse der Talkshow-Redaktion hatten bestimmt alle *Ihr-Schicksal*-Ausgaben durchgeforstet. »Damals wohnte ich schon in dem Zimmer neben der Redaktion – Frau Müggler hatte das für mich geregelt, ich wusste ja nicht wohin – und die Psychologin hat mich betreut.«

»Eine *Dipl.-Psychologin Marion Breuer* ist außerhalb dieses Groschenheftes niemandem bekannt.« Wir hätten sie wirklich sterben lassen sollen. Ich griff auf das Szenario zurück, das ich mit Leo abgesprochen hatte.

»Vielleicht hätten Sie sich mit Australien in Verbindung setzen sollen. Oder einfach ins Internet gehen«, erklärte ich. »Dort hat die Ihnen unbekannte Psychologin sogar eine eigene Website. Sie ist vor vielen Jahren ausgewandert, aber sie wollte der Zeitschrift *Ihr Schicksal* die Treue halten. Schließlich hat sie vielen Menschen geholfen. Nicht nur mir.«

Leos Exfrau war mit ihrem alten Lover und neuen Mann nach Australien gezogen und hatte auf Leos Wunsch diese Website eingerichtet. Nicht ganz freiwillig. Leo hatte sich das ausbedungen. Sonst hätte er nicht in die Scheidung eingewilligt. Natürlich betreute Marga die Seite.

»Wie rührend. Wir werden das überprüfen, Frau Meander, seien Sie unbesorgt. Übergewicht und Agoraphobie bedingten einander, haben Sie bei unserem ersten Gespräch behauptet, erinnern Sie sich noch?«

»Damals«, flüsterte ich mit erstickter Stimme, »haben Sie mir geholfen, mit einem schweren Problem fertig zu werden. Dafür bin ich Ihnen sehr dankbar. Ich weiß nicht, was Sie heute vorhaben. Wollen Sie, dass ich rückfällig werde? Damit Sie noch ein Thema aus mir herausholen und mit mir noch mehr Quote machen können?«

»Frau Meander, ich habe nichts weiter vor, als Sie mit der Wahrheit zu konfrontieren. Wir sind gleich so weit. Aber erst muss ich noch den Busunfall erwähnen, den Sie als Einzige überlebt haben. Wie kommt jemand mit Agoraphobie überhaupt in einen Bus und noch dazu in einem so fernen Land?« Engel waren der neuste Trend. Ich hatte das schon begriffen, bevor die Sendung *Ich hatte einen Schutzengel* überhaupt geplant war. Leo hatte mich vor dieser Wendung in meiner Geschichte gewarnt. Es gab zwar jede Menge Busunfälle, aber alle waren nachprüfbar. Bine hatte aus einem Archiv einen Unfall auf Java herausgesucht und Leo hatte auf ein Foto eine unscharfe Aufnahme von mir zwischen den Trümmern geklebt. Jetzt erklärte ich, dass ich in Indonesien auf die Suche nach meinen Wurzeln gegangen war. Begleitet von *Dipl.-Psychologin Marion Breuer* hatte ich das Geheimnis um meine Vergangenheit lüften wollen. Hier hätten wir unsere Psychologin wunderbar ums Leben bringen können! Aber stattdessen ließ ich sie im Hotel zurück und begab mich auf eigene Faust ins Landesinnere, wo der überladene Bus dann in den Abgrund gestürzt war.

Die Moderatorin hielt ein Foto hoch.

»Dies ist ein Dokument des Unfalls. Sie werden uns doch nicht erzählen, dass Sie den Sturz in die Schlucht hätten überleben können?« Ich hob die Schultern.

»Ich sitze hier«, sagte ich leise. »Also habe ich ihn überlebt.«

»Ganz und gar unverletzt«, sagte sie spöttisch.

»Da war die Hand«, sagte ich, »Ich kann Ihnen nichts anderes erzählen, eine große Hand, die mich gehalten und nach unten getragen hat. Mein Schutzengel. Ich weiß nicht, was Sie von mir hören wollen. Ich war da und ich habe überlebt. Wie, das ist auch mir ein Rätsel. Aber es gibt mehr Dinge zwischen Himmel und Erde …«

»… als Sie uns jetzt erzählt haben. Das stimmt. Und nach dem Unfall sind Sie nach Berlin in Ihr Zimmer neben der Groschenheft-Redaktion zurückgekehrt. Was haben Sie dann getan?«

»Gearbeitet.«

»Als Putzfrau?« Ich nickte.

»Meine Damen und Herren«, die Moderatorin richtete

sich zu voller Größe auf, »dies ist das Einzige, was an Frau Meanders Geschichte stimmt. Sie arbeitet als Putzfrau. Punkt. Der ganze Rest ist erstunken und erlogen. Jetzt werde ich Ihnen die wirkliche Geschichte von Iris Meander erzählen. Nicht nur ich, wir lassen auch Menschen aus ihrer Vergangenheit zu Wort kommen.«

Der Sender hatte weder Kosten noch Mühen gescheut, mich vor Millionen von Zuschauern bloßzustellen. Reporter hatten sogar Rosa in Amerika interviewt, die nur nette Dinge über mich gesagt hatte. Aber natürlich überführten mich ihre Worte der Lüge. Dass sie als Zeugin gegen mich auftreten sollte, hatte man ihr offensichtlich unterschlagen. Sie schien zu glauben, dass ich es in Deutschland zu Ruhm und Ansehen gebracht hätte. Sie war alt geworden, aber die feinen Gesichtszüge ließen ahnen, wie schön sie einst gewesen war. Ihr dichtes Haar war schlohweiß geworden und die braunen Augen leuchteten immer noch so wach wie früher.

Sie nutzte die Gelegenheit, mich zu grüßen. »Ich habe ja immer geahnt, dass aus dir mal was wird«, sagte sie mit ihrer schönen Stimme, »bei deiner kreativen Ader!«

Das Publikum johlte.

Eine Hamburger Nachbarin, an die ich mich überhaupt nicht mehr erinnerte, informierte die Welt über die Nazivergangenheit meiner väterlichen Familie und deutete an, dass meine Großmutter unter höchst mysteriösen Umständen ums Leben gekommen war.

»Wie auch Frau Meanders Mutter und Vater«, fügte die Moderatorin mit einem so drohenden Unterton hinzu, als wolle sie mich als Nächstes des Mordes bezichtigen. »Und ihre Großmutter mütterlicherseits.«

Oma ist also tot, dachte ich betroffen. Diese Menschen wussten mehr über meine Familie als ich. Auf dem Monitor im Saal sah ich plötzlich einen sehr alten kräftigen Mann mit weißem Bart. Er saß vor einem teppichbedeckten Tisch, auf dem eine Kekstrommel stand.

»Meine Frau«, sagte er mit der tiefen Stimme, die ich

noch gut in Erinnerung hatte, »ist vor ein paar Jahren bei einem Busunglück auf Java ums Leben gekommen.«

Das Bild verschwand. Im Saal war es mucksmäuschenstill.

»Das wusste ich nicht«, flüsterte ich entsetzt. Das Mikrofon trug meine Stimme durchs ganze Land.

»Frau Meander hat uns nicht nur eine Fabel über ihr Leben und ihre angebliche Agoraphobie aufgetischt, sie hat sogar den Tod der eigenen Großmutter ausgebeutet! Diese hatte leider keinen Schutzengel. Und der von Frau Meander wird sich jetzt auch zurückziehen wollen.«

Sie sprach weiter, aber ich bekam nur noch Wortfetzen mit. Ich saß schweißgebadet auf dem roten Sessel, zitterte am ganzen Leib und spürte körperlich die Verachtung, die mir aus dem Saal entgegenschlug. Ich konnte mir nicht mehr einreden, dass ich mich in einem Albtraum befand, aus dem ich jeden Moment neben Leo erwachen würde.

Man hatte mich oft gefragt, ob ich mich nicht einsam gefühlt hätte, in Helsinki, auf der Insel oder in meinem Berliner Zimmer. Bis zu diesem Tag im Studio hatte ich nicht gewusst, was Einsamkeit wirklich bedeutete. Jetzt wusste ich es.

Nachdem die Moderatorin die Geldsumme genannt hatte, die ich mir durch meine Fernsehauftritte zusammengelogen hatte, fragte sie mit der gleichen sanften Stimme, die mich bei unserer ersten Begegnung von ihren guten Absichten überzeugt hatte: »Jeder fragt sich jetzt, Iris, warum haben Sie uns nicht Ihre wahre Geschichte erzählt?« Sie wartete meine Antwort nicht ab, sondern wandte sich wieder ans Publikum.

»Auch darauf haben wir die Antwort gefunden. Talkshow-Redaktionen im ganzen Land sind Opfer einer perfiden Marketing-Aktion geworden. Hinter Frau Meanders Auftritten steckt ein skrupelloser Kopf, der uns alle für dumm verkauft hat, weil er etwas verkaufen wollte. Und wissen Sie was?«

Kopfschütteln im Saal.

»Ein Groschenheft! Voller Lügengeschichten wie jene, die Frau Meander uns erzählt hat! Wir haben Frau Münchhausen enttarnt und diese Sendung soll all jenen zur Warnung dienen, die sich mit erfundenen Geschichten in Talkshows einschleichen und sich dadurch bereichern wollen. Hat irgendjemand aus dem Publikum noch Fragen?«

Sie nickte einer jungen Frau zu. Die stand auf und fragte: »Wie war denn das auf der finnischen Insel? Hat Sie Ihr Vater wirklich missbraucht oder war das etwa auch gelogen?«

Ihre Stimme verriet, dass sie diesen Teil meiner Story gern glauben würde.

Ich öffnete den Mund, aber mein Kopf war leer. Ich hatte keine Worte und nur einen Gedanken: Weg hier! Hinter mir war der Ausgang. Ich überlegte, wie schnell ich verschwinden könnte. Meinen Mantel würde ich in der Garderobe zurücklassen müssen, aber meine Handtasche stand neben mir. Jetzt war ich froh, dass ich Leos Rat befolgt und ein paar hundert Mark eingesteckt hatte.

Noch nie im Leben hatte ich mich so schnell bewegt wie in dem Moment, als mir bewusst wurde, dass ich in weniger als zwei Minuten an der frischen Luft sein könnte. Ein Anfall von Klaustrophobie packte mich. Die letzte Viertelstunde würde die Frau Moderatorin ohne ihr Opfer verbringen müssen.

Ich hörte noch die Rufe, die mir hinterherschallten, wehrte einen Saaldiener von mir ab und rannte wie besessen über den langen Flur zum Ausgang. Ich lief über den Parkplatz und bog in eine Querstraße ein, wo ich schwer atmend stehen blieb und eine Hand in meine Seite drückte. Vor mir war eine Telefonzelle. Ich rief Leo an.

Er meldete sich mit müder Stimme.

»Es tut mir so Leid«, sagte er. »Was habe ich dir nur angetan!«

»Ich habe es mir selber angetan«, gab ich zurück, »und

weil ich etwas getan habe, ist es schief gegangen. Murphys Gesetz. Das Einzige, was ich jetzt noch tun werde, ist in mein Zimmer zurückkehren!« Der Taxifahrer, der mich zum Flughafen brachte, sah mich nachdenklich an.

»Muss ich Sie kennen?«, fragte er. »Sie sind doch irgendeine Berühmtheit aus dem Fernsehen?«

Ich schwieg.

»Talkshow!«, rief er. »Sie sind doch ein Talkshow-Star!«

Am Flughafen bat er um ein Autogramm. Ich unterschrieb mit dem Namen der Moderatorin. Sie war jetzt die Berühmtheit.

Zu Hause warteten gleich mehrere Überraschungen auf mich.

»Reine Äußerlichkeiten«, bemerkte Leo, als ich überrascht auf sein gelbes Hemd blickte. »Marga meinte, dass man die Schuppen dann weniger sieht.«

»Und das …«, ich deutete auf die Umzugkartons, »auch reine Äußerlichkeiten?«

»Ich wusste nicht, wie ich es dir sagen sollte, und es tut mir Leid …«

»Aber die Auflage ist doch gestiegen!«

»Nicht nur das. Sie hat sich verdreifacht. Deswegen müssen wir in größere Räume umziehen. Wegen der neuen Mitarbeiter, du verstehst schon. Das wird auch dich entlasten. Wir haben ein sehr schönes Büro im Osten gefunden …«

Ich stürmte an ihm vorbei in mein Zimmer. Mein eigenes Grab, dachte ich nur, ich habe mir mein eigenes Grab gegraben. Ich hatte mich hektischer Betriebsamkeit ausgesetzt, damit sich nichts in meinem Leben änderte. Und dadurch hatte sich alles geändert.

Es klopfte sacht an meine Tür.

»Bleibt mir vom Leib«, rief ich.

Aber die Tür öffnete sich und Manfred Patzke trat ein.

»Iris«, sagte er verlegen, »das ist ja eine schöne Bescherung gewesen. Aber Sie hätten nicht wegrennen dürfen, damit haben Sie Ihren Feinden Recht gegeben.«

»Die hatten ja auch Recht«, sagte ich und öffnete das Fenster, da sich Manfred Patzkes spezifischer Geruch in meiner Kammer auszubreiten drohte. Draußen regnete es.

»Nein, Iris, Sie hätten bei Ihrer alten Geschichte bleiben sollen.«

»Wie denn, wo doch all die Leute aufgefahren wurden, die mich kennen ...«

»Die Sie *angeblich* kennen! Auf Frau Liebkinds Rat habe ich es mit Telepathie versucht, Ihnen immer wieder zugerufen, dass Sie erklären sollten, diese Leute gar nicht zu kennen. Dass Sie der Mensch sind, für den Sie sich ausgegeben haben und es nicht Ihre Schuld wäre, wenn zufällig eine andere Frau den gleichen Namen trägt. Gebrüllt habe ich, all meine Konzentration zusammengenommen. Ich bin richtig ins Schwitzen gekommen.« Das roch ich immer noch.

Aus dem Nebenzimmer hörte ich Leo brüllen und dann wurde es still. Jetzt erst merkte ich, dass in der Redaktion unablässig das Telefon geklingelt hatte.

Manfred Patzke stellte meinen Fernseher an und schob eine Kassette ins Videogerät.

»Möchten Sie sehen, wie es weiterging? Nachdem Sie weg waren? Ich habe es für Sie aufgenommen.« Ich schüttelte den Kopf. »Ich kann es mir schon vorstellen. Man hat mich in Abwesenheit gelyncht.«

»Am Anfang hätten die Leute lieber Ihnen als der Moderatorin geglaubt. Aber als Sie sich gar nicht gewehrt haben, schlug das Pendel um, und als Sie wegliefen, brach die allgemeine Empörung aus.«

»Jetzt ist sowieso alles egal. Haben Sie die Umzugskartons gesehen?«

»Ja«, sagte Manfred Patzke. »Es ist schade, dass sich unsere Hausgemeinschaft auflöst.«

»Aber Sie werden doch bleiben?«, fragte ich.

Er schüttelte den Kopf.

»Ich bin im Rentenalter, Iris, und ich habe keine Lust mehr, hinter anderen Menschen herzuschnüffeln. Wir schließen die Detektei nächste Woche. Jürgen und ich werden unseren neuen Job von unserer Wohnung aus betreiben.«

»Welchen neuen Job?«

»Medientrainer. Immer mehr normale Menschen wie Sie und ich treten im Fernsehen auf. Die wollen beraten werden. Ich habe festgestellt, dass mir diese Aufgabe liegt.«

Mir kam ein seltsamer Gedanke: Ohne den hundertsten Geburtstag seines Vaters wäre das alles nicht passiert. Die Gefriertruhe war schuld.

Nach Manfred Patzke kam Leo in mein Zimmer. Der eine hatte wie ein begossener Pudel gerochen, der andere sah so aus. Ich wollte mir seine Erklärung nicht anhören. Er hatte die Entscheidung ohne mich getroffen, das genügte mir.

»Du hättest nie zugestimmt«, verteidigte er sich. Jetzt erst sah ich, dass der abgebrochene Schneidezahn überkront worden war.

»Nie«, bestätigte ich.

»Was sollte ich also tun?«

»Nichts!«, fuhr ich ihn an. »Wir wären überhaupt besser gefahren, wenn wir nichts getan hätten.«

»Aber die Auflage ...«

»Was interessiert dich mehr, Leo, ich oder die Auflage?«

»Dein Interesse an mir«, sagte er, »geht nicht über diese vier Wände hinaus. Auf bequeme Weise erfüllte ich deine sexuellen Bedürfnisse, ohne dass du dich mit mir als Person in meiner Umgebung auseinander zu setzen brauchtest.«

»Erfüllte«, wiederholte ich, »brauchte. Du hast ganz Recht, Leo, das ist Vergangenheit. Die Gegenwart lautet: Hau ab! Und die Zukunft: Ich will dich nie wieder sehen.«

Ich schob ihn zur Tür raus und knallte sie hinter ihm zu.

Es regnete immer heftiger. Ich warf mich auf mein Bett. Es beruhigte mich, die vertrauten Stimmen aus einer meiner Lieblingsserien zu hören. Ich beneidete die Protagonisten. Eingebettet in eine schlüssige Story durften sie, unbehelligt von fanatischen Wahrheitssuchern, ihre erfundenen Geschichten ausleben. Kaum jemand kannte den wirklichen Namen der Schauspieler. Auf den Straßen wurde ihnen ihr Fernsehname nachgerufen. Ich hatte gehört, dass Olli aus der Lindenstraße im echten Leben immer wieder versichern musste, kein Neonazi zu sein. Aber die Menschen nahmen es ihm nicht ab. Auch ich hatte gestutzt, als sich der Mensch hinter Onkel Franz in einer Talkshow als Linker ausgegeben hatte. Glauben konnte ich es ihm nicht. Ich war sogar ein bisschen enttäuscht gewesen.

In meiner Serie schien es auch heftig zu regnen. Ich konnte dem Wortwechsel zwischen den beiden Sichnichtmehrliebenden kaum folgen. Dann begann es zu rauschen und zu knistern. Das gehörte nicht zum Programm. Ich sprang vom Bett. Aber noch bevor ich meinen Fernseher erreicht hatte, sah ich Rauch und hörte einen Knall. Dann war es plötzlich finster. Telefonklingeln aus dem Nebenzimmer durchschnitt die plötzliche Stille.

Es war keine gute Idee gewesen, den Fernseher unters Fenster zu stellen. Oder das Fenster bei Regen zu öffnen.

Nachdem ich die Sicherungen wieder eingedrückt und eine Lasagne aus der Mikrowelle geholt hatte, begann ich nachzudenken.

Mein Fernseher war hin. Was hielt mich noch in Berlin?

Leo? Der hatte sich gegen mich und für sein Groschenheft entschieden. Sollte er doch damit glücklich werden! Wenn ihm wirklich so viel an mir gelegen wäre, hätte er die Redaktion nicht verlassen, sondern hier abgewartet, bis ich mich wieder einigermaßen beruhigt hatte. Ich versetzte einem Umzugskarton einen Tritt. Dann wählte ich eine Telefonnummer.

»Kluizenaar!«

»Hier ist Iris, Opa.«

»Iris! Wie schön, dass du anrufst! Hier waren Leute vom Fernsehen …«

»Ich weiß.«

»Sie waren sehr nett. Nette Deutsche. War es eine gute Sendung?«

»Sehr gut. Opa, das mit Oma tut mir so Leid. Ich wusste ja nicht ...«

»... und ich wusste nicht, wie ich dich erreichen konnte. Es war ein schneller Tod, Iris, und das war gut. Sie war so krank, deshalb sind wir überhaupt nach Indonesien gefahren. Sie wollte Bandung noch einmal wieder sehen, bevor sie starb.«

»Und du hast ihr den Wunsch erfüllt.« Erst als ich den Satz ausgesprochen hatte, fiel mir ein, dass man in den Niederlanden alte Menschen nicht duzt. Aber er sagte nichts. Am anderen Ende war es still. Ein tiefer Seufzer.

»Leider nicht«, sagte er leise. »Der Bus ist auf dem Weg nach Bandung verunglückt.«

Ich sprach eine halbe Stunde lang mit ihm. Rosa hatte ihn über das Verschwinden meiner Mutter informiert, aber danach war der Kontakt abgebrochen. Vor einigen Jahren war er aus Indonesien in das Haus im Jordaan zurückgekehrt. Er könne aber leider nur das untere Stockwerk benutzen. Die Treppe sei zu beschwerlich.

»Hast du denn niemanden, der sich um dich kümmert?«

»Ich habe ein Problem«, sagte er. »Normalerweise retardieren Körper und Geist bei alten Menschen ziemlich gleichmäßig. Bei mir ist es leider nur der Körper.«

»Wieso leider?«

»Weil mein Geist alles mitkriegt und sich ärgert. Ich würde lieber meine Beine als meinen Kopf bewegen können. Dann würde ich vielleicht nicht alle Menschen vergraulen, die mich wie einen lieben hilflosen Greis behandeln. Ich war fast ein ganzes Jahrhundert lang nicht hilflos, und die Tatsache, dass ich jetzt in manchen Dingen auf andere Menschen angewiesen bin, macht mich alles andere als lieb.«

»Und wenn ich zu dir ziehen würde?«

»Iris!«

»Opa!«

»Iris?«

»Opa?«

»Ich muss dich warnen. Ich lebe in der Vergangenheit. Du wirst dir furchtbare Geschichten anhören müssen.«

Solange ich sie selbst nicht zu erzählen brauche, dachte ich und kündigte meine Ankunft schon für den folgenden Tag an.

Aus der Abstellkammer holte ich den völlig eingestaubten Koffer, mit dem ich vor beinahe zwanzig Jahren aus Finnland gekommen war, und begann zu packen. Wenn Leo am nächsten Morgen in die Redaktion zurückkehrte, würde ich schon weg sein.

11 AMSTERDAM

Um niemandem zu begegnen, verließ ich am nächsten Morgen um sieben Uhr das Haus. Mit einer Redaktionsschere hatte ich mir das Haar igelkurz geschnitten und die Strähnen im Waschbecken liegen gelassen. Ich setzte eine Sonnenbrille auf und wartete in einem kleinen Café, bis die Bank öffnete und ich mein Konto auflösen konnte. Ich würde weder einen Koffer noch ein Konto in Berlin zurücklassen. Nur ein paar Haare im Waschbecken, ein paar Fertiggerichte in der Tiefkühltruhe und einen Mann, der mir nicht abgenommen hatte, dass ich ihn liebte. Und der damit vielleicht Recht hatte.

Während später im Zug die Landschaft an mir vorbeiglitt, echote Leos Vorwurf in meinem Kopf. Dass ich ihn nur als Sexualobjekt betrachtet und mich nicht mit ihm auseinander gesetzt hätte. Ich war fassungslos, dass er mich nach so vielen Jahren nicht besser kannte. Ich war der letzte Mensch, der sich mit irgendwas oder irgendwem *auseinander setzen* wollte. Schon gar nicht mit dem Mann, mit dem ich *zusammen* war.

Was würde er denken, wenn er mein leeres Zimmer sah? Wahrscheinlich glauben, dass ich auf die finnische Insel zurückgekehrt sei. Er hatte mitgekriegt, wie mich Nikki damals zur Rückkehr gedrängt hatte. Ich machte mir keine großen Illusionen darüber, dass ich ihm fehlen würde. Meine Werbekampagne hatte dafür gesorgt, dass er vollauf beschäftigt war. Vermutlich würde er sogar von der Enthüllung meiner Lügenstory profitieren. Was dem Fernsehen die Quote, war den Printmedien die Auflage. Letztendlich spielte es keine Rolle, wie sie zustande kam. Wenn sie nur hoch genug war.

Auch Leo hatte früher noch Skrupel gehabt, erinnerte ich mich. Das hatte mir an ihm gefallen. Genau wie seine Haltung mir gegenüber. Er hatte mich so akzeptiert, wie ich war, und schien damals an Geld, Geltung und Gepflogenheiten genauso wenig interessiert zu sein wie ich. Ich hatte mir nie eine Zukunft mit ihm vorgestellt und er sich keine mit mir. Auf zwei Flößen waren wir nebeneinander her getrieben und uns auf der gemeinsamen Fahrt ohne Ziel unserer Existenz bewusst gewesen. Bis wir in einen Sturm geraten waren, der uns beide zur Kursänderung gezwungen hatte und wir einander aus den Augen verloren. Jetzt steuerte ich einen anderen Hafen an, den am Amsterdamer Hauptbahnhof.

Erst nachdem ich die Schalterhalle mit den schlafenden Junkies vor teuren Geschäftsfilialen verlassen hatte und zurückblickte, fiel mir auf, welch ein schönes Gebäude den Bahnhof beherbergte. Architektonisch ähnelte es dem Rijksmuseum, das ich vom Fernsehen her kannte. Später erfuhr ich, dass es vom selben Architekten entworfen worden war. Ich stieg in ein Taxi und nannte die Adresse meines Großvaters. Ich hatte heimlich die Aussprache geübt und hoffte, dass mein Akzent nicht meine Herkunft verriet. Seit Jahren hatte ich kein Holländisch gesprochen und ich hatte Angst, sofort als *Moffin* erkannt zu werden. Nur zu gut erinnerte ich mich daran, wie mein Vater vor knapp dreißig Jahren behandelt worden war. Jetzt war ich auch erwachsen und somit schuldig.

»Sind Sie Deutsche?«, fragte der Taxifahrer.

»Meine Mutter war Holländerin«, wich ich aus.

»Meine auch. Das ist in dieser Stadt inzwischen eine Seltenheit.« Er wollte wissen, woher ich käme. Berlin, sagte ich, gewappnet.

»Genauso chaotisch wie Amsterdam«, bemerkte er. »Jazz, Freaks und eine große Klappe. Sie werden sich hier bestimmt wohl fühlen.«

Noch hatte ich nicht begriffen, dass er es ironisch meinte. Ich war viel zu sehr mit meiner Angst, als Feindin betrachtet zu werden, beschäftigt. Eine Angst, die ich durchaus für gerechtfertigt hielt. Immerhin hatten die

Niederländer im Gegensatz zu den Franzosen beim fünfzigsten Jahrestag der Befreiung keine Deutschen dabeihaben wollen. Darüber hatte man sich in Deutschland öffentlich empört. Worüber man sich wiederum in den Niederlanden empört hatte. Der einstige Peiniger soll büßen, nicht feiern! *Es ist beinahe ein Vierteljahrhundert her,* hatte meine Mutter vor mehr als einem Vierteljahrhundert gesagt und auf Milde gehofft. Damit rechnete ich nicht mehr.

In Jaris Bibliothek hatte ich entdeckt, dass nichts niederländische Autoren mehr inspirierte, als die Zeit der deutschen Besatzung. Auch die Autoren, die sie nicht miterlebt hatten. Gerade die. Mir war aufgefallen, dass in älteren Hollywoodfilmen die meisten Nazioffiziere von Niederländern gespielt wurden. Die semmelblonden Hünen aus dem Norden entsprachen dem Klischee des arischen Ekels und konnten es mit besonders perfidem Spiel den einstigen Besatzern noch nachträglich heimzahlen. Ganze Kulturzweige schienen in den Niederlanden vom Hass auf die Nazis zu leben.

»Wie lange werden Sie bleiben?«, fragte der Taxifahrer.

»Vielleicht für immer«, sagte ich. »Wenn man mich lässt.«

»Das ist kein Problem«, meinte er. »Sie sind ja Deutsche. Heutzutage lässt man jeden Marokkaner, Türken und Surinamer rein und schmeißt ihnen auch noch Geld hinterher, damit der Drogenhandel floriert. Wussten Sie, dass ein unverhältnismäßig großer Teil von Heroinopfern aus Deutschland kommt?«

»Ich halte mich nicht für sehr gefährdet«, bemerkte ich.

»So meinte ich das nicht. Aber ich bin überzeugt, dass die islamischen Staaten mit dem Mittel des Drogenhandels die Weltherrschaft an sich reißen wollen. Und mit Amsterdam fangen sie an. Man bräuchte eine starke Hand, um hier aufzuräumen.«

Bevor er mir erzählen würde, dass es für Holland vielleicht doch besser gewesen wäre, wenn Hitler gewonnen hätte, bat ich ihn anzuhalten. Ich glaubte, die Gracht erkannt zu haben, die ich vor so vielen Jahren mit meiner Mutter überquert hatte, und ich wusste, dass sich das Haus meines Großvaters in unmittelbarer Nähe befand. Das letzte Stück würde ich laufen, sagte ich und reichte ihm das genau abgezählte Fahrgeld. Auch ich hatte meine Prinzipien. Ich dachte nicht daran, rassistische Bemerkungen zu honorieren.

Er kurbelte das Fenster runter und rief mir hinterher, dass ich mehr wie ein *Pinda* denn eine anständige Deutsche aussähe. *Pinda* hieß Erdnuss, und von Großvater erfuhr ich später, dass dies in den Niederlanden ein abfälliger Spitzname für einen Menschen aus Indonesien war.

Ich fragte mich nach der kleinen Gasse im Jordaan durch und war froh, dass ich nur einen leichten Koffer trug. Das Kopfsteinpflaster hatte Asphalt Platz gemacht, und das dreistöckige Backsteinhaus mit der polierten dunklen Holztür erschien mir noch kleiner und schiefer als bei meinem ersten Besuch.

»Wie siehst du denn aus!«, polterte Großvater, als er die Tür öffnete. Ich las Entsetzen in seinen Augen und da erst fiel mir ein, dass meine Mutter einst mit kurz geschorenen Haaren ihr Elternhaus hatte verlassen müssen.

Ich fasste mir an den Kopf. »Es wird nachwachsen«, murmelte ich verlegen.

»Du hast es nicht getan, um mich zu ärgern?«

Ich stellte den Koffer ab, trat auf ihn zu und umarmte ihn. Was gar nicht so einfach war. Er war doppelt so breit und einige Köpfe größer als ich. Ich kam mir wie ein kleines Kind vor, das nach einer langen Reise endlich zu Hause angekommen war.

»Das ist jetzt die Mode, Opa«, flüsterte ich und blickte zu ihm auf. In seinen Augen standen Tränen.

»Noch so eine lästige Nebenwirkung des Alters«, brummte er. »Man wird sentimental. Und man muss sich dauernd setzen. Komm.«

Er ging mir in jenes winzige Hinterzimmer voraus, aus

dem ich vor Jahrzehnten einen Keks stibitzt hatte. Es war so voll gestopft, wie ich es in Erinnerung hatte, sogar der zerschlissene Ledersessel stand noch am selben Fleck. Mein Großvater deutete auf eine offene Tür und erklärte, dass er jetzt in der Kammer nebenan schlafe.

»Das ist mein ganzes Reich«, sagte er. »Dazu gehören nur noch die Küche und das kleine Stück Garten. Die beiden oberen Stockwerke sind fremdes Land. Ich bin seit Jahren die Treppe nicht mehr hinaufgegangen. Einmal im Monat wischt die Putzfrau dort Staub. Das kannst du jetzt übernehmen. Dein Reich ist oben.« Warum er denn die Räume nicht vermietet hätte? Er schüttelte sich. Fremde Leute im Haus, nein danke. Der Gedanke, dass jemand Abendessen kochen wolle, während er sich in der Küche wasche ...

Kopfschüttelnd betrachtete ich die Zinkbadewanne neben der Spüle. Warum er sich im unteren Stockwerk keine Dusche habe einbauen lassen?

»Damit ich ausrutsche und mir die Knochen breche?«

Das Wasser kochte und mit zitternden Händen goss er es in einen Kaffeefilter. Es gäbe noch andere Dinge, die ihm nicht ins Haus kämen, erklärte er. Eine Kaffeemaschine zum Beispiel. Oder ein Fernseher.

Oder ein deutscher Mann, dachte ich. Wie wäre mein Leben verlaufen, wenn er meinen Vater damals nicht abgelehnt hätte?

Als wir mit unserem Kaffee im Wohnzimmer saßen, schob er mir die Kekstrommel hin.

»*Bitterkoekjes*«, rief ich und nahm vorsichtig eins heraus. Ich rechnete damit, dass es bei meiner Berührung zu Staub zerfallen würde. Ich biss hinein. Es war zwar nicht mehr ganz frisch, aber sicher keine dreißig Jahre alt.

»Was machst du denn abends ohne Fernseher?«, fragte ich ihn.

»Weißt du eigentlich, dass es sich nicht gehört, alte Leute zu duzen?«, fragte er.

»Entschuldigung«, flüsterte ich. Jetzt würde er denken,

dass mich meine Mutter schlecht erzogen hätte. »Ich wollte Sie nicht beleidigen.«

Er lachte heiser.

»Ich ziehe dich auf, Iris. Bitte duze mich. Seit dem Tod deiner Großmutter tut das niemand mehr. Du erinnerst mich an sie.«

»Sie war sehr sanft«, versuchte ich mich an die winzige Frau mit dem eisgrauen Knoten zu erinnern.

»Sie fand Holland sehr laut«, sagte er. »Bis wir nach Jakarta zurückkehrten. Die Stadt tat ihren Ohren weh. Und ihrer Seele. Unsere drei Kinder sind dort geboren worden. Sie selbst kam aus Bandung.« Er schwieg, und wir dachten beide an den Busunfall, der das Wiedersehen mit ihrer Heimatstadt vereitelt hatte.

»Vielleicht ist es gut, dass sie nie dort ankam«, sagte er. »Man kehrt nie zurück, Iris. Es ist immer eine Enttäuschung. Es ist besser, Vertrautes im Kopf aufzubewahren, als mit eigenen Augen zu sehen, dass es nicht mehr existiert. Deine Großmutter ist in Tränen ausgebrochen, als sie in Jakarta ein Taxi nehmen musste, um zu unserem Hotel auf der anderen Straßenseite zu kommen.« Er erzählte, wie sie sich geweigert hatte, das Warenhaus zu betreten, das am ehemaligen Standort des schönen alten Wohnhauses der Kluizenaars errichtet worden war.

»Jetzt sehe ich es nicht mehr vor mir, hat sie mir geklagt. Das Neue hat die Erinnerung ausgelöscht. Die Erinnerung an die drei kleinen Kinder, mit denen sie auf einer Bambusmatte hinter dem Haus gesessen und wo sie ihnen mit Wajang-Puppen Theater vorgespielt hatte.«

Wo niemand laut ist und alle fröhlich sind, dachte ich und spürte einen Stich im Herzen.

»Darum hatten wir hier auch keinen Fernseher«, fuhr mein Großvater fort. »Der Kasten war ihr zu laut, zu unruhig. Und deine Frage, Iris, finde ich seltsam. Jahrhundertelang haben sich die Menschen abends ohne Fernseher beschäftigen können. Manchmal haben sie auch nichts getan.

Nur nachgedacht. Und sind dabei zur Ruhe gekommen. Es ist eine Krankheit unserer Zeit, dass man dauernd etwas tun muss. Du solltest mal ausprobieren, wie erholsam es ist, nichts zu tun.«

Ich atmete tief durch. Endlich war ich an der richtigen Adresse angekommen.

Nachdem ich mich in den beiden Zimmern im ersten Stock eingerichtet hatte, fragte ich Großvater, ob ich ihn zum Abendessen in ein Restaurant einladen könne. Entgeistert erklärte er, dass er das Haus nie verlasse. Die Frau von der Altenfürsorge habe Kartoffeln, Spinat und Schweinebauch gekauft. Sein Lieblingsessen. Es würde mir doch nicht zu schwer fallen, daraus eine Mahlzeit zu machen? Es fiel mir schwer. Und ich begriff, dass ich wieder richtig kochen lernen musste. Mikrowelle und Gefriertruhe gehörten sicher auch zu den Gegenständen, die ihm nicht ins Haus kamen.

Ich band mir eine Schürze um und begann mit den Vorbereitungen. Gut, dass Großvater dem Grünzeug einen Namen gegeben hatte. So also sah Spinat im Urzustand aus. Ich kannte ihn nur als viereckigen Eisklumpen. Erst als ich ein paar Blätter ins kochende Wasser geworfen hatte, atmete ich erleichtert aus. Ich hatte schon befürchtet, dass wir eine ganze Woche lang von Spinat würden leben müssen. Aber im Topf reduzierte sich der Inhalt der großen Tüte auf zwei kleine Portionen.

Mit meinen Kochkünsten erntete ich keinen Beifall. Ich hatte das Speckfett, das über die Kartoffeln gehörte, weggeschüttet. »Das ist das Beste an diesem Essen«, klagte Großvater, und ich gelobte Besserung. Offensichtlich konnte man mit cholesterinreicher Nahrung auch beinahe hundert werden. Meine Kartoffeln fand er »widerwärtig glasig«. Auseinander fallen, müssten sie, erklärte er. Alle Feuchtigkeit müsste aus ihnen verschwunden sein, damit sie das Speckfett besser aufnähmen. Ich begriff, dass ich in Zukunft Kartoffeln zu Tode zu kochen hatte.

»Wir Holländer wissen, wie man Kartoffeln kocht«, behauptete er. »Oder kennst du etwa einen berühmten *deutschen* Maler, der *Kartoffelesser* abgebildet hat?«

Der Spinat war ihm zu gar, und ich hatte die Sahne und vor allem den Muskat vergessen. Die Reibe hinge doch über dem Herd! Ich holte sie und betrachtete verstohlen die erste Muskatnuss meines Lebens, als er eine großzügige Portion über seinen Spinat rieb.

»Deine Mutter hasste Muskat«, sagte er, »aber sie liebte Sambal.« Er reichte mir ein Glas mit roter Paste. »Damit hättest du die Schwarten zum Schluss einreiben müssen. Aber sparsam.«

»Ich habe in den letzten Jahren allein gelebt«, verteidigte ich mich.

»Ich auch«, erwiderte mein Großvater, »aber trotzdem habe ich gegessen. Ich werde dir Kochen beibringen.«

Nach dem Essen erklärte er, für einen Tag genug geredet zu haben. Er werde jetzt lesen.

Damit setzte er sich auf seinen Ledersessel und schloss die Augen.

Ich beobachtete ihn eine Weile.

»Soll ich dir ein Buch bringen?«, fragte ich schüchtern.

»Einen Augenblick.« Seine Stimme schien von weit weg zu kommen. »Was hast du gesagt?« Ich wiederholte meine Frage.

Er schüttelte den Kopf und öffnete die Augen. »Nicht nötig«, sagte er. »Ich lese es im Kopf.«

Überrascht fragte ich ihn, ob er denn ein ganzes Buch auswendig kenne.

»Eins?«, er lachte. »Hunderte! Als meine Augen noch besser waren, habe ich meine Bücher immer wieder gelesen. Die Seiten sind in meinem Hirn archiviert. In meinem Kopf befindet sich ein Lager mit schwerelosen Büchern, Iris, und das erspart mir die Mühe, dicke Bände auf den Knien zu jonglieren und mit zitternden Fingern Seiten zu wenden. Von der Wohltat für meine Augen ganz zu schweigen.«

Ich sollte Großvater für *Wetten dass …?* anmelden. Mit dem Text von hunderten von Büchern im Kopf würde er es zweifellos zum Wettkönig bringen. Vielleicht zu seinem hundertsten Geburtstag? Auf einmal wurde mir eiskalt. Wie immer, wenn ich an einen hundertsten Geburtstag dachte.

»Aber du könntest mir helfen«, sagte Großvater jetzt. »Manchmal fehlt ein kleines Stück in meinem Kopf. Als ob jemand Kaffee über die Seite ausgeschüttet hätte. Dann werde ich beinahe verrückt. Manchmal brauche ich Stunden, ehe ich das richtige Buch finde und dann fällt mir die Lupe aus der Hand, wenn ich die Stelle suche, und manchmal schütte ich dann wirklich Kaffee drauf …«

»Was liest du gerade?«, fragte ich ihn.

»*Die Abende*«, sagte er, »von Gerard Reve. Ein umstrittenes Buch, aber eines der besten.«

»Über die deutsche Besatzungszeit?«, fragte ich.

»Über die Zeit danach. Es ist das letzte neue Buch, das ich mit meinen Augen gelesen habe. Das war 1950, bevor du geboren warst. Nach diesem Buch kann es keine Bücher mehr geben. Liest du gern, Iris?«

»Ja«, hörte ich mich sagen.

»Dann hol's. Du wirst es irgendwo im Flurregal finden. Ich brauche ein Stück Text von der letzten Seite. Es beginnt mit *Ich lebe …*«

Die Energie der Putzfrau war wohl erschöpft gewesen, nachdem sie in den oberen Räumen abgestaubt hatte. Eine dicke Schmutzschicht lag auf den Büchern. Nach einigem Suchen fand ich das gewünschte Werk und schlug die letzte Seite auf.

»*›Ich lebe‹, flüsterte er*«, las ich, »*ich atme. Und ich bewege mich. Ich atme, und ich bewege mich, also lebe ich. Was kann dann noch geschehen? Es können Katastrophen kommen, Schmerzen, Schrecken. Aber ich lebe. Ich kann eingeschlossen sein oder von grauenhaften Krankheiten heimgesucht werden. Aber immer noch atme ich und bewege ich mich. Und ich lebe.*«

»Genug«, rief mein Großvater. Mich beschlich das Gefühl, dass der Computer in seinem Hirn gerade diese Sätze doppelt gespeichert haben musste.

»Du hast eine gute Stimme«, sagte mein Großvater, »aber dein Akzent ist grauenhaft. So hat dir deine Mutter Niederländisch doch nicht beigebracht.«

»Es ist lange her«, flüsterte ich. *Dass Mutter abgefahren ist*, hätte ich beinahe gesagt.

»Du solltest mehr mit ihr sprechen«, fuhr er fort. »Das täte deiner Aussprache gut.«

Ich sah ihn entgeistert an. Natürlich, dachte ich, man kann nicht beinahe hundert werden, ohne irgendwo ein bisschen gaga zu sein.

»Sie antwortet nicht«, ging ich auf ihn ein.

»Natürlich antwortet sie! Du musst nur zuhören. Auch eine Kunst, die der Vergessenheit anheim gefallen ist, wie Lesen, Kochen und Nachdenken. Zuhören! Kein Mensch ist wirklich tot, solange sich jemand noch an ihn erinnert und mit ihm spricht. Lasst die Toten die Toten begraben, so heißt es doch. Und so ist es. Erst das Schweigen begräbt die Toten.«

»Demnach kann man auch Lebende begraben«, warf ich ein, »zum Beispiel indem man jemanden totschweigt.«

Ich hielt die Luft an. Aber Großvater zog es vor, mich nicht zu verstehen.

»Was meinst du, was für lange Gespräche ich mit Surja führe! Sie war es übrigens, die darauf bestanden hat, dass du herkommst. Sie hat mir das noch vor deinem Anruf mitgeteilt.«

»Aber da wusste ich es selber noch nicht«, flüsterte ich.

»Sie hat es erst mir gesagt, dann dir. Du musst es gehört haben, sonst wärst du nicht hier. Sie hat mir gesagt, dass es dir nicht gut geht, dass du weg aus Deutschland musst, weil du verfolgt wirst. Dass ich deine Mutter im Stich gelassen und es an dir gutzumachen habe. Wer verfolgt dich, Iris, und warum?«

Ich hob die Schultern.

»Nazis, weil du indonesisches Blut hast? Kommunisten, weil dein Vater Nazi war …«

»War er nicht«, erwiderte ich müde.

»Gut, dann dein anderer Großvater. Oder hat jemand was gegen Holländer? Ich dachte, die *Moffen* mögen uns.«

»Eine lange Geschichte«, wich ich aus. »Und jetzt möchte ich ins Bett.«

»Iris«, rief mir Großvater hinterher. »Wenn du unbedingt einen Fernseher haben willst, dann kannst du ihn ja oben in eins deiner Zimmer stellen.«

»Fernsehen?«, sagte ich. »Das ist das Letzte, was mich interessiert.«

Ich hatte von Fernsehsüchtigen gehört, die sich langsam entwöhnten. Erst sahen sie nur einen halben Tag fern, dann vier Stunden, dann zwei Stunden und so weiter. Ich hatte von einem Tag zum nächsten aufgehört und staunte selbst darüber, dass ich überhaupt nichts vermisste. Wahrscheinlich war es der Wechsel des Umfelds. Wäre ich in Berlin geblieben, hätte ich mir heute sicher als Erstes einen neuen Apparat gekauft. Stattdessen öffnete ich jetzt die erste Seite von *Die Abende.* Am nächsten Morgen wusste ich, dass ich die falsche Lektüre für meinen Start ins neue Leben ausgewählt hatte. Selbst schwarz gestrichene Wände in Leos Wohnung hätten mich nie so deprimieren können wie dieses Buch. Was ging im Kopf eines Menschen vor, der einen solchen Text auswendig lernt?

»Du hast schlecht geschlafen«, begrüßte mich Großvater. Er hatte den Frühstückstisch gedeckt und jedem von uns zwei Eier hingestellt.

»Ich habe *die Abende* gelesen.«

»Dann brauchst du jetzt frische Luft.«

Er forderte mich auf, mir Amsterdam anzusehen und etwas fürs Abendessen einzukaufen. Damit durchkreuzte er meinen Plan. Ich hatte nämlich vorgehabt, mich im oberen

Stockwerk genauso einzuigeln wie in meinem Berliner Zimmer. Großvater würde das nicht dulden.

»Jemand mit funktionierenden Gliedern hat diese auch zu benutzen«, wehrte er meine etwas zaghafte Weigerung ab. Er mochte zwar alt und schwach sein, aber sein Wille war ein Befehl. Das sollte ich in der nächsten Zeit noch öfter erleben.

Ich könnte Nikki anrufen, dachte ich, als ich ziellos durch die Straßen schlenderte. Er hatte mir damals in Berlin seine Telefonnummer gegeben. Aber ich hatte Hemmungen. Vielleicht würde er mich nach der Fernsehsendung fragen. Dann würde er sich nicht mit der Erklärung abfinden, dass sie »sehr gut gelaufen« sei, sondern mehr wissen wollen. Ich wollte nicht über die unmittelbare Vergangenheit sprechen, sondern sie verdrängen. Böse Erinnerungen würden mein neues Leben gefährden. Ich dachte an Menno und fand seine Adresse im Telefonbuch. Er lebte nur ein paar Straßen weiter. Ich erwog nicht, ihn anzurufen. Wahrscheinlich würde er sich gar nicht an mich erinnern können, oder die Erinnerung wäre ihm peinlich. Das wollte ich nicht herausfinden.

Es war wirklich ein neues Leben.

Ich hätte jeden ausgelacht, der mir vor einem halben Jahr prophezeit hätte, dass ich täglich stundenlang durch eine Stadt laufen und abends in der Küche stehen und Hausmannskost zubereiten würde. Dass ich nur unter Schaudern an Fernsehserien und Talkshows denken könnte und mich wieder in Bücher vergraben würde. Dass ich mich von einem alten Mann herumkommandieren ließ, der noch autoritärer als mein Vater war, und dass mir dies auch noch Spaß machte.

»Warum bist du eigentlich nicht verheiratet?«, fragte Großvater eines Abends, nachdem er mein in Speckscheiben eingewickeltes gebratenes Hackfleisch gelobt hatte. Das Sauerkraut aber fand er ungenießbar, weil ich es nicht – wie in Holland üblich – mit Kartoffelpüree vermischt hatte.

Ich antwortete nicht.

»Der Richtige ist noch nicht gekommen?«, half er mir.

»Das war für mich nie ein Thema«, sagte ich.

»Die jungen Frauen«, seufzte er. »Hat dich dann wenigstens ein Beruf glücklich gemacht?« Ich nickte.

»Welcher?«

Putzfrau würde er mir nicht abnehmen.

»Ich habe geschrieben«, erwiderte ich, »Geschichten aus dem Leben sozusagen.«

»Du warst also Journalistin?« Ich sah keinen Grund, dies zu verneinen.

»Du könntest hier auch arbeiten.«Meinem schriftlichen Niederländisch vertraue ich nicht, sagte ich ihm, und die Kontakte zu dem Blatt in Berlin hätte ich aus guten Gründen abgebrochen. »Aber irgendwas möchtest du doch sicher tun?«

»Eigentlich nicht«, sagte ich.

Er beließ es dabei. Es gab keine Notwendigkeit, etwas zu tun. Es schien nicht mein Schicksal zu sein, Geld ausgeben zu müssen, also brauchte ich auch keins zu verdienen.

Trotzdem strömten eines Tages die Gulden herein. Als ich herausfand, wie ich mit Nichtstun Geld verdienen konnte. Es gab wirklich den für mich idealen Beruf. Zu dem verhalf mir eine Begegnung, die ich zwar gewünscht, aber vor der ich mich auch gefürchtet hatte.

Es konnte nicht ausbleiben, dass mir in einer so kleinen Stadt wie Amsterdam irgendwann Menno über den Weg laufen würde. Vor allem deshalb nicht, weil mich meine täglichen Wanderungen durch den Jordaan an einem Haus vorbeiführten, an dessen Fassade ein Schild mit seinem Namen und dem Zusatz »psychologische Praxis« hing. Ich hätte nie angeklingelt, aber meine Schritte schienen sich automatisch zu verlangsamen, wenn ich in die Nähe des Gebäudes kam. Und jedes Mal war ich gleichzeitig enttäuscht und erleichtert, dass sich die Tür nicht geöffnet hatte.

Einst hatte Menno meinen literarischen Helden vorausgehabt, dass er aus Fleisch und Blut war und ich mich an ihm spüren konnte. Aber ich hatte zu viel von ihm – und von mir – erwartet, und darum war diese große Liebe in Berlin so kläglich gescheitert. Jetzt war ich klüger. Ich dachte zwar täglich an ihn und konnte mir erlauben, die Erinnerung an die gemeinsamen Stunden auf der Birkenwaldinsel zu verklären, aber ich bedurfte keiner Begegnung. Es war weniger Angst vor Zurückweisung, sondern vielmehr vor dem Gedanken, dass ich bei einem Wiedersehen irgendwie würde reagieren müssen. Es war die Angst vor der Banalität des Alltags, vor dem Fremden im erdachten Vertrauten. Ich träumte von einem Menschen aus Fleisch und Blut, den ich selber neu erfinden durfte und nicht an der Realität testen musste. Leider hatte mich erst die Erfahrung lehren müssen, bestimmte Erfahrungen lieber nicht zu machen. Mit etwas mehr Einsicht wäre ich nie nach Berlin gezogen, sondern hätte mich auf der Insel einfach weiter durch die Jahre treiben lassen. Stattdessen hatte ich mich in Deutschland einer Welt ausgesetzt, die nie die meine gewesen war. Stattdessen hatte ich jahrelang aus zweiter Hand gelebt.

Da ich täglich damit rechnen musste, einen älter gewordenen Menno aus seinem Haus kommen zu sehen, war ich nicht darauf gefasst, ihm an anderer Stelle zu begegnen. Ich erschrak, als ich eines Tages am Obststand auf dem Markt plötzlich seine Stimme neben mir erkannte:

»Zwei Orangen und vier Zitronen, bitte.«

Eine Vielzahl winziger Fältchen umrahmte seine Augen. Ich fand es angemessen, dass sein Gesicht einem zerknitterten Foto glich, das man zu lange mit sich herumgetragen hat. Außerdem war er etwas fülliger geworden.

»Mevrouw?« Ein anderer Verkäufer wandte sich an mich.

Ich brachte kein Wort heraus, deutete nur stumm auf einen Salatkopf. Dabei kam meine Hand der von Menno in die Quere. Eine Münze fiel in den Salat. Ich griff danach, hielt sie fest in meiner Faust und starrte Menno an. Er blickte nur auf meine Hand.

»Bitte!«, sagte er ungeduldig. Ich war es gewohnt, übersehen zu werden und meistens auch froh darüber. Diesmal schmerzte es.

Ich hatte mich oft gefragt, ob ich Menno bei einem Wiedersehen um den Hals fallen, ihm die Hand geben oder mich einfach umdrehen würde. Jetzt blieb ich mit geballter Faust stumm stehen.

Außer einem gewaltigen Schreck spürte ich nichts. Endlich trafen sich unsere Blicke. Ich öffnete die Faust und hielt ihm das Fünf-Gulden-Stück hin. Ohne den Blick von mir zu lassen, nahm er es, reichte es dem Verkäufer und zog mich dann vom Stand weg.

Jetzt schien es ihm die Sprache verschlagen zu haben. Kein »Was machst du denn hier?, Das gibt's doch nicht!«, oder »Ist denn das die Möglichkeit?« Nicht mal ein erstauntes »Iris!«

Es war das Wiedersehen zweier Sprachloser. Menno machte eine hilflose Handbewegung und deutete dann auf ein Lokal gegenüber der Kirche.

Ich nickte.

Vor der Kneipe stand eine Marmorstatue auf einem Sockel. Mir schoss kurz durch den Kopf, dass dies ein seltsamer Standort für ein Denkmal war und dass ich es ziemlich klein fand.

Ich vergaß die Gestalt, als wir uns an einem kleinen runden Tisch am Fenster niederließen und Menno nach einer meiner Hände griff.

»Iris«, brachte er hervor, »diesmal bist du es wirklich.«

»Wieso diesmal?«, hörte ich mich sagen, selbst noch nicht ganz sicher, ob ich mich in einer meiner lebhaften Phantasiephasen oder in der Wirklichkeit befand. Ich drückte seine warme Hand. Es war ein angenehmes Gefühl. Ich war froh, dass er redete und mir damit Zeit gab, mich zu orientieren.

Er erzählte, dass er seit Jahren immer wieder Frauen auf der Straße mit mir verwechselt habe. Einer sei er einmal sogar einen halben Tag lang gefolgt, ehe er seinen Irrtum bemerkt hätte.

»Ich bin eben Dutzendware«, sagte ich.

»Eben nicht«, erwiderte er. Er beugte sich vor und platzierte mir einen Kuss mitten auf den Mund. Das ging ganz schnell, war aber durchaus angenehm.

»Warum bist du ihr gefolgt?«, fragte ich.

»Wem?«

»Der Frau. Die mir ähnlich sah.«

»Ich habe einen großen Fehler gemacht, als ich dich in Berlin zurückließ«, sagte er leise. »Aber ich hatte Angst vor deiner Stärke.«

Sprach er von mir? Oder hatte er mich doch verwechselt?

»Meiner Schwäche, meinst du wohl.« Ich erinnerte ihn daran, dass ich ihm ein Klotz am Bein gewesen war. Er widersprach. Ich hätte doch sofort in der fremden Stadt Arbeit und Wohnung gefunden und ihn nicht mehr gebraucht. Dabei hätten wir doch geplant, zusammen nach Amsterdam zu gehen.

Ich staunte.

Aber ich konfrontierte ihn nicht mit meinen Erinnerungen. Ich ließ ihn reden. Und staunte immer mehr. Es hätte mir schmeicheln müssen, zu hören, dass ich keine kleine Episode in seinem Leben gewesen war, sondern ihm den schönsten Sommer aller Zeiten geschenkt hatte. Ich erschrak, dass er sich zwar an jede Einzelheit auf der finnischen Insel erinnern konnte, aber ein völlig schiefes Bild von unserem Abschied hatte. Vorsichtig fragte ich, warum er sich nicht mit mir in Verbindung gesetzt hätte, wenn ihm doch so an mir gelegen gewesen sei.

»Du hast keinen Zweifel daran gelassen, dass du mich loswerden wolltest«, sagte er bitter. »Du wolltest lieber Putzfrau werden, als mit mir zusammen zu sein. Du hast mir nicht mal einen Abschiedskuss gegeben. Und das Poster, das ich dir geschenkt hatte, hast du einfach unters Bett geworfen. Jetzt kann ich es dich ja fragen: Hast du mich damals wirklich gemocht oder mich nur benutzt, um von der Insel runterzukommen?«

Ich blickte aus dem Fenster und schrie kurz auf.

»Hast du das gesehen?«, fragte ich aufgeregt. »Die Statue hat sich bewegt!«

»Weil es ein Mensch und keine Statue ist«, sagte er. »Hast du so was noch nie gesehen? Menschen, die als Standbild ihr Geld verdienen?« Ich hatte noch nie davon gehört. Fasziniert betrachtete ich die unbewegliche marmorweiße Gestalt auf dem Sockel. Sie stand mitten in der Welt und war ihr doch fern. Ein kleines Mädchen warf ein Geldstück in die weiße Vase zu Füßen des Stehenden. Es kicherte und trat schnell einen Schritt zurück, als die Figur mit einer roboterartigen Bewegung die Hand zum Gruß hob.

»Es ist eine Kunst, so lange still zu stehen und nichts zu tun«, bemerkte Menno.

»Und damit Geld zu verdienen«, sagte ich nachdenklich. »Das könnte ich auch.«

»Du möchtest mir also auf meine Frage nicht antworten«, lächelte Menno. »Jetzt erkenne ich wieder die alte Iris. Die immer alles unter Kontrolle hat.«

So hatte ich mich selbst noch nie gesehen. Eher als einen Spielball von unberechenbaren Mächten. Auch Menno hatte ein Bild mit sich herumgetragen.

»Vor allem Nikki«, fuhr Menno fort. »Du warst die Einzige, die ihn wirklich im Griff hatte. Dein Einfluss hat sich noch jahrelang ausgewirkt.« Er nickte zum Fenster hin.

»Nikki hat auch übrigens eine Zeit lang Standbild gespielt. Und weißt du, wen er dargestellt hat? Iris, die Götterbotin. Ich habe sein Kostüm noch.«

»Wo ist er jetzt?«

»Wieder auf seiner geliebten Insel. Er malt dort.«

»Und was malt er?«

»Das, was er sieht. Wie schon als Kind. Er ist ein sehr realistischer Maler. Technisch hervorragend, das haben sie ihm hier auf der Kunstakademie auch bescheinigt. Aber er klebt zu sehr an der Realität. Ich habe ihm geraten, seiner Phantasie mal freien Lauf zu lassen.«

»Dazu musste man ihn früher nicht auffordern«, lachte ich. »Jedenfalls nicht im täglichen Umgang. Was macht seine Mutter?«

Menno schüttelte den Kopf. Ihr ginge es nicht so gut.

»Jaris Tod hat sie gebrochen. Danach konnte sie über nichts anderes mehr reden als über ihr totes Kind und die Jahre im Konzentrationslager.«

Wie damals, als Raimo ertrunken war. Mit jedem Tod sterben die nahen Toten noch einmal.

Nikki war nach Amerika gefahren, um seiner dort lebenden Schwester zu helfen. Diese hatte sich davon überfordert gefühlt, Rosa nachts aus den Albträumen herauszureißen und tagsüber stundenlang Geschichten aus dem Lager anzuhören. Aber Nikki wurde damit auch nicht fertig und flehte Menno telefonisch um Hilfe an. Menno reiste nach Amerika. Es gelang ihm, dort noch eine Verwandte von Rosa ausfindig zu machen, die rechtzeitig in die USA emigriert war. Aber die Hoffnung, dass Rosa mit dieser Cousine zu den Erinnerungen ihrer glücklicheren Jugendjahre zurückkehren würde, schlug fehl. Die Cousine war so vom Schuldgefühl des Überlebens geplagt, dass auch sie über nichts anderes reden konnte als über die Gräuel, von denen sie gehört hatte. Dauernd hatte sie sich gefragt, warum ausgerechnet sie verschont geblieben sei und sich Selbstvorwürfe gemacht, dass sie ihr Leben nicht besser genutzt hätte. Zwischen ihr und Rosa gab es ständig Streit, weil Rosa fand, dass es ihrer Cousine nicht zustehe, sich als Opfer zu betrachten und Albträume von Gasöfen zu haben, die sie nie gesehen habe. Aber die Cousine litt am Schuldgefühl der Überlebenden.

»Sie ist überzeugt, dass sie zu einem Sammellager abgeführt wird, wenn sie das Haus verlässt. Man darf bei ihr auch nicht klingeln«, fuhr Menno fort. »Dann wird sie hysterisch und schreit, dass die Gestapo sie jetzt abholen werde. Nikki hat das alles nicht mehr ausgehalten und ist abgereist. Ich konnte auch wenig ausrichten. Ich habe nur dafür gesorgt, dass Rosa und ihre Cousine in einem Pflegeheim für Naziopfer aufgenommen wurden.«

»Wo sie sich dauernd streiten?«, fragte ich.

»Das hält sie am Leben. Die Cousine ist die Einzige, die Rosa noch zuhört. Also sind die beiden unzertrennlich.«

Ich dachte an ein Foto von zwei lachenden jungen Mädchen in einem Ruderboot.

»Rosa war den größten Teil ihres Lebens eine Fremde. Wie meine Mutter«, sagte ich.

»Und du?«, fragte Menno fast zärtlich.

»Ich habe nur nie dazugehört«, erwiderte ich. »Das ist etwas ganz anderes.« Ich nickte zum Fenster hin, wo der Marmor-Mensch wieder erstarrt war.

»Solange ich stillgehalten habe, ist mir nichts passiert. Ich war eigentlich immer eine Art Standbild. Wird Zeit, dass ich dies zu meinem Beruf mache.«

Er lachte.

»Das ist doch nicht dein Ernst!«

Genauso hatte er reagiert, als ich ihm auf Peters Party meine Absicht, Putzfrau zu werden, mitgeteilt hatte. Der Anschluss an unsere gemeinsame Vergangenheit war wieder hergestellt.

»Als Standbild braucht man kein Diplom.«

»Es würde dir nichts ausmachen, dich mitten auf einen Platz zu stellen und zu betteln?«

»Das ist kein Betteln«, sagte ich. »Du hast ja selbst gesagt, dass es eine Kunst ist. Mit der man Geld verdienen kann.« Etwas wehmütig dachte ich an einen Bildhauer, der mit seinen Werken nur ein einziges Mal Geld verdient hatte.

»Du bräuchtest eine Genehmigung«, gab Menno zu bedenken.

Ich bat ihn, mir dabei zu helfen.

»Unter der Bedingung, dass du mich besuchst. Jetzt, wo

ich dich wieder gefunden habe, möchte ich dich nicht erneut verlieren.«

Er schrieb seine Adresse auf einen Bieruntersetzer. Ich verriet ihm nicht, dass ich jeden Tag an seinem Haus vorbeigegangen war. Erst als ich vor der Kneipe stand, fiel mir auf, dass wir nur über andere Leute gesprochen hatten. Ich hatte ihm nichts von mir und er mir nichts von sich erzählt. Das würde noch kommen. Wir hatten es beide nicht eilig, ein neues Bild zusammenzusetzen.

Meinem Großvater berichtete ich, dass ich einem alten Freund der Familie Koivisto begegnet war. Interessiert erkundigte er sich nach Rosa.

»Allenthalben Schuldgefühle«, sagte er nachdenklich. »Nur Rosas Sohn scheint davon frei zu sein.«

»Warum sollte er sich schuldig fühlen?«

»Er ist seiner Mutter mehr Verständnis schuldig. Er konnte es nicht mehr aushalten und ist einfach abgefahren? Hat er mal darüber nachgedacht, was seine Mutter aushalten musste? Und jetzt malt er Dinge, die er sieht? Ich dachte, dass Maler in ihren Werken Gefühle ausdrücken.«

Ich fragte meinen Großvater, ob es Dinge gäbe, derer er sich schuldig fühle. Er schwieg eine lange Zeit.

»Die Liste meiner Schuld ist unendlich lang«, erwiderte er schließlich. »Darum lebe ich wahrscheinlich so lange und bin zur Strafe klar im Kopf.« Er begann mit einer Aufzählung, die mich frösteln machte.

Er hatte das indonesische Volk ausgebeutet und seine Frau ihrer Sprache, Sitten und Familie entfremdet. Surja hätte ihn nie geliebt, aber es wäre undenkbar gewesen, den Heiratsantrag eines niederländischen Kaufmanns auszuschlagen. Er hatte seinen ältesten Sohn so indoktriniert, dass dieser gegen das Heimatland seiner Mutter in den Krieg zog. Für das asiatische Äußere seines jüngeren Sohnes hatte er sich geschämt und ihn deshalb benachteiligt und ungerecht behandelt. Kein Wunder, dass sich dieser dann auf die Seite der jugendlichen indonesischen Freiheitskämpfer geschlagen hatte. Er fühlte sich schuldig am Tod beider Söhne. In seinen Albträumen stachen sie mit Lanzen aufeinander ein. Er hatte sich des deutschen Freundes meiner Mutter geschämt, aber dessen Kontakte zur Besatzungszeit ausgenutzt. Er fühlte sich schuldig, weil er meine Mutter verstoßen hatte, weil er Rosa nicht hatte beschützen können und weil er der Nazipartei beigetreten war. Weil er nicht widersprochen hatte, als Herr Brouwer ihn dafür gelobt hatte, dass er seinen Dachboden Verfolgten angeboten hatte. Weil er uns damals nicht aufgenommen hatte, weil er meinen Eltern nichts mehr abbitten konnte und weil er Surja allein nach Bandung geschickt hatte. Wie Rosas Cousine fühlte er sich schuldig, noch am Leben zu sein.

Mir fiel etwas ein. »Sprichst du eigentlich auch mit deinen Kindern?«, fragte ich ihn.

»Das ist mein größter Wunsch«, antwortete er. »Aber ich erreiche sie nicht. Ich habe sie nie erreicht. Sie waren mir immer fremd. Alle drei.«

In jener Nacht träumte ich zum ersten Mal seit Jahren von meiner Mutter. Sie stand wieder am Gartenzaun des Hauses in Helsinki und sagte: »Irgendwo da draußen ist es. Ich werde es finden.« Da ich wusste, dass sie gleich in einem gelben Schlauchboot davonrudern würde, versuchte ich sie vom Zaun wegzuziehen. Aber sie war zu einer Statue aus Stein geworden. Ich begriff, dass mein Vater sie verwandelt hatte. »Warum Stein?«, brüllte ich ihn an. »Weil Holz schwimmt«, antwortete er. »Ich kann nicht zulassen, dass deine Mutter herumtreibt.«

Am nächsten Morgen verwarf ich die Idee, als Standbild aus Marmor aufzutreten. Holz, dachte ich, das passt zu mir. Ich meldete mich bei meinem Großvater für den Tag ab und wanderte durch die Stadt, immer auf der Suche nach lebenden Standbildern. Ich entdeckte drei. Besonders gut gefiel mir der Ajax auf dem *Dam*. Er hatte grüne Patina aufgetragen und sah erschreckend leblos aus. Um seinen Sockel hatte er eine rote Museumskordel gespannt. Dies schien die Menschen tatsächlich davon abzuhalten, ihm körperlich zu nahe zu kommen. Als ich einen Gulden in seinen Behälter warf, hob er den Schild, schwang kurz das Schwert und kniff ein Auge zu. Ein paar Meter weiter stand eine silberne Figur auf einem silbernen Sockel. Eine Plakette wies ihn als Willem Barentsz aus, den holländischen Seemann, der im Mittelalter unter anderem Spitzbergen entdeckt hatte. Ich kaufte mir einen Hotdog am *Dam* und beobachtete die beiden Standbilder. Es klingelte ordentlich in den Sammelbüchsen.

Danach ging ich zu Mennos Haus. Mir fiel auf, dass das grüne Metallgeländer frisch gestrichen war. Ich berührte es nicht, als ich die Stufen zum Haupteingang hinaufstieg. Es dauerte sicher eine Minute, ehe ich den Mut fand, den großen Messingklopfer anzuheben. Aber ich entspannte mich sofort, als ich hörte, wie im Inneren des Hauses eine kleine Melodie in Gang gesetzt wurde. Eine zweifach vertraute Melodie, zu der auf Holländisch das Nikolauslied und auf Deutsch *Im Märzen der Bauer …* gesungen wird. Man könnte eine Doktorarbeit über die verschlungenen Pfade germanischen Liedguts schreiben, die zum Beispiel aus dem *Ännchen von Tharau* die friesische Nationalhymne gemacht hatten. Oder vielleicht war es auch andersherum.

Wenn ich mit meinem Großvater über Wörter diskutierte, die in beiden Sprachen gleich klangen, stellte sich immer wieder heraus, dass die Niederländer der ursprünglichen Bedeutung des germanischen Begriffs treu geblieben waren. Manchmal kann eine Interpretation auch auf den unterschiedlichen nationalen Charakter hinweisen. *Deftig* hieß ursprünglich *gewichtig* und *würdevoll.* Im heutigen Niederländisch ist es kein Synonym für *derb* oder *grob,* sondern bedeutet genau das Gegenteil, nämlich *vornehm* oder *elegant.* Dass *brutal* schlicht *frech* heißt, hatte mich schon meine Mutter gelehrt. Kein Wunder, dass es zwischen Niederländern und Deutschen so viele Missverständnisse gibt, wenn man das Gegenteil von dem versteht, was der andere meint! Die Nähe schafft die Probleme.

Ich trat einen Schritt zurück. Diese Erkenntnis hätte mich eigentlich davon abhalten sollen, Menno zu besuchen. Ich hätte mich mit dem Bild in meinem Kopf zufrieden geben sollen. Noch konnte ich weglaufen und in Zukunft vermeiden, an seinem Haus vorbeizugehen. Ich blickte zum weißen Glockengiebel hinauf und staunte, dass mir früher die kleine Relieffigur entgangen war, die einen Stab in der einen und ein Füllhorn in der anderen Hand hielt. Aber ich hatte zuvor immer nur auf das Schild gestarrt.

»Hades«, sagte Menno, als er mir die Tür aufhielt und meinem Blick folgte, »zumindest glaube ich das.«

»Eher eine männliche Fortuna«, meinte ich. »Wer würde sich schon den Gott der Unterwelt an die Hauswand hängen!«

»Er ist einer der Titanen«, bemerkte Menno, »und bei den Römern hieß er Pluto, weil er Reichtum und Wachstum spendet. Etwas, wofür die alten holländischen Kaufleute sicher empfänglich waren.«

Froh, die Begrüßung mit einem unverfänglichen Thema hinter mich gebracht zu haben, folgte ich ihm durch einen Flur mit hoher Stuckdecke.

»Unten ist die Praxis, oben wohne ich«, erklärte er. »Wieder allein, übrigens. Ich war zwei Jahre lang verheiratet. Mit einer überaus hektischen, fordernden Frau. Keine Kinder. Hast du geheiratet?«

»Nein«, sagte ich.

»Der Richtige ist wohl noch nicht gekommen?«

Ich schwieg.

»Dumme Bemerkung«, gab er selbst zu. »Bei mir war es ja auch die Falsche.« Er öffnete die Tür zu einem freundlich eingerichteten Wohnzimmer. Ich spürte seine Befangenheit, das Bemühen, mir meine zu nehmen. Aber ich spürte auch noch etwas anderes und das war meinem Seelenfrieden nicht gerade förderlich. Ich spürte, dass der alte Menno seine

Macht über mich nicht verloren hatte. Ich hatte mir vorgenommen, einen gewissen Abstand zu wahren und mir keinesfalls wieder Gefühle zu erlauben, die mich krank machen könnten. Aber nach nur wenigen Minuten in Mennos Gegenwart schickte ich meine Vorsätze zum Teufel. Ich wehrte mich nicht, als er den Arm um mich legte und mich küsste, als er mich in ein Schlafzimmer führte und mich wieder daran erinnerte, wie viel Eindruck der zweite Mann im Leben einer Frau machen konnte. Ich ließ mich fallen und nahm mir nicht einmal mehr vor, später über die Konsequenzen nachzudenken.

Am nächsten Morgen kam mir nicht die Nacht, die ich mit Menno verbracht hatte wie ein Traum vor, sondern die vielen Jahre, die zwischen dieser und der letzten Begegnung gestanden hatten. Die Birkenwaldinsel war wirklicher geworden als Berlin und der Mann neben mir schien die Antwort auf all die Fragen zu sein, die ich mir selbst nie zu stellen gewagt hatte.

Ihm ging es ähnlich. Er klagte über die verlorenen Jahre und meinte, wir müssten die restliche Zeit umso intensiver miteinander verbringen. Am besten zöge ich gleich bei ihm ein.

Plötzlich zeigten sich bei mir alle Symptome einer Agoraphobie. Mein Herz klopfte schneller, mir wurde schwindlig und ich hatte Schwierigkeiten, meine Antwort zu artikulieren.

Er machte einen Rückzieher und meinte, wir müssten nichts überstürzen und sollten meinem Großvater Zeit geben, sich an die neue Situation zu gewöhnen. Auf ein paar Tage oder Wochen käme es jetzt auch nicht mehr an.

Dann zeigte er mir Nikkis Standbild-Kostüm. Es war ein Neppholz-Ganzkörperanzug aus Plastik und Pappmaché. Erheblich eingekürzt würde er mir passen, meinte Menno und holte eine Schere. Ich fand es rührend, dass dieses einst so schwierige Kind mir ein so liebevolles und nützliches Andenken hinterlassen hatte. Es ersparte mir die Suche nach einem passenden Kostüm. Als Menno begriff, dass es mir ernst war, besorgte er mir eine Genehmigung und fand heraus, an welchen Orten ich stehen durfte. Vermutlich versprach er sich von meinem neuen Beruf eine therapeutische Wirkung.

Nichtstun war nicht ganz so einfach, wie es aussah. Anfangs machte ich noch viele Fehler. Als ich mich an einem Montagmittag zum ersten Mal auf den Leidseplein stellte, freute ich mich, keine Konkurrenz zu sehen. Ich begriff bald weshalb. Am Wochenanfang hatten Passanten grundsätzlich schlechte Laune und große Eile. Für einen Blick auf ein Standbild rückte kaum jemand einen müden Gulden heraus. Daher nahmen sich die menschlichen Statuen montags frei.

Der Leidseplein war auch keine gute Idee gewesen. Zu viele Kneipen in der Nähe, aus denen besoffene oder anderweitig berauschte Menschen kamen, die keine Hemmungen hatten, mich anzufassen. Ein Mann öffnete sogar seinen Hosenschlitz und hätte meinen Holzsockel angepinkelt, wenn nicht zufällig ein Polizist vorbeigekommen wäre. Der empfahl mir den *Dam* als Standplatz.

Am nächsten Tag zog ich um und hatte zwei neue Probleme. Andere Straßenartisten, die keine Lust hatten, ihre Einnahmen mit mir zu teilen, und Tauben, die sich auf mir erleichterten. Seit Harry hatte ich eine Schwäche für Vögel, aber auf dem *Dam* lernte ich Tauben hassen. Ich betrachtete es nicht als Kompliment für meine Stillhaltefähigkeit, dass sie sich auf meinen Kopfschmuck setzten. Diese zahmen Biester ließen sich sogar auf den Häuptern spazierender Menschen nieder. Ich wünschte mir, eine Figur mit Pfeil und Bogen darzustellen. Dann hätte ich den fliegenden Händlern, die Vogelfutter auf dem *Dam* verkauften, wirklich das Fliegen beigebracht.

Nikkis Ganzkörperanzug aus Neppholz hatte Menno gut eingekürzt, auch wenn er mir immer noch etwas zu weit war. Dadurch war aber die Ventilation besser und ich kam nicht so schnell ins Schwitzen. Allerdings verzichtete ich darauf, Nikkis Maske aufzusetzen. Vaters Kreationen hatten ihn wahrscheinlich dazu inspiriert, eine Maske mit weit geöffnetem Mund zu basteln. Eine Götterbotin, die mit offenem Mund durch die Lüfte fliegt, erinnerte mich aber zu sehr an den freundlichen Motorradfahrer, den man an den Fliegen zwischen den Zähnen erkennt. Ich malte mir also das Gesicht holzbraun an. Doch schon nach ein paar Regentropfen brannte mir die Schminke in den Augen. Menno erzählte, Nikki habe mit ausgebreiteten Armen abhebebereit auf dem Sockel gestanden. Das lehnte ich ab. Ein neuer Landeplatz für Tauben? Bitte nicht. Außerdem war das eine sehr unbequeme Haltung. Ich fand es eindrucksvoller, die Arme mit den weitfallenden Ärmeln erst dann auszubreiten, wenn jemand ein Scherflein in meine Holzschale warf. Die Holzschale schaffte ich schon am dritten Tag ab, nachdem sich ein junger Mann am Ende des Tages mit meinem Verdienst aus dem Staub gemacht hatte. Stattdessen brachte ich an der Holzkiste, die mir als Sockel diente, einen breiten Schlitz an, unter den ich einen Topf stellte. Ich fand es viel entspannender, auf meinem Geld zu stehen. Allerdings musste ich an den Abenden jetzt mehr Knöpfe und ausländische Münzen aussortieren.

Die Bestimmung lautete, dass ich nach zwei Stunden meinen Standplatz zu wechseln hatte. Auf dem *Dam* war das einfach. Ich rückte einfach zwanzig Meter weiter. Meistens stand ich so, dass ich den Obelisken, das nationale Monument zur Erinnerung an die Opfer des Nationalsozialismus, im Auge hatte. In dessen Innerem steckten elf Urnen mit Erde aus jenen Orten, wo niederländische Soldaten gefallen waren. Eine zwölfte Urne enthielt Erde von niederländischen Soldatenfriedhöfen in Indonesien. Großvater hatte mir erzählt, dieses von den Amsterdamern respektlos *Widerstandspenis* genannte Denkmal sei am Zerbröckeln, da der Bildhauer kein beständiges Material benutzt hätte. Nach langem Suchen habe man nur ein einziges Unternehmen gefunden, das sich auf die Restaurierung solcher Stücke verstehe. Ein deutsches Unternehmen. Kein Problem, denn auch der niederländische Deutschenhass war seit dem fünfzigsten Jahrestag der Befreiung am Zerbröckeln und hatte einem gewissen Mitleid Platz gemacht. Den Stimmungsumschlag hatte auch die schlechte wirtschaftliche Lage der Bundesrepublik zuwege gebracht. Für die Niederländer war der Deutsche keine Bedrohung mehr, sondern der arme Nachbar im Osten.

Für mich war es wirtschaftlich uninteressant, wenn ich mein Gesicht dem Palast der Königin zuwandte. Dann konnten mich Touristen nur von hinten vor dem grauen Gebäude fotografieren. Oder sie wandten mir den Rücken zu. Wenn ich ihnen nicht in die Augen blickte, fühlten sie sich nicht verpflichtet, einen Obolus zu entrichten. Der Verdienst war sehr wechselhaft. An schlechten Tagen lag er unter fünfzig Gulden, an guten über dreihundert.

Allerdings hatte ich keine Ahnung, wie viel mir Menno zukommen ließ. Regelmäßig blieb er mit Ausrufen des Entzückens vor mir stehen und steckte etwas in den Geldschlitz. Einmal warf ein alter Herr mit Hut und Spazierstock eine Hand voll Münzen in meinen Geldschlitz. Als ich die Arme ausbreitete, blickte ich in die stahlblauen Augen meines Großvaters. Am Abend erwähnte er mit keinem Wort, dass er das Haus verlassen hatte. Als ich ihn darauf ansprach, erklärte er, dass ich mich geirrt haben müsste. Er ginge nie aus. Dagegen sprach allerdings die Tatsache, dass das Kleingeld aus dem Marmeladenglas in der Küche verschwunden war.

In den ersten Wochen kam ich nicht viel zum Nachdenken. Ich vertrieb mir die Zeit mit der Beobachtung von Menschen und hielt meinen Kopf leer. Nachdenken verursachte nämlich unwillkürliche Zuckungen, die mir als Statue die Glaubwürdigkeit nahmen. Außerdem befand ich mich immer noch in einem Zustand der Verwirrung. Ich konnte es nicht fassen, dass ich wieder ein Liebesleben hatte, und ich konnte mir nicht vorstellen, dass dies gut gehen würde.

Ich sprach mit Großvater darüber, der meinen Bedenken nicht allzu viel Bedeutung beimaß.

»Andere Leute können das doch auch«, war sein Kommentar. »Was ist schon Liebe! Ein bisschen Geben, ein bisschen Nehmen, damit man nicht allein ist.«

»Und wenn man gern allein ist?«, fragte ich.

»Dann sollte man die Liebe dosieren.«

Das war mir bei Leo geglückt. Ich dachte gelegentlich an ihn, aber ich trug sein Bild nicht im Kopf herum. Ich hätte gern gewusst, wie es ihm ging.

Menno hatte ich nur wenig über meine Berliner Zeit erzählt. Für ihn umschrieb ich sie mit »etwas putzen, schreiben und fernsehen«, und er hakte nicht weiter nach. Dass ich Deutschland verlassen hatte, um für meinen Großvater zu sorgen, fand er plausibel. Die beiden Männer waren einander nur einmal begegnet. Ich hatte Menno zum Abendessen eingeladen.

»Dein junger Freund erinnert mich an jemanden«, sagte Großvater, nachdem sich Menno verabschiedet hatte. »Mein Gedächtnis ist zu schlecht, um dir zu sagen, an wen, aber es ist keine angenehme Erinnerung.«

Der alte Mann war von genügend schlechten Erinnerungen geplagt, als dass ich Menno noch einmal zum Abendessen eingeladen hätte.

»Ein seltsamer Kauz, der Alte«, sagte Menno über ihn, »pass nur auf, dass er dich nicht erstickt. Es ist schön, dass du für ihn sorgst, aber du solltest dich aus dieser Abhängigkeit befreien.«

Ich ging nicht darauf ein, denn Menno irrte sich in jeder Hinsicht. Abgesehen von gelegentlicher Kocherei sorgte ich nicht für meinen Großvater. Wir waren nicht aufeinander angewiesen.

»Mit dir zu leben ist wie allein leben, nur etwas besser«, lautete ein Kompliment, das er mir gemacht hatte. Ich hatte bald entdeckt, dass er sich nur dann unleidlich und autoritär gab, wenn seinem Lebensrhythmus Gewalt angetan wurde. Dafür hatte ich Verständnis.

Mein Lebensrhythmus hatte sich durch Mennos Auftauchen radikal geändert. Wir sahen einander täglich in seiner Wohnung. Ich lehnte es ab, mit ihm auszugehen, und versuchte ihm verständlich zu machen, dass mich das Amsterdamer Kultur- und Nachtleben nicht interessierte. Mir reichten Bücher.

»Dann hättest du genauso gut auf der Koivisto-Insel bleiben können«, meinte er eines Abends.

»Stimmt«, sagte ich. »Und wenn ich mich recht erinnere, habe ich dir da auch so gefallen.«

»Da gab es ja nichts anderes!«, rief er.

»Stimmt«, wiederholte ich und wusste, dass es nicht stimmte.

Zu meiner Überraschung passte sich Menno mir an. Auch er ging nicht mehr aus. Er solle tun, was er gern täte, forderte ich ihn auf, ich könne schließlich nicht erwarten, dass das Nichtstun zum allgemeinen Dekret erhoben würde. Es beunruhigte mich, dass er meinetwegen sein Leben veränderte. Aber Menno schien entschlossen, es mir nachzutun. Er reduzierte seine Patientenzahl, er traf sich nicht mehr mit Freunden, ließ das Theater links liegen und ging nicht mehr in die Bamboobar. Ich sah das mit großer Sorge.

12 RÜCKKEHR

Eines Tages betrat ich einen internationalen Zeitungsladen. Ich entdeckte *Ihr Schicksal* nicht sofort, weil das Blatt sein Erscheinungsbild geändert hatte. Es war von umweltfreundlichem Papier auf Hochglanz umgestiegen und erheblich dicker. Laut Titelblatt informierte es auch über Laster, Lieben und Lifestyle von Prominenten. Außerdem war es teurer geworden.

Ich setzte mich in ein Café und schlug als Erstes die Seite mit dem Impressum auf. Margas und Bines Namen entdeckte ich unter vielen anderen. Neben Leos stand *Chefredakteur.* Er war nicht mehr der Herausgeber. Ein großer Konzern hatte das Heft gekauft und diesem ein sehr verwechselbares Profil verliehen. Nichts Gemütliches oder Hausbackenes mehr. Es war reißerisch und laut. Die *Lebenshilfeseite* war durch *Trends, Träume, Tatsachen* und *Dipl.-Psychologin Marion Breuer* durch *Dr. Paul von Mahnen* ersetzt worden. Das Foto des smarten jungen Mannes legte die Vermutung nahe, dass er eine Doktorarbeit über Trendsetting abgeliefert hatte. Ich las einige Storys an und hatte Mitleid mit Leo. Jetzt durfte er den Trends nicht mehr hinterherhinken, sondern musste ihnen voraus sein. *Aids durch Cyber-Sex* hieß eine Geschichte. Bei den Leserzuschriften beschwerte sich eine Lehrerin über Grundschüler, die sich weigerten, ihre Handys im Unterricht auszuschalten. Eine geschiedene Frau berichtete, wie sie ihre fünfzehnjährige Tochter von Anorexie geheilt habe: Sie hatte ihr zum Geburtstag das Gesicht von Pamela Andersen geschenkt. Die Tochter hatte eingesehen, dass mit diesem Gesicht die Verpflichtung einherginge, fülliger zu sein. Nur der Busen wolle leider nicht größer werden. Ob Silikonimplantate die Tochter vor einem Rückfall schützen könnten? *Dr. von Mahnen* empfahl, dies mit dem Schönheitschirurgen abzuklären. Ich schüttelte mich, zahlte meinen Kaffee und ließ das Heft liegen.

Man kehrt nie zurück, hatte Großvater gesagt. Auf meinem Sockel waren mir immer wieder Story-Ideen gekommen, wenn ich die Vorübergehenden betrachtete. Ich hatte erwogen, mich mit einer Geschichte bei Leo zurückzumelden. Das konnte ich vergessen. Solche Storys würde ich weder schreiben können noch wollen.

Ob es in meinen Fernsehserien inzwischen auch so wild zuging? Hatte sich Else Kling einer Schönheitsoperation unterzogen, um den Sohn von Mutter Beimer zu verführen? In den nächsten Tagen ließ ich auf meinem Sockel meiner Phantasie freien Lauf und dichtete meinen alten Fernsehhelden abenteuerliche Entwicklungen an. Bis es mir zu viel wurde und ich beschloss, Fernsehdeutschland mit einer Naturkatastrophe zu überziehen, die sämtlichen Serien das Rampenlicht ausblasen würde. Ich entschied mich gegen eine durch globale Erwärmung verursachte Überschwemmung. Dadurch würden zuerst die tief liegenden Niederlande getroffen werden und ich wusste nicht, ob deren Fernsehlandschaft einen solchen Untergang verdiente. Solange ich zwischen einem enormen Meteoriteneinschlag und einer Plage von Fleisch fressenden mutierten Monstermilben schwankte, musste ich nicht darüber nachdenken, dass Menno von mir eine Entscheidung erwartete.

Ich hätte glücklich sein sollen.

Ich hatte den idealen Beruf, den idealen Liebhaber und keine Sorgen. Aber ebenso wenig wie meine Mutter für den Winter gemacht gewesen war, schien ich für ein normales Liebesleben geschaffen zu sein. Über Menno konnte ich mich nicht beklagen. Er hatte viel mehr Verständnis für mich, als ich selbst aufbringen konnte. Wenn ich sagte, dass ich Zeit brauchte, gab er sie mir. Er spürte, wenn ich allein sein wollte und war da, wenn ich Nähe wünschte. Aber gerade die Tatsache, dass er so wenig Druck auf mich ausübte, setzte mich unter Druck. Ich erwartete dauernd, dass er etwas einfordern würde. Dass er mich in einer trügerischen Sicherheit wiegte. Dass ich eine Entscheidung würde treffen müssen.

Ich konnte nicht vergessen, dass Menno Psychologe war, und ertappte mich immer wieder bei der Frage, ob ich eine Art Versuchskaninchen für ihn war. Aber sollte mir das nicht egal sein, wenn wir einander liebten?

»Liebe ist nicht genug«, sagte ich eines Tages zu meinem Großvater, der mit geschlossenen Augen in seinem Ledersessel saß. Es dauerte eine Weile, ehe er sprach. Wahrscheinlich hatte ich ihn gerade aus einem besonders spannenden Buch herausgerissen.

»Es sind nur wenige, die den Sinn haben und zugleich zur Tat fähig sind«, sagte er, ohne die Augen zu öffnen. »Der Sinn erweitert, aber lähmt; die Tat belebt, aber beschränkt.«

Als der Sommer nahte, schlug Menno vor, ein Häuschen am Ufer eines Sees nahe Amsterdam zu mieten.

»Damit du mal rauskommst«, meinte er.

Ich wies ihn darauf hin, dass ich den ganzen Tag über draußen *stand*.

»Der Mensch braucht Natur«, meinte er und fuhr mit mir zu den Vinkeveenschen Seen. Das Haus überblickte eine kleine Wasserfläche, stand auf einer langen Landzunge und war von anderen gleich großen Grundstücken durch eine hohe, säuberlich geschnittene Hecke getrennt.

»Fast wie in Finnland«, meinte er, als er mit mir über einen von Unkraut befreiten Steinweg zum Bootssteg ging. Kreisrunde Blumenrabatten waren in den ordentlich gemähten Rasen gesetzt. Er deutete auf ein paar Gewächse bei der Hecke.

»Dort wachsen Johannisbeeren. Aus denen kannst du wieder Marmelade machen. Natürlich nur, wenn du Lust hast.«

In Finnland hatte ich dazu keine Lust gehabt. Es war eine überlebensnotwendige Angelegenheit gewesen.

Neben dem Bootssteg stand ein winziges Bäumchen, das an einen Stock gebunden war.

»Eine Überraschung für dich«, sagte Menno, »eine Trauerweide. Wenn sie größer ist, kannst du hier sitzen und träumen. Genau wie damals.«

Er musste schreien, da gerade ein raketenähnliches Boot vorbeiraste. Das Dröhnen von Motoren hing in der Luft und aus den Nachbargärten drangen Kindergeschrei und Hundegebell. Ein kleines offenes Motorboot tuckerte vorbei. Der Fahrer hob die Hand zum Gruß. Menno grüßte zurück.

»Auf dem Wasser grüßt jeder jeden«, erklärte er. »Das gehört sich so.«

Ich dachte an den Finnen, der sich in der Wildnis ein Haus baut und zur Axt greift, weil ihm Treibholz verrät, dass er einen Tagesreisen entfernten Nachbarn hat.

»Mir schwimmen hier zu viele Holzspäne vorbei«, sagte ich.

Menno starrte auf das Wasser und schüttelte den Kopf.

»Wovon sprichst du? Ich sehe nichts. Übrigens bin ich noch nicht dazu gekommen, ein kleines Motorboot zu kaufen. Damit kannst du zum Einkaufen fahren.« Er sprach weiter, als wolle er mir keine Chance geben, einen Kommentar abzuliefern: »Wir werden hier den Sommer über wohnen. Mir macht es nichts aus, täglich zu pendeln. Und du hast dann tagsüber das alles hier für dich allein.«

Und müsste keine Minute reisen, um meine Nachbarn zu erschlagen, dachte ich.

Menno hatte das Häuschen bereits gemietet. Er wartete nicht mehr auf meine Entscheidung. Er hatte sie mir abgenommen.

Und so würde es immer sein, begriff ich. Menno würde schon die Tatsachen geschaffen haben, bevor er mir Vorschläge machte.

Das ist doch ideal, Iris, sagte ich mir, dann brauchst du selbst nichts zu tun. Nicht einmal zu nicken.

Er führte mich durch das Häuschen. Es war mit hellen skandinavischen Möbeln fertig eingerichtet, Bücherregale und Kühlschrank waren gefüllt und im Schlafzimmerschrank hing sogar Sommerkleidung in meiner Größe. Menno wusste, dass mir jede Form des Einkaufens zuwider war.

»Überraschung geglückt?«, fragte Menno, nahm mich in die Arme und manövrierte mich zum Bett hin.

Ich nickte.

Wir fuhren nicht nach Amsterdam zurück, sondern verbrachten die Nacht in unserem Sommerhaus, wie Menno es nannte.

Er schlief noch, als ich am nächsten Morgen auf bloßen Füßen über das Gras zum Bootssteg ging und mich dort hinsetzte. In der Ferne hörte ich das Dröhnen von der Autobahn. Am See selbst war es bis auf Entengeschnatter jetzt still.

»Wie konnte man nur auf die Idee kommen, dich hierher zu verpflanzen«, sagte ich zu dem kümmerlichen Bäumchen neben mir. Würde es je ausladende Zweige ins Wasser hängen dürfen? Tiefe Traurigkeit erfasste mich.

»Schön ist es hier, nicht wahr?«

Mit einer Tasse Kaffee kam Menno auf mich zu.

»Gibt es im Dorf ein Kino?«, fragte ich.

Er reichte mir den Kaffee.

»Du gehst doch nie ins Kino!«

»Nicht in Amsterdam«, sagte ich und dachte an Imatra.

Drei Tage später stand ich wieder auf meinem Sockel. Menno hatte mich am Morgen bei meinem Großvater abgesetzt. Ich sollte meine Sachen zusammenpacken und auf ihn warten.

»Iris und ich ziehen zusammen«, erklärte er.

»Willst du das wirklich?«, fragte mein Großvater, als Menno gegangen war.

»Ich weiß es nicht«, sagte ich wahrheitsgemäß.

»Dann solltest du erst darüber nachdenken.«

Das konnte ich inzwischen am besten in meinem Nepp-holz-Ganzkörperanzug auf dem *Dam*. Ich hatte gelernt, während des Denkens unwillkürliche Zuckungen zu vermeiden.

Aber an jenem Tag schien ich das Denken verlernt zu haben. Vor mein geistiges Auge schoben sich nur Bilder. Ich sah eine mächtige Trauerweide, eine offene Saunatür, einen Kreis von bizarren Holzfiguren, einen Rucksack in einem Schneemobil und Sonnenstrahlen, die das Weiß der Birken aufblitzen ließen. Ich sah keine Menschen. Dann öffnete ich die Augen. Aus den Scharen der Schlendernden hob sich eine Figur ab, die schnurstracks auf mich zukam und sich vor mich hinstellte.

»Komm mit nach Hause«, forderte mich Menno ruhig auf.

Ich war ein Standbild. Ich sagte nichts.

»Es wird gleich regnen. Und Nichtstun kannst du viel besser im Grünen. Komm, steig runter.«

Ich blickte über ihn hinweg auf den Obelisken und dachte an die Urnen mit Erde aus vielen Teilen der Welt.

»Also gut. Nimm deinen Abschied vom *Dam*. Ich hole dich in einer Stunde bei deinem Großvater ab. Dann geht's ab ins Paradies!«

Ich atmete tief durch, als er verschwand.

Plötzlich konnte ich wieder denken. Menno hatte begriffen, was mir fehlte. Und was ihm fehlte. Nämlich die Iris von der finnischen Insel. Die scheinbar so gelassen in sich selbst geruht hatte und immer verfügbar gewesen war. Mein Nichtstun auf dem Sockel kam ihm wie eine Travestie vor. Mein Leben in Großvaters Haus auch. In seinen Augen hatte ich einen tyrannischen Vater gegen einen tyrannischen Großvater eingewechselt. Er war überzeugt, dass ich dadurch ein Schuldgefühl wegen meiner Leidenschaft fürs Nichtstun abtragen wollte. Er, Menno, wollte mir die Chance geben, schuldfrei das Nichtstun zu genießen. Im Grünen. Aber Menno hatte sich nie sehr lange auf der Birkenwaldinsel aufgehalten. Er konnte nicht wissen, dass sein holländisches Sommerhaus für mich eine armselige Kopie war. Die eine unerträgliche Sehnsucht nach dem Echten weckte.

Zwei Stunden später sah ich Menno wieder über den *Dam* laufen. Seine Haltung erinnerte mich an jemanden. Als er nah genug kam und ich seine Augen sehen konnte, durchfuhr mich ein gewaltiger Schreck. Diesen entschlossenen Blick kannte ich. Plötzlich wusste ich, an wen Großvater bei seinem Anblick keine so gute Erinnerung gehabt hatte. Ich dachte an einen Mann, der auf einer Leiter ein Messer in einen hölzernen Ellenbogen hieb. Der mich nicht hatte gehen lassen wollen.

Der Gedanke, von Menno wegzugehen, war bisher noch nicht in mir aufgekommen. Dieser Blick sagte mir, dass ich mir eine solche Vorstellung sofort aus dem Kopf schlagen könnte. Menno wusste mehr über mich als ich selbst.

Er würde mich nicht gehen lassen. Ich war sein Besitz geworden. Ein unbeweglicher Gegenstand. Anders als seine Exfrau würde ich ihn nicht mit Forderungen behelligen und in einen Strudel von rastloser Aktivität stürzen. Vor unserer Wiederbegegnung hatte er von mir als ruhendem Pol in seinem Leben geträumt. Aber mit einem Bild im Kopf würde er sich nicht mehr zufrieden geben. Vom Standbild wollte er mich zur Puppe befördern. Ein Puppenhaus im Tausch für den Sockel. Er wünschte sich eine Frau, die nichts tat. Die nur für ihn da war. Wieder einmal hörte ich Ketten rasseln.

Ich hoffte, dass man Iris, der Götterbotin, das Zittern nicht ansah. Auf meinem Sockel bin ich sicher, dachte ich und wünschte, ich könnte die Arme ausbreiten und wegfliegen.

Menno warf eine Münze in meinen Geldschlitz.

Ich beugte mich vor.

»Fliegengitter«, flüsterte ich, »die Fenster brauchen Fliegengitter.«

Dann richtete ich mich wieder auf und blickte starr geradeaus. Zum zweiten Mal in meinem Leben hatte ein Blick alle Gefühle in mir getötet.

»Ich werde sie kaufen«, versicherte Menno. »Und dann fahren wir.«

Auf dem Weg zum Bijenkorf-Kaufhaus wandte er sich noch einmal nach mir um. Wahrscheinlich lächelte er befriedigt, weil er mich von meinem Sockel steigen sah.

Großvater musste ich nichts erklären.

»Ich bin froh, dass sich die Geschichte nicht wiederholt«, sagte er, als ich ihm zum Abschied die faltige Wange küsste.

Im Zug dachte ich über seine Worte nach. Meine Mutter war durch zwei Länder gereist, um sich gefangen nehmen zu lassen. Ich würde jetzt durch einige Länder reisen, um dem zu entgehen.

Bei einem alten Mann am Hafen von Imatra erkundigte ich mich nach einem Motorboot.

Der Mann sah mich lange nachdenklich an.

»Zur Birkenwaldinsel?«, fragte er schließlich.

Ich war überwältigt. War es möglich, dass mich der Mann nach zwanzig Jahren erkannte? Ich konnte mich nicht an ihn erinnern.

»Fährt in einer halben Stunde«, sagte er schließlich. »Da warten die anderen.« Ohne die Pfeife aus dem Mund zu nehmen, nickte er zu einer großen Gruppe von kamerabepackten Touristen auf einem Steg hin.

Es musste noch eine Birkenwaldinsel geben, eine mit Fährverkehr.

»Nein«, sagte ich, »ich möchte mir ein kleines Boot mieten, um zu einer Privatinsel zu fahren. Die nannte man hier früher ...« Ich schluckte kurz, »... die Insel des deutschen Soldaten.«

Jetzt nahm er die Pfeife aus dem Mund.

»Das ist schon sehr lange her«, sagte er schließlich. »Aber Sie werden mit den anderen warten müssen.«

Mehr war aus ihm nicht herauszukriegen.

Die meisten Touristen waren Japaner. Daher verstand ich nicht, worüber sie sprachen. Aber sie unterhielten sich sichtlich aufgeregt.

Von Menno wusste ich, dass Nikki wieder auf der Insel

lebte und dort malte. Ich dachte daran, wie er mich gebeten hatte zurückzukommen. Wahrscheinlich ist es ihm zu einsam geworden und er hat dort eine Künstlerkolonie aufgebaut, dachte ich. Mit einer Galerie?

Ein großes Motorboot legte an. Es spuckte eine Touristengruppe aus. Ich stieg mit der nächsten ein. Kurz bevor wie ablegten, sprangen noch zwei finnisch sprechende Männer mit einer Filmkamera ins Boot. Ich hatte genug Fernsehmenschen miterlebt, um zu wissen, woher die beiden kamen.

Als wir uns der Birkenwaldinsel näherten, sah ich, dass an der Ostseite eine Art Hafen angelegt worden war. Ein kleiner Mann in einem blauen Overall lotste das Boot zu einem breiten Steg. Selbst nach zwanzig Jahren erkannte ich die untersetzte, breite Gestalt mit dem halslosen Kopf, auf dem inzwischen keine Haare mehr wuchsen.

»Hallo, Iris«, sagte Eero, als er mir beim Aussteigen half. Er schien nicht überrascht zu sein, mich zu sehen. Ich erkannte das versonnene Lächeln, das er einst aus Indien mitgebracht hatte, als er mir mitteilte, dass Nikki auf mich warten würde.

»Was machst du denn hier?«, war alles, was mir einfiel.

»Eigentlich deine Arbeit«, erwiderte er. »Ich wohne jetzt in eurem *Mökki.*«

»Und was ist all das hier?«, fragte ich und deutete auf die Menschenmenge, die jetzt im Gänsemarsch einen kleinen Pfad entlanglief.

»Geh mit, dann wirst du's schon sehen«, sagte er und wandte sich an die Männer mit der Kamera.

»Herr Koivisto wartet an der Kultstätte auf Sie.«

Nikki!, dachte ich, du wirst doch nicht …

Aber es war noch viel schlimmer, als ich befürchtet hatte.

Vaters Figuren schienen größer geworden und näher aneinander gerückt zu sein. Trotz der dichten grünen Hüllen aus Moos und Blattwerk erkannte ich jede Einzelne. *Der Mann im Finstern* schien mit der Kiefer verwachsen zu sein, an die er sich mit der rechten Hand stützte, dem *Schrei* wuchs ein Strauch mit schwarzen Beeren aus dem Mund. Ein Zahn war abgebrochen. Zwischen den über den Kopf erhobenen Ellenbogen des *Fanatikers* wucherte langes Gras, das der Figur wie Haar über die von dunklem Moos bewachsene Brust fiel. Seltsamerweise hatten sich weder Moos noch Pilze auf dem unverhältnismäßig großen Kopf von *Adam* niedergelassen, aber das Holz war an vielen Stellen gesprungen, verfleckt und sah beinahe versteinert aus. Das einstige glatte Marsmännchengesicht ähnelte jetzt einem uralten Chinesenkopf, und den zuvor schmächtigen Körper hatte Wildwuchs ausgefüllt. Um den Kreis der im kniehohen Gras versunkenen Figuren war eine Steinmauer gezogen. Dahinter drängten sich Touristen mit ihren Fotoapparaten und Filmkameras.

Ich stand hinter einem der finnischen Männer und hörte ihn in ein Aufnahmegerät sprechen.

»Wie alt diese Stätte ist, kann bisher noch niemand sagen. New-Age-Anhänger halten es nicht für ausgeschlossen, dass hinter dieser Figurengruppe eine Botschaft aus dem All steckt.«

Ein weißblonder Schopf schob sich durch die Menge. Ich bückte mich, als wollte ich mir die Schuhe zubinden. Währenddessen fuhr der Kommentator fort: »Dem nüchternen Betrachter aber drängt sich auf, dass dies eine Kultstätte sein muss. Leider ist es zurzeit nicht möglich herauszufinden, wie alt sie ist und wer sie errichtet haben könnte.«

Er hob den Kopf und bedeutete Nikki, näher zu kommen.

»Wir möchten den Besitzer fragen, weshalb er Experten eine nähere Untersuchung verweigert. Hat er etwas zu verbergen?« Ich richtete mich wieder auf. Die Antwort wollte ich nicht verpassen.

Nikki hatte mir den Rücken zugewandt, aber ich konnte jedes Wort verstehen.

»Im Gegenteil«, sagte er. »Ich möchte etwas schützen.

Die Natur, die Kleinlebewesen und die Pflanzen, denen diese Stätte gehört und für die sie meiner Meinung nach auch geschaffen worden ist.« Er wies nach oben zu den Baumkronen. »Eine Kolonie von seltenen Vögeln hat sich hier niedergelassen, Vögel, die nicht einmal im Winter diese Stätte verlassen. Ich möchte nicht, dass Menschen mit Schaufeln und Scheren kommen, die Vögel vertreiben und die Figuren ihrer grünen Kleider und ihrer gewachsenen Würde berauben.« Er wandte sich um und blickte in die Kamera.

»Diese Insel gehört meiner Familie seit Generationen«, sagte er mit der Stimme eines Menschen, der sich seiner Herkunft verpflichtet fühlt, »und ich habe ein Familiengeheimnis gebrochen, als ich diese Figurengruppe der Öffentlichkeit vorstellte.« Er sah an der Kamera vorbei und jetzt trafen sich unsere Blicke. Ein kleines Lächeln stahl sich in seine Mundwinkel. Zum ersten Mal fiel mir seine Ähnlichkeit mit Rosa auf. Sie hatte mich genauso verstohlen triumphierend angelächelt, als wir im Gänsemarsch zu Liisas Haus gewandert waren, um uns das neue Geländer anzusehen.

Nikki fuhr mit unverändertem Tonfall fort: »Ich fand es egoistisch, so etwas Erhabenes der Welt vorzuenthalten. Halten Sie mich ruhig für abergläubisch, aber ich fürchte den Zorn der Götter, wenn jemand den Kreis durchbricht.«

Gesäubert und restauriert könnten diese archaischen Gestalten jedes Museum zieren, fuhr der Reporter fort, aber offensichtlich stehe dieser Bestimmung das Gewinnstreben des Besitzers im Wege. Der knöpfe nämlich Besuchern der Insel einen hohen Eintrittspreis ab.

Ich hatte genug gehört und wandte mich zum Gehen. Dies war nicht mehr meine Insel.

Eine Hand legte sich auf meine Schulter. Nikki hatte die Fernsehmenschen einfach stehen lassen und war mir hinterhergeeilt.

»Iris!«, strahlte er mich an.

Ich ließ mir gefallen, dass er unbeholfen seine Arme um mich legte und mich auf den Scheitel küsste.

Dann nahm er mich an der Hand.

»Komm, wir gehen zum Haus. Es gibt so viel zu erzählen!«

»Und deine … Gäste?«, fragte ich mit schneidender Stimme.

»Ach die. Um die kümmert sich Eero. Das ist heute die letzte Gruppe. Die nächste kommt erst am folgenden Samstag.«

Ich blieb stehen und versuchte ihm meine Hand zu entreißen.

»Du bereicherst dich an Vaters Werken!«

Er machte eine wegwerfende Handbewegung.

»Ach was, ich war immer schon reich. Außerdem fließen alle Einnahmen auf ein Konto mit deinem Namen. Ich wusste ja, dass du zurückkommen würdest.«

Man kehrt nie zurück, hatte Großvater gesagt. Was hatte ich erwartet? Dass die Zeit auf der Birkenwaldinsel stehen geblieben war? War sie nicht, wie ich sah, als wir uns dem Haupthaus näherten. Eine riesige Satellitenschüssel war am Dach angebracht.

»Du kannst hier jetzt alle deutschen Fernsehprogramme empfangen«, sagte Nikki stolz, als er mich zum Tisch auf der Terrasse führte. Er schob mir einen Stuhl hin und ging ins Haus. Es war der gleiche Holztisch wie früher und das Weiß der Birken leuchtete noch genauso hell. Ein Vogel, der mich an Harry erinnerte, hopste zutraulich an das Milchschälchen heran, aus dem auch früher schon Igel getrunken hatten. Langsam umfing mich wieder Frieden. Ich war nach Hause gekommen. Gut, manches hatte sich geändert, und manches würde sich weiter ändern. Der Lauf der Dinge war eben nicht aufzuhalten. Aber niemand würde diese Insel nehmen und in einen gezähmten niederländischen See verpflanzen können. Niemand würde mir hier Ketten anlegen. Der Saimaa würde sich nicht ändern. Die Winter würden kalt und dunkel bleiben und die kurzen Sommer meist freundlich und immer hell. Wie jetzt. Man steigt zwar nie in denselben Fluss, aber man kann immer von der gleichen Stelle aus hineinspringen. Später würde ich mich wieder unter die Trauerweide setzen und meinen Kopf leeren. Mir einfach vorstellen, dass ich nie weggegangen sei. Hier, vor Koivistos Haupthaus war die Welt wieder in Ordnung. Gleich würde mein Vater um die Ecke kommen und sich von Rosa ein Bier reichen lassen.

Ich stützte die Ellenbogen auf den Tisch, legte das Gesicht in meine Hände und begann zu schluchzen. Als mir Nikki sanft den Rücken streichelte, hielt ich inne.

»Deinem Vater hätte es gefallen«, sagte er beinahe vorwurfsvoll, »und seine Seele sähe es sicher gern, wenn du seinen Schrein hüten würdest.«

Ich schnäuzte mir die Nase. Das Kind Nikki gab es nicht mehr. Meinen Vater auch nicht. Ich musste die Vergangenheit loslassen und mich in der Gegenwart einrichten.

»Erstens«, sagte ich, »war mein Vater Atheist, zweitens bin ich als Hohepriesterin denkbar ungeeignet und drittens könnte ich nie auf einer Insel leben, auf der es vor Touristen nur so wimmelt.«

»Nur an vier Wochenenden im Sommer«, sagte Nikki, »und auch dann nur von zehn Uhr morgens bis fünf Uhr abends. Wegen meiner Verdienste um den Tourismus bin ich übrigens Ehrenbürger von Imatra geworden.« Er las keine Anerkennung in meinen Augen.

»Gut«, sagte er schließlich. »Keine Touristen mehr. Bleibst du dann?«

»Mal sehen«, murmelte ich, aber die Birkenwaldinsel hatte mich schon wieder verzaubert. Ich wollte nicht mehr weg. Ich war hier zu Hause, an dem vertrauten Tisch mit dem immer noch vertrauten Blick auf den See. Unzählige Erinnerungen stürmten auf mich ein und ich hatte so viele Fragen.

Nikki stellte mir ein Glas Wein hin und setzte sich mir gegenüber.

»Stimmt«, sagte er, als könnte er meine Gedanken lesen. »Es waren schöne Sommer. Aber ich hatte ja keine Ahnung, wie mühsam das Leben hier im Winter ist!«

»Man muss für die Übergangszeit Lebensmittel horten«, erinnerte ich mich.

Nikki erzählte, wie er im April einmal am Ufer eingebrochen war.

»Ich dachte, dass mich das Eis noch tragen würde.«

»Davor hat dein Vater uns gewarnt«, sagte ich ihm.

»Wer hätte mich warnen sollen?«, fragte er. Es klang, als gäbe er mir die Schuld.

Ich wollte ihn nach seiner Mutter fragen, nach Liisa, sogar nach Stina. Ich wollte wissen, wie sein Alltag hier aussah, wer in den anderen Häusern wohnte und wie Eero hier gelandet war. Warum hatte Nikki auf mich gewartet und was erwartete er von mir?

»Nikki!« Mit schwerfälligen Schritten rannte Eero über das Gras. »Du musst sofort kommen! Die Journalisten sind über die Steinmauer gestiegen! Und die Touristen auch!«

»Das war ja irgendwann zu erwarten«, sagte Nikki ruhig. »Keine Panik, Eero.« Er wandte sich an mich.

»Rühr dich nicht vom Fleck. Ich bin gleich wieder da.«

Der Wein war frisch und trocken. Ich leerte mein Glas und ging ins Haus, um es nachzufüllen. In der Diele blieb ich einen Augenblick stehen. Wie oft war ich diesen Weg gegangen! Vor allem in den Monaten, als ich Jaris Bücher geordnet hatte. Ich öffnete die Tür zur Bibliothek.

Der Raum, der mir einst so groß vorgekommen war, schien geschrumpft zu sein. Das lag wahrscheinlich an der mannshohen weißen Stellwand, die jetzt in der Mitte des Zimmers in einem Halbrund aufgestellt war und an der eine Reihe von Gemälden hing. Neugierig trat ich näher. Dann zuckte ich zusammen. Jedes Bild zeigte eine einzige Person in unterschiedlichen Umgebungen. Diese Person war ich.

Ich stand auf der Terrasse in Helsinki und bückte mich, um ein Laufställchen zu öffnen. Die Ahornseele warf einen deutlichen Schatten auf den Boden des Swimmingpools. Ich saß auf dem Holzsteg unter der Trauerweide, aber mein Gesicht lag im Schatten des hinter mir stehenden Vaters. Auf dem nächsten Bild erkannte ich meinen Vater an der Tarnuniform. Er war von seiner Leiter gestiegen, stand einer winzigen Iris gegenüber und hatte die Hand zum Schlag erhoben. Auf der obersten Leitersprosse hockte ein kleiner Vogel. Nikki malt nur, was er sieht, hatte Menno gesagt. Aber da ich Raimos Laufställchen nie geöffnet hatte, konnte er das nicht gesehen haben. Und er war nicht im Schuppen gewesen, als mein Vater mich geschlagen hatte. Aber ganz in der Nähe, fiel mir wieder ein. Er hatte mich angesprochen, als ich geflüchtet war. Er war es, der meinen Vater gefunden hatte. Plötzlich erinnerte ich mich wieder an jenen Sommer, in dem Menno mit Nikki und anderen schwer erziehbaren Jungen einen Segeltörn gemacht hatte. Wo Nikki viel gelernt hatte. Zum Beispiel, wie man jemandem unbemerkt einen Büstenhalter auszieht. Oder jemanden erschlagen kann, ohne Spuren zu hinterlassen. Unsinn, dachte ich, in diesem düsteren Zimmer mit all den Bücherwänden geht die Phantasie mit dir durch. Nikki malt nur, was er sieht, und wahrscheinlich hat er durch einen Spalt im Schuppen den Streit zwischen Vater und mir mitgekriegt. Oder er hat sich Mennos Worte zu Herzen genommen und seiner Phantasie freien Lauf gelassen.

Ich zwang mich, das nächste Bild zu betrachten. Es zeigte mir, wie trostlos mein Berliner Zimmer in den Augen anderer ausgesehen haben mochte, ein weiteres, welche Hektik in der Redaktion herrschte – um mich herum. Ich saß vor meinem leeren Computermonitor wie die personifizierte Gelassenheit. Dann gab es noch ein Krankenhausgemälde. Es war das einzige Bild, auf dem ein anderer Mensch deutlich zu erkennen war. Mich sah man nur von hinten. Wie ich mich über eine doppelkinn- und tränensackfreie Liisa beugte, deren steile Brüste sich unter dem weißen Laken abzeichneten.

Dies war das letzte Bild auf der Außenseite der Stellwand. Ich zögerte einen Augenblick. Ich hatte Angst, hinter die Wand zu treten und zu sehen, was dort verborgen war. Wahrscheinlich noch mehr Gemälde, dachte ich, gab mir einen Ruck und schaute dahinter. Aber nicht die Bilderserie an der inneren Stellwand nahm meinen Blick gefangen, sondern das weiße Krankenhausbett, in dem eine reglose Gestalt lag. Ich erkannte Liisa nicht sofort, obwohl mir ihre Gesichtszüge irgendwie vertraut vorkamen. Sie lag auf dem Rücken unter einem weißen Laken und atmete flach. Von ihrer Hand führte ein Schlauch zu einer durchsichtigen Flüssigkeit, die in einer Flasche an einem Ständer hing.

»Liisa?«, flüsterte ich, sagte ihren Namen dann lauter, schrie ihn schließlich. Keine Regung. Zitternd trat ich einen Schritt näher. Dabei umklammerte ich das Weinglas in meiner Hand so fest, dass es zerbrach. Die Scherben fielen zu Boden.

An meinen Armen richteten sich Härchen auf. Liisa lag also immer noch in einer Art Koma. Aber wieso bei Nikki in der Bibliothek? Wer versorgte sie? Ich trat näher, strich ihre Haare zur Seite und erschrak, als ich eine frische Narbe am Haaransatz entdeckte. Die konnte unmöglich noch von der Operation in Berlin herrühren. Mit dem Ärmel wischte ich Liisa eine Blutspur von der Wange. Es war mein Blut. Jetzt erst merkte ich, dass ich mich an den Scherben des Weinglases geschnitten hatte. Ich zog Papiertücher aus einem Karton, der neben medizinisch aussehenden Utensilien auf einem hohen Stahltisch stand, und umwickelte mir die Hand.

Mein Blick fiel auf die Bilder an der Innenseite der Stellwand. Grauen erfasste mich. Aber nicht, weil ich mich wieder auf jedem Gemälde selbst erkannte. Sondern weil Nikki für diese Szenen keine Vorlage gehabt hatte. Er hatte nicht gesehen, was er gemalt hatte. Er hatte nicht seiner eigenen Phantasie freien Lauf gelassen. Sondern meiner.

Entsetzt starrte ich auf ein Bild, das unmissverständlich eine Vergewaltigung darstellte. Der Mann trug eine Tarnuniform. Auf einem anderen erkannte ich eine rapunzelartige junge Iris an einem Webstuhl. Sie weinte, weil ihre langen Haare mitverarbeitet wurden. Ich ging die Reihe zwischen dem Bett und der Stellwand ab und sah, wie ich vor einem gesichtslosen Priester in schwarzer Robe auf den Knien lag, wie ich durch das Fenster eines Hauses blickte, in dem vier verzerrte Figuren bei einem Höllenbrand verschmorten. Wie ich auf Schnapsflaschen tanzte, während meinem Kopf statt Sprechblasen fünf menschliche Gestalten entstiegen, die entfernt an Vaters Holzkreaturen erinnerten. Wie ich vor dem Bahnhof Zoo verzweifelt meinen Rock hob und wie ich auf einer Riesenhand saß, während unter mir eine scheußliche Unfallszene zwischen Palmen zu sehen war.

Nicht einmal, als ich mir mit Leo meine Legende ausgedacht hatte, waren in mir so plastische Horrorbilder aufgekommen. Wir hatten nur daran gedacht, mit welchen Themen wir *Ihr Schicksal* verkaufen konnten. Hier, im fernen Finnland auf einer Insel im Saimaa, hatte Nikki über Satellit meine Talkshow-Auftritte verfolgt. Aber warum hatte er Szenen aus einem Leben gemalt, von dem er wissen musste, dass es so nicht verlaufen war? Warum hatte er der Fernsehlüge mehr vertraut als seinen eigenen Erinnerungen? Ich konnte es nicht fassen, dass er mir meine abenteuerliche Lebensgeschichte abgenommen hatte. Wie Millionen andere Fernsehzuschauer auch.

Aber bei Nikki kam noch etwas anderes dazu. Mein Einfluss auf ihn, wie Menno es genannt hatte. Ich begriff jetzt, dass es etwas anderes als Einfluss war. Nikki war offensichtlich auf seltsame Weise von mir und meinem Leben besessen. Und mit meiner Lügengeschichte hatte er die Lücken gefüllt. Lücken, die jede Erinnerung aufweist. *Jeder Mensch erfindet irgendwann eine Geschichte, die er sein Leben nennt …* und macht sich ein Bild vom Leben anderer.

Die paar Sätze, mit denen ich die Lebensgeschichten meiner Eltern erzählen konnte, waren ein unfertiges Mosaik, das sich aus Erzählungen und gefärbten Erinnerungen zusammensetzte. Wer sie wirklich gewesen waren, wusste ich nicht. In welcher Welt lebte mein Vater, als er seine hölzernen Ungeheuer schuf? In welcher meine Mutter, als sie aus unserem Leben davongerudert war? In welcher lebte Nikki, dem es nie an etwas gefehlt hatte? Was hatte ich getan, dass er sich so auf mich, eine sechs Jahre ältere, nicht sonderlich hübsche und ziemlich langweilige Frau, fixiert hatte? Nichts hatte ich getan, früher nicht einmal mit ihm gespielt. Ich war nur da gewesen. Kleine Schauer liefen mir über den Rücken, als mir zum ersten Mal in meinem Leben dämmerte, dass auch Nichtstun eine Handlung war. Meine Passivität hatte nicht nur Menno aktiviert. Das letzte Werk auf der Stellwand bestand nur aus einem Rahmen. Die Leinwand war leer. Es war deutlich, dass Nikki noch etwas von mir erwartete. Ich wollte nicht herausfinden, was das war. Ich wusste nur, dass ich mich vor ihm fürchtete.

Ich blickte wieder auf Liisa und erschrak, als mir aufging, weshalb mir ihre Gesichtszüge gleichzeitig vertraut und fremd vorgekommen waren. Fremd an ihr, denn das Gesicht, das vor mir auf dem Kissen lag, sah demjenigen sehr ähnlich, dem ich täglich im Spiegel begegnete. Aber niemand würde sich freiwillig die Nase derart verkleinern lassen. Langsam drang es zu mir durch: Liisa lag im Dornröschenschlaf in der Koivisto-Bibliothek und irgendjemand verwandelte sie in mich. In wen oder was würde man mich verwandeln, wenn ich hier blieb? Was wollte Nikki auf die letzte Leinwand bannen?

Das Glas knirschte unter meinen Füßen, als ich langsam vor der Gestalt im Krankenhausbett und den fürchterlichen Gemälden zurückwich. Nur weg hier, dachte ich. Aber es war zu spät.

»Iris?«

Nikkis Stimme kam von draußen.

Ich kann mich nicht erinnern, jemals so schnell reagiert zu haben. Ich stürzte aus der Bibliothek und war in der Küche, als Nikki das Haus betrat.

»Wo bist du?«

»Hier!«, rief ich. »Ich wollte mir Wein holen, da ist ein kleines Unglück geschehen.«

Als Nikki in die Küche kam, zeigte ich ihm meine blutige Hand. Den Notverband und die größeren Scherben hatte ich schnell im Mülleimer verschwinden lassen.

»Du bist ja ganz blass«, sagte er besorgt. »Warte, ich hole Verbandszeug.«

»Vielleicht sollte sich ein Arzt das ansehen«, schlug ich vor und hoffte, dass meine Stimme nicht zitterte.

»Am Montag«, sagte er. »Der Arzt kommt jeden Montag.«

»Warum denn das?«, fragte ich. »Ist hier jemand krank?«

Er warf mir einen nachdenklichen Blick zu.

»Hast du dich ein bisschen im Haus umgesehen?«, fragte er.

»Noch nicht«, erwiderte ich, um einen normalen Tonfall bemüht. »Aber ich bin sehr gespannt, was sich hier verändert hat.«

»Erst die Hand«, sagte er und zog einen Verbandskasten aus dem Vorratsschrank.

»Wie konnte denn das passieren?«, fragte er, als er mir die Schnitte mit Jod einrieb. Meine Hand zitterte, aber ich hoffte, dass er es auf die Verletzung zurückführte.

»Unachtsamkeit«, erwiderte ich, als er mir fachkundig einen Verband anlegte.

»Es wird Zeit, dass sich jemand um dich kümmert«, sagte er sanft. Mir lief eine Gänsehaut über den Rücken.

»Du bist nicht nur blass«, fuhr er fort, »sondern du siehst überhaupt etwas mitgenommen aus.«

»Es war eine lange Reise ...«

»Das meine ich nicht.« Er beugte sich vor, nahm eine meiner Haarsträhnen in die Hand und ließ sie durch seine Finger gleiten.

»Grau«, bemerkte er abfällig, »früher warst du dunkler.«

»Da war ich auch noch jünger«, gab ich zurück.

Nikki ließ die Strähne fallen. »Ich mag es nicht, wenn du dich veränderst. Du sollst immer die gleiche Iris sein.«

»Bin ich auch. Hier drinnen«, erwiderte ich und klopfte mir auf die Brust, in der mein Herz so heftig pochte, dass ich schon befürchtete, er würde es hören.

»Das da drinnen«, sagte er, »kann ich nicht malen. Ich male nur, was ich sehe. Und so, wie du jetzt aussiehst, möchte ich dich nicht malen.«

Sein Ton war so liebevoll, dass die Worte überhaupt nicht beleidigend klangen. Nur besorgt.

»Dann mal mich aus der Erinnerung«, schlug ich vor, »Ich kann schließlich nicht mehr so aussehen wie vor zwanzig Jahren.«

»Kannst du doch«, sagte er leise.

Meine Hände begannen schon wieder zu zittern. Ich versteckte sie unterm Tisch.

»Meinst du eine Schönheitsoperation ...«

»So würde ich es nicht nennen. Eher die Rückkehr zum Richtigen. Auch Gott lehnt Falten in seiner Umgebung ab. Wusstest du, dass im Himmel jeder dreiunddreißig Jahre alt ist?«

»Aber du weißt doch noch, was mit Liisa passiert ist!«, erinnerte ich ihn, während ich die Hände in meinem Schoß faltete und zwischen meine Knie drückte. »Was ist übrigens aus ihr geworden?«

Nikki strahlte mich an.

»Ihr geht es besser denn je«, versicherte er.

»Und wo ist sie?«

»Sie residiert wieder auf der Insel. Im Luxus, natürlich, wie sie es gewohnt ist. Um schön zu bleiben, muss sie nicht mehr reisen. Der Arzt kommt ins Haus.«

»Jeden Montag?« Ich konnte nicht verhindern, dass meine Stimme zu einem Flüstern herabsank.

»Ja, aber warum siehst du so erschrocken aus?«

»Weil er sich doch auch meine Hand ansehen soll. Kennt er sich denn mit Verletzungen aus?«

Nikki lachte.

»Du Dummerchen! Er ist doch Spezialist für Schnitte! Mach dir mal keine Sorgen. Und er wird sich nicht nur deine Hand ansehen.«

Wieder beugte sich Nikki vor und strich sanft über die Gruben zu beiden Seiten meiner Nase.

»Das hier auch. Er wird alle Spuren beseitigen, die dein fürchterliches Leben in dein Gesicht gezeichnet hat, die Stirnfalten, die Tränensäcke, das schlaffe Kinn ...«

»Was war denn so fürchterlich an meinem Leben?«, unterbrach ich ihn.

Nikki musterte mich eindringlich.

»Gut!«, rief er plötzlich so laut, dass ich zusammenschrak. »Hervorragend!«

Er schlug mit der flachen Hand auf den Tisch. »Der erste Schritt ist innere Verdrängung, Iris! Aber der Blick in den Spiegel wird dich immer wieder zurückwerfen. Wenn wir dir dein altes Gesicht wiedergeben, wird die Vergangenheit gelöscht sein, und du wirst alles vergessen, was dich unglücklich gemacht hat!«

Die Insel von Dr. Moreau, dachte ich. Nur, dass hier nicht aus Tieren Menschen, sondern aus Menschen Bilder gemacht werden.

Wieso war mir früher nie der irre Blick in Nikkis Augen aufgefallen? Weil er immer da war, gab ich mir selbst die Antwort. Schon, als ich dem Sechsjährigen das *Bitterkoekje* gereicht hatte. Ich kannte ihn nicht anders.

»Zeig mir das Haus«, bat ich ihn.

»Du solltest dich erst etwas hinlegen«, meinte er. »Nach der langen Reise und der kleinen Katastrophe. Komm mit nach oben in dein Zimmer.«

Er nahm mich an der unverletzten Hand und trat mit mir in die Diele. Ich deutete auf die Tür zur Bibliothek.

»Gibt es all die Bücher noch?«, fragte ich.

»Natürlich«, erwiderte Nikki.

Ich nahm meinen Mut zusammen.

»Ich würde sie gern sehen.«

Plötzlich erschien mir unwirklich, was ich in der Bibliothek gesehen hatte. Vielleicht gab es eine plausible Erklärung. Vielleicht war ich wirklich erschöpft und litt an Halluzinationen. Wenn Nikki die Tür aufmachte, würde ich in der Mitte des Raums wieder den Schreibtisch sehen, an dem ich einst Bücher katalogisiert hatte. Und seine Worte sollte ich nicht zu ernst nehmen. Nikki hatte immer schon Streiche gespielt und absurde Ideen geäußert. Einen Künstler darf man nicht mit normalen Maßstäben messen, hatte mein Vater immer gesagt. Nikki hatte nur seiner Enttäuschung Luft gemacht, dass ich nicht mehr so aussah wie früher. Er hatte ein anderes Bild von mir mit sich herumgetragen und musste sich an das aktuelle Gesicht erst noch gewöhnen.

»Alles zu seiner Zeit«, sagte Nikki. »Ich möchte da erst etwas aufräumen.« Sanft strich er mir über die Wange.

»Du weißt ja, dass ich nie ein Leser war. Im Augenblick ist die Bibliothek so etwas wie eine Abstellkammer. Da ist ein Haufen Müll drin, den ich loswerden muss.«

Er führte mich durch den dunklen Gang im Obergeschoss und stieß die Tür auf, hinter der sich früher das Schlafzimmer seiner Eltern befunden hatte.

Ich setzte mich auf das Bett, das ich so oft frisch bezogen hatte.

»Alles unverändert«, staunte ich.

Er öffnete eine Schranktür.

»Wenn du Mutters Sachen einkürzt, müssten sie dir passen. Leg dich hin. Wenn Eero zurückkommt, wird er dir was zu essen machen.«

Wo Eero denn sei?

»Mit den Touristen nach Imatra gefahren. Er soll dem

Fremdenverkehrsamt mitteilen, dass bis auf weiteres die Kultstätte nicht mehr besucht werden darf. Das wolltest du doch?«

Ich nickte und legte mich hin.

»Es soll alles wieder so werden wie früher«, sagte Nikki, »mit dem kleinen Unterschied, dass wir jetzt hier das Sagen haben.« Er breitete eine Wolldecke über mich aus.

»Schlaf ein wenig«, sagte er, »ich werde jetzt die Bibliothek entrümpeln. Damit du sie wieder erkennst.«

»Was tust du mit dem Müll?«, fragte ich.

Er sah mich verwundert an.

»Was wir hier immer damit tun. Ihn verbrennen, natürlich.«

Nachdem er die Tür hinter sich geschlossen hatte, hörte ich das leise Klicken eines Schlüssels, der im Schloss umgedreht wird.

Ich war gefangen. Aber das war ich auf der Insel sowieso.

Aus dem Untergeschoss drang Rumoren zu mir hinauf. Ich versuchte nicht daran zu denken, womit sich Nikki beschäftigte. Ich stand auf und sah mich im Zimmer um. Rosas silberne Haarbürste lag auf dem Toilettentisch. Niemand hatte die blonden Haare aus den Borsten entfernt. Der knallrote Lippenstift war halb aufgebraucht, und der braune Stift, mit dem sie ihre ausdrucksvollen Augen betont hatte, lag neben einem Anspitzer.

Ich sprühte mir etwas Parfüm auf die Arme. Der Vanille-Aprikosen-Geruch war schal geworden und stank unerträglich. Ich öffnete eine Schublade und sah den *Puukko*, den Jari einst Vater geschenkt und den ich an Nikki weitergegeben hatte. Ich steckte ihn mir in die Handtasche und fühlte mich augenblicklich etwas sicherer. Kein Arzt würde an mir herumschnitzen und die Spuren meines Lebens vernichten!

Dann legte ich mich wieder aufs Bett. Ich wollte schlafen, um Kräfte zu sammeln.

Als ich wach wurde, stand Nikki mit einem Tablett vor mir.

»Du musst jetzt etwas essen, Iris.«

Er stellte das Tablett auf dem Bett ab. Ich blickte auf einen ganzen Fischkuchen, auf belegte Brote, Würstchen und Bratkartoffeln.

»So viel!«

»Du musst heute tüchtig essen. Morgen musst du leider nüchtern bleiben.«

»Warum denn das?«, fragte ich.

»Der Arzt kommt doch am Montag«, erinnerte er mich.

»Isst du nichts?«, fragte ich. Er nahm ein Würstchen. »Ich werde dir etwas Gesellschaft leisten.«

Ich hob den Krustendeckel vom *Kalakukko*.

»Weißt du noch, wie du auf der Überfahrt nach Finnland einen dieser Fische ins Meer zurückgeworfen hast?«, fragte ich ihn.

Er schüttelte den Kopf.

»Ich habe nur eine einzige Erinnerung an diese Reise.« Ich sah ihn fragend an.

»Wie du versucht hast, meinen kleinen Bruder über Bord zu werfen«, sagte er, und drohte mir spielerisch mit dem Finger. »Aber dann kam irgendjemand und du hast dich toll aus der Affäre gezogen. Das ist meine erste Erinnerung an dich. Du hast den kleinen Schreihals genauso gehasst wie ich. Weil er dir die Mutter weggenommen hat. Wie mir.«

»Ich dachte, man sollte schlechte Erinnerungen verdrängen«, bemerkte ich.

»Stimmt«, sagte er gut gelaunt, »du lernst schnell.«

Ich weiß nicht mehr, mit welchen Themen ich das Gespräch versuchte in Gang zu halten. Nur noch, dass ich furchtbare Angst vor einer plötzlich eintretenden Stille hatte. Als ob dann etwas geschehen könnte, dem ich machtlos ausgeliefert war.

Ich war nicht sonderlich überrascht, als sich Nikki später im Schlafanzug in das Bett neben mich legte. Damit hatte ich gerechnet. Ich befürchtete nicht, dass er sich mir aufdrängen würde. An Sex war Nikki nicht interessiert. Mit mir hatte er etwas anderes vor. Er strich mir sanft übers Haar, wünschte mir eine gute Nacht und bemerkte, dass wir einen langen Tag vor uns hätten.

Ich wartete, bis er eingeschlafen war. Vorsichtig stieg ich aus dem Bett, schlüpfte in meine Sandalen, nahm den *Puukko* aus der Handtasche und ging im Nachthemd die Treppe hinunter. Ich wollte sehen, wie es in der Bibliothek aussah.

Auf den ersten Blick schien sich nicht viel geändert zu haben. Die Stellwand mit den Bildern stand noch da. Allerdings nicht mehr in einem Halbrund. Jetzt wirkte sie wie ein Raumteiler, der von der einen Bücherwand fast bis zur anderen reichte.

Ich zwängte mich durch den schmalen Spalt und schaute dahinter.

Liisa lag noch auf ihrem Bett. Aber das war nicht alles. Daneben stand ein weiteres frisch bezogenes leeres Krankenhausbett.

Grauen packte mich. Hier würde ich liegen.

Nur weg!, schrie alles in mir.

Aber ich zwang mich zu langsamen Bewegungen, hatte Angst ein Geräusch zu machen, das Nikki wecken könnte. Vorsichtig öffnete ich die Haustür, sah mich um und rannte dann über den Trampelpfad zum *Mökki.* Wie früher war die Tür unverschlossen. Ich stürzte hinein. Eero lag auf dem Sofa und schnarchte. Im Arm hielt er eine leere Wodkaflasche. Ich rüttelte ihn.

»Aufwachen!«, schrie ich ihm ins Ohr. »Du musst mir helfen.«

Langsam öffneten sich die schweren Lider über den glasigen Augen.

»Da musst du Nikki fragen«, murmelte er und schloss die Augen.

Die Erleuchtung hat nicht lange vorgehalten, dachte ich

wütend, rannte durch die Sauna nach draußen und knallte die Tür zu. Der Lärm schreckte die Vogelkolonie auf. Ungehaltenes Zwitschern begleitete mich, als ich zum Bootssteg lief. An die Trauerweide erinnerte nur noch ein Baumstumpf, aber das alte Ruderboot dümpelte am Steg. Ich warf meine Sandalen hinein, hob den Saum meines Nachthemdes und kletterte ins Boot. Ich hätte wieder aussteigen müssen, um das Tau vom Pflock zu lösen. Aber ich wollte keinen Fuß mehr an Land setzen. Kurz entschlossen hieb ich das Tau mit dem *Puukko* entzwei und griff aufatmend nach den Rudern. Noch nie hatte ich ein schöneres Geräusch gehört, als das Einrasten der Ruder in den Halterungen. Meine Hände zitterten immer noch, aber das legte sich bald. Ich ignorierte das Pochen meiner Wunde und ruderte mit langen gleichmäßigen Zügen auf die Wasserfläche hinaus. Je kleiner die Insel wurde und je leiser das Vogelgezwitscher, desto befreiter fühlte ich mich.

Kein Lufthauch regte sich, der See war spiegelglatt und die Mitternachtssonne hockte irgendwo auf dem Horizont.

Bald hatte ich einen ordentlichen Abstand zwischen mich und die Insel gebracht. Ich war ganz allein auf dem Wasser und froh, etwas zu tun zu haben. Es war mir egal, wo ich hinruderte. Solange ich mich bewegte, musste ich nicht nachdenken. *Die Tat belebt, aber beschränkt.* Das spielte jetzt keine Rolle. Es gab sowieso nur einen Gedanken in meinem Kopf: Man kehrt nie zurück.

Die Deutsche Bibliothek – CIP-Einheitsaufnahme
Ein Titeldatensatz für diese Publikation ist bei
Der Deutschen Bibliothek erhältlich

Martina Kempff
Die Frau, die nichts tut
ISBN 3-522-71715-5

Umschlaggestaltung: ZERO Werbeagentur, München, unter
Verwendung einer Fotografie von Getty Images-Store, München
Umschlagtypografie: Michael Kimmerle, Stuttgart
Schrift: Stempel Garamond und Stone sans
Satz: KCS GmbH, Buchholz/Hamburg
Druck und Bindung: Friedrich Pustet, Regensburg

5 4 3 2 1* 02 03 04 05 06

Aufstieg und Fall einer Fürstin

Martina Kempff

Die Schattenjägerin

Roman, 352 Seiten

ISBN 3 522 71585 3

Europa zu Beginn des 15. Jahrhunderts: Jakoba von Bayern erbt von ihrem Vater einen Teil der Niederlande. Aber die jüngste Fürstin ihrer Zeit muss mit einflussreichen Verwandten um die Macht kämpfen. Verzweifelt wehrt sie sich gegen Verrat und Intrigen und einen Teufel, der in ihr zu wohnen scheint. Sie sucht ihr Heil in Ehen, Magie und Kriegen – aber die Rettung kommt von ganz anderer Seite …

Weitbrecht